# CALOR DESNUDO

# RICHARD CASTLE

# CALOR DESNUDO

SUMA
de letras

Título original: *Naked Heat*

*Castle* © ABC Studios. Todos los derechos reservados

© De la traducción: Eva Carballeira

© De esta edición: 2011, Santillana Ediciones Generales, S. L.

Torrelaguna, 60. 28043 Madrid

Teléfono 91 744 90 60

Telefax 91 744 92 24

www.sumadeletras.com

Diseño de cubierta: © American Broadcasting Companies, Inc.

*Primera edición: febrero de 2011*

ISBN: 978-84-8365-216-9

Depósito legal: M-1.972-2011

Impreso en España por Dédalo Offset, S. L. (Pinto, Madrid)

Printed in Spain

*Para la verdadera Nikki Heat,*
*con mi agradecimiento*

Capítulo
1

Nikki Heat se puso a pensar por qué parecía que los semáforos en rojo tardaban mucho más en cambiar cuando no había tráfico. Estaba parada delante dc la calle Amsterdam con la 83 y estaba tardando una eternidad. Era el primer caso de la mañana para la detective. Podía haber encendido la sirena para girar directamente a la izquierda, pero el crimen hacía tiempo que se había cometido, el forense ya estaba allí y el cadáver no iba a ir a ningún lado. Aprovechó la pausa para levantar la tapa del café y comprobar si aún estaba a una temperatura bebible. El plástico barato de color blanco crujió y acabó sosteniendo la mitad de la tapa mientras la otra mitad se quedaba sobre el vaso. Heat maldijo en voz alta y tiró la parte inservible sobre la alfombrilla del copiloto. Justo cuando estaba a punto de beber un sorbo, desesperada por un chute de cafeína que disipara su bruma matinal, oyó un claxon detrás de ella. El semáforo se había puesto finalmente en verde. Cómo no.

Mientras sujetaba con mano experta el vaso para que la inercia del giro no hiciera que el café rebosara por el borde y se le cayera encima de los dedos, Nikki dobló a la izquierda en la 83. Acababa de enderezar el volante al pasar por delante del Café Lalo, cuando un perro apareció de repente delante de ella. Heat frenó de golpe y el café se le derramó sobre las piernas empapándole la falda, pero a ella le preocupó más el perro.

Afortunadamente no lo había atropellado. De hecho, ni siquiera se había inmutado. El perro, un pequeño pastor alemán o un cruce de husky, permaneció descaradamente en medio de la calle delante de sus narices sin moverse, girando la cabeza para mirarla. Nikki le sonrió y lo saludó con la mano. Pero, aun así, siguió allí plantado. Aquella mirada la estaba poniendo nerviosa. Era a la vez desafiante e impertinente. Los ojos siniestros, hundidos bajo unas oscuras cejas y un ceño fruncido, la estaban atravesando. Mientras lo observaba, vio algo más en el perro que no encajaba, como si en realidad no fuera un perro. Era demasiado pequeño para ser un pastor o un husky y el áspero pelaje estaba oscurecido por manchas grises. Además, tenía el hocico demasiado fino y afilado. Se parecía más a un zorro. No.

Era un coyote.

El mismo conductor impaciente que iba detrás de ella volvió a pitar y el animal se fue. Pero no corriendo asustado, sino trotando, mostrando su elegancia salvaje, su velocidad implícita y algo más: su arrogancia. Ella lo observó mientras se acercaba a la otra acera. Allí se detuvo, giró la cabeza para mirarla descaradamente a los ojos y luego salió corriendo hacia la calle Amsterdam.

Nikki pensó que aquello sí que era una forma inquietante de empezar la mañana: en primer lugar por el susto al haber estado a punto de atropellar a un animal y luego por aquella espeluznante mirada. Continuó su camino y cogió unas servilletas de la guantera para secarse, deseando haber elegido una falda negra aquella mañana y no una caqui.

*  *  *

Nikki nunca había conseguido acostumbrarse a los cadáveres. Al volante de su coche, llegó a la calle 86 con Broadway, aparcó detrás de la furgoneta del Instituto de Medicina Forense y, mientras observaba la película muda del juez de instrucción haciendo su trabajo, una vez más pensó que tal vez aquello era algo bueno.

El forense estaba en cuclillas en la acera delante de un escaparate compartido por una tienda de lencería y una modernísima panadería de magdalenas para *gourmets*. Un dúo de mensajes contrapuestos, si acaso había alguno. No pudo ver a la víctima a la que estaba examinando. Debido a una huelga del servicio de recogida de basuras que afectaba a toda la ciudad, había una montaña de residuos que le llegaba por la cintura y que empezaba en el bordillo e invadía buena parte de la acera, ocultando el cadáver de la vista de Heat. El tufillo de dos días de basura putrefacta se percibía incluso con aquel frío mañanero. Al menos la montaña formaba una práctica barrera que mantenía alejados a los mirones. En el edificio de arriba había ya una docena de madrugadores y abajo, tras la cinta amarilla, en la esquina cercana a la boca de metro, había otros tantos.

Miró la hora en el reloj digital que mostraba alternativamente la hora y la temperatura que había en la acera calle arriba. Aún eran las 6.18. Cada vez más a menudo empezaban así sus turnos. La crisis económica había afectado a todo el mundo y, por lo que ella había observado, ya fuera por el recorte municipal de gastos en servicios policiales o simplemente porque la situación económica alimentaba el crimen —o ambos—, la detective Heat últimamente tenía que lidiar con más cadáveres. No necesitaba que Diane Sawyer le revelara las estadísticas delictivas para saber que, si bien el cómputo de cadáveres no había aumentado, al menos las estadísticas estaban acelerando el ritmo.

Pero no importaba cuáles eran las estadísticas, para ella las víctimas tenían una importancia individual. Nikki Heat se había prometido no convertirse nunca en una mayorista de homicidios. Ni iba con ella ni con su experiencia vital.

La pérdida que ella misma había sufrido hacía casi diez años le había destrozado las entrañas, aunque a través de la fina piel que cubría la cicatriz que le había dejado el asesinato de su madre aún manaban brotes de empatía. Su jefe en la comisaría, el capitán Montrose, le había dicho una vez que eso era lo que la convertía en su mejor detective. Bien pensado, preferiría haber llegado a donde estaba sin haber sufrido tanto, pero había sido otra persona la que había repartido las cartas y allí estaba ella, a aquellas horas de la que podía haber sido una hermosa mañana de octubre, para que le metieran de nuevo el dedo en la llaga.

Nikki siguió su ritual particular: una breve reflexión acerca de la víctima, el establecimiento de su conexión con el caso por su propio victimismo y, sobre todo, en honor a su madre. Solo le llevaba cinco segundos, pero le hacía sentirse preparada.

Salió del coche y se puso manos a la obra.

La agente Heat se coló por debajo de la cinta amarilla aprovechando un hueco en el montón de basura y se detuvo un segundo sobresaltada por encontrarse a sí misma mirándola desde la portada de un ejemplar que habían tirado de la revista *First Press* que asomaba por una bolsa de basura, entre una caja de huevos y una almohada llena de manchas. Dios, odiaba aquella foto: un pie sobre la silla de la oficina diáfana de la comisaría, los brazos cruzados y la Sig Sauer enfundada en la cadera al lado de la placa. Y aquel horroroso titular:

LA OLA DE DELITOS
SE TOPA CON
LA OLA DE CALOR

Pensó que al menos alguien había tenido la sensatez de tirarla a la basura y siguió avanzando para unirse a sus dos detectives, Raley y Ochoa, que estaban dentro del perímetro.

La pareja, a la que ella llamaba cariñosamente «los Roach», ya había analizado el escenario del crimen. La saludaron al llegar.

—Buenas, detective —dijeron casi al unísono.

—Buenas, detectives.

—Te invitaría a un café, pero veo que ya te has traído el tuyo puesto —dijo Raley mirándola.

—Muy gracioso. Deberías tener tu propio programa cómico matinal —dijo ella—. ¿Qué tenemos aquí? —Heat llevó a cabo su propia investigación ocular mientras Ochoa la ponía al corriente de las características de la víctima. Era un varón hispano de entre treinta y treinta y cinco años, llevaba ropa de trabajo y estaba tumbado boca arriba sobre un montón de bolsas de basura que había en la acera. Tenía la carne horriblemente desgarrada y marcas de mordiscos en la suave parte inferior del cuello además de en la barriga, donde tenía la camiseta rasgada.

Nikki visualizó a su coyote y se volvió hacia el forense.

—¿Qué son todas esas marcas de mordiscos?

—Yo creo que son post mórtem —dijo el forense—. ¿Ve las heridas que tiene en las manos y en los antebrazos? —preguntó mientras señalaba las manos abiertas de la víctima que le caían a ambos lados del cuerpo—. Eso no son mordiscos de ningún animal. Son heridas por haberse defendido de un objeto punzante, yo diría que de un cuchillo o de un cúter. Si hubiera estado vivo cuando el perro llegó, habría tenido mordiscos en las manos y no tiene ninguno. Y mire esto —se arrodilló al lado del cadáver y Heat se agachó a su lado mientras él le señalaba con la mano enguantada un agujero que tenía el hombre en la camisa.

—Una herida de arma blanca —dijo Nikki.

—Lo sabremos con seguridad después de la autopsia, pero apostaría a que esa ha sido la causa de la muerte. El perro era seguramente un simple carroñero que rebuscaba en la basura. —Hizo una pausa—. Ah, y detective Heat…

—¿Sí? —Ella lo analizó preguntándose qué otra información tendría para ella.

—Me ha gustado muchísimo el artículo de *First Press* de este mes. Enhorabuena.

A Nikki se le hizo un nudo en el estómago, pero le dio las gracias y se levantó alejándose con rapidez para ir a donde estaban Raley y Ochoa.

—¿Alguna identificación?

—Negativo —contestó Ochoa—. Ni cartera ni identificación.

—La poli está registrando el edificio —dijo el agente Raley.

—Bien. ¿Algún testigo presencial?

—Aún no —respondió Raley.

Heat echó la cabeza hacia atrás para examinar las torres de apartamentos que se erguían a ambos lados de Broadway. Ochoa se le adelantó.

—Hemos hecho una lista de viviendas en las que alguien puede haber visto u oído algo.

Ella bajó la vista hacia él y esbozó una sonrisa.

—Bien. Comprobad también si en alguno de estos comercios saben algo. Es probable que en la panadería hubiera gente trabajando de madrugada. Y no olvidéis las cámaras de seguridad. La joyería del otro lado de la calle podría haber grabado algo, con un poco de suerte. —Luego señaló un poco más allá con un gesto lateral de la cabeza hacia un hombre que agarraba por las correas a cinco perros a los que había dado orden de sentarse—. Y ese ¿quién es?

—Es el tío que encontró el cadáver. Llamó a emergencias a las 5.37.

Nikki lo analizó. Tendría unos veinte años, era delgado, llevaba pantalones ajustados y un ostentoso pañuelo.

—Dejadme adivinar: AMBP.

Al trabajar en una comisaría del Upper West Side de Nueva York, ella y su equipo tenían códigos de identificación para algunos de los tipos de personas que solían vivir y trabajar allí. AMBP era el acrónimo de actor-modelo-bailarín-o parecido.

—Caliente, detective. —Ochoa consultó una página de su bloc y continuó—: El señor T. Michael Dove, que estudia Arte Dramático en Juilliard, se encontró con el cadáver mientras lo estaban mordiendo. Dice que sus perros atacaron en masa y el otro perro huyó.

—Oye, ¿cómo que caliente? Es actor.

—Sí, pero en este caso AMBP es actor-modelo-bailarín-paseador de perros.

Nikki abrió la chaqueta para ocultar la mano de los mirones mientras le sacaba el dedo.

—¿Le habéis tomado declaración? —Ochoa levantó el bloc y asintió—. Entonces supongo que aquí ya no pintamos nada—dijo ella. Pero luego pensó en su coyote y miró hacia el edificio donde estaba el AMBP—. Quiero hacerle unas preguntas sobre el perro.

Nikki se arrepintió de su decisión inmediatamente. Cuando estaba a diez pasos del paseador de perros, este se puso a gritar:

—¡Dios mío, es usted! ¡Usted es Nikki Heat!

Los mirones que estaban allá en la acera se apiñaron para acercarse, probablemente más interesados en descubrir a qué venía aquel repentino alboroto que porque la conocieran, pero Nikki no se arriesgó. Bajó instintivamente la vista hacia el pavimento y se puso de lado imitando la pose que había visto adoptar a los famosos en la prensa rosa, cuando los *paparazzi* los emboscaban a la salida de los restaurantes.

Se acercó un poco más hacia el AMBP e intentó darle una referencia de los decibelios que quería que usara hablándole en voz baja.

—Hola. Sí, soy la agente Heat.

El AMBP no solo no bajó el tono, sino que se volvió más efusivo.

—¡Qué fuerte! —Lo que sucedió a continuación no podía haber sido peor—: ¿Puedo hacerme una foto con usted, señorita Heat? —preguntó mientras les tendía el móvil a los otros dos detectives.

—Venga, Ochoa —dijo Raley—, vamos a ver cómo les va a los forenses.

—¿Son esos los Roach? Son ellos, ¿verdad? —gritó el testigo—. ¡Igual que en el artículo! —Los agentes Raley y Ochoa se miraron sin ocultar su desdén y siguieron andando—. Bueno —dijo T. Michael Dove—, tendrá que ser así, entonces. —Sujetó la cámara del móvil todo lo lejos que le permitía el brazo mientras inclinaba la cabeza al lado de la de Heat y hacía la foto él mismo.

Como la mayoría de la gente de la generación «di patata», Nikki venía programada de serie para sonreír cuando le hacían una foto. Pero aquella vez no fue así. El corazón le había dado tal vuelco que estaba segura de que la foto parecería la de una ficha policial.

Su admirador miró la pantalla y dijo:

—¿A qué viene tanta modestia? Oiga, que ha sido portada de una revista de tirada nacional. El mes pasado salió Robert Downey Jr. y este Nikki Heat. Es usted famosa.

—Tal vez podamos hablar de eso más tarde, señor Dove. Estoy más interesada en lo que puede haber visto en relación con nuestro homicidio.

—No me lo puedo creer —continuó él—. Soy testigo presencial de la detective de homicidios número uno de Nueva York.

Nikki se preguntó si un jurado la declararía culpable si le pegaba un tiro y se lo cargaba allí mismo. Pero en lugar de hacerlo, dijo:

—Ya será menos. Y ahora me gustaría preguntarle…

—¿Que no es la detective número uno? Eso no es lo que dice el artículo.

El artículo.

El maldito artículo.

El que había escrito el maldito Jameson Rook.

No le había gustado desde el principio. En junio la revista le había encargado a Rook que hiciera un retrato de un grupo de homicidios del Departamento de Policía de Nueva York, centrándose sobre todo en la resolución de casos. El Departamento decidió cooperar porque le gustaba la idea de transmitir el éxito policial, sobre todo si se daba una imagen de fuerza. Cuando eligieron su brigada, a la detective Heat no le hizo ni pizca de gracia que la observaran como si se tratara de un pez en un acuario, pero siguió adelante porque el capitán Montrose le dijo que lo hiciera.

Cuando Rook comenzó su semana de acompañamiento se suponía que iba a rotar con todo el equipo, pero al final del primer día ya había cambiado de opinión alegando que podría contar una historia mejor utilizando a la líder de la brigada como botón de muestra. Sin embargo, Nikki lo había calado a la primera: aquello no era más que una artimaña ligeramente encubierta para pasar más tiempo con ella. Por supuesto, no había tardado en empezar a proponerle copas, cenas y desayunos, en ofrecerle pases de *backstage* para Steely Dan en el Beacon y en invitarla a cócteles de gala con Tim Burton en el MoMA para inaugurar exposiciones de sus dibujos. A Rook le gustaba fardar de sus contactos, pero la verdad era que estaba bien relacionado.

Utilizó su amistad con el alcalde para aumentar el número de semanas que inicialmente habían acordado y, con el paso del tiempo y muy a su pesar, Nikki empezó a sentir curiosidad por aquel tío. No por el hecho de que tratara por el nombre de pila a Mick, a Bono y hasta a Sarkozy, ni porque fuera mono o guapo. Los peces gordos eran peces gordos y punto, aunque era cierto que aquello también tenía su gracia. En realidad, se trataba del lote completo.

De su *rookedad*.

Así que, ya fuera por el arsenal de encantos desplegados por Jameson Rook o por lo mucho que a ella le ponía, el caso es que un día acabaron acostándose. Y volviéndose a acostar otra vez. Y otra más. Y otra. El sexo con Rook siempre era increíble, aunque no siempre que echaba la vista atrás lo consideraba una buena idea. Sin embargo, cuando estaban juntos el raciocinio y el sentido común cedían el protagonismo a los fuegos artificiales. Como él había dicho la noche que habían hecho el amor en la cocina después de llegar corriendo a su casa bajo un chaparrón: «No se puede renegar del calor*». «Escritor tenía que ser», había pensado ella. Pero aun así, cuánta razón tenía.

Pero entonces ella empezó a darse cuenta de lo que ocurría con aquel estúpido artículo. Rook aún no le había enseñado el borrador, cuando un fotógrafo apareció en la comisaría para hacer unas fotos. El hecho de que solo la quisiera fotografiar a ella fue la primera pista. Aunque insistió en que les hiciera fotos a todo el equipo, especialmente a Raley y Ochoa, sus incondicionales, lo mejor que pudo conseguir fueron unas cuantas fotos de grupo con ella en primer plano.

Sin embargo, lo peor fueron las poses. Cuando el capitán Montrose le dijo que tenía que cooperar, Nikki accedió a que le hiciera unas cuantas fotos sin posar, pero el fotógrafo, un artista con personalidad arrasadora, empezó a hacerla posar.

—Es para la portada —le había explicado—. Las fotos sin posar no valen. —Y ella había accedido.

Al menos hasta que el fotógrafo, dándole directrices para que pareciera más dura mirando a través de las rejas de la celda, le había dicho:

—Venga, dame un poco de ese fuego de «voy a vengar a mi madre» sobre el que he leído.

Aquella noche le exigió a Rook que le enseñara el artículo. Cuando acabó de leerlo, Nikki le pidió que la

---

* Juego de palabras con el apellido de la protagonista, «Heat», que en inglés podría traducirse como «calor». (N. de la T.)

eliminara de él. No solo porque la hacía quedar como la estrella de la brigada, porque le restara importancia al esfuerzo de su equipo convirtiendo al resto en meras notas a pie de página, o porque pretendiera convertirla en el centro de todas las miradas (aunque *Cenicienta* era una de las películas favoritas de Nikki, prefería disfrutarla como el cuento de hadas que era y no ser su protagonista). Su principal objeción era que se trataba de un artículo demasiado personal. Sobre todo la parte del asesinato de su madre.

Nikki opinaba que Rook estaba cegado por su propia creación. Para todo lo que ella alegaba, él tenía una respuesta. Le dijo que todas las personas sobre las que había escrito habían sucumbido al pánico antes de la publicación. Ella dijo que tal vez debería empezar a escucharla. Empezaron a discutir. Él dijo que no podía eliminarla del artículo porque *ella* era el artículo. «Aunque quisiera. Está cerrado. Ya han hecho la composición tipográfica».

Aquella había sido la última noche que lo había visto. Y de eso hacía ya tres meses.

No le importaba no volver a verlo jamás, pero él no se había limitado a irse en silencio. Tal vez había pensado que podía volver a hechizarla. ¿Por qué si no iba Rook a seguir llamando a Nikki a pesar de las constantes negativas y las posteriores evasivas al no cogerle el teléfono? Pero debía de haber pillado el mensaje porque la había dejado en paz. Al menos hasta hacía dos semanas, cuando aquello llegó a los quioscos y Rook le envió un globo sonda en forma de copia dedicada de la revista junto con una botella de Patrón Silver y un cesto de limas.

Nikki recicló el *First Press* y volvió a regalar la botella en una fiesta que tenía aquella noche en honor al detective Klett, que iba a aprovechar la jubilación anticipada para remolcar su barco a Fort Leonard Wood, en Misuri, y empezar a ahogar gusanos. Mientras todos se ponían hasta las trancas de chupitos de tequila, Nikki se dedicó a la cerveza.

Iba a ser su última noche de anonimato. Tenía la esperanza de que, como Warhol había predicho, su fama durara solo quince minutos y listo, pero durante las últimas dos semanas le pasaba lo mismo con cada persona que se encontraba. No solo le resultaba desagradable que la reconocieran, sino que cada mirada, cada comentario, cada foto hecha con el móvil, le recordaban a Jameson Rook y al romance roto que ella quería dejar atrás.

Un schnauzer gigante había sucumbido a la tentación y había empezado a lamer la leche y el azúcar del dobladillo de la falda de Nikki. Ella le acarició la frente e intentó llevar a T. Michael Dove de vuelta a lo prosaico.

—¿Pasea a los perros por este barrio todas las mañanas?

—Sí, seis mañanas a la semana.

—¿Y había visto alguna vez por aquí a la víctima?

Él hizo una pausa llena de dramatismo. Ella esperó que estuviera aún en el primer curso de la escuela de arte dramático de Juilliard, porque su representación era digna de un restaurante con actuaciones teatrales.

—No —contestó al fin.

—Y en su declaración dijo que lo estaba atacando un perro cuando llegó. ¿Podría describir al perro?

—Daba miedo, detective. Era como un pastor pequeño pero con un aire salvaje, ¿sabe?

—¿Como un coyote? —preguntó Nikki.

—Sí, supongo. Pero venga ya, creía que estábamos en Nueva York.

Lo mismo que Nikki había pensado.

—Gracias por su cooperación, señor Dove.

—¿Bromea? Verá cuando lo ponga en mi *blog* esta noche.

Heat se alejó para responder a una llamada telefónica. Era de la Central para informarle de una llamada anónima que había denunciado un homicidio con allanamiento de morada. Miró a Raley y Ochoa mientras hablaba y los otros dos detectives interpretaron su lenguaje corporal y estuvieron listos para largarse antes incluso de que hubiera colgado.

Nikki examinó el escenario del crimen. La policía había empezado a hacer el registro, las tiendas que faltaban no abrirían hasta dentro de un par de horas, y la policía científica estaba haciendo un barrido. De momento no tenían nada más que hacer allí.

—Tenemos otro más, chicos. —Arrancó una página de su bloc y le pasó la dirección a Raley—. Seguidme. Es en la 78, entre Columbus y Amsterdam.

Nikki se preparó para encontrarse con otro cadáver.

\* \* \*

Lo primero que la detective Heat percibió al salir de Amsterdam en la 78 fue la calma que se respiraba. Eran las siete pasadas y los primeros rayos de sol iluminaban las torres del Museo de Historia Natural y proyectaban una luz dorada que convertía el edificio residencial en un plácido paisaje urbano que pedía a gritos que le hicieran una foto. Pero tanta serenidad le resultaba extraña.

¿Dónde estaban los coches patrulla? ¿Dónde estaban la ambulancia, la cinta amarilla y el grupo de mirones? Como investigadora que era, se había acostumbrado a llegar al escenario del crimen después de los que siempre eran los primeros en reaccionar.

Raley y Ochoa tuvieron la misma sensación. Lo supo por la manera en que separaron el abrigo del arma que llevaban en la cintura mientras salían del Roachmóvil y por cómo inspeccionaban los alrededores mientras se acercaban a ella.

—¿Es esta la dirección correcta? —preguntó retóricamente Ochoa.

Raley se giró para mirar al mendigo que removía en la basura de los contenedores de reciclaje en el extremo de la calle que daba a Columbus. Aparte de eso, la calle 78 Oeste estaba tranquila.

—Es como llegar el primero a una fiesta.

—Como si te invitaran a fiestas —le dijo su compañero para picarlo mientras se acercaban a la fachada de piedra arenisca.

Raley no le contestó. El acto de poner un pie en la acera puso fin a la charla, como si hubieran cruzado una línea invisible y tácita. Pasaron en fila india por un hueco que alguien había abierto en la hilera de bolsas de basura y residuos, y los dos hombres flanquearon a la detective Heat cuando se detuvo delante de la fachada de arenisca de al lado.

—La dirección dice que es la escalera A, así que tiene que ser aquel —dijo con voz queda señalando el apartamento con jardín que se elevaba medio piso sobre el nivel de la calle. Cinco escalones de granito llevaban desde la acera a un pequeño patio de ladrillo anexo cerrado por una reja metálica salpicada de jardineras. Unas gruesas cortinas colgaban tras las ornamentadas rejas de hierro que cubrían las ventanas. En la fachada, sobre ellas, había intrincados paneles decorativos de piedra. Bajo el arco creado por las encorvadas escaleras que llevaban arriba al apartamento, la puerta principal estaba abierta de par en par.

Nikki hizo una seña con la mano y se dirigió en cabeza hacia la puerta delantera. Sus detectives la siguieron cubriéndola. Raley, atento al flanco trasero, y Ochoa, como si de un par extra de ojos de Heat se tratara mientras ella ponía la mano sobre la Sig y se situaba en el lado opuesto de la entrada. Cuando estuvo segura de que estaban en posición y preparados, gritó hacia el interior del apartamento:

—Policía de Nueva York, si hay alguien ahí que lo diga.

Esperaron y escucharon. Nada.

Habían entrenado y trabajado tanto tiempo juntos como equipo que para ellos aquello era pura rutina. Raley y Ochoa la miraron a los ojos, contaron hasta el tercero de sus movimientos de cabeza, sacaron las armas y la siguieron adentro en posición Weaver.

Heat se movió con rapidez a través del pequeño vestíbulo, seguida de Ochoa. La idea era ser rápidos y registrar todas las habitaciones cubriéndose los unos a los otros pero con cuidado de no apiñarse. Raley se retrasó un poco para cubrirles las espaldas.

La primera puerta de la derecha daba a un elegante comedor. Heat se adentró en él formando un tándem con Ochoa y cada uno dc ellos registró el lado opuesto de la habitación. En el comedor no había nadie, pero estaba hecho un desastre. Los cajones y los armarios antiguos estaban abiertos sobre la cubertería de plata y la vajilla de porcelana, que habían sido barridas de un plumazo y estaban hechas añicos sobre el suelo de madera noble.

Al otro lado del pasillo encontraron la sala en el mismo estado de desorden. Las sillas descansaban de pie sobre los libros de la mesa de centro. Una nevada de plumas de almohada cubría los jarrones y la vajilla hechos trizas. Banderas de lienzo colgaban de los bastidores donde alguien había desgarrado o rajado los óleos. Un montón de cenizas de la chimenea cubría tanto el hogar como la alfombra oriental que había delante de él como si una alimaña hubiera intentado hacer allí su madriguera.

A diferencia de la parte delantera del piso, había una luz encendida en el cuarto contiguo de la parte trasera que, desde donde estaba, a Heat le pareció un estudio. Nikki le hizo una seña con la mano a Raley para que se quedara en su sitio y los cubriera mientras ella y Ochoa tomaban de nuevo posición en los lados opuestos del marco de la puerta. Cuando asintió, entraron en el estudio.

La mujer muerta parecía tener unos cincuenta años y estaba sentada a una mesa en una silla de oficina con la cabeza inclinada hacia atrás como si se hubiera congelado en plena preparación de un enorme estornudo. Heat dibujó un círculo en el aire con la mano izquierda para indicarles a sus compañeros que se mantuvieran alerta mientras ella se abría paso entre el material de oficina destrozado que había tirado por el suelo e iba a hacia la mesa para comprobar si la mujer tenía pulso o si respiraba. Apartó la mano de la carne fría del cadáver, levantó la vista y negó con la cabeza.

Se oyó un ruido procedente del otro lado del pasillo.

Los tres se giraron a la vez al oírlo. Era como si un pie hubiera pisado cristales rotos. La puerta de la habitación de la que procedía el sonido estaba cerrada, pero la luz brillaba sobre el pulido linóleo bajo la rendija. Heat dibujó mentalmente el probable plano de la casa. Si aquello era la cocina, entonces la puerta que había visto en el extremo de la parte trasera del comedor también llevaría hasta ella. Señaló a Raley y le hizo señas para que fuera hasta aquella puerta y esperara a que ella actuara. Señaló el reloj y luego hizo un gesto como si lo cortara para indicar medio minuto. Él se miró la muñeca, asintió y se fue.

El agente Ochoa ya estaba situado a un lado de la puerta. Ella se puso en el lado contrario y levantó el reloj. A la tercera vez que asintió, entraron bruscamente gritando: «¡Departamento de Policía de Nueva York! ¡Alto!».

El hombre que estaba sentado a la mesa de la cocina se encontró con tres pistolas que le apuntaban desde dos puertas y chilló mientras levantaba con fuerza las manos en el aire.

Cuando Nikki Heat se dio cuenta, gritó:

—¿Qué demonios es esto?

El hombre bajó lentamente una de las manos y se quitó los auriculares Sennheiser de los oídos. Tragó saliva y dijo:

—¿Qué?

—Digo que qué demonios haces tú aquí.

—Te estaba esperando —dijo Jameson Rook. Entonces vio algo en aquellas caras que no le gustó y continuó—: Bueno, no pensaríais que iba a esperar ahí dentro con ella, ¿no?

Mientras los detectives enfundaban las armas, Rook suspiró.

—Joder, creo que me habéis quitado diez años de vida.

—Tienes suerte de seguir con vida. ¿Por qué no contestaste? —dijo Raley.

—Gritamos para ver si había alguien —aseguró Ochoa.

Rook se limitó a levantar el iPhone.

—Los Beatles remasterizados. Tenía que sacarme de la cabeza lo del ce, a, de, a, uve, e, erre. —Hizo una mueca de dolor y señaló hacia la habitación de al lado—. Pero me he dado cuenta de que *A Day in the Lif*e no es lo más animado del mundo. Habéis llegado justo al final, en ese gran solo de piano. En serio. —Se volvió hacia Nikki y sonrió significativamente—. Un hurra por la sincronización.

Heat trató de ignorar el doble significado que a ella no le pareció tan doble. O tal vez era que estaba más sensibilizada. Observó a los Roach en busca de alguna reacción, pero al no ver ninguna se preguntó si las cosas eran más simples en lo que a ella se refería de lo que había pensado, o si simplemente era la sorpresa de verlo allí, precisamente. Nikki ya se había cruzado alguna vez en el camino con antiguos amantes, ¿quién no? Pero solía encontrárselos en un Starbucks, o los veía de casualidad al otro lado del pasillo en el cine, no en el escenario de un crimen. De una cosa estaba segura: aquella era una ingrata distracción para su trabajo, algo que debía dejar a un lado.

—Roach —dijo con tono profesional—, registrad vosotros el resto de las habitaciones.

—Aquí no hay nadie, ya lo he comprobado —señaló Rook levantando ambas manos—. Pero no he tocado nada. Lo juro.

—Comprobadlo de todos modos —dijo Nikki como respuesta y los Roach se fueron a registrar las habitaciones que quedaban.

—Me alegro de volver a verte, Nikki —comentó él cuando estuvieron solos, volviendo a esbozar aquella maldita sonrisa—. Ah, y gracias por no dispararme.

—¿Qué haces aquí, Rook? —preguntó ella, intentando eliminar cualquier rastro de la alegría con la que solía pronunciar su apellido. Aquel tío necesitaba un mensaje.

—Como he dicho, te estaba esperando. Yo fui el que llamó por lo del cadáver.

—No me refiero a eso. Deja que te repita la pregunta con otras palabras. Para empezar, ¿qué haces en el escenario del crimen?

—Conozco a la víctima.

—¿Quién es? —A pesar de llevar tantos años en aquel trabajo, a Nikki aún se le hacía difícil hablar de una víctima en pasado. Al menos no en el momento de su hallazgo.

—Cassidy Towne.

Heat no se pudo resistir. Dio media vuelta para mirar hacia el estudio pero desde donde estaba no podía ver a la víctima, solo el efecto pos tornado que había esparcido el material de oficina por la habitación.

—¿La periodista sensacionalista?

Él asintió.

—El rumor hecho persona.

Lo primero que pensó fue que el presunto asesinato del poderoso icono del *New York Ledger,* cuya columna, *Buzz Rush,* era la primera lectura ritual para muchos neoyorquinos, iba a hacer que aumentara el interés sobre el caso. Mientras, Raley y Ochoa volvieron y aseguraron que el apartamento estaba vacío.

—Ochoa, será mejor llamar al Departamento Forense. Avísales de que tenemos a un pez gordo esperándolos. Raley, tú llama al capitán Montrose para que sepa que nos estamos ocupando de Cassidy Towne, del *Ledger,* para que no le pille por sorpresa. Mira a ver si puede meterles prisa a los de la policía científica y también mandar a algunos agentes de refuerzo inmediatamente —dijo la detective a sabiendas de que el tranquilo y dorado edificio del que había disfrutado hacía unos minutos muy pronto se transformaría en un mercadillo de medios de comunicación.

En cuanto los Roach volvieron a salir de la cocina, Rook se puso de pie y dio un paso hacia Nikki.

—En serio, te he echado de menos.

Si aquel paso adelante podía considerarse lenguaje corporal, ella también tenía algunos recursos no verbales que enseñarle. La detective Heat le dio la espalda, sacó el bloc y un bolígrafo y se enfrentó a una página en blanco, aunque se conocía demasiado a sí misma como para saber que el mensaje de frialdad que quería enviar iba más destinado a ella misma que a él.

—¿A qué hora descubriste el cadáver?

—Alrededor de las seis y media. Oye, Nikki...

—¿Cómo que alrededor de las seis y media? ¿No puedes concretar más la hora?

—Llegué aquí exactamente a las seis y media. ¿Te ha llegado alguno de mis correos electrónicos?

—¿Aquí adónde? ¿A la habitación donde la encontraste, o fuera?

—Fuera.

—¿Y cómo entraste?

—La puerta estaba abierta. Como vosotros la encontrasteis.

—¿Y entraste directamente?

—No. Llamé con los nudillos. Luego llamé a gritos. Vi el caos del recibidor y entré para ver si ella estaba bien. Pensé que tal vez se había colado un ladrón.

—¿No se te ocurrió pensar que podía haber alguien más dentro?

—Estaba todo en silencio. Así que entré.

—Muy valiente.

—Tengo mis momentos, como recordarás.

Nikki simuló estar centrada en apuntar algo aunque en realidad estaba recordando la noche del verano anterior, en el pasillo del Guilford, cuando Noah Paxton había utilizado a Rook de escudo humano y cómo, aunque le estaban apuntando por la espalda con una pistola, le había dado un golpe a Paxton que lo había puesto claramente a tiro para Heat. Ella levantó la vista y dijo:

—¿Dónde estaba cuando la encontraste?

—Exactamente donde está ahora.

—¿No la has movido para nada?

—No.

—¿La has tocado?

—No.

—¿Cómo supiste que estaba muerta?

—Yo... —vaciló y continuó—. Lo sabía.

—¿Cómo supiste que estaba muerta?

—Pues... Aplaudí.

Nikki no se pudo contener. La carcajada le salió del alma en contra de su voluntad. Se enfadó consigo misma por ello, pero lo que tenían ese tipo de carcajadas era que no las podías retirar. Lo único que podías hacer era intentar reprimir la siguiente.

—¿Aplaudiste?

—Sí. Muy fuerte, para ver qué pasaba. Oye, no te rías, podía ser que estuviera dormida, o borracha, yo qué sabía. —Esperó a que Heat se recompusiera. Luego su propia risa ahogada empezó a luchar por salir—. No fue un aplauso. Solo...

—Una palmada. —Se quedó mirando las arruguillas que se le formaban en las esquinas de los ojos cuando sonreía y empezó a ablandarse de una forma que no le gustaba nada, así que cambió de tercio—. ¿De qué conocías a la víctima? —le preguntó al bloc de notas.

—Llevaba unas semanas trabajando con ella.

—¿Te has convertido en periodista sensacionalista?

—Por favor, no. Le vendí a *First Press* la idea de que mi siguiente trabajo para ellos fuera sobre Cassidy Towne. Retratar no tanto el recalcitrante mundo del cotilleo sino a una mujer fuerte en un negocio históricamente dominado por los hombres, nuestra relación de amor odio con los secretos y esas cosas. El caso es que llevaba unas semanas acompañando a Cassidy.

—¿Acompañándola? ¿Te refieres a...? —preguntó dejando la frase en suspenso. Aquello obligaba a Nikki a meterse en un terreno demasiado incómodo.

—Como cuando te acompañaba a ti, sí. Exactamente igual. Pero sin sexo. —Hizo una pausa para observar su reacción y Nikki hizo todo lo posible por no mostrar ninguna—. Los editores respondieron tan bien a mi trabajo sobre ti que han querido que haga otro similar, para tal vez convertirlo en una serie esporádica sobre mujeres de armas tomar. —La volvió a analizar, pero al no obtener respuesta añadió—: El artículo estaba bien, Nik, ¿no?

Ella golpeó dos veces el bloc con la punta del boli.

—¿Por eso estabas hoy aquí? ¿Para acompañarla?

—Sí, madrugaba mucho. O puede que ni siquiera se acostara pero eso nunca lo sabré. Algunas mañanas yo aparecía y me la encontraba en su mesa con la misma ropa del día anterior, como si hubiera estado trabajando toda la noche. Entonces, como le apetecía estirar las piernas, dábamos un paseo hasta H&H para comprar unos *bagels* y en Zabar's, que estaba en la puerta de al lado, comprábamos el salmón y el queso crema. Luego volvíamos aquí.

—Así que has pasado un montón de tiempo con Cassidy Towne estas últimas semanas.

—Sí.

—Entonces si te pido tu colaboración podrías darme alguna información sobre a quién vio, qué hizo y todo eso.

—No hace falta que me lo preguntes, y sí, sé un montón de cosas.

—¿Se te ocurre alguien que quisiera matarla?

—A ver si encontramos una guía telefónica de Nueva York entre todo este desorden. Podemos empezar por la letra A —se burló Rook.

—Qué gracioso eres.

—Un tiburón que no nada, no es un tiburón —dijo sonriendo antes de continuar—. Venga ya, era una periodista sensacionalista especializada en remover la mierda, claro que tenía cientos de enemigos. Formaba parte de su trabajo.

Nikki oyó pisadas y voces entrando por la puerta principal y guardó sus notas.

—Tendrás que prestar declaración más tarde, pero por ahora no tengo más preguntas.

—Bien.

—Bueno, solo una más. Tú no la mataste, ¿verdad? —Rook se rió, pero al ver la expresión de su cara, paró.

—¿Qué?

Él cruzó los brazos sobre el pecho.

—Quiero un abogado. —Ella se dio la vuelta y salió de la habitación—. Era una broma. Apúntame en la columna del «no» —le gritó mientras se alejaba.

\* \* \*

Rook no se fue. Le dijo a Heat que quería quedarse por si podía resultar útil. Ella tenía un conflicto de intereses: por una parte quería que se mantuviera alejado de ella a toda costa porque la trastornaba emocionalmente, pero por otra les podría venir bien su perspicacia mientras se abrían paso entre los restos del apartamento de Cassidy Towne. El escritor había estado en muchos escenarios de crímenes con ella durante su acompañamiento el verano anterior, así que sabía que no se interpondría en su trabajo. Al menos tenía la suficiente práctica como para no coger una prueba con las manos desnudas y preguntar: «¿Esto qué es?». Aunque también era testigo en primera persona del elemento más profundo del artículo que estaba escribiendo para la revista, la muerte de la protagonista. Con sentimientos encontrados o sin ellos, no le iba a negar a Jameson Rook aquella cortesía profesional.

Cuando entraron en el despacho de Cassidy Towne, él le devolvió el favor tácito en especies apartándose de su camino y quedándose de pie cerca de las puertas de doble hoja que daban al jardín. La detective Heat siempre empezaba tomándose su tiempo para estudiar el cadáver. Los muertos no hablaban, pero si prestabas atención a veces te contaban cosas.

Lo primero que Nikki captó de Cassidy Towne fue la fuerza de la que Rook hablaba. El elegante traje azul marino de raya diplomática que llevaba sobre una blusa azul cobalto con un cuello blanco almidonado funcionaría tanto para una reunión en una agencia de talentos como para la fiesta de un estreno. Y había sido hecho por manos expertas para ella, realzando un cuerpo habituado a acudir regularmente al gimnasio. Heat deseó tener tan buen aspecto a los cincuenta y pico. Nikki admiró unas bonitas piezas de David Yurman que Towne lucía en las orejas y en el cuello y que supuestamente habían sobrevivido al robo. No tenía anillo de casada, así que, a menos que se lo hubieran robado, Heat podía descartar también el matrimonio. Supuestamente. La cara de Towne estaba descolgada por la muerte, pero era angulosa y atractiva, lo que la mayoría llamaría guapa; no era el mejor cumplido para una mujer pero, según George Orwell, había tenido alrededor de diez años desde los cuarenta para ganarse esa cara. Sin juzgarla, sino dejando hablar a su instinto, Nikki pensó en la impresión que Cassidy Towne le daba y la imagen que emergió fue la de alguien hecho para la guerra. Un cuerpo tonificado cuya dureza parecía ir más allá del tono muscular. La instantánea de una mujer que, en aquel momento, era algo que probablemente no había sido nunca en su vida: una víctima.

En breve llegó la policía científica y se puso a empolvar los puntos habituales en los que se solían encontrar huellas y a hacer fotos del cuerpo y del caos de la habitación. La detective Heat y su equipo trabajaban codo con codo, aunque más en sentido panorámico que en primer plano. Con los guantes azules de látex puestos, pululaban por el despacho examinándolo igual que los jugadores de golf analizan el *green* antes de un tiro largo al hoyo.

—Bueno, chicos. He encontrado mi primer calcetín desparejado. —La forma que tenía la detective de enfrentarse al escenario de un crimen, incluso a uno tan caótico como aquel, era simplificar su campo de visión. Lo sintetizaba todo para asimilar la lógica de la vida que se vivía en aquel espacio y usaba esa empatía para localizar incongruencias, pequeñas cosas que no encajaban. Calcetines desparejados.

Raley y Ochoa cruzaron la habitación para reunirse con ella. Rook ajustó su posición en el perímetro para seguirlos en silencio a distancia.

—¿Qué tienes? —preguntó Ochoa.

—Esto es un lugar de trabajo. Un lugar de trabajo lleno de cosas, ¿no? Era colaboradora de un importante periódico. Hay bolígrafos por todas partes, lápices, cuadernos hechos a medida y artículos de papelería. Una caja de Kleenex. Mirad esto. —Rodeó con cuidado el cuerpo, todavía recostado en la silla de oficina—. Es una máquina de escribir, por el amor de Dios. ¿No se habían librado ya de ellas todas las revistas y periódicos? Esas cosas hacen que se genere un montón ¿de qué?

—De trabajo —dijo Raley.

—De basura —dijo Rook, y los dos detectives de Heat se giraron en silencio y luego volvieron a mirar a Heat, incapaces de reconocerlo como parte de la conversación. Como si su pase de temporada hubiera caducado.

—Correcto —continuó, ahora más centrada en el punto al que quería llegar que en Rook—. ¿Qué pasa con la papelera?

Raley se encogió de hombros.

—Está allí. Volcada, pero allí está.

—Está vacía —dijo Ochoa.

—Correcto. Y con todo el desbarajuste que hay en esta habitación podríais pensar que tal vez se hubiera volcado. —Se agachó al lado de ella y ellos la acompañaron—. Nada de clips, de recortes, de Kleenex ni de papeles arrugados alrededor.

—Puede que la hubiera vaciado —dijo Ochoa.

—Es posible. Pero mirad eso —dijo inclinando la cabeza hacia el aparador que la colaboradora utilizaba como armario para guardar el material de oficina. También lo habían desvalijado. Y entre su contenido esparcido por el suelo había una caja de bolsas de basura para papeleras. Marca Simplehuman, del tamaño de la papelera vacía.

—En esta papelera no hay bolsa de basura —dijo Raley—. Y tampoco en el suelo. Es un calcetín desparejado.

—Un calcetín desparejado, eso es —dijo Heat—. Cuando entramos vi que había un contenedor de madera para vaciar los cubos de basura en el pequeño patio.

—En marcha —dijo Raley.

Él y Ochoa fueron hacia el recibidor. La forense Lauren Parry se dirigía hacia la puerta mientras ellos salían. En el pequeño espacio que quedaba entre los muebles volcados, ella y Ochoa acabaron haciendo un paso de baile improvisado para esquivarse. De un vistazo, Nikki pilló a Ochoa mirando fijamente a Lauren mientras se iba. Tomó nota mentalmente para alertar a su amiga más tarde sobre los hombres despechados.

El detective Ochoa acababa de separarse. Había ocultado la ruptura a la brigada durante un mes, más o menos, pero ese tipo de secretos no lo seguían siendo mucho tiempo en una familia tan unida como la del trabajo. La marca de la lavandería fue lo que lo delató cuando empezó a aparecer con camisas de vestir que tenían etiquetas colgadas en el torso en las que ponía «Empaquetadas para su mayor comodidad». La semana anterior, mientras tomaban una cerveza después del trabajo, Nikki y Ochoa se habían quedado rezagados en la mesa y ella había aprovechado la oportunidad para preguntarle cómo le iba. La tristeza lo había inundado y le había dicho: «Ya sabes, es un proceso». A ella no le hubiera importado dejarlo ahí, pero él había acabado la Dos Equis y había esbozado una sonrisa. «Fue como lo que dicen en los anuncios de coches. Lo que le pasó a nuestra relación, me refiero. Vi uno en la tele en mi nuevo apartamento la otra noche que decía: "Cero por ciento de interés durante dos años". Como nosotros». Luego se avergonzó por haberse abierto de aquella manera, dejó dinero bajo el vaso vacío y se largó. No volvió a sacar el tema y ella tampoco.

—Siento no haber llegado antes, Nikki —dijo Lauren Parry dejando las cajas de plástico de muestras en el suelo—. He estado con un doble accidente mortal en la autopista FDR desde las cuatro de… —La voz de la forense se apagó cuando vio a Rook con un hombro apoyado contra la puerta que daba a la cocina. Él sacó una de las manos del bolsillo y la saludó. Ella asintió y le sonrió, luego se volvió hacia Heat y acabó la frase—. La mañana.

De espaldas a Rook, fue capaz de murmurar un «¿qué demonios…?» mirando a Nikki.

Nikki bajó la voz y le susurró a su amiga un «ya te contaré». Luego, en voz alta, continuó:

—Rook ha encontrado a la víctima.

—Ya.

Mientras su mejor amiga, que trabajaba en el Departamento Forense, se preparaba para realizar su examen, Heat la informó de los detalles del hallazgo que el escritor le había facilitado en su entrevista con él en la cocina.

—También, cuando tengas un momento, he visto una mancha de sangre allí. —La forense Parry siguió el gesto que Heat hizo señalando la misma puerta por la que ella acababa de entrar. Al lado del umbral, en el papel de pared victoriano, se podía ver un descoloramiento oscuro—. Es como si hubiera intentado salir antes de derrumbarse en la silla.

—Es posible. Tomaré una muestra. Tal vez la policía científica pueda cortar un trozo para poder analizarlo en el laboratorio, eso sería mejor aún.

Ochoa volvió para informarle de que los dos contenedores de basura que había en el hueco del patio estaban vacíos.

—¿En plena huelga de recogida de basuras? —dijo Nikki—. Busca al portero. Averigua si él los ha vaciado. O si tienen recogida de basura privada, aunque lo dudo mucho. Pero compruébalo de todos modos, y si la tienen, localiza el camión antes de que cruce en barcaza a Rhode Island, o a donde quiera que los lleven estos días.

—Ah, y prepárate para el abordaje —dijo Ochoa desde la puerta—. Los furgones de los medios de comunicación y los fotógrafos se están alineando delante. Raley está con los agentes intentando que se echen hacia atrás. La noticia ha corrido como la pólvora. Atención, la bruja ha muerto.

Lauren Parry se levantó del cadáver de Cassidy Towne y anotó algo en su tabla.

—La temperatura corporal indica una franja horaria preliminar de la muerte de entre medianoche a las tres de la madrugada. Podré concretar más cuando mida el nivel de lividez y lleve a cabo el resto del procedimiento.

—Gracias —dijo Nikki—. ¿Y la causa?

—Bueno, como siempre, es preliminar, pero yo creo que es obvia. —Movió con cuidado la silla de oficina para inclinar el cuerpo hacia delante mostrando así la herida—. Tu colaboradora sensacionalista fue apuñalada por la espalda.

—Qué poco simbólico —dijo Rook.

\* \* \*

Cuando la asistente de Cassidy Towne, Cecily, llegó para trabajar a las ocho, rompió a llorar. Los de la científica le dieron el visto bueno a Nikki Heat y ella cogió dos de las sillas de la sala de estar y se sentó con ella, poniendo una mano sobre la espalda de la joven mientras Cecily se inclinaba hacia delante con la cara entre las manos. La policía científica había precintado la cocina, así que Rook le dio la botella de agua que llevaba en el bolso de mensajero.

—Espero que no te importe que esté a temperatura ambiente —dijo, y luego le lanzó una mirada de «vaya» a Heat. Pero si Cecily lo relacionó con el estado de su jefa en la habitación de al lado, no lo demostró.

—Cecily —dijo Nikki cuando esta acabó de beber un trago de agua—, sé que esto debe de ser muy traumático para ti.

—No tiene ni idea. —Los labios de la asistente empezaron a temblar, pero se mantuvo entera—. ¿Se da cuenta de que esto significa que tengo que buscarme otro trabajo?

Nikki levantó lentamente la vista hacia Rook, que estaba de pie enfrente de ella. Lo conocía lo suficientemente bien como para saber que quería que le devolvieran el agua.

—¿Cuánto tiempo llevabas con la señora Towne?

—Cuatro años. Desde que me gradué en Mizzou.

—La Universidad de Misuri tiene un convenio interno con el *Ledger* —intervino Rook—. Cecily pasó de este a la columna de Cassidy.

—Eso debe de haber sido una gran oportunidad —dijo Nikki.

—Supongo. ¿Voy a tener que limpiar todo esto?

—Creo que nuestra policía científica va a estar ocupada aquí durante la mayor parte del día. Supongo que el periódico te dejará tomarte un tiempo libre mientras hacemos nuestras cosas. —Aquello pareció tranquilizarla de momento, así que Nikki insistió—. Tengo que pedirte que reflexiones sobre algo, Cecily. Puede que en este momento te resulte difícil, pero es importante.

—Vale.

—¿Se te ocurre alguien que quisiera matar a Cassidy Towne?

—Está de broma, ¿no? —Cecily levantó la mirada hacia Rook—. Está bromeando, ¿verdad?

—No. La detective Heat nunca bromea. Créeme.

Nikki se acercó inclinándose más en la silla para captar de nuevo la atención de Cecily.

—Oye, ya sé que no hacía más que meterse en líos y todo eso. Pero durante los últimos días o semanas, ¿se produjo algún incidente inusual o recibió alguna amenaza?

—Literalmente todos los días. Ni siquiera las leía. Cuando organizaba su correo electrónico en el *Ledger*, dejaba ahí los mensajes en un gran saco. Algunos de ellos son bastante descabellados.

—Si te llevamos hasta allí, ¿nos los enseñarías?

—Claro. Probablemente le tendrán que pedir permiso al editor jefe, pero por mí no hay problema.

—Gracias, lo haré.

—Ella recibe llamadas —dijo Rook—. Su extensión del *Ledger* está desviada aquí.

—Sí, es verdad. —Cecily le echó un vistazo a aquel desbarajuste—. Si son capaces de encontrarlo, en su contestador automático hay algunas cosas asquerosas —dijo mirando alrededor. Nikki tomó nota de que había que localizarlo y escuchar los mensajes en busca de alguna pista.

—Me he dado cuenta de algo más que habéis pasado por alto —dijo Rook—. Los archivadores no están. Ella tenía unos archivadores grandes en la esquina al lado de la puerta.

A Nikki no se le había ocurrido lo de los archivadores. Aún no, al menos. Un punto para Rook.

—Allí debería haber dos —afirmó la asistente. Se inclinó hacia delante en la silla para aventurarse a echar un vistazo al estudio, pero decidió que mejor no.

Heat apuntó lo de los archivadores prófugos.

—Otra cosa que podría resultar útil sería su agenda. Doy por hecho que tenía acceso a su calendario de Outlook. —Cecily y Rook compartieron una mirada divertida—. ¿Me estoy perdiendo algo?

Rook dijo:

—Cassidy Towne era de la vieja escuela. Tenía todo en papel, no usaba ordenador. No se fiaba de ellos. Decía que le gustaba lo prácticos que eran, pero que era demasiado fácil que alguien te robara material. Por los reenvíos de correos electrónicos, los piratas informáticos y todo eso.

—Lo que sí tengo es su lista de citas. —La asistente abrió la mochila y le tendió a Nikki una agenda de espiral—. También tengo las antiguas. Cassidy me hacía guardarlas para justificar comidas de negocios y hacer la declaración de la renta.

Nikki levantó la vista de una página reciente.

—Aquí hay dos tipos de letra.

—Sí —dijo la asistente—. La mía es la legible.

—Fuera bromas —replicó Nikki mientras pasaba las páginas—. No entiendo nada de lo que hay aquí escrito.

—Ni usted ni nadie —señaló la joven—. Era parte de la diversión de trabajar para Cassidy Towne.

—¿Era una persona difícil?

—Era imposible. Cuatro años estudiando periodismo para convertirme en la siguiente Ann Curry, ¿y dónde acabo? De niñera de esa zorra ingrata.

Nikki se lo pensaba preguntar más tarde, pero ya que estaba siendo tan sincera aprovechó el momento.

—Cecily, esta es una pregunta rutinaria que le hago a todo el mundo. ¿Puedes decirme dónde estabas anoche, entre las once y las tres de la madrugada?

—En mi apartamento con la BlackBerry apagada para que mi novio y yo pudiéramos dormir un poco sin recibir ninguna llamada de Su Alteza.

\* \* \*

Durante el breve viaje de vuelta a la comisaría, Nikki le dejó un mensaje de voz a Don, su entrenador de lucha, para cambiar el entrenamiento de *jiu-jitsu* que tenía con él todas las mañanas. El ex marine estaría en aquel momento probablemente en la ducha, sin duda habría encontrado otro contrincante. Don era un tío sin ataduras ni preocupaciones. Lo mismo sucedía con el sexo entre ellos, cuando lo practicaban. Ninguno de los dos tenía problemas para encontrar otros contrincantes también en ese campo, y la relación sin ataduras conllevaba un estilo de vida factible para ambos. Si lo factible era lo tuyo.

Había hecho un paréntesis en lo de acostarse con Don durante el tiempo que había estado con Rook. No había sido una decisión meditada, simplemente así era como funcionaba. A Don nunca pareció importarle, ni siquiera le había preguntado por ello cuando reanudaron sus sesiones nocturnas ocasionales cuando el verano acabó y Jameson Rook desapareció de su vida.

Y ahora allí estaba de nuevo Jameson Rook, en su espejo retrovisor. Su ex amante iba de copiloto de Raley, ambos sentados sin abrir la boca en el coche que estaba detrás de ella mientras esperaban el semáforo, mirando a la nada cada uno por su ventanilla como si fueran un viejo matrimonio sin nada más que decirse. Rook había querido volver con Nikki a la 20, pero cuando Ochoa dijo que quería acompañar el cuerpo de Cassidy Towne hasta el Instituto de Medicina Forense, Heat le había pedido a Raley que hiciera de chófer del escritor. A nadie pareció entusiasmarle demasiado la idea, salvo a Nikki.

Pensó en Ochoa. Y en Lauren. ¿A quién pretendía engañar escudándose en el sentido del deber de mantenerse cerca de la famosa víctima, como si fuera su deber supervisar la entrega desde el escenario del crimen hasta la morgue? Tal vez debería mantenerse al margen y dejar que Lauren se las arreglara sola. Cuando Ochoa se había acercado para proponerle su plan, Nikki había visto la sonrisa disimulada en la cara de su amiga Lauren mientras escuchaba a hurtadillas. Mientras Nikki giraba en la 82 y aparcaba en doble fila delante de la comisaría, pensó que ya eran mayorcitos y que ella no era mamá gallina. Que disfrutaran de la poca felicidad que se podía encontrar en aquel trabajo. Que un hombre sea capaz de acompañar a un cadáver solo para estar contigo ya es más de lo que la mayoría están dispuestos a hacer.

\* \* \*

El furgón del juez de instrucción pasó por encima de un enorme bache en la Segunda Avenida y, en la parte trasera, la forense Parry y el detective Ochoa dieron un pequeño salto y volvieron a caer en sus asientos a los lados de la bolsa que contenía el cadáver de Cassidy Towne.

—Lo siento —dijo la voz del conductor desde delante—. La culpa es de las ventiscas del invierno pasado. Y del déficit.

—¿Estás bien? —le preguntó Ochoa a la forense.

—Sí, estoy acostumbrada, créeme —dijo ella—. ¿Estás seguro de que esto no se te hace un poco raro?

—¿Esto? No, estoy bien. No hay problema.

—Me estabas hablando de tu liga de fútbol.

—¿No te aburro?

—Por favor —dijo Lauren. Tras una breve pausa, continuó—. Me gustaría ir a verte jugar algún día.

Ochoa sonrió.

—¿De verdad? Seguro que solo estás siendo amable conmigo porque soy de los pocos vivos que te encuentras al día.

—Es cierto. —Y ambos se rieron. Él dejó de mirarla y bajó la vista durante un par de segundos, y cuando volvió a levantarla, ella le estaba sonriendo.

Reunió coraje y dijo:

—Oye, Laurie, voy a jugar de portero este sábado, y si estás…

Las ruedas chirriaron, el cristal se hizo añicos y la carrocería se aplastó. El furgón frenó tan en seco al chocar contra algo que las ruedas traseras se levantaron y volvieron a caer con violencia, haciendo que Ochoa y Lauren salieran despedidos. Ella se golpeó la parte trasera de la cabeza con la pared lateral de la plataforma de carga mientras el furgón se detenía.

—¿Qué demonios…? —dijo.

—¿Estás bien? —Ochoa se desabrochó el cinturón de seguridad para ir hacia ella, pero antes de que pudiera librarse de él las puertas traseras se abrieron de golpe y en ellas aparecieron tres hombres con máscaras de esquí y guantes apuntándoles con pistolas. Dos de ellas eran Glock y el tercer tío llevaba un rifle con una pinta horrible.

—¡Esas manos! —gritó el del AR-15. Ochoa dudó y el que le apuntaba le disparó al neumático trasero que estaba bajo él. Lauren gritó e, incluso con su dilatada experiencia, la ráfaga del arma sobresaltó a Ochoa—. ¡Esas manos ya! —Ochoa levantó las suyas. Las de Lauren ya estaban arriba. Los otros dos enmascarados enfundaron las Glock y se pusieron a desenganchar las sujeciones que anclaban la camilla en la que estaba el cadáver de Cassidy Towne al suelo del furgón. Trabajaban rápido y, mientras el del rifle ajustaba su posición para seguir apuntando a Ochoa, el resto de los integrantes de la banda sacaron rodando la camilla de la zona de carga y la hicieron desaparecer por un lado del vehículo donde Ochoa no alcanzaba a ver.

Detrás de ellos, los coches que circulaban en dirección al sur por la Segunda se estaban apelotonando. El carril que estaba justo detrás del tío que les apuntaba estaba parado y el resto avanzaban con lentitud esquivando el atasco. Ochoa intentó memorizar todos los detalles para más tarde, si es que salían de esa. No podía hacer mucho más. Vio pasar a un conductor hablando por el móvil y esperó que estuviera llamando al número de emergencias. Entonces los de la banda volvieron a cerrar de un portazo las puertas de la furgoneta.

—Como salgáis estáis muertos —gritó el del AR-15 a través del metal.

—Quédate aquí —dijo Lauren, pero el detective tenía la pistola en la mano.

—No te muevas —le indicó, y abrió la puerta de una patada. Saltó hacia el lado opuesto a aquel por el que se habían llevado la camilla y giró ocultándose tras la rueda trasera. Debajo del furgón pudo ver cristales rotos, líquido que salía del motor y las ruedas del camión de la basura con el que habían chocado.

Entonces Ochoa oyó a un coche arrancar quemando goma y rodeó el furgón en posición de disparar, pero el enorme todoterreno —negro y sin matrícula— ya había salido a toda pastilla. El conductor hizo un giro cerrado para evitar al camión de la basura y ponerlo entre él y Ochoa. En los segundos que le llevó al detective correr hasta el camión y apuntar, el todoterreno ya había salido por la calle 38 hacia la FDR en dirección a East River, o quién sabía adónde.

Detrás de Ochoa, un conductor gritó:

—Eh, colega, ¿puedes apartar eso de ahí?

El detective se dio la vuelta. Allá fuera, en medio del carril, estaba la camilla de Cassidy Towne. Vacía.

\* \* \*

La detective Heat regresó a la oficina diáfana después de haber recogido las cintas del contestador de Cassidy Towne y una agenda para que la analizaran los de la científica. Raley se le acercó a grandes zancadas mientras entraba.

—Hay novedades sobre el Tío del Coyote.

—¿Por qué haces eso? —A Heat no le gustaba que les pusieran motes a las víctimas. Entendía que era más rápido, que funcionaba como si fuera un sistema taquigráfico de comunicación que servía para que un escuadrón ocupado se comunicara con rapidez, que era como ponerle a un documento de Word un nombre que todos pudieran reconocer fácilmente. Pero además tenía un toque de humor negro que no le gustaba. Heat también entendía eso, que el mecanismo de protección en un trabajo tan sombrío era convertirlo en algo impersonal poniendo luz donde había oscuridad. Pero Nikki era producto de su propia experiencia. Cuando recordaba el asesinato de su madre no quería ni pensar que el grupo de homicidios que había llevado el caso hubiera utilizado aquella jerga para referirse a su madre, y la mejor manera de respetarlo era no hacerlo ella y no fomentarlo en su brigada, algo que había hecho siempre, aunque con dudoso éxito.

—Perdona, perdona —dijo Raley—. Empecemos de nuevo. Tengo algunos datos sobre nuestro varón hispano fallecido esta mañana. ¿El caballero que piensas que pudo haber sido atacado por un coyote?

—Mejor.

—Gracias. Tráfico encontró una furgoneta de reparto de frutas y verduras mal aparcada a una manzana del cadáver registrada a nombre de… —Raley consultó sus notas— Esteban Padilla de la 115 Este.

—En el Harlem español. ¿Seguro que la furgoneta es suya?

Raley asintió.

—La víctima encaja con una foto de familia que tenía pegada en el salpicadero. —Justo el tipo de detalle que siempre hacía que a Nikki le diera un vuelco el corazón—. Seguiré investigando.

—Bien, mantenme al tanto. —Asintió una sola vez y se dirigió a su mesa.

—Entonces, ¿de verdad crees que fue un coyote?

—Yo diría que sí —dijo —, de vez en cuando entran en la ciudad. Pero en este caso coincido con el forense: si ha habido coyote, acudió después de los hechos. No conozco a ningún coyote que robe carteras.

—El del Correcaminos —añadió el graciosillo de Rook, desde la vieja mesa en la que se solía sentar—. Por supuesto, antes habría conseguido un poco de dinamita marca ACME y se habría volado la nariz y el pelo. Y luego se habría quedado allí parado parpadeando —dijo imitándolo—. Vi muchos dibujos animados de crío.

Raley se giró hacia la mesa de Rook y Heat caminó hacia él.

—Creía que ibas a escribir una declaración y te marchabas.

—La he escrito —dijo—. Luego he intentado hacerme un expreso en la máquina que os regalé pero no ha habido manera.

—Bueno… No hemos hecho muchos expresos desde que te fuiste.

—Ya veo. —Rook se puso de pie y acercó hacia él la máquina que estaba en el fondo de la mesa—. Joder, estas cosas siempre pesan más de lo que parece. Mirad, no está enchufada y casi no tiene agua. Os la pondré a punto.

—No hace falta.

—Vale, pero si decidís usarla no le echéis agua y punto. Es una bomba, Nikki. Y como todas las bombas hay que cebarla.

—Vale.

—¿Quieres que te enseñe? Hay una forma correcta de hacerlo y otra incorrecta.

—Ya sé cómo… —Y decidió zanjar allí mismo la conversación—. Oye, basta ya de…

—¿Delicias humeantes?

—De cafés. Y atiende a tu declaración, ¿quieres?

—Ya está. —Le tendió una única hoja de papel y se sentó a esperar en el borde de la mesa.

Ella levantó la vista de la hoja.

—¿Esto es todo?

—He intentado ser conciso.

—Solo es un párrafo.

—Eres una mujer muy ocupada, Nikki Heat.

—Muy bien. —Hizo una pausa para organizar sus pensamientos antes de continuar—. Estaba convencida de que tras las semanas, y digo semanas, que acompañaste a nuestra colaboradora sensacionalista asesinada habrías reunido mucha más información que esto —dijo sujetando la hoja por una esquina con el pulgar y el índice dándole un aspecto aún más pobre. El aire acondicionado se encendió y la hoja se agitó al viento, proporcionando un buen toque de efecto.

—Claro que tengo más información.

—¿Pero?

—Mi ética periodística me impide comprometer mis fuentes.

—Rook, tu fuente está muerta.

—Y eso me libera —dijo él.

—Pues desembucha.

—Pero hay otras personas con las que he hablado que podrían no querer verse involucradas. O podría haber visto cosas o haber tenido acceso a confidencias que tal vez no quiera escribir ni sacar de contexto a costa de alguien.

—Puede que lo que necesitas sea tiempo para pensarlo.

—Eh, podríais meterme en el zoo del calabozo —dijo riéndose entre dientes—. Eso fue de lo mejorcito del tiempo en que te estuve acompañando, ver cómo amenazabas a los novatos en la sala de interrogatorios con ese farol. Maravilloso. Y eficaz.

Ella lo observó un momento y dijo:

—Tienes razón. Soy una mujer muy ocupada.

Dio medio paso, pero él se puso delante de ella.

—Espera, tengo la solución a este pequeño dilema —anunció, e hizo una pausa lo suficientemente larga como para darle tiempo a Heat a mirarlo de arriba abajo con bastante poca sutileza—. ¿Qué dirías si te propusiera que trabajáramos juntos en este caso?

—No creo que quieras oír lo que diría, Rook.

—Escucha. Quiero desarrollar este importante y crítico giro que ha sufrido mi artículo sobre Cassidy Towne y, si formamos un equipo, podría compartir mis pistas e impresiones sobre la víctima contigo. Yo quiero tener acceso y tú quieres fuentes, ambos salimos ganando. No, mejor que eso. Somos de nuevo tú y yo. Como en los viejos tiempos.

Muy a su pesar, Nikki se sentía arrastrada a un nivel que no controlaba. Pero entonces pensó que tal vez no podía controlar sus sentimientos, pero sí podía controlarse a sí misma.

—¿Cómo puedes ser tan obvio? Lo único que quieres es usar tus fuentes y tu opinión como señuelo para poder pasar tiempo conmigo de nuevo. Buen intento —dijo. Y se fue a su mesa.

Rook la siguió.

—Suponía que te gustaría la idea, por dos razones. En primer lugar, más allá de, efectivamente, permitirme el placer de tu compañía, nos daría la oportunidad de aclarar lo que quiera que haya pasado entre nosotros.

—Esa solo es una razón. ¿Y la otra?

—Que el capitán Montrose ya me ha dicho que sí.

—No...

—Es un gran tío. Y muy listo. Y el par de entradas para los Knicks tampoco vinieron nada mal. —Rook extendió la mano para que se la estrechara—. Parece que vamos a ser otra vez tú y yo, compañera.

Mientras Nikki miraba fijamente aquella mano, el teléfono sonó y ella se dio la vuelta para contestar.

—Hola, Ochoa. —Entonces se puso pálida y su exclamación de «¿qué?» hizo que todas las cabezas de la oficina diáfana se giraran hacia ella—. ¿Pero estáis bien? —Escuchó, asintió y dijo—: De acuerdo. Vuelve aquí lo antes posible una vez hayas declarado.

Cuando colgó, un público formado por los ocupantes de la oficina se había congregado alrededor de su mesa.

—Era Ochoa. Alguien ha robado el cadáver de Cassidy Towne.

Le siguió un silencio de asombro que fue interrumpido por Rook.

—Parece que hemos formado equipo justo en el momento oportuno.

Pero la mirada de Heat no encajaba en absoluto con su entusiasmo.

Capítulo
3

No es fácil dejar con la boca abierta a una sala llena de veteranos detectives de homicidios de Nueva York, pero aquello lo consiguió. El descarado asalto a plena luz del día a un furgón del Departamento Forense y el robo de un cadáver mientras lo trasladaban para hacerle la autopsia —delante de las narices de un policía armado— era toda una novedad. Sonaba más a Mogadiscio que a Manhattan. Cuando el silencio que se hizo en la oficina dio paso a los juramentos murmurados en voz baja y luego a una conversación en toda regla, Raley dijo:

—No entiendo por qué iban a querer robar su cadáver.

—Pues vamos a ponernos a ello para descubrirlo. —La detective Heat iba a pedir a los miembros de su brigada que se acercaran para hacer una reunión pero, a excepción de Ochoa, que estaba en un coche volviendo de testificar en la comisaría 17, en cuya circunscripción había tenido lugar el secuestro, toda la mano de obra estaba presente.

—¿Crees que es posible que los que robaron el cuerpo hayan sido los asesinos de Cassidy Towne? —preguntó el detective Rhymer, un policía de Robos que se había dejado caer por el espacio diáfano cuando la noticia había llegado a oídos de su departamento.

—Desde luego, ha sido lo primero que he pensado —dijo Nikki—. Pero a ella la apuñalaron. Esta gente tenía un AR-15 y muchas más armas. Si fueran sus asesinos, ¿no les habría resultado más fácil pegarle un tiro?

—Sí —añadió Raley—, y aunque les preocupara el ruido que podría hacer un disparo, si hubieran querido el cadáver tres tíos como ellos podían habérselo llevado esta mañana cuando se produjeron los hechos.

—No parece que esta banda tenga demasiados reparos —dijo Heat.

La gente asintió y los engranajes de sus cabezas giraron en silencio mientras pensaban en un posible motivo. La detective Hinesburg, que sabía cómo irritar a Nikki con sus particulares hábitos, le dio un mordisco a una manzana. Unas cuantas cabezas se volvieron hacia ella mientras masticaba y sorbía, haciendo caso omiso de las miradas de las que estaba siendo blanco.

—Tal vez... —Hizo una pausa para masticar más y luego, cuando hubo tragado, continuó—. Tal vez había pruebas en el cadáver.

Heat asintió.

—Bien. Eso podría valer. —Se dirigió hacia la pizarra blanca y escribió «¿Pruebas ocultas?». Luego se volvió hacia ellos—. No está muy claro qué tipo de pruebas, pero por algo se empieza.

—Puede que tuviera algo en los bolsillos. Dinero, drogas, joyas —propuso Raley.

—O tal vez alguna foto comprometedora —añadió Hinesburg antes de darle otro mordisco a la manzana.

—Todas ellas son posibles —dijo Heat. Las apuntó todas en la pizarra del asesinato y cuando hubo acabado miró de nuevo hacia la sala—. Rook, tú pasaste mucho tiempo con ella recientemente. Después de todo lo que viste de Cassidy Towne, ¿tienes alguna idea de por qué alguien iba a querer robar su cuerpo?

—Bueno, dado el número de personas a las que ella despellejó en su columna, tal vez, no sé… ¿Para asegurarse de que estaba muerta?

Todos rieron muy a su pesar y, cuando Heat se acercó a la pizarra, señaló:

—En realidad no va muy desencaminado. Cassidy Towne era una de las cazadoras de escándalos más temidas y odiadas. Esa mujer tenía poder para hacer y deshacer vidas y eso era lo que hacía a su antojo.

—Y porque le placía —añadió Rook—. Está claro que a Cassidy le divertía ver lo que podía conseguir que hiciera la gente. Además de hacerles pagar por lo que le hacían a ella.

—Pero eso es más una razón para matarla que para robarla. A menos que hubiera algo en su cadáver que pudiera delatar al asesino. —Nikki volvió a destapar su rotulador—. Como si hubiera sido un crimen pasional y se hubieran peleado y hubiera piel bajo las uñas de ella. Podría tratarse de una banda contratada para librarse de esas pruebas.

—O como las marcas del anillo que descubriste y que delataban que aquel ruso había asesinado a ese tío de la construcción, Matthew Starr —dijo Raley.

Heat escribió las palabras «¿Piel?» y «¿Marcas?».

—Si es así, todavía estamos elaborando una lista de enemigos. Y si lo que dice Rook es cierto, será larga de narices. Envié a algunos agentes a las oficinas del *Ledger* en Midtown para conseguir el correo que recibía de sus detractores. Hicieron falta dos para levantar el saco.

—¿Cuántos polis hacen falta para…? —murmuró Hinesburg.

—Eh, eh —dijo uno de los agentes que estaban de pie al fondo.

El detective Ochoa acababa de llegar de su calvario particular.

—Me siento muy mal, chicos —dijo mientras se sentaba donde siempre en el semicírculo mirando hacia la pizarra—. Primero roban su basura y ahora la roban a ella. Y delante de mis narices.

—Y probablemente con razón —replicó Raley—. A ver, arriba esas manos. ¿Cuántos creen que Ochoa debería haber encajado una ráfaga de ametralladora para salvar a un cadáver? —El compañero de Ochoa levantó su propia mano como demostración y pronto todos hicieron lo mismo.

—Gracias, chicos —dijo Ochoa—. Es conmovedor.

—¿Alguna novedad para nosotros, Oach? —preguntó Heat.

—No muchas. Por suerte la 17 nos está ayudando. Fueron ellos los que descubrieron que el camión de la basura que utilizaron para bloquear el furgón del forense era robado. Están en ello y entrevistando a los testigos y al conductor del furgón ahora que ha recuperado la consciencia. También están creando una lista de bandas que suelen usar máscaras de esquí y fusiles AR-15.

—Haremos lo siguiente —señaló la detective Heat dirigiéndose a toda la sala—: actuaremos en dos frentes, seguiremos analizando el escenario del asesinato de Cassidy Towne, pero también le daremos duro al robo del cadáver. Tengo la sensación de que si encontramos el cadáver encontraremos al asesino. —Y mientras la reunión se disolvía añadió—: ¿Roach?

—*Moi* —respondieron los dos casi al unísono.

—Llamad a algunas puertas en la 78. Empezad por el piso de arriba de su edificio y continuad a partir de allí. Buscad cualquier ruido, cualquier detalle, cualquier relación…

—Para encontrar otro calcetín desparejado —concluyó Raley.

—Tú lo has dicho. Y por el camino pon al día a Ochoa sobre nuestro varón hispano.

—¿El Tío del Coyote? —dijo Ochoa.

—Esta te la paso por haber sobrevivido hoy. Sí, el Tío del Coyote. Rook y yo intentaremos convertir el montón de candidatos en una lista de enemigos manejable.

—Tú y Rook —repitió Ochoa—. ¿Te refieres a...?

—He vueltooo —interrumpió Rook con su típico tono cantarín.

Mientras se preparaban para irse, llegó un paquete del Columbus Café. Rook les dijo a todos que cogieran un sándwich, que lo consideraran un gesto de bienvenida por haber regresado. Raley cogió uno de atún con pan blanco, se dio la vuelta y ya se estaba yendo cuando Rook lo llamó para que volviera mientras levantaba un enorme vaso.

—Esto es especialmente para ti, Rales.

Raley lo cogió.

—Vaya, gracias.

—Y como sé lo dulce que te gusta, hay paquetes extra de miel en la bolsa solo para ti, Té Dulce.

Escuchar aquel mote que odiaba y que le había puesto un antiguo compañero por su amor al té con miel hizo que Raley se enfadara lo suficiente. Escucharlo procedente de Rook después de que lo hubiera contado en su artículo le sacaba de sus casillas. La piel de los labios de Raley empezó a llenarse de motas blancas a medida que los apretaba. Y entonces se relajó y le devolvió el vaso.

—Creo que no tengo sed —fue lo único que le dijo a un confundido Rook antes de darle la espalda e irse.

\* \* \*

La detective Heat entró en el coche camuflado y Rook se abrochó el cinturón en el asiento del copiloto. Ella le preguntó adónde iban y él se limitó a guiñarle un ojo, a poner un dedo sobre los labios en señal de silencio y a decirle que cogiera la autopista West Side en dirección sur. A ella no le volvía loca aquel trato, pero él había pasado mucho tiempo con Cassidy Towne y tal vez algo de lo que sabía podría resultar útil. Además aún no tenían ninguna pista, así que el precio que tenía que pagar por necesitar a Jameson Rook era en realidad tener que aguantar a Jameson Rook.

—¿Qué te parece? —preguntó el periodista mientras circulaban al lado del Hudson.

—¿Qué me parece el qué?

—Me refiero a este cambio tan radical. Al cambio de papeles. Esto continúa siendo un acompañamiento, solo que esta vez en lugar de un acompañamiento de un periodista a una poli es el acompañamiento de una poli a un periodista.

Ella se quedó en silencio y luego le miró.

—¿Te has dado cuenta de que soy yo la que conduce?

—Mejor aún. —Él bajó la ventanilla y respiró el límpido aire otoñal. Mientras él contemplaba el río Hudson, Nikki observó cómo el viento le revolvía el pelo y recordó la sensación de tener la mano metida entre él. Recordó cómo lo había agarrado para atraerlo hacia ella la primera noche que se habían acostado, y casi fue capaz de saborear las limas de los margaritas que habían improvisado en su sala de estar aquella noche. Él se giró y la pilló mirando, y ella notó cómo se ruborizaba. Volvió la cara para que él no se diera cuenta, pero sabía que la había visto. Maldito fuera. Maldito Jameson Rook.

—¿Qué pasa con Raley?

—¿A qué te refieres? —Dios, se alegraba de que cambiara de tema y dejara de hablar de ellos dos.

—¿Qué le he hecho para que esté tan cabreado? Ya había notado cierto mal rollo por parte de tus dos chicos, pero ahora Raley me mira realmente mal.

Igual que sabía lo que le pasaba a ella, sabía también qué les pasaba a Raley y Ochoa. Desde que el artículo de Rook sobre su experiencia de acompañamiento en verano había salido publicado en octubre en *First Press,* Nikki había tenido que soportar ser el blanco de todas las miradas que el artículo había atraído hacia ella, y no precisamente para bien. Muchos de sus compañeros se habían sentido ninguneados y estaban celosos o dolidos. Las consecuencias no eran agradables y se lo echaban en cara todos los días. Hasta Raley y Ochoa, los aliados más incondicionales de su equipo, habían sentido su amor propio herido al haber sido reducidos a una nota a pie de página en lo que había resultado ser, por desgracia para Heat, una carta de amor dedicada a ella. Pero Nikki no estaba dispuesta a inmiscuirse en sus respectivos sentimientos de resentimiento por el artículo de Rook, como tampoco lo estaba a abrir su propia caja de Pandora, que era aún más personal.

—Pregúntale a Raley —se limitó a decir.

Él lo dejó pasar mientras enviaba algunos mensajes de texto.

—Ya está, sal de la autopista en la Catorce y ve hacia el sur por la Décima Avenida —indicó a continuación.

—Gracias por avisar. —Estaban casi encima de la salida. Comprobó mirando hacia atrás por encima del hombro que no viniera nadie y dio un volantazo para entrar en el carril de incorporación antes de que se lo pasaran de largo.

—Uno que sabe —dijo él.

Mientras entraba de bruces en la Décima Avenida, preguntó:

—¿Estás seguro de que tu fuente va a querer hablar conmigo?

—Afirmativo —contestó levantando su iPhone—. Le he mandado un mensaje y no hay problema.

—¿Y hará falta una combinación especial de golpes en la puerta? ¿Una contraseña? ¿Un apretón de manos secreto?

—¿Sabes, detective Heat? Me duele que te burles de mí.

—Una que sabe —dijo ella.

Solo dos minutos después se bajaron del coche en el aparcamiento del túnel de lavado de vehículos Apple Shine 24 horas. Rook se giró para mirarla. Ella se bajó las gafas de sol hasta la nariz y lo miró por encima de ellas.

—Estás de broma.

—¿Sabes? Con un poco de pelo rojo podrías ser ese tío de *CSI*.

—Rook, te juro que como me estés haciendo perder el tiempo aquí...

—¿Qué tal, Jamie? —dijo una voz detrás de ella. Se giró y vio al colega mafioso de Rook, Tommaso Nicolosi, alias *Tommy el Gordo*, al otro lado del aparcamiento. Había abierto la puerta de cristal de la sala de lavado y les hacía gestos para que se acercaran. Rook le dedicó una sonrisa satisfecha y fue hacia él. Ella lo siguió mientras echaba un vistazo como quien no quiere la cosa al aparcamiento para ver si había algún amigo gánster.

Una vez dentro del vestíbulo del Apple Shine, Tommy el Gordo le dio a Rook un abrazo de oso y un par de palmadas en la espalda. Luego se giró hacia Heat con una sonrisa.

—Me alegro de volver a verla, detective. —Extendió la mano y ella se la estrechó, preguntándose para cuántos puñetazos y cosas peores la habría utilizado en las décadas que llevaba en la familia.

Un chófer uniformado con los debidos traje negro y corbata roja salió de la sala de descanso y se sentó a leer el *Post* detrás de ellos. Vieron cómo la cara de Tommy el Gordo se tensaba.

—Hace un día precioso —dijo Rook—. ¿Prefieres que hablemos en una de las mesas de fuera?

El mafioso observó con cautela la concurrida esquina de la Diez con Gansevoort.

—Mejor no. Vamos a la oficina.

Rodearon el mostrador que había detrás de él y entraron en un cuarto en cuya puerta ponía «Privado».

—¿Has perdido más peso? —preguntó Rook mientras Tommy el Gordo cerraba la puerta. Al gánster le habían puesto aquel mote a principios de los años sesenta, cuando, según la leyenda, durante una de las guerras de extorsión se había tragado tres babosas pero había sobrevivido gracias a su intestino. Cuando Rook lo conoció, Nicolosi aún era lo suficientemente fuerte como para poner de lado su Cadillac El Dorado, pero ahora le tenía más miedo al colesterol que a las balas. Heat se fijó en que llevaba un chándal similar al del día en que se lo habían presentado en aquella obra en verano, y parecía que le quedaba un poco flojo.

—Te has dado cuenta, bendito seas. Solo dos kilos y medio más. Acuérdate de lo que te digo, Tommy el Gordo se pondrá en ochenta.

—Si adelgazas más voy a tener que atarte un lazo para verte —exageró Rook para darle el gusto.

Tommy se rió.

—Es imposible no adorar a este tío. ¿Usted no lo adora?

Nikki sonrió y asintió con la cabeza una sola vez.

—Sentaos, sentaos. —Mientras se acomodaban en el sofá, él se dejó caer en la silla que había detrás de la mesa—. Por cierto, me gustó el artículo que Jamie escribió sobre usted. Me gustó mucho. ¿A usted no?

—Sin duda fue… memorable. —Se volvió hacia Rook y lo miró para indicarle que estaba lista.

Rook se dio por aludido.

—Te agradecemos mucho que nos hayas recibido. —Esperó al protocolario gesto de Tommy el Gordo con la mano restándole importancia y continuó—: Estoy trabajando con Nikki en el asesinato que ha habido esta mañana y le he dicho que tú tenías alguna información que podría servir de ayuda.

—¿No se la has dado tú?

—Te di mi palabra.

—Buen chico. —Tommy el Gordo se quitó sus gafas de sol extragrandes dejando al descubierto unos ojos de basset hound que clavó en Nikki—. Ya conoce mi negocio. Yo tengo las manos limpias, pero conozco a gente que conoce a gente que no son precisamente ciudadanos ejemplares. —Heat sabía que estaba mintiendo. Aquel cordial hombrecillo era tan malo como el resto, pero sabía aislarse de todo acto criminal a las mil maravillas—. Solo para que quede claro. El caso es que hace poco recibí una llamada de alguien preguntando cuánto costaría quitar de en medio a Cassidy Towne.

Heat se irguió un poco más en el sofá.

—¿Contratar a alguien para quitarla de en medio? ¿Alguien lo llamó para quitar de en medio a Cassidy Towne?

—No tan rápido. Yo no he dicho que nadie quisiera eliminarla. Alguien preguntó cuánto costaría. Ya sabe que en estas cosas hay niveles. Eso me han dicho. —Heat abrió la boca para hablar, pero él levantó la mano y continuó—. Y… —Y no dijo nada más.

—¿Eso es todo? —inquirió ella.

—Sí, ahí quedó la cosa.

—Lo que quiero decir es si eso es todo lo que sabe.

—Jamie dijo que necesitaba ayuda, así que se la estoy prestando. ¿A qué se refiere con que si eso es todo?

—Me refiero —contestó— a que quiero un nombre. —Él apoyó los codos sobre la mesa, miró a Rook y luego la miró a ella de nuevo. Heat se volvió hacia Rook—. ¿Te dijo el nombre?

—No —respondió Rook.

—No lo sabe.

—Quiero el nombre —dijo la detective Heat sosteniendo la mirada del mafioso.

Se produjo un largo silencio. Al otro lado de la pared se oyó un compresor que lanzaba agua a presión contra un coche. Cuando paró, Tommy el Gordo susurró:

—Quiero que sepa que solo se lo doy porque está con él. ¿Entendido?

Ella asintió.

—Chester Ludlow —dijo, y se puso las gafas.

A Nikki le dio un vuelco el corazón. Iba a apuntarlo, pero pensó que no se le iba a olvidar el nombre de un ex congresista.

—¿Algo más? —preguntó Tommy el Gordo mientras se levantaba.

—Nada —contestó Rook también levantándose.

—Casi nada —dijo la detective, que seguía sentada—. Necesito algo más.

—Esta los tiene bien puestos.

Ahora le tocó a Rook asentir.

Nikki se levantó.

—Esta mañana una banda compuesta por tres hombres armados y un conductor secuestraron el furgón del juez de instrucción y robaron el cadáver de Cassidy Towne.

Tommy el Gordo se dio una palmada en el muslo.

—Joder, ¿han atracado el furgón del matadero? Qué ciudad.

—Quiero sus nombres. Dos de mis amigos iban en ese furgón y el conductor está en el hospital. Eso además del robo del cadáver.

Tommy el Gordo abrió las manos con gesto desvalido.

—Ya he dejado claro que yo no hago ese tipo de trabajos.

—Lo sé. Pero como usted mismo ha dicho, conoce a gente que conoce a gente. —Se acercó a él y subrayó cada una de sus palabras apuntándole al pecho con un dedo—. Pues conozca a alguna más —dijo, y sonrió—. Se lo agradecería. Y haría que todo fuera más agradable cuando nos volviéramos a ver, Tommy. Ah, y enhorabuena por la pérdida de peso.

Él se volvió hacia Rook.

—Te gustan las tías con pelotas.

Fuera, en el vestíbulo, volvieron a estrecharse la mano.

—Por cierto, Tommy, no sabía que este sitio era tuyo —dijo Rook.

—No lo es —replicó el otro—. Solo he venido a lavar el coche.

Heat llamó a comisaría para pedir la dirección de Chester Ludlow en cuanto volvieron al Crown Victoria. Cuando colgó, dijo:

—¿Qué mosca le habrá picado a Chester Ludlow con Cassidy Towne?

—Por su culpa ya no es congresista.

—Creía que había sido por méritos propios, a juzgar por el escándalo.

—Sí, pero adivina quién sacó a la luz la historia que hizo que todo se empezara a derrumbar. —Mientras ella salía del aparcamiento del lavado de coches, Rook añadió—: Me gustaría saber qué opinas ahora de mis fuentes.

—¿De Tommy el Gordo? Me gustaría saber por qué no avisaste a la policía.

—Aterriza, ¿no lo hice?

—Después de que muriera.

—Ya has oído a Tommy. De todos modos no iba a pasar nada.

—Pero pasó.

\* \* \*

Chester Ludlow no estaba ni en su casa unifamiliar de Park Avenue ni en su despacho del ático que daba a Carnegie Hall, sino en el sitio donde últimamente pasaba la mayor parte del tiempo: disfrutando del aislamiento esnob del Milmar Club en la Quinta Avenida, enfrente del zoo de Central Park.

Cuando Heat y Rook pisaron el embaldosado de mármol de la recepción, estuvieron sobre el mismo suelo que los multimillonarios y la élite social neoyorquina llevaban un siglo pisando. Entre aquellas paredes, Mark Twain había hecho un brindis por U. S. Grant en su cena de gala de bienvenida a Nueva York, cuando el general se instaló en la calle 66 Este tras su presidencia. Los Morgan, los Astor y los Rockefeller habían participado en bailes de máscaras en el Milmar. Se decía que Theodore Roosevelt había sido famoso por romper el código de color que allí imperaba al invitar a Broker T. Washington a los cócteles.

Lo que le faltaba en relevancia, lo compensaba con grandeza y tradición. Era un lugar silencioso y opulento donde sus miembros tenían asegurada la privacidad y un fuerte whisky con soda. En la actualidad el Milmar era una fortaleza idealizada del Nueva York de la posguerra, la ciudad de John Cheever, donde los hombres llevaban sombrero y salían a paso ligero al río de luz. Y, como Jameson Rook descubrió, también llevaban corbata, así que tuvo que pedir prestada una en el guardarropa para que a él y a Nikki Heat les permitieran la entrada en el salón.

Su anfitrión los dejó en la esquina más alejada del bar, donde el retrato de gran formato de Grace Ludlow, matriarca del clan político, se erigía juzgando grandiosamente todo lo que contemplaba. Bajo dicho retrato estaba Chester, el que había sido considerado en su momento la gran esperanza y actualmente el hijo descarriado, leyendo el *Financial Times* a la luz de la ventana.

Después de saludarse, Rook se sentó al lado de Ludlow en un sillón orejero. Nikki se acomodó enfrente de él en un canapé Luis XVI y pensó que estaba claro que aquello no era como la oficina del lavado de coches.

Chester Ludlow dobló con esmero las pálidas páginas color salmón del periódico y cogió la tarjeta de Heat de la bandeja de plata que estaba sobre la mesa de centro.

—«Detective Nikki Heat». Suena emocionante.

¿Qué responder a eso? ¿Gracias? En lugar de ello, ella se limitó a decir:

—Y este es mi compañero, Jameson Rook.

—Ah, el escritor. Eso explica lo de la corbata.

Rook pasó la palma de la mano por la corbata prestada.

—Ya ve, para un día que no voy vestido para entrar en el club.

—Eso es lo curioso de este lugar, puedes entrar sin pantalones pero no sin corbata.

Teniendo en cuenta que lo que había arruinado su carrera política habían sido sus escándalos sexuales, a Nikki le sorprendió tanto el comentario como el volumen de la posterior carcajada. Echó un vistazo para ver si alguno de los otros miembros se había molestado, pero los pocos que había diseminados por la espaciosa habitación abovedada no parecieron siquiera percatarse.

—Señor Ludlow —dijo ella—, me gustaría hacerle algunas preguntas sobre una investigación que estamos llevando a cabo. ¿Le gustaría ir a un sitio más privado?

—No hay nada más privado que el Milmar. Además, después del año que acabo de tener en el que se han aireado todas mis intimidades, no creo que me queden más secretos que ocultar.

«Eso ya lo veremos», pensó la detective.

—Eso me lleva a lo que me gustaría comentarle. Supongo que se habrá enterado de que Cassidy Towne ha sido asesinada.

—Sí. Por favor, dígame que fue una muerte lenta y dolorosa.

Rook se aclaró la garganta.

—¿Es consciente de que está hablando con una policía?

—Sí —dijo él volviendo a coger la tarjeta de Nikki para leerla de nuevo—. Y detective de homicidios. —Volvió a dejar con cuidado la tarjeta sobre la bandeja de plata—. ¿Tengo pinta de estar preocupado?

—¿Tiene alguna razón para estarlo? —preguntó ella.

—No —contestó el hombre reclinándose en la silla y sonriendo. Iba a dejar que ella hiciera su trabajo.

—Usted tenía problemas con Cassidy Towne.

—Creo que es más exacto decir que ella tenía problemas conmigo. No era yo el que tenía una columna sensacionalista diaria. No fui yo el que aireó públicamente mi vida sexual. No era yo el parásito que se aprovechaba de las desgracias y las miserias de otros sin importarle en absoluto el daño que podría estar haciendo.

Rook intervino.

—Por favor. ¿Sabe cuántas veces pillan a la gente con las manos en la masa y luego esta le echa la culpa a los medios de comunicación por informar de ello? —Nikki trató de captar su atención para que parara, pero aquello había hecho saltar un resorte en su mecanismo y no podía dejarlo pasar—. Un periodista diría que ella se limitó a pasar el rastrillo. Usted fue el que generó la basura.

—¿Y qué me dice de los días en los que no había nada sobre lo que informar, señor Rook? De los días que se sucedían sin noticias, sin nada nuevo sobre el escándalo, pero en los que esa carroñera se dedicaba a imprimir especulaciones e insinuaciones desenterradas de «fuentes anónimas» y «fuentes cercanas que lo habían oído a hurtadillas». Y cuando eso no era suficiente, ¿por qué no hacer un refrito de lo sucedido para mantener mi dolor en el punto de mira público? —Ahora Nikki se alegraba de que Rook hubiera intervenido. Ludlow estaba perdiendo su frialdad. Tal vez se descuidara—. Sí, tuve algunas aventuras sexuales ¿y qué?

—Lo pillaron visitando los salones sadomaso de Dungeon Alley.

—Mire a su alrededor. ¿Estamos en 2010 o en 1910? —replicó Ludlow con desdén.

Heat miró, en efecto, a su alrededor. En aquella sala cualquiera de las dos opciones habría sido factible.

—Si me permite —prosiguió ella decidiendo mantener la presión—, usted era un congresista que fue elegido por una plataforma en la que primaban los valores familiares y a la que pusieron en el punto de mira porque a usted le gustaba desde jugar a los caballitos hasta los juegos de tortura. Su mote en Capitol Hill era «el fustigado de la oposición». Estoy segura de que no le sentó demasiado bien que Cassidy Towne lanzara aquel rumor sobre usted.

—Inexorablemente —susurró—. Y ni siquiera tenía razones políticas. ¿Cómo es posible? Miren al payaso que pusieron en mi lugar cuando dimití. Yo tenía una agenda legislativa. Él tiene almuerzos y giras de escucha. No, esa zorra lo hacía todo por la tinta. Haría lo que fuera por vender periódicos y ascender en su sórdido trabajo.

—Se alegra de que esté muerta, ¿no? —dijo Nikki.

—Detective, hace sesenta y cuatro días que no bebo, pero tal vez abra una botella de champán esta noche. —Cogió el vaso de agua helada de la mesa de centro y bebió un largo trago, vaciándolo hasta los cubitos. Lo volvió a dejar en su sitio y metió de nuevo los pies bajo la silla—. Pero estoy seguro de que usted sabe por experiencia que el hecho de que yo tenga una fuerte motivación no me implica en absoluto en su asesinato.

—Está claro que la odiaba. —Rook estaba intentando volver a empezar con él, pero Chester Ludlow estaba de nuevo con todos los sentidos alerta.

—En pasado. Ya todo ha quedado atrás. Me rehabilité del sexo. Me rehabilité del alcohol. Hice terapia para controlar mi ira. Y ya ven. No solo no me voy a beber ese champán esta noche, sino que no necesitaba satisfacer mi ira con esa mujer atacándola.

—Usted no —atacó Heat—. No cuando puede endosarle su violencia a otra persona. Por ejemplo echándole encima a un matón de la mafia a Cassidy Towne.

Ludlow estaba tranquilo y dejó entrever una mínima reacción. Fue como si le hubieran dicho que su americana de lino estaba pasada de moda.

—Yo no he hecho nada de eso.

Rook dijo:

—No es eso lo que nos han contado.

—Ya veo. Nunca me imaginé que usted fuera de los de las fuentes anónimas, señor Rook.

—Yo las protejo. Así es como me aseguro la información fiable.

Ludlow se quedó mirando a Rook.

—Ha sido Tommy el Gordo, ¿verdad?

Rook se limitó a dedicarle una mirada inexpresiva. No pensaba revelar ninguna de sus fuentes y por supuesto no iba a descubrir a Tommy el Gordo.

Nikki Heat volvió a la carga.

—¿Debo asumir que está admitiendo que se puso en contacto con Tommaso Nicolosi para contratar a un matón?

—Vale —dijo Ludlow—. Está bien, lo llamé para preguntarle. Sufrí una recaída durante la terapia. Empecé a fantasear y a jugar con la idea de cuánto costaría, eso es todo. Tal vez ya no pueda hacer leyes, pero sé de buena tinta que no existe ninguna que prohíba hacer una pregunta.

—¿Y pretende que me crea que cuando Tommy el Gordo lo rechazó usted no fue a ofrecerle el negocio a nadie más?

Chester Ludlow sonrió.

—Decidí que había una manera mejor de vengarme. Contraté a un investigador privado de una importante empresa de seguridad para que investigara los trapos sucios de Cassidy Towne. Ojo por ojo. —O hipocresía por hipocresía, quiso añadir ella, pero se lo pensó mejor y decidió no interrumpirlo—. Investigué a una tal Holly Flanders. —Le deletreó el apellido pero Nikki no lo escribió, no quería que aquel hombre le dictara nada.

—¿Y para qué iba a investigarla?

—No voy a hacer su trabajo por usted. Pero le parecerá interesante para el caso. Y tenga cuidado, detective. Se compró un revólver hace diez días. Sin licencia, por supuesto.

Después de que el político vividor justificara su coartada diciendo que había estado en casa con su mujer toda la noche, Heat y Rook lo dejaron en paz. Mientras atravesaban la sala hacia el vestíbulo, una anciana menuda que estaba sentada en un sofá de dos plazas levantó la vista del daiquiri.

—Enhorabuena por su magnífico artículo, jovencita.

Incluso sonriendo, Grace Ludlow daba más miedo que en el cuadro.

Mientras Rook se quitaba la corbata prestada en el guardarropa, dijo:

—La familia Ludlow tiene tantos recursos y está tan bien relacionada que él bien podría haber sido el artífice de todo esto. —Se hizo un lío con la corbata y Nikki se acercó para ayudarle con el nudo.

—Pero hay algo que no entiendo —comentó ella—. Imaginemos que fue él. ¿Para qué iba a robar el cuerpo? —Nikki le rozó el pecho con las muñecas. Estaba lo suficientemente cerca como para oler el aroma de su colonia, sutil y limpio. Levantó la vista del nudo y lo miró a los ojos. Sostuvo su mirada un instante y luego se apartó—. Creo que vas a necesitar unas tijeras.

\* \* \*

Heat llamó desde las escaleras principales del Milmar para ver si habían descubierto algo sobre la víctima desaparecida. Nada. Ya que estaba, Nikki les pidió que investigaran a Holly Flanders. A continuación escuchó un mensaje de voz de los Roach y se dirigió hacia el coche.

—Vamos a dar un paseo. Los chicos tienen algo para nosotros.

Mientras atravesaban en coche el parque, Rook le preguntó:

—Vale, esto me está carcomiendo. ¿Cómo es que conoces lo del juego de los caballitos?

—¿Te pone, Rook?

—Sí y no. Me gusta y me asusta a la vez. Pero creo que más bien sí —dijo frunciendo el ceño—. No sé si me explico.

—Por supuesto. Yo lo sé todo sobre el placer y el miedo. —Esbozó una sonrisa traviesa pero mantuvo la mirada clavada en el taxi que iba delante de ella—. Y sobre fustas y collarines. —No necesitó mirarlo para saber que la estaba observando para ver si hablaba en serio.

Los de Tráfico tuvieron que apartar a los mirones para dejarlos entrar en la 78 Oeste. El número de furgones de medios de comunicación se había multiplicado por dos y cada canal se estaba posicionando para captar las imágenes en vivo que emitirían a partir de las cuatro de la tarde, para lo cual aún faltaban horas. Nikki tenía la corazonada de que la principal noticia no iba a ser el asesinato, sino el robo del cadáver. Se reunieron con Raley y Ochoa en el sótano del edificio de piedra arenisca de Cassidy Towne, en la oficina-taller del portero.

Se lo presentaron a Nikki y, cuando Rook apareció en la puerta, él sonrió.

—¿Qué tal, señor Rook?

—Hola, JJ. Lo siento mucho.

—Sí, me queda una limpieza a fondo por delante —dijo el portero.

—Y también lo de… Ya sabe.

—Lo de la señora Towne, sí. Horrible.

Nikki se dirigió a sus detectives.

—¿Tenéis algo para mí?

—En primer lugar —contestó Raley—, no hay servicio privado de recogida de basura.

—Es el peor chiste que he oído en la vida —intervino JJ—. El dueño de este edificio nunca apoquinaría para eso. Ni siquiera pone dinero para pintar. Ni para comprar un nuevo cubo rodante, mire las ruedas de esa cosa. Están hechas un asco.

—Entonces seguís con lo de la basura —dijo ella intentando que la cosa avanzara—. Has dicho «en primer lugar». ¿Y en segundo?

Ochoa continuó.

—JJ dice que hace poco tuvo que cambiar las cerraduras del apartamento de Cassidy Towne.

Eso captó su atención. Le lanzó una mirada a Rook.

—Es cierto. Fue hace un par de días —confirmó Rook.

El portero lo corrigió:

—No, esa fue la segunda vez. Tuve que cambiarlas dos veces.

—¿Las cambió dos veces? —se sorprendió Heat—. ¿Por qué, JJ?

—Tengo formación como cerrajero, así que se las cambié yo mismo de extranjis. Ya sabe, extraoficialmente. Nos venía mejor a los dos, ¿entiende? Ella se ahorró algo de dinero, yo me metí unas monedas en el bolsillo y todos contentos.

—Seguro que sí —dijo Nikki. JJ parecía buen tío aunque un poco charlatán. Para entrevistar a los charlatanes, según su experiencia, había que ser muy concreto, ir paso a paso—. Hábleme de la primera vez que cambió las cerraduras. ¿Cuándo fue?

—Hace solo dos semanas. Un día antes de que este colega de aquí empezara —respondió JJ señalando a Rook.

—¿Por qué? ¿Había perdido la llave o algo así?

—La gente no para de perder cosas, ¿verdad? Ayer en la radio hablaron de los móviles. ¿Dónde pierde la mayoría de la gente el móvil?

—¿En el baño? —preguntó Rook.

—Bingo. —Extendió la mano para estrechar la de Rook.

—JJ —intervino Heat mientras abría el bloc de notas para que se diera cuenta de que era algo importante—. ¿Por qué le pidió Cassidy que le cambiara las cerraduras hace dos semanas?

—Porque dijo que tenía la sensación de que alguien había estado entrando en su apartamento. La mujer no estaba segura, pero decía que pasaba algo raro. Que había cosas que estaban cambiadas de sitio, no donde ella las había dejado, y tal, y que le ponía la piel de gallina. Yo pensaba que aquello era solo una paranoia, pero claro, para mí era dinero, así que se las cambié.

Nikki apuntó una nota recordatoria para que los Roach comprobaran la fecha exacta, solo para situarlo en la línea de tiempo.

—¿Y la segunda vez? ¿Seguía teniendo la sensación de que alguien entraba?

El portero se rió.

—No hizo falta que tuviera ninguna sensación. Un tío echó la puerta abajo de una patada delante de sus narices.

Heat se giró hacia Rook inmediatamente, y este dijo:

—Me enteré de que estaba arreglando la puerta porque vi a JJ trabajando cuando vine a cenar con ella. Le pregunté cuál era la razón y me contestó que se había quedado sin llaves fuera de casa y que había tenido que echar la puerta abajo. Me pareció extraño, pero así era Cassidy Towne, era una caja de sorpresas.

—Puf, dígamelo a mí —replicó JJ, estrechándole de nuevo la mano a Rook.

Heat se volvió hacia los Roach.

—¿Hay algún informe del incidente?

—No —repuso Ochoa.

—Lo están volviendo a comprobar —dijo Raley.

—¿Cuándo fue eso, JJ?

Él se volvió hacia su banco de trabajo, miró un calendario de una marca de herramientas en el que salía una tía tetona y señaló un día en el que había una marca hecha con una cera de color naranja. Heat apuntó la fecha.

—¿Recuerda la hora? —preguntó.

—Claro, fue a la una de la tarde. Estaba a punto de fumarme el cigarro cuando lo oí. Estaba intentando reducir el consumo. Esos chismes son malísimos, así que me puse un horario.

—¿Ha dicho que lo oyó? ¿Se refiere a que vio cómo pasaba?

—Lo vi después de que pasara. Yo estaba en la acera porque aquí no se puede fumar y oí los gritos y luego el golpe. Aquel tío metió la puerta dentro.

—¿Y vio quién lo había hecho? ¿Podría describirlo?

—Claro. Conoce a Toby Mills, ¿no? El jugador de béisbol.

—Claro. ¿Quiere decir que se parecía a Toby Mills?

—No —dijo JJ—. Quiero decir que era Toby Mills.

\* \* \*

Los Yankees iban un juego por delante en la liga aún sin la participación del lanzador principal, Toby Mills, que estaba en la lista de lesionados por una lesión en los isquiotibiales que había sufrido en una heroica carrera para llegar a la primera base en el partido inaugural. Mills consiguió un impresionante *out* y un juego completo, pero también se ganó una baja indefinida y tuvo que disfrutar el resto de la liga como espectador. A la vuelta, mientras atravesaban Central Park en diagonal para ir a la casa unifamiliar que el lanzador tenía en el Upper East Side, Heat dijo:

—Muy bien, Jameson Rook, periodista de primera fila, ahora soy yo la que tiene una pregunta para ti.

—Intuyo que no va a tener nada que ver con lo de jugar a los caballitos, ¿me equivoco?

—Estoy intentando descifrar por qué no sabías que Toby Mills había echado abajo la puerta de Cassidy Towne, si pasabas tanto tiempo con ella por lo del artículo.

—Muy fácil. Porque yo no estaba cuando sucedió y porque ella no me lo contó —contestó, y se inclinó hacia ella desde el asiento—. Así de simple. Me mintió al decirme que lo había hecho ella misma. Y te diré algo, Nik, si hubieses conocido a Cassidy, no te costaría nada imaginártela haciéndolo. No es que fuera fuerte, era como un huracán. Las puertas cerradas y todas esas cosas no eran obstáculo para ella. Hasta incluí esa pequeña metáfora en mis notas para el artículo.

Ella tamborileó con los dedos sobre el volante.

—Ya. Y no solo te mintió, sino que no hay ningún informe policial.

—Un calcetín desparejado.

—No vuelvas a decir eso, ¿vale?

—¿Lo del calcetín desparejado?

—Es una expresión nuestra. No quiero volver a oírte decir eso a menos que estés clasificando la colada. —El semáforo de la Quinta Avenida cambió y ella salió del parque pasando por delante de las hileras de embajadas y consulados.

—¿Qué tipo de problema tendría con Toby Mills? O viceversa.

—Ninguno que yo supiera. Solía escribir sobre la época de niño rebelde que tuvo cuando llegó a los Yankees, pero eso ya era historia. Aunque la semana pasada sí escribió un artículo en el que comentaba que se había mudado a una nueva choza en el East Side, pero ese no es el tipo de noticias que se convierten en escándalos. Ni en agresiones.

—Te sorprenderías, Mono Escritor, te sorprenderías —dijo ella con una sonrisa de superioridad.

Mientras esperaban delante del interfono de la puerta principal de la casa unifamiliar de Toby Mills, la sonrisa de Nikki Heat era ya un lejano recuerdo.

—¿Cuánto tiempo llevamos aquí? —le preguntó a Rook.

—Cinco minutos —dijo él—, tal vez seis.

—Se me han hecho más largos. ¿Quién diablos se creen que son? Fue más fácil entrar en el Milmar y eso que tú no llevabas corbata —protestó, e imitó la voz que salía del pequeño altavoz—: «Estamos realizando las comprobaciones pertinentes».

—¿Sabes que probablemente te estén escuchando?

—Perfecto.

Él señaló hacia arriba.

—Y probablemente también viéndote.

—Mejor aún. —Se cuadró ante la cámara de seguridad y levantó la placa—. Se trata de un asunto policial oficial, quiero ver a un ser humano.

—Siete minutos.

—Para ya.

Y luego, en voz baja, él murmuró:

—Calcetín desparejado.

—Eso no ayuda.

Se oyó un crujido de electricidad estática y luego la voz del hombre volvió a sonar por el interfono.

—Lo siento, agente, pero estamos desviando todas las solicitudes a Ripton and Associates, los representantes del señor Mills. ¿Quiere que le dé su número de teléfono?

Nikki apretó la tecla «Hablar».

—En primer lugar no es «agente», sino «detective». Soy la detective de homicidios Heat, del Departamento de Policía de Nueva York. Necesito hablar directamente con Toby Mills en relación con una investigación. Puede dejarme hacerlo ahora o puedo volver más tarde con una orden judicial. —Satisfecha consigo misma, soltó el botón y le guiñó un ojo a Rook.

Volvió a oír aquella voz de pito.

—Si tiene un bolígrafo, puedo darle el número.

—De acuerdo —dijo ella—. Esta es una misión oficial, gestionaré la orden judicial. —Dio media vuelta delante de la puerta y se alejó como un rayo por la acera, con Rook pisándole los talones. Ya casi habían llegado a Madison, donde habían aparcado enfrente del Carlyle, cuando Rook oyó que gritaban su nombre.

—¿Jameson Rook?

Ambos se volvieron y vieron al aspirante a Cy Young, Toby Mills, en la acera delante de su casa unifamiliar haciéndoles señas para que volvieran.

Rook se volvió hacia Nikki, regodeándose.

—Lo que sea con tal de ayudarla, detective.

# Capítulo
## 4

Soy Toby —dijo cuando llegaron a la puerta principal. Antes de que Nikki pudiera presentarse, continuó—: ¿Podemos entrar? No me gustaría atraer a una multitud aquí fuera, si no les importa.

Sujetó la puerta para que pasaran y entró tras ellos en el vestíbulo. La estrella del béisbol llevaba un polo blanco y unos vaqueros y estaba descalzo. Nikki no sabría decir si su leve cojera se debía a que iba descalzo o a la lesión.

—Disculpen el malentendido de ahí fuera. Estaba echando una siesta y no querían despertarme —dijo, y miró a Rook—. Luego lo vi y me dije: «Tío, no puedes largar a Jameson Rook de esta manera». ¿Viene con la policía?

—Hola. Nikki Heat. —Le estrechó la mano e intentó no comportarse como la típica fan—. Un verdadero placer. —Sobre todo por lo bien que jugaba.

—Muchas gracias. Entren. Pónganse cómodos y veamos qué he hecho esta vez para que la policía y la prensa llamen a mi puerta.

Había una escalera de caracol a la izquierda, pero él los llevó hasta un ascensor que estaba en la pared del fondo del recibidor. Al lado había un hombre sentado tras una mesa con aspecto de agente de los servicios secretos, vestido con una camisa blanca de manga larga y una corbata lisa de color granate que observaba una pantalla dividida en cuatro cámaras de seguridad. Toby llamó al ascensor y, mientras esperaba, dijo:

—Lee, ¿cuando llegue Jess puedes decirle que he llevado a nuestros invitados al estudio?

—Claro —dijo Lee. Nikki reconoció su voz del interfono. Él se dio cuenta y dijo—: Siento la confusión, detective.

—No pasa nada.

Según el ascensor, la casa unifamiliar tenía cinco pisos y ellos se bajaron en el tercero. Los recibió un olor a alfombra nueva mientras entraban en una sala circular de la que salían pasillos en tres direcciones. Por lo que Heat intuía, dos de ellos llevaban a lo que probablemente serían dormitorios, en la parte de atrás de la propiedad rectangular. Mills hizo un gesto en forma de gancho con su brazo multimillonario para indicarles que lo siguieran hasta la puerta de al lado, que los llevó a una soleada habitación que daba a la calle que había abajo.

—Supongo que pueden considerar esto mi cueva.

El estudio era una sala de trofeos deportivos hecha con gusto. Había bates de béisbol enmarcados que compartían espacio en las paredes con fotos deportivas clásicas: Ted Williams mirando una bola volante de Fenway, Koufax en la Series de 1963, Lou Gehrig disfrutando de una llave de cabeza de Babe Ruth. Contra todo pronóstico, no era un santuario dedicado a Toby. Las únicas fotos que había de él eran con otros jugadores y ninguno de los trofeos eran suyos, aunque podía haber llenado la sala sin problemas. Heat interpretó que aquel era el lugar en el que huía de la fama, no en el que se regodeaba.

Toby se metió detrás de una barra de bar de madera clara con incrustaciones de color verde hierba y les preguntó si querían tomar algo.

—En realidad lo único que tengo es Coronel Fizz, aunque les juro que no es solo por lo del patrocinio, esa cosa me gusta de verdad. —Heat notó el acento de Oklahoma en su voz y se preguntó cómo sería graduarse en el instituto de Broken Arrow y llegar a donde él estaba en menos de diez años—. Doy por hecho que están trabajando, si no les ofrecería algo más que una bebida energética.

—¿Como qué? ¿Existe el General Fizz? —dijo Rook.

—¿Lo ve? Escritor tenía que ser. —Toby abrió algunas latas y vertió las bebidas sobre el hielo—. Los iniciaré con el de cola. No ha matado a nadie, al menos por ahora.

—Me sorprende que me conozca —dijo Rook—. ¿Suele leer mis artículos?

—Para ser sincero, leí el de su viaje a África con Bono y el de Portofino sobre Mick Jagger y su barco. Tío, tengo que hacerme con uno. Pero los que tratan de esos rollos políticos tipo Chechenia y Darfur no me interesan demasiado, sin ánimo de ofender. Aunque sobre todo lo conozco porque tenemos muchos amigos en común.

No tenía muy claro si Toby Mills estaba siendo un anfitrión natural o si los estaba entreteniendo, pero mientras ellos hablaban, ella disfrutó de la vista que había desde la ventana. Unas calles más allá se veía el Guggenheim. Incluso medio oculto por las filas de casas unifamiliares, la característica forma del tejado lo hacía inconfundible. Calle arriba, las copas de los árboles de Central Park estaban empezando a adquirir un leve toque otoñal. En dos semanas, el color atraería a todos los fotógrafos aficionados de la costa Este.

Nikki oyó a un hombre hablando con Toby, pero cuando se volvió aún no estaba en la habitación.

—Hola, Tobe, he llegado lo más rápido que he podido, colega. —Entonces entró. El tipo de aspecto atlético llevaba puesto un traje sin corbata y se acercó rápidamente a Rook. —Hola, Jess Ripton.

—Jameson Rook.

—Lo sé. Deberían haberme avisado antes, no concedemos entrevistas sin cita previa.

—Esto no es ninguna entrevista para la prensa —dijo Nikki Heat.

Ripton se volvió al advertir su presencia por primera vez.

—¿Es usted la policía?

—La detective —dijo dándole su tarjeta—. ¿Es usted el agente?

Tras el mostrador, Toby Mills se rió. Aquello era una carcajada en toda regla.

—No soy ningún agente. Soy jefe de estrategia. —Sonrió, aunque no sirvió de mucho para suavizarle el gesto ni para eliminar el retintín metálico de sus audaces palabras—. El agente trabaja para mí. Un agente se mantiene al margen, recauda los cheques y todos contentos. Yo llevo las relaciones públicas, las reservas, los medios de comunicación, la publicidad, todo aquello que forma parte de la cadena de valor.

—Debe de ser difícil escribir todo eso en una tarjeta —dijo Rook, ganándose otra carcajada de Toby.

Ripton se sentó en el sillón de la esquina.

—Díganme de qué va todo esto.

Nikki no se sentó. Al igual que no había aceptado el dictado de Chester Ludlow, no iba a hacerle el honor a la estampida de primera de Jess Ripton. Quería que aquella continuara siendo su reunión. Aunque ahora, al menos, ya tenía claro a qué venía toda aquella charla. Papá estaba aquí.

—¿Es usted el abogado de Toby?

—Tengo el título, pero no. Llamaré al abogado si lo considero necesario. ¿Lo es?

—No soy yo la que tiene que llamarlo —dijo con un tono ligeramente intimidatorio. Luego pensó «qué demonios», y dejó a Ripton en el sillón para sentarse en uno de los taburetes de la barra de cara a Mills—. Toby, quiero preguntarle por un incidente que tuvo lugar la semana pasada en la residencia de Cassidy Towne.

El relaciones públicas se puso en pie de un salto.

—No, no, no. No va a responder a ninguna pregunta de ese tipo.

—Señor Ripton, soy una detective de homicidios de Nueva York en una misión oficial. Si prefieren que haga esta entrevista en la comisaría 20, puedo arreglarlo. También puedo hacer que los furgones de los medios de comunicación que están en la calle 78 se muevan cuatro manzanas hacia el norte para captar algún vídeo de primera de la llegada de su cliente al interrogatorio. Dígame, ¿exactamente en qué punto de su cadena de valor estaría eso?

—Jess —dijo Toby rompiendo el silencio—, creo que deberíamos aclarar las cosas y zanjar esto de una vez.

Nikki no esperó a Jess. Toby estaba dispuesto, así que aprovechó el momento.

—Un testigo presencial dice que hace unos días le dio una patada a la puerta de su casa. ¿Es eso cierto?

—Sí, señora. Claro que lo hice.

—¿Y puedo preguntarle por qué?

—Muy fácil. Estaba cabreado con esa zorra por haberme puteado.

Jess Ripton ya debía de haberse agachado para recoger la cara que se le había caído porque volvió a meterse en la conversación, aunque esta vez con más diplomacia.

—Detective, ¿le parecería bien que yo le contara la historia? Toby está aquí para corregirme si olvido algo y usted podrá preguntarle todo lo que quiera. Creo que será más sencillo para todos y, como Tobe dice, podremos zanjar el tema. Parece que el equipo se va a clasificar para la American League Champion Series la semana que viene, y quiero que se centre en recuperarse de la tendinitis para poder jugar el partido inaugural.

—El béisbol me gusta —dijo Heat—. Pero me gustan más las respuestas directas.

—Por supuesto. —Él asintió y luego continuó como si ella nunca hubiera hablado—. No sé si se habrá fijado, pero Toby Mills no es de los habituales de las páginas de escándalos. Tiene mujer, un hijo pequeño y otro en camino. Su imagen de marca es la familia y no solo tiene publicidad de primera, sino también una próspera fundación benéfica.

Nikki le dio la espalda al trajeado y miró directamente al cliente.

—Toby, quiero saber por qué le dio una patada a la puerta de mi víctima de asesinato.

Eso hizo que Ripton se levantara. Cogió el taburete de la barra que estaba entre ella y Rook y lo echó hacia atrás creando el centro de un semicírculo alrededor de su cliente al sentarse.

—Es una historia muy simple, la verdad —dijo el mánager—. Toby y Lisa se mudaron a esta casa hace dos semanas. Querían estar en el corazón de la ciudad en la

que juega en lugar de en el condado de Westchester.
¿Y qué hizo Cassidy Towne? Publicar la historia con la
dirección incluida. Allí estaba en el *New York Ledger*,
la foto de Toby y de su casa a media página junto con la
dirección para que la pudiera ver cualquier pirado del
mundo.

»Y adivinen lo que pasó. Toby tiene un acosador.
La semana pasada, un par de mañanas antes de mudarse
a la nueva casa de sus sueños, Lisa se llevó a su hijo a dar
un paseo por Central Park. ¿A cuánto está el estanque
del velero? ¿A una manzana de distancia? Pues cuando
estaban entrando en el parque, el acosador se abalanzó
sobre ellos y empezó a gritar todas esas locuras que suelen decir dándoles a ambos un susto de muerte. Su escol-
ta intervino, pero el tipo huyó.

—¿Saben cómo se llama el acosador?

—Morris Granville —dijeron Toby y Jess a la vez.

—¿Hay constancia policial del incidente? —preguntó Heat.

—Sí, puede comprobarlo. El caso es que Toby estaba en el estadio cuando Lisa lo llamó llorando y perdió
los estribos.

—En serio, me volví loco.

—¿Es necesario que la instruya sobre los acosadores? ¿Es necesario que le diga lo que le sucedió a
John Lennon a menos de un kilómetro de donde estamos sentados? Olvídese de toda esa mierda de estrella
del béisbol, Toby Mills es un hombre. Hizo lo que cual-

quier buen marido y padre habría hecho cuando tiene la sensación primigenia de amenaza. Salió disparado hacia la casa de Cassidy Towne para leerle la cartilla. ¿Y qué es lo que hizo ella? Darle con la puerta en las narices.

—Así que la eché abajo de una patada.

—Y ahí quedó todo. *Game over.*

—*Game over* —repitió Toby.

El mánager sonrió y extendió el brazo hacia la barra para darle una palmadita en el brazo a su cliente.

—Pero ahora ya estamos mucho más tranquilos.

Jess Ripton escoltó a Heat y a Rook hasta la acera y se detuvo a charlar.

—¿Aún no han encontrado su cadáver?

—Aún no —contestó Nikki.

—Les diré algo. En mi trabajo he tenido que lidiar con un buen puñado de pesadillas en cuestión de relaciones públicas. Hoy por hoy no envidio a la policía de Nueva York. Aunque, a decir verdad, con mis honorarios podría superarlo. —Se rió de su propio chiste y le estrechó la mano a Heat—. Oiga, siento haberla atacado al principio —continuó—. Es mi instinto protector. Así me gané mi apodo. —«¿El de gilipollas?», pensó Nikki—. El Cortafuegos —dijo con no poco orgullo—. Pero ahora que hemos vuelto a empezar con el pie derecho, sigamos así. Si necesita cualquier cosa, llámeme.

—Hay una cosa que me gustaría tener —replicó ella.

—Dígame.

—Cualquier tipo de comunicación que el acosador haya mantenido con Toby. Cartas, correos electrónicos, lo que sea.

Ripton asintió.

—Nuestros chicos de seguridad lo tienen todo archivado. Tendrá las copias en su mesa al final del día.

—Tienen muchas cámaras de seguridad. ¿Tienen alguna imagen de él?

—Un par de ellas, por desgracia. Las incluiré también.

Se dispuso a volver a la casa unifamiliar, pero Rook dijo:

—He estado dándole vueltas a algo, Jess. Estuve trabajando codo con codo con Cassidy para el artículo sobre su perfil y nunca me dijo nada de la patada que le dio Toby a la puerta.

—¿A qué se refiere?

—A que sucedió la misma tarde que se lesionó los isquiotibiales —Rook dibujó unas comillas en el aire— «en el partido», ¿no?

—Va a tener que explicármelo, Jameson, porque no lo pillo. —Pero el aspecto inocente de Ripton no era nada convincente.

—Según mis cálculos, podría ser que se lesionara antes del partido. O que su proeza contribuyera a ello más tarde. Eso influiría en su contrato, por no hablar de las promociones publicitarias basadas en el valor de la familia que perdería si eso saliera a la luz, ¿no?

—No sé de qué está hablando. Si ella decidió no ser sincera con usted, cosa suya. —Hizo una pausa y esbozó de nuevo aquella ingenua sonrisa—. Lo único que sé es que le pedimos disculpas y la compensamos por los daños —dijo el Cortafuegos—. Y por las molestias. Ya sabe cómo va esto. Sacó en limpio un poco de dinero y unos cuantos cotilleos de los que resultaba que yo estaba al tanto. Así es como funciona el banco de favores. Créame, a Cassidy Towne no le disgustó el resultado.

Nikki sonrió.

—Tendré que confiar en su palabra.

\* \* \*

Al oír aquel siseo, Nikki Heat se giró desde su mesa. Era Rook. Estaba sorbiendo leche en el otro extremo de la oficina. Reanudó la lectura y, cuando acabó, un café con leche sin espuma aterrizó al lado de su vade.

—Lo he preparado —dijo Rook—. Yo solito.

—Una habilidad que sin duda te resultará útil. Hinesburg, ¿estás ahí? —gritó Heat.

—*Moi* —dijo una voz desde el pasillo. A Nikki le fastidiaba que la detective Hinesburg estuviera tan a menudo lejos de su mesa perdiendo el tiempo, e hizo una nota mental para hablarlo con ella en privado.

Cuando la detective errante entró, Heat dijo:

—Estoy buscando el informe que te pedí que consiguieras de Holly Flanders.

—No busques más. Acaba de llegar. —Hinesburg le tendió un sobre de papel manila de comunicación interna e hizo estallar su chicle—. Ah, y he escuchado las llamadas del contestador de Cassidy Towne. No nos dan ninguna pista, pero he aprendido unos cuantos tacos nuevos.

Mientras Nikki acababa de retirar la cinta roja del botón de cartón del sobre de comunicación interna, dijo:

—Toma. —Le tendió a la detective Hinesburg la hoja que acababa de leer—. Es el parte de incidencias de la agresión de un acosador la semana pasada. —Hizo un aparte con Rook—. La historia de Toby queda verificada, como era previsible.

—¿Nos estamos ocupando nosotros de eso? —preguntó Hinesburg entre estallidos de chicle.

Heat asintió.

—Pertenece a la comisaría de Central Park, pero las víctimas viven en la 19. Hagamos una fiesta y unámonos. No es que sea un concurso de poder, pero casi. Me interesa especialmente cualquier pista sobre el acosador.

—¿Morris Granville? —preguntó Hinesburg mientras le echaba un vistazo a la hoja.

—Puso pies en polvorosa. Avísame si vuelve a aparecer. Me van a enviar unas fotos más tarde, te las pasaré.

La detective Hinesburg se llevó la hoja a su mesa y empezó a leerla. Heat sacó el informe del sobre de comunicación interna y le echó un vistazo rápido.

—¡Bien!

Rook le dio un sorbo a su expreso doble, y dijo:

—¿Te ha tocado la lotería?

—Mejor que eso. Una pista sobre Holly Flanders.

—¿Efe, ele, a, ene, de, e, erre, ese? ¿Como el «Flanders» de Chester Ludlow?

—Ajá —dijo mientras pasaba una página del informe—. Tiene ficha policial, pero por poca cosa. Veintidós años, algunos pequeños actos de vandalismo por aquí y unos delitos menores por allá. Drogas de uso recreativo, hurtos en tiendas, timos callejeros y actualmente reconvertida en prostituta de baja estofa.

—Y dicen que todas las buenas están cogidas. No lo parece. Tengo una teoría.

—Dios mío, ya me había olvidado. Las teorías.

—Aquí tenemos a una mujer joven, una vil prostituta —dijo ahuecando la mano izquierda y levantándola—, y aquí a un viejo político arruinado y sadomaso que piensa con la entrepierna —dijo mientras levantaba la mano derecha ahuecada—. Yo creo que ella fue la chivata que lo desprestigió y ahora él quiere devolvérsela.

—Tu teoría sería interesante si no fuera por un pequeño detalle.

—¿Cuál?

—Que no estaba escuchando. —Se levantó y se metió el informe en el bolso—. Vamos a ver a Holly efe, ele, a, ene, de, e, erre, ese.

—¿Y tu café con leche?

—Ah, sí. —Heat volvió a su mesa, cogió el café con leche y se lo dio a la detective Hinesburg mientras salía.

Heat dio un rodeo en lugar de ir directamente al aparcamiento. Miró de reojo la ventana de la oficina del capitán Montrose al pasar, como de costumbre. Solía estar al teléfono, ocupado con el ordenador o fuera del despacho apareciendo por sorpresa ante sus agentes y detectives sobre el terreno. Esta vez estaba colgando el teléfono y le hizo una señal a la detective con el dedo índice que la hizo detenerse. Sabía de qué se trataba.

\* \* \*

Rook esperó hasta que salieron a la avenida Columbus antes de preguntarle qué tal le había ido.

—Con el capi siempre va todo bien —dijo Nikki—. Sabe que estoy haciendo todo lo posible para encontrar el cadáver. Y para resolver el caso. Y para hacer de este planeta un lugar más seguro que nos lleve a un futuro mejor. Una de las cosas que me gusta de él es que sabe que no tiene que presionarme.

—¿Pero…?

—Pero… —De pronto la invadió una ola de gratitud por tener a Rook a su lado. No estaba acostumbrada a que la escucharan. Mejor dicho, a que la escucharan y la comprendieran. La autosuficiencia que ella tanto valoraba funcionaba, pero nunca le devolvía una sonrisa ni se preocupaba por cómo se sentía. Lo miró. Estaba sentado en el asiento del copiloto, observándola, y le sobrevino un inesperado sentimiento de ternura. ¿Qué era aquello?

—Pero está bajo presión. Lo están examinando para promocionarlo a subinspector y este no es el mejor momento. No dejan de llamarle del centro de la ciudad y de la prensa. La gente quiere respuestas y solo quería preguntarme las últimas novedades.

Rook se rió.

—Ya veo que no te presiona nada.

—Sí, bueno, la prisa siempre está ahí. Y esta vez estaba sentada justo en su regazo.

—¿Sabes, Nikki? Mientras te estaba esperando, me puse a pensar en lo que le divertiría esto a Cassidy Towne. No lo de la muerte, eso sería de gilipollas, sino lo que ha sucedido desde entonces.

—Ahora el que me estás asustando eres tú, lo sabes, ¿no?

—Solo estoy compartiendo mis pensamientos —dijo él—. Si de algo estoy seguro es de que le encantaba llamar la atención. Es lo que he descubierto acerca de qué tipo de persona escribe una columna como la suya. Al principio pensaba que todo se reducía a la parte morbosa: el espionaje, las pilladas y todo eso. Para Cassidy, tanto la columna como su vida se basaba en el poder. ¿Quién iba a abandonar a unos padres maltratadores y a un marido maltratador para meterse en un negocio que no es mucho más agradable?

—¿Estás diciendo que su columna era su manera de vengarse del mundo?

—No estoy seguro de que sea así de simple. Creo que era más una herramienta. Solo una manera más de ejercer su poder.

—¿No es lo mismo?

—De acuerdo, es parecido, pero a lo que quiero llegar, a quien buscaba en el perfil que estaba haciendo, era a ella como persona. Para mí, la suya era una historia de alguien que había sobrevivido a toda una vida de quitarse mierda de encima y que estaba decidida a controlar la situación. Por eso devolvía los filetes perfectamente hechos para que se los pasaran más, porque podía permitírselo. O hacía que los tipos como yo apareciéramos al amanecer para trabajar para luego hacernos callejear en busca de un *bagel*. ¿Sabes qué creo? Creo que a Cassidy le encantaba el hecho de poder meterse en la cabeza de Toby Mills hasta tal punto que él acabara yendo a su casa y echara la puerta abajo. Eso ratificaba su poder, su importancia. Cassidy Towne adoraba hacer que las cosas sucedieran a su manera. O ser el centro de ellas.

—Pues ahora no podría estar más en el centro.

—Ese es exactamente mi punto de vista, bella dama —dijo. Bajó la ventanilla y miró hacia arriba como un niño que mira las nubes de algodón reflejadas en las torres del Time Warner Center mientras rodeaban Columbus Circle. Al salir de la circunvalación en Broadway, él continuó—: En resumidas cuentas, que ella preferiría estar viva, de eso estoy seguro, pero si tienes que irte y eres Cassidy Towne, ¿qué mejor legado que tener a media ciudad buscándote mientras la otra media habla de ti?

—Tiene sentido —convino Heat—. Pero sigues poniéndome la piel de gallina —añadió.

—¿Te da miedo o te gusta y te da miedo a la vez?

Ella se lo pensó y dijo:

—Me quedo con lo de la piel de gallina.

\* \* \*

El aburguesamiento de Times Square en los años noventa había transformado milagrosamente una zona que en su momento había sido peligrosa y desagradable en un sano destino familiar. A los teatros de Broadway les habían lavado la cara y programaban musicales de gran éxito, habían aparecido buenos restaurantes, las macrotiendas proliferaban y la gente volvía simbolizando, y tal vez guiando, el regreso de la Gran Manzana.

Pero el punto desagradable no desapareció. Básicamente lo desplazaron unas cuantas manzanas hacia el oeste, hacia donde Heat y Rook se dirigían. La última dirección conocida de Holly Flanders tras una redada de prostitución era un hotel de mala muerte situado entre las calles 10 y 41.

Ambos bajaron en silencio la mayor parte de la Novena Avenida, pero cuando Heat giró en la 10 y los mirones empezaron a aparecer, Rook empezó a cantar su versión de un anuncio de fiambres: «Mi zorrita tiene nombre, se llama hache, o, ele, ele, ye...».

—Vale, escucha —dijo Heat—. Puedo soportar tus teorías. Puedo tolerar que te las des exageradamente de importante en este caso. Pero si piensas seguir cantando, tengo que advertirte de que voy armada.

—¿Sabes? No dejas de picarme con lo de mi importancia en este caso, pero permíteme que te haga una pregunta, detective Heat: ¿quién consiguió que vieras a Toby Mills cuando no hacían más que darte largas? ¿Quién te puso en contacto con Tommy el Gordo gracias al cual nos dirigimos felizmente a interrogar a una mujer cuya existencia ignorábamos hasta que Tommy el Gordo nos llevó hasta Chester Ludlow, que a su vez nos ha traído hasta aquí?

Ella se lo pensó unos instantes.

—Debería haberme callado y dejarte cantar —dijo.

Un coche de policía camuflado está de todo menos camuflado para la mayoría de las prostitutas callejeras. Además, al Crown Victoria de color champán solo le faltaba llevar la palabra «ANTIVICIO» escrita en colores fluorescentes en las puertas y el capó. Lo único que resultaría más obvio sería sacar la sirena y encenderla. Consciente de ello, Heat aparcó doblando la esquina del Sophisticate Inn para que ella y Rook se pudieran acercar sin llamar demasiado la atención. Lo bueno era que el lugar donde habían aparcado estaba detrás de una montaña de basura que no habían pasado a recoger.

En la oficina del gerente había un tío esquelético con una asquerosa calva de la que alguien le había arrancado el pelo leyendo el *New York Ledger*. La cara de Cassidy Towne llenaba todo el espacio bajo el pliegue. El titular estaba escrito en letras gigantes, de las que normalmente reservaban para el Día de la Victoria en Europa y los paseos por la Luna. Decía:

R. I. P. = Reportera Indiscreta Perdida
Desaparece el cadáver de la chismosa asesinada

Aquel día no había escapatoria para Nikki Heat.

El tío de la piel pálida y la calva sanguinolenta continuó leyendo y les preguntó si la querían para una hora o para todo el día.

—Si la cogen para todo el día, el hielo y el aceite infantil van incluidos.

Rook se inclinó hacia Heat y susurró:

—Creo que ya sé por qué se llama Sophisticate.

Nikki le dio un codazo y dijo:

—En realidad estamos buscando a una de sus huéspedes, Holly Flanders. —Vio cómo levantaba fugazmente la vista del periódico para mirar al techo que tenía sobre la cabeza y luego la miró a ella.

—Flanders. Deje que haga memoria —replicó—. Tal vez pueda ayudarme —añadió mordazmente.

—Claro. —Nikki se separó la americana y le enseñó la placa que llevaba en el cinturón—. ¿Le ayuda esto un poco?

Les dio el número de una habitación que estaba en un lúgubre pasillo del segundo piso y que olía a desinfectante y a vómito. Cabía la remota posibilidad de que Ichabod Crane llamara a la habitación para avisar a Flanders, así que Heat le había dicho a Rook que se quedara abajo vigilándolo. No le había hecho ninguna gracia la misión, pero había aceptado. Antes de irse, ella le había recordado lo que había sucedido la última vez que él no se había quedado en la planta baja cuando ella se lo había ordenado.

—Tengo un vago recuerdo. Tenía algo que ver con ser tomado como rehén a punta de pistola, ¿no?

Cada vez que pasaba por delante de una puerta se oía al otro lado la televisión a todo volumen. Era como si la gente pusiera la televisión a todo trapo para encubrir el ruido de su vida y solo consiguiera que hubiera más ruido aún. Dentro de uno de los cuartos había una mujer llorando y gimiendo: «Era lo único que me quedaba, era lo único que me quedaba». A Heat le recordó a una cárcel.

Se detuvo delante de la 217 y se situó a un lado de la puerta. No sabía si fiarse demasiado de lo que había dicho Ludlow sobre la compra de la pistola pero de todos modos comprobó el espacio que tenía para cubrirse, siempre una buena idea si tenías pensado volver a casa por la noche.

Llamó a la puerta y escuchó. Al otro lado también había una televisión encendida, aunque no con el volumen tan alto. A juzgar por los acordes de bajo que sonaban después de las risas, estaban viendo *Seinfeld*. Volvió a llamar y escuchó. A Kramer le estaban prohibiendo la entrada en el mercado.

—¡Cállate! —dijo una voz masculina en algún sitio al otro lado del pasillo.

Heat llamó con más fuerza y se anunció: «Holly Flanders, Departamento de Policía de Nueva York, abra la puerta». En cuanto pronunció la última palabra, la puerta se abrió de repente y un hombre regordete con trenzas salió corriendo al pasillo pasando por delante de ella. Iba desnudo y llevaba la ropa en la mano.

La puerta tenía cierre neumático y, antes de que se cerrara, Nikki se agachó y se lo impidió manteniéndola abierta con el brazo izquierdo mientras ponía la mano derecha en la culata de su pistola.

—Holly Flanders, salga de ahí. —Oyó cómo echaban a Jerry del mercado y el eco de una ventana de guillotina al abrirse resonó en la habitación.

Entró lentamente y llegó con su Sig Sauer justo a tiempo para ver desaparecer la pierna de una mujer por la ventana. Heat corrió hacia ella, apretó la espalda contra la pared y echó un rápido vistazo hacia fuera y luego hacia atrás. Oyó un aullido procedente de abajo, y al asomarse vio a una chica joven, de veintipocos años, con vaqueros pero sin parte de arriba tendida de espaldas sobre un montón de basura.

Cuando Heat enfundó la pistola y salió corriendo al pasillo este ya estaba lleno de gente, la mayoría mujeres, que salían de sus habitaciones para ver a qué venía aquel alboroto. Nikki gritó: «Departamento de Policía de Nueva York, atrás, atrás, dejen paso», lo que no hizo más que atraer a más curiosos. La mayoría de ellos se movían lentamente, también. Estaban drogados o aturdidos, ¿qué más daba? Tras conseguir abrirse paso entre ellos, bajó las escaleras de dos en dos y salió al exterior empujando las puertas de cristal. Una gran abolladura en una bolsa de basura negra marcaba el punto de aterriza-je de Holly.

Heat fue hasta la acera y miró hacia la derecha. No vio nada. Luego miró hacia la izquierda y no pudo creer lo que vio. Rook estaba escoltando de vuelta a Holly Flanders agarrándola por el codo. Llevaba puesta su ame-ricana informal pero seguía sin llevar nada debajo.

Cuando llegaron, él dijo:

—¿Crees que conseguiremos meterla así en el Mil-mar?

\* \* \*

Una hora más tarde, con la camisa blanca para cualquier ocasión que Nikki guardaba limpia en su archivador de la oficina para cambiarse después de noches en blanco, roturas sobre el terreno o percances con el café, Holly Flanders esperaba en la sala de interrogatorios. Heat y Rook entraron y se sentaron uno al lado del otro en-frente de ella. No abrió la boca. Se limitó a mantener la mirada fija sobre sus cabezas, clavada en la hilera de la-drillo de insonorización que recorría la parte superior del espejo de observación.

—No tienes demasiados antecedentes, al menos de adulta —dijo Nikki mientras abría el expediente de Holly—. Aunque debo advertirte de que hoy has pasado al siguiente nivel del juego.

—¿Por qué? ¿Por haber huido? —Finalmente bajó los ojos hacia ellos. Estaban inyectados en sangre, hinchados y enmarcados por excesiva máscara de pestañas. Nikki pensó que ahí, en algún lugar, si se le daba un poco de buena vida y si perdía la dureza, había una chica mona. Incluso guapa—. Me asusté. ¿Cómo iba a saber quién era o qué estaba haciendo?

—Te dije dos veces que era de la policía. Puede que la primera vez estuvieras demasiado ocupada con tu cliente.

—Vi salir corriendo a ese tío por el vestíbulo —intervino Rook—. ¿Puedo decir una cosa? Ningún hombre de más de cincuenta años debería llevar trenzas. —Captó la mirada de Nikki que le indicaba que se callara—. Vale.

—No se trata de eso, Holly. Tu mayor preocupación no debería ser haberte largado o el hecho de ejercer la prostitución. En tu habitación hemos encontrado una pistola Ruger de nueve milímetros, sin licencia y cargada.

—La necesito para protegerme.

—También hemos encontrado un portátil. Robado, por cierto.

—Me lo encontré.

—Bueno, como pasa con los otros cargos, eso no debe preocuparte. Lo que debe preocuparte es lo que hay en el ordenador. Hemos revisado el disco duro y hemos encontrado una serie de cartas. Cartas de amenaza y extorsión dirigidas a Cassidy Towne.

Aquella parte le hizo darse cuenta de lo que sucedía. La pose de chica dura se fue desmoronando mientras la detective iba dando lenta, tranquila y deliberadamente cada vez más vueltas de tuerca con cada revelación.

—¿Te suenan esas cartas, Holly?

Holly no respondió. Empezó a desconchar la laca de uñas que llevaba y a continuación se aclaró la garganta.

—Tengo otra cosa por la que preguntarte. Se trata de algo que no estaba en tu habitación, sino que encontramos en otro sitio.

La destrucción de la manicura cesó y una mirada de confusión atravesó como un relámpago la cara de Holly, como si el resto de cosas fueran algo esperado con lo que tenía que apechugar. Fuera lo que fuera a lo que se refería aquella mujer ahora, al parecer para ella era un misterio.

—¿Qué?

Nikki sacó una fotocopia de la carpeta.

—Estas son tus huellas, de cuando te ficharon por prostituirte. —Se las pasó a Holly por encima de la mesa para que las viera. Luego la detective Heat sacó otra fotocopia de la carpeta—. Estas son otras huellas, también tuyas. Las han recogido nuestros técnicos esta mañana de los pomos de varias puertas de la casa de Cassidy Towne.

La joven no respondió. El labio inferior le empezó a temblar y alejó de sí el papel. Luego volvió a encontrar aquel punto al que mirar sobre el espejo mágico.

—Hemos tomado estas huellas porque Cassidy Towne fue asesinada anoche en ese mismo apartamento.

En el que estaban tus huellas. —Nikki vio cómo la cara de Holly empalidecía y luego se quedaba petrificada. Entonces continuó—. ¿Qué podía estar haciendo una prostituta en el apartamento de Cassidy Towne? ¿Estabas allí por sexo?

—No.

—¿Eras una de sus fuentes, tal vez? ¿Una soplona? —preguntó Rook.

La chica negó con la cabeza.

—Quiero una respuesta, Holly. —Heat la miró con cara de que aquello continuaría hasta que la obtuviera—. ¿Qué relación tenías con Cassidy Towne?

Holly Flanders cerró los ojos en un lento parpadeo. Y cuando los abrió, miró a Nikki Heat y dijo:

—Era mi madre.

# Capítulo
## 5

Nikki escrutó la cara de Holly en busca de algún indicio. La policía que había en ella se pasaba el día alerta, buscando algo que le permitiera saber más de lo que se había dicho. Algo que indicara que aquello era mentira o, si no lo era, cómo se sentía la mujer en relación con los datos que le estaba facilitando. La detective Heat trabajaba en un negocio en el que la gente le mentía constantemente, nueve de cada diez veces. La cuestión era saber cuánto. Había que buscar algún indicio y, sobre todo, ser capaz de interpretarlo, conseguir descifrar el grado de deshonestidad.

Qué mundo tan maravilloso, el suyo.

La respuesta de Holly Flanders le llegó a Nikki desde el otro lado de la mesa de la sala de interrogatorios en forma de rostro nublado por una tormenta de emociones encontradas, pero tenía la sensación de que había contado la verdad. O alguna de sus versiones. Cuando Holly rompió el contacto visual para desconchar un poco más las uñas, Heat se giró hacia un lado y alzó una ceja mirando para Rook. El escritor no tuvo ningún problema para interpretar su gesto. Decía: «¿Y bien, señor Acompañamiento?».

—No sabía que Cassidy Towne tuviera hijos —dijo con suavidad, para no herir a la chica. O tal vez porque veía que ella estaba a la defensiva.

—Ella tampoco —le espetó Holly—. Se quedó preñada y, básicamente, me repudió.

—Vamos a ir más despacio, Holly —dijo la detective—. Guíame, porque esta es una novedad demasiado grande para mí.

—¿Qué es lo que le cuesta entender? ¿Es tonta? Usted es poli, imagíneselo. Yo era su «hija bastarda». —Pronunció el término con asco, como si le hubieran salido de dentro años de rabia—. Era su hija bastarda, su pequeño secreto inconfesable, y estaba deseando barrerme debajo de la alfombra. Prácticamente ya me había regalado antes de que el puñetero cordón umbilical se cayera. Pues bien, ahora ya no tendrá que seguir fingiendo que no existo, ni negarme cualquier tipo de ayuda por temor a mí, como si yo le recordara constantemente cómo la había jodido. Por supuesto que no lo sabían. No quería que nadie lo supiera. ¿Cómo vas a ser la reina más tocapelotas del escándalo cuando tienes un escándalo propio?

La muchacha tenía ganas de llorar pero, en lugar de ello, cuando acabó de despotricar se reclinó en la silla jadeando como si acabara de echar una carrera. O como si se hubiera despertado sobresaltada una vez más por culpa de la misma pesadilla.

—Holly, sé que esto es difícil, pero necesito que me respondas a algunas preguntas. —Para Heat, Holly Flanders seguía siendo sospechosa de asesinato pero procedió con una silenciosa empatía. Si Cassidy Towne era de verdad su madre, Nikki se sentía identificada con la situación de Holly como hija de una víctima de asesinato. Eso suponiendo, claro, que no la hubiera matado ella.

—Ni que pudiera elegir.

—Te apellidas Flanders, no Towne. ¿Es ese el apellido de tu padre?

—Era el apellido de una de mis familias de acogida. Flanders es un apellido pasable. Al menos no es Madoff. ¿Qué pensaría de mí la gente si me apellidara así?

La detective Heat hizo regresar a Holly a lo que estaban.

—¿Sabes quién es tu padre? —Holly sacudió la cabeza y Nikki continuó—. ¿Tu madre lo sabía?

—Supongo que le echarían muchos polvos. —Holly gesticuló señalándose a sí misma—. Debe de ser herencia familiar. Si lo sabía, nunca me lo dijo.

—¿Y nunca tuviste el presentimiento de quién podía ser? —Nikki siguió metiendo el dedo en la llaga porque una cuestión de paternidad podría convertirse en un móvil. Holly se limitó a encogerse de hombros y su rostro reveló evasión.

Rook también lo entendió.

—¿Sabes? Yo tampoco sabía quién era mi padre. —Nikki reaccionó ante tal revelación. Holly ladeó ligeramente la cabeza hacia él, mostrando por primera vez cierto interés—. De verdad de la buena. Y sé de primera mano cómo se forma una vida alrededor de ese espacio vacío. Lo tiñe todo. Y no me puedo creer, Holly, que ninguna persona normal, sobre todo si tiene pelotas como tú, no haya intentado al menos descubrirlo.

Nikki sintió que la conversación entraba en una nueva fase. Holly Flanders le habló directamente a Rook.

—Hice algunos cálculos, ya sabe —dijo ella.

—¿Restando nueve meses? —apuntó él esbozando una leve sonrisa.

—Exacto. Y según esto, fue en mayo de 1987. Mi m… Ella no tenía aún su propia columna, pero estaba en Washington, D. C., trabajando para el *Ledger* todo el mes, desenterrando cosas sobre un político que se había ido al traste por tirarse a alguna zorra que no era su mujer en un barco.

—Gary Hart —señaló Rook.

—Quien fuera. El caso es que creo que lo más seguro es que se quedara preñada de mí allí, durante aquel viaje. Y nueve meses después, ¡tachán! —Lo dijo con una ironía descorazonadora.

Heat escribió «¿D. C., mayo, 1987?» en el bloc.

—Hablemos del presente. —Dejó descansar el bolígrafo contra la espiral en la parte superior de la página—. ¿Cuánto contacto tenías con tu madre?

—Ya se lo he dicho, era como si yo no existiera.

—Pero lo intentaste.

—Sí, lo intenté. Llevaba intentándolo desde que era niña. Lo intenté cuando dejé el instituto y me emancipé, y me di cuenta de que la había cagado. Pero solo conseguí más de lo mismo, así que decidí pasar de ella, por mí como si se moría.

—Entonces, ¿por qué volviste a entrar en contacto con ella ahora? —Holly no dijo nada—. Tenemos las cartas de amenaza en el ordenador. ¿Por qué volviste a contactar con ella?

Holly vaciló. Luego contestó:

—Estoy embarazada. Y necesito dinero. Me devolvieron las cartas, así que fui a verla. ¿Saben qué me dijo? —Su labio lo decía todo, pero ella se mantuvo firme—. Me dijo que abortara. Como ella debería haber hecho.

—¿Fue entonces cuando compraste la pistola? —Si Holly jugaba con los sentimientos, Nikki contraatacaría con negocios. Tenía que hacerle saber que aquello no era un jurado. La compasión no estaba por encima de los hechos.

—Quería matarla. Me cargué la cerradura para ir a su apartamento una noche y entrar.

—Con la pistola —indicó la detective.

Holly asintió.

—Estaba dormida. Me quedé de pie al lado de su cama apuntándole directamente con aquella cosa. Estuve a punto de hacerlo —dijo encogiéndose de hombros—.

Después me fui. —Y luego, por primera vez, sonrió—. Me alegro de haber esperado.

\* \* \*

En cuanto el policía se llevó a Holly a retención, Rook se giró hacia Heat.

—Ya lo tengo.

—Imposible.

—Lo tengo. Tengo la solución. —Apenas era capaz de contenerse—. O al menos una teoría.

Heat reunió los expedientes y las notas y abandonó la sala. Rook le fue pisando los talones todo el camino hasta la oficina. Cuanto más rápido caminaba ella, más rápido hablaba él.

—He visto lo que has apuntado cuando Holly sacó el tema del viaje de Gary Hart. Tienes la misma corazonada que yo, ¿me equivoco?

—No me pidas que suscriba tus teorías a medio hornear, Rook. A mí no me gustan las teorías, ¿recuerdas? Me gustan las pruebas.

—Ya, pero ¿qué generan las teorías?

—Problemas. —Hizo un giro rápido para entrar en la oficina. Él la siguió.

—No —dijo él—. Las teorías son semillitas que brotan y se convierten en árboles grandes que… Mierda, menudo escritorzuelo. Me acabo de meter en un callejón sin salida con mi propia metáfora. Bueno, lo que quiero decir es que las teorías llevan a las pruebas. Son el punto de partida del mapa del tesoro.

—Vivan las teorías —dijo ella inexpresivamente, sentándose a continuación en su mesa. Él acercó una silla con ruedas y se sentó a su lado.

—Sigamos. ¿Dónde estaba Cassidy Towne cuando se quedó embarazada?

—Aún no sabemos seguro…

Él la interrumpió.

—En Washington, D. C. ¿Haciendo qué?

—En una misión.

—Cubriendo la noticia de que habían pillado a un político protagonizando un escándalo. ¿Y quién ha sido el primero que nos ha hablado de Holly Flanders? —dijo dándose sendas palmadas en los muslos—. Un político al que han pillado protagonizando un escándalo. ¡Nuestro hombre es Chester Ludlow!

—Rook, por muy tierna que me parezca esa mirada tuya de «acabo de descubrir la pólvora», creo que dejaré esa teoría en suspenso.

Él clavó un dedo en su bloc de notas.

—Entonces, ¿por qué lo apuntaste?

—Para comprobarlo —dijo ella—. Si se demuestra que el padre de Holly Flanders es relevante, quiero poder saber quién estaba en Washington en aquel momento y con quién tuvo relaciones Cassidy Towne.

—Apuesto a que Chester Ludlow estaba allí. No estaba aún en el cargo, pero procediendo de una dinastía política como la suya, bien podría haber conseguido un trabajo por enchufe allí.

—Podría ser, Rook, es una ciudad grande. Pero aunque fuera él el padre de Holly, ¿qué sentido tendría que nos pusiera sobre su pista si ésta volvería a llevarnos a sospechar de él?

Rook hizo una pausa.

—Vale, bien. Es solo una teoría. Me alegro de que podamos… Ya sabes…

—¿Descartarla?

—Una menos de la que preocuparse —dijo él.

—Eres de gran ayuda, Rook. Esto no ha sido lo mismo sin ti. —Su teléfono sonó. Era el detective Ochoa—. ¿Qué pasa, Oach?

—Raley y yo estamos delante del edificio de piedra arenisca, en la puerta de al lado de la casa de Cassidy Towne, con el vecino. El tío llamó a comisaría para quejarse de que la basura de ella estaba en los cubos de basura privados de él. —De fondo, Nikki pudo oír la voz aguda de un anciano hablando en tono de queja.

—¿Es el anciano que estoy oyendo?

—Afirmativo. Está compartiendo su alegría con mi colega.

—Y ¿cómo descubrió que era la basura de ella?

—Porque le gusta espiar —dijo Ochoa.

—¿Es de esos?

—Es de esos.

\* \* \*

Cuando el detective Ochoa finalizó su conversación con Heat se unió a Raley, que aprovechó el regreso de su compañero para librarse del viejo.

—Disculpe, caballero.

—Aún no he acabado —se molestó el anciano.

—Será solo un momento. —Cuando estuvo demasiado lejos para que lo pudiera oír, le dijo a Ochoa—: Joder, y yo que cada vez que oigo a uno de estos tíos raros por la radio me pregunto dónde vivirán. Entonces qué, ¿nos llevamos la basura o esperamos?

—Quiere que esperemos hasta que lleguen los forenses. Es probable que el señor Galway haya contaminado las bolsas de basura, pero ellos le tomarán las huellas para eliminarlas e ir a lo suyo. Lo dudo, pero podrían encontrar algo en el patio o cerca de él.

—Vale la pena intentarlo —convino Raley.

—¿Les he oído decir que me van a tomar las huellas? —Galway se había acercado a ellos. Tenía las mejillas brillantes por un afeitado reciente y en sus ojos de color azul claro brillaban décadas de coléricas sospechas—. Yo no he cometido ningún crimen.

—Nadie dice que lo haya hecho, caballero —dijo Raley.

—No me gusta su tono, joven. ¿Este país se ha acostumbrado tanto a saltarse la Constitución que ahora la policía puede ir de puerta en puerta tomándoles las huellas a los ancianos sin razón alguna? ¿Están haciendo algún tipo de banco de datos?

Raley ya había tenido bastante, así que le hizo un gesto a Ochoa indicándole que le tocaba a él. El otro detective se lo pensó un momento y le hizo señas a Galway para que se acercara más. Cuando el viejo se movió, Ochoa dijo en voz baja:

—Señor Galway, su actitud de ciudadano comprometido ha proporcionado al Departamento de Policía de Nueva York información clave para la investigación de un importante caso de asesinato y le estamos muy agradecidos.

—Bien, gracias, yo... Lo de su basura era solo una de muchas. He puesto numerosas quejas.

Ochoa intentó relajarse un poco y continuó con el acercamiento.

—Lo sé, caballero, y esta vez parece que su vigilancia ha sido recompensada. La clave para encontrar al asesino de la señora Towne puede estar aquí mismo, en su patio.

—Ella tampoco reciclaba nunca. Me harté de llamar al 311. —Inclinó tanto la cabeza hacia Ochoa, que este pudo contar los capilares bajo su piel translúcida—. Una mercader de obscenidades como esa tiene todas las papeletas para ser además una quebrantadora de leyes.

—Bien, señor Galway, puede continuar su servicio ayudando a nuestros técnicos del laboratorio de criminalística a separar sus huellas de otras que haya en esas bolsas de manera que no tengamos ningún obstáculo para encontrar al asesino. Quiere seguir ayudándonos, ¿no?

El anciano se tiró del lóbulo de una oreja.

—¿Y eso no irá a ningún banco de datos de operaciones secretas?

—Tiene mi palabra.

—Bueno, entonces no veo por qué no —concluyó Galway, y subió hasta arriba del todo las escaleras del portal para informar a su mujer.

—¿Sabes qué nombre te he puesto? —dijo Raley—. «El loco susurrador».

\* \* \*

Con pulcras letras mayúsculas, la detective Heat escribió en la pizarra blanca la fecha y la hora en que Holly Flanders entró en el apartamento de Cassidy. Mientras tapaba el rotulador no permanente, oyó vibrar su teléfono móvil sobre la mesa.

Se trataba de un mensaje de texto de Don, su entrenador de lucha: «¿Mañana por la mañana, S/N?». Ella puso el pulgar sobre la S del teclado pero vaciló. Se preguntó a qué venía aquella pausa. Levantó la vista hacia Rook, que estaba en el otro extremo de la oficina diáfana, sentado de espaldas a ella, hablando con alguien por teléfono. Nikki rodeó la tecla con la yema del pulgar y pulsó la S. «¿S, no?» —pensó.

En cuanto los Roach volvieron a la oficina, Heat reunió a la brigada alrededor de la pizarra para hacer una puesta al día de final de jornada. Ochoa levantó la vista de un archivo que llevaba con él.

—Acaba de llegar esto de la 17, es sobre el secuestro del cadáver. —La sala se quedó en silencio. Todos le prestaron atención, con la sensación de que se trataría de alguna pista importante o incluso, ojalá, de la notificación de que habían recuperado el cuerpo—. Han encontrado el todoterreno en el que se dieron a la fuga, abandonado. Era robado, igual que el camión de la basura. Dicen que se lo llevaron del aparcamiento de un centro comercial de East Meadow, en Long Island, la pasada noche —dijo. Leyó un poco más para sí mismo, pero se limitó a cerrar el informe y tendérselo a Heat.

Ella le echó un vistazo.

—Te has dejado algo. Dicen que la pista clave para que lo encontraran fue la pegatina de estudiante de honor que viste que tenía en el parachoques. Bien hecho, Oach —dijo.

—Al parecer no estabas demasiado distraído —intervino Hinesburg.

—¿Por qué iba a estar distraído?

Ella se encogió de hombros.

—Eran muchas cosas juntas. El accidente, la banda, el tráfico y todo eso... Tenías muchas cosas en las que pensar. —Al parecer circulaba el rumor de que el recién separado Ochoa había pedido permiso para acompañar a Lauren Parry. Y parecía que Hinesburg era la que lo había lanzado.

A Heat no le gustaba el rumbo que aquello estaba tomando. Estaban condenando a alguien por medio del cotilleo y se dispuso a cortarlo de raíz.

—Ya está bien.

Pero Ochoa tenía más que decir.

—Oye, si insinúas que no estaba atento a mi trabajo por alguna razón, dilo.

Hinesburg sonrió.

—¿He dicho eso?

Nikki los interrumpió más directamente.

—Cambiemos de tema. Quiero hablar de la basura de Cassidy Towne —aseveró.

Raley estaba a punto de meter baza cuando Rook lo interrumpió.

—Ese habría sido un nombre mucho más apropiado para su columna. Lástima que sea demasiado tarde.

Cuando percibió las frías miradas que le dedicaban, añadió:

—O tal vez demasiado pronto. —Rook hizo retroceder la silla con ruedas para volver a su mesa.

—El caso —dijo Raley yendo al grano— es que la policía científica está investigando en este momento el escenario del crimen, aunque parece que no han encontrado demasiadas pistas. En cuanto a lo de la basura, es extraño. Solo hay desperdicios domésticos. Posos de café, restos de comida, cajas de cereales y esas cosas.

—Nada de material de oficina —continuó su compañero—. Buscábamos sobre todo notas, papeles, recortes de prensa… *Rien de rien.*

—Puede que lo hiciera todo por ordenador —sugirió la detective Hinesburg.

Heat negó con la cabeza.

—Rook dice que no lo usaba. Además, todo el mundo que usa ordenador imprime alguna cosa. Sobre todo si es escritor, ¿tengo o no razón?

Como se estaba dirigiendo a él, Rook hizo girar la silla para volver a unirse al círculo.

—Yo siempre imprimo copias de seguridad a medida que voy avanzando por si se me estropea el ordenador. Y también para hacer pruebas. Aunque como ha dicho la detective Heat, Cassidy Towne no usaba ordenador. Formaba parte de su obsesión por tenerlo todo controlado. Era demasiado paranoica con lo de que pudieran escanear, robar o reenviar lo que escribía. Por eso lo hacía todo con su IBM Selectric del jurásico y hacía que su asistente llevara la copia al *Ledger* para archivarla.

—Así que el misterio de los papeles de oficina desaparecidos sigue sin resolver. Sus copias impresas —destapó un rotulador y rodeó con un círculo su correspondiente entrada en la pizarra.

—Yo estoy convencido de que alguien quería echarle el guante a algo en lo que ella estaba trabajando —dijo Raley.

—Creo que tienes razón, Rales. Es más, no quiero cerrar ninguna puerta —Heat usó el rotulador para señalar la lista de entrevistados de la pizarra—, pero esto empieza a tener cada vez menos pinta de venganza por algo que hubiera escrito y más de impedir que saliera a la luz algo que estaba escribiendo. ¿Nos puedes echar una mano, Rook? Tú eres nuestro topo.

—Totalmente de acuerdo. Sé que además estaba llevando a cabo un gran proyecto. Me dijo que por eso exprimía tanto las noches, que era por lo que algunas mañanas cuando yo aparecía llevaba puesta la misma ropa.

—¿Te dijo de qué se trataba? —preguntó Nikki.

—No conseguí sonsacarle nada. Supuse que se trataba de algún artículo para una revista y que tal vez me considerara un rival. De nuevo la obsesión por el control. Cassidy me dijo una vez una cosa que incluso llegué a escribir para citarla en el artículo: «Si tienes alguna primicia» —Rook cerró los ojos para recordar las palabras exactas—, «mantén la boca cerrada, los ojos abiertos y tus secretos enterrados». Básicamente, se refería a que cuando se trataba de algo muy importante era mejor no hablar de ello o alguien podría levantártelo. O demandarte para impedirte continuar.

—¿O matarte? —dijo Nikki. Se cambió de sitio para señalar dos días en la línea de tiempo—. JJ, el portero del edificio de Cassidy e historiador oral residente, dijo que le había cambiado dos veces la cerradura. La primera vez porque ella tenía la sensación de que alguien había entrado en su casa. Según el interrogatorio de su hija repudiada, ella fue la que entró allí, lo que también justifica sus huellas. Su coartada es que la noche del crimen estaba con un cliente. Lo estamos comprobando, a ver si hay suerte. En cuanto a lo del otro cambio de cerradura, hemos entrevistado a Toby Mills, que admite haber echado la puerta abajo y dice que fue porque Cassidy hizo que se produjera un episodio de acoso. ¿Sharon?

—Te he puesto en la mesa copias del informe del incidente junto con algunas fotos de ese hombre. —Hinesburg levantó un fotograma de una cámara de seguridad—. Se llama Morris Ira Granville y aún está en libertad. He enviado copias a la comisaría de Central Park y a la 19.

Heat dejó caer el rotulador en la bandeja de aluminio que recorría la parte inferior de la pizarra blanca y se cruzó de brazos.

—No es necesario que os diga que Montrose está sometido a una gran presión por lo de la desaparición del cadáver. Roach, tengo permiso del capi para enviar a algunos hombres de Robos a entrevistar a la gente de los apartamentos y de los negocios cercanos… —hizo una pausa para buscar el nombre de la víctima en la otra pizarra— al escenario del crimen de Esteban Padilla. Así podéis centraros por ahora en esto y en el robo del cuerpo.

—Se me ha ocurrido algo —señaló Rook—. La máquina de escribir que usaba Cassidy Towne. Esas Selectric tienen una cinta en la que se va marcando una letra de cada vez. Si tuviéramos alguna de sus cintas viejas, podríamos echarles un vistazo y al menos ver en qué estaba trabajando.

—¿Roach? —dijo Nikki.

—Ya estamos yendo —repuso Ochoa.

—Vuelta al apartamento —añadió Raley.

Unos minutos después de que se acabara la reunión, Rook se acercó sigilosamente a Heat blandiendo el teléfono móvil.

—Acabo de recibir una llamada de otra de mis fuentes.

—¿Quién es?

—Una fuente. —Guardó el iPhone en el bolsillo y se cruzó de brazos.

—No me piensas decir quién es, ¿verdad?

—¿Te apetece dar un paseo en coche?

—¿Merece la pena?

—¿Tienes algo mejor que hacer? ¿O es que quieres quedarte aquí sentada con el capitán Montrose para ver las noticias de las cinco? —Nikki se lo pensó un momento. Dejó caer un montón de archivos sobre la mesa y cogió bruscamente las llaves.

* * *

Rook le dijo que se detuviera en la acera de la calle 44, enfrente de Sardi's.

—Es mejor que ir a un túnel de lavado de coches 24 horas, ¿no?

—Rook, te aseguro que si este es un intento solapado de invitarme a tomar algo, no va a funcionar —dijo ella.

—Y sin embargo aquí estás. —Ella se dispuso a volver a arrancar—. Espera, era una broma. No es eso. —Ella volvió a poner el freno de mano, y él añadió—: Pero si cambias de opinión, ya sabes dónde estoy.

Dentro, en el atril de recepción, Nikki vio a la madre de Rook saludándola con la mano. Ella le respondió haciendo lo mismo y luego le dio la espalda a la mujer para que no pudiera ver la cara de enfado que le ponía a Rook.

—¿Tu madre? ¿Esa es tu fuente? ¿Tu madre?

—Eh, me llamó y me dijo que tenía información sobre el asesinato. ¿Tú te negarías a venir?

—Sí.

—No lo dices en serio —replicó, y se quedó mirándola—. Vale, sí lo dices en serio. Por eso no te lo quería contar. ¿Pero qué le iba a decir? ¿Que no querías oír la información que tenía? ¿Y si nos resulta útil?

—Podrías haber hecho esto tú solo.

—Quería hablar con la policía, y esa eres tú. Vamos, ya estamos aquí, el día se ha acabado, ¿qué tienes que perder?

Nikki se colgó una sonrisa en la cara y se dio la vuelta para dirigirse hacia la mesa. Por el camino, aún sonriendo, le dijo en voz baja:

—Me las pagarás —y dejó que su sonrisa se hiciera más amplia a medida que se acercaban a Margaret Rook.

Estaba sentada en un taburete en una esquina, regiamente ubicada entre las caricaturas de José Ferrer y Danny

Thomas, aunque Nikki Heat pensó que probablemente la forma de estar de Margaret Rook siempre era así de regia. Y si no lo era, ella hacía que lo fuera. Hasta en la partida de póquer en el *loft* de Rook, cuando Nikki la había conocido el verano anterior, la actitud de su madre había sido decididamente más Montecarlo que Atlantic City.

Después de los abrazos y los saludos, tomaron asiento.

—¿Se suele sentar en esta mesa? —preguntó Nikki—. Es agradable y tranquila.

—Eso hasta que empieza el jaleo previo a las funciones de teatro. Créeme, niña, se convertirá en un sitio demasiado ruidoso cuando los buses que vienen de Nueva Jersey y Whitc Plains hayan descargado. Pero sí, me gusta esta mesa.

—Desde ella ve su vista favorita —dijo Rook. Se giró en la silla y Heat siguió su mirada hacia una caricatura de su propia madre que había en la pared de enfrente. La Gran Maldita de Broadway, como él la llamaba, les devolvió la sonrisa desde los años setenta.

La señora Rook cubrió con sus fríos dedos la muñeca de Nikki y dijo:

—Tengo la sensación de que tu caricatura también podría haber estado aquí si te hubieras dedicado al teatro tras la universidad. —A Nikki le chocó que la madre de Rook supiera aquello porque ella nunca se lo había contado, pero luego se dio cuenta. El artículo. Aquel maldito artículo—. Me tomaré otro Jameson —dijo la actriz.

—Me temo que tendrás que llevarme de vuelta —dijo Rook, probablemente no por primera vez en su vida. Nikki le pidió al camarero una Coca-Cola Light y Rook quiso un expreso.

—Es cierto, estás de servicio, detective Heat.

—Sí, Jameso… Jamie dijo que me podría contar algo sobre Cassidy Towne.

—Sí, ¿quieres oírlo ahora o esperamos a los cócteles?

—Ahora —dijeron Heat y Rook al unísono.

—Muy bien entonces, pero si me interrumpen no me echéis a mí la culpa. Jamie, ¿te acuerdas de Elizabeth Essex?

—No.

—Míralo. A Jamie siempre le irrita que le cuente historias de gente a la que no conoce.

—En realidad lo que me molesta es que me las cuentes dos o tres veces cuando yo sigo sin saber quiénes son. Esta aún es la primera vez, así que adelante, madre, adelante.

Nikki la animó más amablemente, dándole lo que quería: un oído oficial.

—¿Tiene información relevante en relación con el caso de Cassidy Towne? ¿La conocía?

—Solo superficialmente, que era como a mí me gustaba. Todos intercambiamos favores, pero ella redujo el arte mayor a comercio minorista. Cuando era nueva en el periódico, Cassidy me invitaba a tomar una copa y pretendía que a cambio de su sofá le regalara datos que plantar sobre mí en su columna. Yo me aseguraba de pagar aquellas copas. Con los actores era diferente. A muchos hombres les prometía escribir sobre ellos a cambio de sexo. Por lo que tengo entendido, aquello tampoco la beneficiaba siempre.

—¿Es su información sobre ella... reciente? —preguntó Nikki esperanzada.

—Sí. Vamos a ver, Elizabeth Essex. Apunta el nombre, lo necesitarás. Elizabeth es una maravillosa mecenas de las artes. Ella y yo estamos en el comité de organización de un programa de soliloquios de Shakespeare al aire libre en la fuente del Lincoln Center el verano que viene. Esta tarde quedamos para comer con Esmeralda Montes, del Central Park Conservancy, en el bar Boulud antes de que hiciera demasiado frío para sentarse en la terraza.

—¿Dónde está ese café? —preguntó Rook—. Podría usar la cafeína.

—Tranquilo, cielo, a eso voy, es importante describir el escenario, ¿sabes? Total, que vamos por nuestra tercera copa de un maravilloso Domaine Mardon Quince mientras hablamos sobre el asesinato y el robo del cadáver, como debe de estar haciendo todo el mundo, y Elizabeth, que no tolera muy bien el alcohol, revela, en un momento de melancolía empapada en vino, una noticia realmente escandalosa que siento que es mi deber compartir.

—¿Y cuál es? —preguntó Nikki.

—Que ella intentó matar a Cassidy Towne. —Mientras el camarero les traía las bebidas, Margaret se deleitó con las cara que se les habían quedado y levantó su helado vaso con hielos para hacer un brindis—. Se cierra el telón.

\* \* \*

Elizabeth Essex no podía dejar de mirar la placa de Nikki.

—¿Que quiere hablar conmigo? ¿De qué?

—Preferiría no hablar de eso aquí en el pasillo, señora Essex, y creo que usted también.

—De acuerdo —dijo la mujer. Entonces abrió del todo la puerta y cuando la detective y Rook estuvieron de pie sobre el terrazo veneciano importado de su vestíbulo, Nikki atacó.

—Tengo que hacerle algunas preguntas sobre Cassidy Towne.

Los sospechosos y los interrogados en los casos de asesinato suelen reaccionar de mil maneras diferentes ante la policía. Se ponen a la defensiva, agresivos, sensibles, inexpresivos o histéricos. Elizabeth Essex se desmayó. Mientras Nikki clavaba la vista en ella buscando algún indicio revelador, la mujer se convirtió en una marioneta con los hilos cortados.

Volvió en sí cuando Nikki estaba llamando a una ambulancia y la mujer le rogó que colgara mientras le aseguraba que ya estaba bien. No se había golpeado la cabeza y estaba recuperando el color, así que Nikki accedió. Ella y Rook la sujetaron mientras se dirigían a la sala de estar, y se sentaron en un sofá en forma de ele situado de tal forma que se podía disfrutar de la vista que había desde el ático del East River y Queens.

Elizabeth Essex, de cincuenta y muchos, llevaba el uniforme del Upper East Side: jersey y perlas, que se completaba con una diadema de carey. Resultaba atractiva sin pretenderlo y exudaba riqueza sin trampa ni cartón. Insistió en que se encontraba bien e instó a la detective Heat a continuar. Su marido pronto estaría en casa y tenían planes por la noche.

—Está bien —dijo la detective Heat—. Uno de nosotros debería empezar a hablar.

—Me lo esperaba —dijo la mujer con tranquila resignación. Nikki volvió a analizarla en busca de reacciones que le resultaran más familiares dada su experiencia. Elizabeth Essex parecía sentir una mezcla de culpabilidad y alivio.

—Está al tanto, supongo, de que Cassidy Towne ha sido hallada asesinada esta mañana —apuntó Heat.

Ella asintió.

—Llevan todo el día poniéndolo en las noticias. Y ahora dicen que han robado el cadáver. ¿Cómo es posible?

—Tengo entendido que usted intentó matar a Cassidy Towne.

Elizabeth Essex era una caja de sorpresas. Ni siquiera titubeó, se limitó a decir:

—Sí, así es.

Heat miró a Rook, que la conocía lo suficiente como para mantenerse al margen. Estaba ocupado siguiendo un avión que pululaba por Citi Field y que se aproximaba a La Guardia perdiendo altura.

—¿Cuándo fue eso, señora Essex?

—En junio. No sé la fecha exacta, pero fue alrededor de una semana antes de la gran ola de calor. ¿La recuerda?

Nikki siguió mirándola pero notó cómo el peso de Rook hacía mover los cojines a su lado.

—¿Y por qué quería matarla?

De nuevo, la mujer respondió sin dilación.

—Se estaba tirando a mi marido, detective. —Aquella recatada amabilidad desapareció rápidamente y Elizabeth Essex se expresó de forma visceral—. Cassidy y yo pertenecíamos a la directiva del Club de Jardinería Knickerbocker. Normalmente yo tenía que arrastrar a mi marido a nuestros eventos pero, de repente, aquella primavera, parecía más entusiasmado que yo por asistir. Todo el mundo sabía que Cassidy se pasaba la vida abierta de piernas, pero ¿cómo iba yo a sospechar que sería con mi marido? —Hizo una pausa y tragó saliva—. Estoy bien, déjeme echarlo fuera —dijo como anticipándose a la pregunta de Heat.

—Adelante —la animó Nikki.

—Mi abogado contrató a un investigador para seguirlos y, efectivamente, tuvieron varias citas. Normalmente en hoteles caros. Y una vez... Una vez, durante nuestra visita guiada al jardín botánico, desaparecieron de la vista para copular como animales tras los setos herbáceos y mixtos.

»Ninguno de ellos sabía que estaba al tanto y no culpo a mi esposo. Fue ella. Ella era la zorra. Así que, cuando llegó nuestro banquete de verano, lo hice.

—¿Qué hizo, señora Essex?

—Envenenar a esa puta. —Ya había recuperado absolutamente todo el color y parecía emocionada con la historia—. Hice algunas investigaciones. Hay una nueva droga a la que los jóvenes están enganchados, se llama metadona. —Heat la conocía muy bien. La solían llamar M-Cat o Miaumiau—. ¿Sabe por qué es tan popular? Por lo fácil que es conseguirla: es un fertilizante para plantas —dijo y esbozó una sonrisa—. ¡Un fertilizante para plantas!

—Esa cosa puede ser mortal —hizo notar Rook.

—No para Cassidy Towne. Me metí en la cocina durante el banquete y se lo puse en la cena. Me pareció muy poético. Morir envenenada por fertilizante para plantas en nuestro evento del club de jardinería. O yo medí mal las proporciones o ella tenía una constitución increíble, porque no conseguí matarla. Simplemente pensó que había pillado algún virus estomacal que provocaba dolor de tripa. ¿Y sabe qué? La verdad es que me alegro de no haberla matado. Fue más divertido ver sufrir a aquella puta —concluyó, y se rió.

Cuando se hubo calmado, Heat preguntó:

—Señora Essex, ¿puede justificar su paradero entre las doce y las cuatro de la madrugada de hoy?

—Sí, puedo. Estaba en un vuelo nocturno procedente de Los Ángeles. —Y para que quedara bien claro, añadió—: Con mi marido.

—Entonces, ¿debo suponer que usted y su marido tienen una buena relación? —preguntó Nikki.

—Mi marido y yo tenemos una relación estupenda. Me divorcié y me volví a casar.

Unos minutos más tarde, Heat rompió el silencio mientras bajaban en el ascensor y le dijo a Rook:

—Estoy ansiosa por conocer a más de tus fuentes. ¿Algún primo que trabaje en el circo, o un tío estrafalario, tal vez?

—No te preocupes, esto es solo el principio.

—Sí, ya —dijo ella mientras salía al vestíbulo.

\* \* \*

A las cinco y media de la mañana siguiente, el entrenador de lucha de Nikki Heat intentó hacerle una llave de estrangulamiento y acabó con la espalda sobre el tatami. Ella bailó en círculo a su alrededor mientras él se levantaba. Si a Don le dolió, no lo demostró. Hizo un amago hacia la izquierda pero ella se dio cuenta y se deslizó hacia un lado para esquivar su ataque desde la derecha. Él apenas la rozó mientras se caía, aunque aquella vez el ex marine no se quedó tumbado en el suelo sino que se tiró rodando sobre el hombro para girar de nuevo sobre ella y cogerla por sorpresa haciéndole por la espalda una tijera a la altura de la rodilla. Ambos cayeron sobre el tatami y él forcejeó y la inmovilizó hasta que ella se rindió.

Siguieron enfrentándose una y otra vez. Él intentó pillarla de nuevo desprevenida, pero Nikki Heat no es de las que se dejan engañar dos veces. Levantó la pierna para dar una patada en el aire mientras él giraba hacia la parte de atrás de su rodilla y, al no haber pierna que lo detuviera, la inercia hizo que perdiera el equilibrio. Ella se puso encima de él cuando se cayó y le tocó el turno a Don de rendirse.

Heat quiso terminar la sesión con una serie de desarmes. Lo había convertido en una parte habitual de su entrenamiento desde la noche en que el ruso la había apuntado con su propia arma en su sala de estar. Aquella maniobra de desarme era de manual, pero Nikki consideraba que la práctica era fundamental para seguir con vida. Don le propuso ejercicios con pistolas y rifles y luego acabaron con cuchillos, en cierto modo más peligrosos que las pistolas que, una vez controladas, cuanto más cerca estén mayor seguridad, justo al revés de lo que pasa con las navajas. Al cabo de quince minutos, una vez hubieron realizado dos veces todos aquellos ejercicios, hicieron sendas reverencias y se fueron cada uno a su ducha. Don la llamó cuando ella estaba a punto de meterse en el vestuario. Caminaron hasta encontrarse de nuevo en medio del tatami y él le preguntó si quería compañía aquella noche. Por motivos que no se podía imaginar, o al menos que no quería consentir, pensó en Rook y estuvo a punto de declinar la invitación. En lugar de ello lo mandó a tomar viento y dijo:

—Claro, ¿por qué no?

\* \* \*

Jameson Rook salió del vestuario del Equinox, en Tribeca, y vio que tenía dos mensajes de Nikki Heat. La mañana era fresca. El otoño estaba llegando en serio y cuando salió a la calle Murray y se puso el móvil en la oreja para devolverle la llamada, pudo ver en el cristal de la puerta principal cómo su cabello húmedo desprendía vaho.

—Por fin —dijo ella—. Ya estaba empezando a pensar que habías cambiado de opinión en lo del trato para acompañarme.

—En absoluto. Lo que pasa es que soy de los pocos que hacen caso a la señal de prohibición de teléfonos móviles en el vestuario de mi gimnasio. ¿Qué pasa? Heat, como hayas encontrado el cadáver y no me hayas llevado, me voy a enfadar muchísimo.

—Estoy un paso más cerca.

—Desembucha.

—Vale. Me ha llamado Tommy el Gordo. Me ha soplado el nombre de la banda que secuestró el furgón del forense ayer. Espérame delante de tu casa en veinte minutos y pasaré a recogerte. Si te portas bien, puedes venir a la fiesta.

\* \* \*

—Dos de ellos están dentro —dijo Nikki Heat por el *walkie-talkie*—. En cuanto aparezca el tercero en discordia pasamos a la acción.

—Permanecemos a la espera —respondió la detective Hinesburg.

Como si de un caballo de Troya se tratara, Heat, Rook, Raley y Ochoa estaban dentro de la parte trasera de un furgón de reparto de uniformes que estaba aparcado en la 19 Este, delante de una tienda de móviles. Tommy el Gordo le había dicho a Nikki que aquella tienda servía de tapadera para el verdadero negocio del trío: los robos exprés de furgones de reparto cuando los conductores los dejaban aparcados para entregar con la carretilla la primera carga. Después comerciaban con los objetos robados y se deshacían de los vehículos, que no les interesaban.

—Entonces supongo que lo de Tommy el Gordo ha dado sus frutos —dijo Rook.

—La necesidad es muy poco favorecedora, Rook —replicó ella.

Detrás de él, pudo oír a los Roach haciendo ruido con la nariz al reírse.

—Pero es lo que nos ha traído hasta aquí, ¿no? —Rook intentó sin éxito hacer que aquello no sonara necesitado.

—¿Por qué te lo ha contado, detective Heat? —preguntó Raley, encantado de poder apretarle de aquella manera a Rook. Ochoa también estaba disfrutando.

—Prefiero no decirlo —respondió Heat.

—Dilo —pidió Ochoa con un gruñido sordo.

Ella hizo una pausa.

—Tommy el Gordo dijo que había sido porque tuve las pelotas de hacerle frente ayer por la mañana. También dijo que no me lo tomara como una costumbre.

—¿Era eso una amenaza? —preguntó Raley.

Ella sonrió y se encogió de hombros.

—Más bien el comienzo de una amistad.

—En el retrovisor lateral —informó Hinesburg, que estaba en el vestíbulo de una lavandería de pago con monedas dos puertas más abajo del edificio, por el *walkie*. En cuanto cortó la comunicación, una moto pasó como un rayo.

—Échale un vistazo, Ochoa —dijo Nikki.

Ella se hizo un lado y él vio por una de las pequeñas ventanitas de la puerta del furgón a un hombre grande con un chaleco de cuero agarrado a un manillar cuelgamonos.

—Podría ser el del AR-15. Iba encapuchado, pero definitivamente tiene el mismo físico. —Se volvió a sentar sobre una de las bolsas de lona de la lavandería para dejar que Heat echara un vistazo mientras el motorista aparcaba en la acera delante de la tienda y entraba.

—Bien —dijo la detective Heat por el micro—, caigamos sobre ellos antes de que decidan salir a dar una vuelta. Daré la orden en sesenta segundos. —Miró el reloj y bufó para que sincronizaran el resto con el suyo—. Ochoa, tú el último —dispuso—. No quiero que te reconozcan en plena calle.

—Entendido —contestó él.

—¿Y Rook?

—Lo sé, lo sé: «Por favor, permanezca cómodamente sentado hasta que el capitán apague la señal luminosa del cinturón». —Se cambió de sitio para dejarlos pasar y se sentó en la bolsa de lona de Ochoa—. Qué bien, todavía está calentita.

—Tres, dos, adelante —dijo Nikki saliendo primera por la puerta trasera, seguida de Raley. Ochoa esperó al lado de la puerta abierta, como le habían indicado.

Rook pudo ver cómo la detective Hinesburg se aproximaba a la tienda por el lado opuesto de la calle.

Hubo una pequeña pausa y Ochoa se giró hacia Rook.

—Me pregunto si debería… —dudó.

Y entonces empezó el tiroteo. Primero una fuerte ráfaga, el AR-15, y luego una descarga de armas pequeñas. Rook se movió hacia el portón para mirar y Ochoa lo echó hacia atrás.

—Quédate ahí atrás. ¿Quieres que te maten?

Empujó a Rook en medio de los sacos de la lavandería y luego se dirigió a ayudar por la parte de atrás pistola en mano, dando la vuelta por el lado protegido del camión.

Se oyó otra descarga, varias rondas repetidas del rifle de asalto y Rook miró por la ventana del copiloto del furgón justo a tiempo para ver a Ochoa metiéndose en un estanco para ponerse a cubierto. Dispararon algunos tiros más para cubrirse y la moto salió escopetada.

El motorista aceleró e hizo un caballito mientras bajaba de la acera para incorporarse a la 19. Heat y Hinesburg salieron atropelladamente de la tienda dispuestas a disparar, pero un taxi que pasaba se lo impidió. El motorista se giró para mirarlas y volvió a darse la vuelta con una sonrisa en la cara. Rook nunca olvidaría aquella expresión, la que tenía el tío justo antes de que él le lanzara una bolsa de la lavandería y lo hiciera caer de la moto directamente sobre el asfalto.

\* \* \*

Media hora después, el motorista estaba en la sala de detención del hospital Bellevue convaleciente por una conmoción cerebral. Era un auténtico chico malo. No solo era el hombre del AR sino que tenía toda la pinta de ser el líder, así que no se vendría abajo tan fácilmente. Nikki Heat se encontró a sus dos cómplices en la sala de interrogatorios de la comisaría 20. Al verlos pensó que le iban a dar un poco de trabajo. Se sentó enfrente de ambos, tomándose su tiempo para hojear sus expedientes. Ambos habían estado varias veces en prisión por todo tipo de cosas, desde hurtos a robos con violencia pasando por tráfico de drogas.

La detective Heat sabía que acabaría separándolos, pero antes tenía que encontrar un punto débil en uno de ellos para apartarlo del rebaño. Tenía una estrategia para conseguirlo y para llevarla a cabo necesitaba que por el momento permanecieran juntos hasta que ella pudiera elegir. Cerró sus informes de antecedentes penales y empezó tranquilamente.

—Bien, vayamos al grano. ¿Quién los contrató para el golpe de ayer?

Los dos hombres le dedicaron sendas miradas muertas, de esas que no veían nada ni tenían la menor intención de delatar a nadie. Miradas carcelarias.

—Boyd, empecemos con usted. —El más grande, el de la barba negra canosa, la miró sin decir nada. Puso cara de aburrido y miró para otro lado. Ella se dirigió al otro, un pelirrojo con un tatuaje de una tela de araña en el cuello.

—¿Y usted, Shawn?

—No tiene nada en nuestra contra —contestó él—. Ni siquiera sé por qué estoy aquí.

—No insulte mi inteligencia, ¿quiere? —dijo ella—. Hace menos de veinticuatro horas ustedes y su amigo el motorista secuestraron un vehículo oficial, robaron un cadáver, apuntaron con armas de fuego a un oficial de policía y a una forense, mandaron a un chófer oficial al hospital y aun así aquí están, pillados y con todas las papeletas para cumplir largas condenas en Ossining. ¿Será porque yo no sé lo que estoy haciendo, o tal vez porque son ustedes los que no lo saben?

Rook, que estaba dentro de la cabina de información, se giró hacia Ochoa.

—Qué dura.

—Estos tíos necesitan más que mano dura, en mi opinión.

Nikki cruzó las manos sobre la mesa y se inclinó hacia los dos hombres. Ya había hecho su elección, ya había decidido cuál de los dos era la zorra. La zorra siempre se venía abajo. Dio media vuelta para mirar el cristal que estaba detrás de su silla y asintió. La puerta se abrió y Ochoa entró en la sala. Ella estudió sus caras mientras el detective permanecía de pie detrás de ella. Boyd, el de la barba de acero, actuó como si ni siquiera lo hubiera visto, clavando de nuevo la mirada en la nada. Shawn le echó un vistazo rápido y apartó la vista.

—¿Ya, detective? —preguntó ella.

—Quiero ver el lado izquierdo del cuello de ambos.

Heat les pidió a los dos que giraran la cabeza hacia la derecha y Ochoa se inclinó sobre la mesa, mirando primero a uno y luego al otro.

—Ya —dijo, y abandonó la sala.

—¿A qué ha venido eso? —dijo Shawn, el de la telaraña.

—Ahora vuelvo —se limitó a decir Nikki, y se marchó. Pero fue breve y volvió en menos de un minuto con dos agentes—. A ese de ahí —dijo señalando a Shawn— llevadlo a la sala de interrogatorios número dos y esperad a que llegue el fiscal del distrito.

—¿Eh, qué está haciendo? —dijo Shawn mientras se lo llevaban—. No tiene ninguna prueba en mi contra. Ninguna.

Los agentes lo sujetaron en la puerta y Nikki sonrió.

—Sala de interrogatorios dos —dijo, y se fueron. Nikki esperó a que el mudito dijera algo. Finalmente, fue ella la que habló—. ¿Su colega está siempre tan nervioso?

Él permaneció imperturbable, como en otro mundo.

—No es difícil darse cuenta de que no es tan sereno como usted, Boyd. ¿Por qué no piensa un momento en una cosa? Su amigo, el del tatuaje, está jodido y lo sabe. ¿Y sabe qué es lo peor para usted? Que queremos el nombre de la persona que les contrató y que estamos dispuestos a negociar. Usted y yo sabemos que Shawn va a aceptar, porque el trato será muy jugoso. Y él es... Bueno, él es Shawn, ¿no?

Boyd continuó allí sentado como si fuera una estatua que respirase.

—¿Y en qué situación le deja eso a usted, Boyd? —Abrió de golpe su informe—. Una persona con su pedigrí se juega una larga condena en Ossining. Aunque usted ya sabe que eso se puede soportar. El tiempo pasa. Y además, su colega Shawn podrá ir a visitarlo, porque él estará fuera.

Nikki esperó. Ella también tenía que mantenerse imperturbable aunque estuviera empezando a pensar que había separado al elemento incorrecto del rebaño. Le preocupó que fuera demasiado listo y que se hubiera dado cuenta de que la identificación del tatuaje por parte de Ochoa no era más que lo que era, una artimaña. Le preocupaba que Boyd fuera simplemente un sociópata y que, entonces, ella fuera la que saliera perdiendo en aquel negocio. Nikki pensó en cargarse su estrategia y ofrecerle un trato, pero aquello significaría que había fallado. El corazón le iba a mil y lo notaba como si fuera un pájaro carpintero en el cuello. Estando tan cerca no quería ni pensar en la posibilidad de tener que dejarlo escapar, así que cambió de estrategia. Heat se puso dura y decidió llevar su juego al extremo.

Sin decir una palabra más, se levantó y cerró el expediente. Luego cuadró las páginas golpeándolas contra la parte superior de la mesa. Se dio la vuelta y caminó con pasos acompasados hacia la puerta, esperando escuchar algo cada vez que daba uno. Puso la mano en el pomo, se demoró todo lo que pudo y abrió la puerta.

Maldición, nada.

Con la horrible sensación de que se estaba quedando sin fuerzas, dejó que la puerta se cerrara tras ella.

Una vez en la cabina de información, suspiró y se enfrentó a las miradas de decepción de Rook, Raley y Ochoa.

Fue entonces cuando oyó un «¡eh!». Los cuatro se volvieron hacia la ventana. Dentro, Boyd estaba de pie al lado de la mesa, encorvado por culpa de las esposas.

—¡Eh! —volvió a gritar—. ¿Qué tipo de trato?

# Capítulo
## 6

La detective Heat estaba en la acera preparando a su equipo para la segunda redada del día con el ferviente deseo de que su buena racha continuara y que en breves minutos estuviera en posesión del cadáver robado de Cassidy Towne.

Según Rook, no parecía que su sospechoso tuviera ningún móvil. Cassidy Towne lo había arrastrado al nuevo restaurante de Richmond Vergennes la semana anterior para su inauguración. Rook dijo que en aquel momento le había dado la sensación de que se trataba de una especie de intercambio, como si ella hubiera conseguido un bono de regalo para una comida gratis elaborada por un famoso cocinero de televisión a cambio de hablar de él en su columna. El escritor añadió que, mientras estaba allí, los había oído discutir a gritos en la oficina de Vergennes. Ella salió unos minutos después y le dijo a Rook que se verían al día siguiente.

—A mí no me sorprendió, porque ella discutía con todo el mundo —le dijo a Nikki—, así que no me pareció nada importante.

En aquel momento, a solo unos metros de aquel restaurante tan del Upper East Side, se estaba desplegando un pequeño ejército del Departamento de Policía de Nueva York. Conclusión: al parecer sí debía de ser algo importante.

Heat cogió el transmisor-receptor.

—Roach, ¿estáis ya en posición?

—Listos —dijo la voz de Raley por la radio.

Nikki hizo la habitual comprobación de última hora de los detalles. El pequeño destacamento de agentes estaba haciendo su trabajo conteniendo a los peatones en ambos extremos de la acera en Lex. La detective Hinesburg se puso detrás de ella y asintió mientras se ajustaba la placa en el cordón que llevaba colgado del cuello. Rook dio dos pasos atrás para colocarse en la posición que habían acordado, entre los dos agentes de Robos de paisano que se habían unido a la fiesta.

Los integrantes del equipo siguieron a la detective Heat hacia las puertas principales del restaurante vacío a paso ligero. Nikki había esperado para llevar aquello a cabo justo después del servicio de comidas para no tener que preocuparse por los clientes. Rook le había hecho un croquis de la distribución del restaurante, que aún tenía fresca en la memoria por su visita de la semana anterior, y Nikki encontró a Richmond Vergennes exactamente donde Rook dijo que estaría en aquel momento, presidiendo la reunión de personal en la gran mesa que estaba al lado de la cocina de exposición.

Uno de los ayudantes de camarero, un ilegal, fue el primero en verla y salió disparado hacia el baño de caballeros. Su fuga hizo que el resto dejara de prestarle atención a la comida de personal para darse la vuelta. Heat enseñó la placa mientras se dirigía a toda prisa hacia la cabecera de la mesa, diciendo:

—Departamento de Policía de Nueva York. Permanezcan todos sentados. Richmond Vergennes, tengo una orden judicial para...

La silla del famoso cocinero se cayó hacia atrás sobre el suelo de madera noble cuando este salió disparado. Nikki captó de refilón unos cuantos gritos sofocados y el sonido metálico de los cubiertos que el personal estaba dejando caer mientras entraba corriendo tras él en la cocina.

Vergennes intentó obstaculizar el paso a los policías tirando un montón de platos ovalados al suelo tras él mientras rodeaba la entrada que había en el mostrador para ir a la cocina, pero Nikki ni siquiera tomó el mismo camino. La estación de servir de acero era de la altura de la cintura, diseñada para permitir que los comensales vieran a la superestrella de la cocina y a su equipo mientras trabajaban. Heat apoyó una mano sobre ella, lanzó las piernas hacia un lado y saltó a la cocina yendo a caer solo tres pasos por detrás de Vergennes.

Él oyó aterrizar a Nikki y dejó caer un barreño lleno de hielo picado sobre las alfombrillas de drenaje. Ella resbaló pero no se cayó, aunque aquello le dio a él algunos pasos de ventaja. Pero aunque el cocinero era un triatleta de fin de semana, nadie era capaz de correr rápido con unas Crocs Bistro. Sin embargo el problema no fue la velocidad. Raley y Ochoa entraron por la puerta trasera de servicio desde el callejón y le bloquearon la salida.

El chef Vergennes se detuvo y en su desesperación echó mano del juego de cuchillos Wüsthof que descansaban anidados en su soporte. Siguió adelante blandiendo un cuchillo de cocina de veinte centímetros y las pistolas hicieron acto de presencia. Cuando todos dijeron a coro «tire eso», él dejó caer el cuchillo como si el mango estuviera ardiendo. En cuanto tuvo la mano vacía, Heat lo cogió por sorpresa y le hizo una patada de tijera que le barrió las piernas, la misma llave que había practicado aquella misma mañana.

Nikki se detuvo, salió de la cubierta y le leyó a Vergennes sus derechos mientras Ochoa lo esposaba. Luego lo sentaron en una silla en medio de la zona de preparación de alimentos.

—Soy la detective Heat, señor Vergennes —le informó—. Pónganoslo fácil y díganos dónde está el cadáver.

Por aquel hermoso y duro rostro que millones de personas llevaban viendo años en la televisión corría un hilillo de sangre de un pequeño rasguño que se había hecho en la ceja al huir. Detrás de Nikki, el chef Vergennes pudo ver a todo su equipo en el mostrador, mirándole.

—No tengo ni idea de qué está hablando —dijo.

Nikki Heat se volvió hacia su equipo.

—Registrad el local.

\* \* \*

Una hora más tarde, después de registrar el restaurante sin encontrar nada, Heat, Rook y los Roach se llevaron a Richmond Vergennes esposado al *loft* que tenía en el SoHo, en la calle Prince. Bajo custodia policial ya no parecía en absoluto el perenne favorito de Zagat ni el candidato al *Iron Chef.* Su casaca blanca almidonada estaba sucia, repujada con el diseño enrejado de las mugrientas alfombrillas de su restaurante del Upper East Side. Una mancha de sangre del tamaño y la forma de una mariposa monarca, otra herida de guerra del ataque de Heat, se había secado en la rodilla de sus pantalones de cocinero de cuadros blancos y negros y complementaba el corte en la ceja que los enfermeros habían limpiado antes de ponerle una tirita.

—¿Quiere ahorrarnos problemas aquí, chef Richmond? —preguntó Heat. Fue como si no la hubiera oído. Se limitó a bajar la vista y analizar sus Crocs azules—. Usted mismo —dijo, y se volvió hacia sus detectives—. Manos a la obra, chicos. —Mientras ellos se disponían a empezar a abrir armarios, vitrinas y cualquier otra cosa lo suficientemente grande como para esconder un cadáver, ella le hizo una advertencia—. Y cuando hayamos acabado de buscar en su *loft*, iremos al otro restaurante que tiene en Washington Square. ¿Cuánto dinero perderá si cerramos The Verge y nadie puede cenar esta noche? —Él continuó sin soltar prenda.

Después de haber mirado en los aparadores, en los armarios y en un arcón que hacía las veces de mesita de centro en la sala de estar, lo sentaron en una de las sillas de la cocina hecha a medida. La cocina era tan grande y estaba tan bien decorada que uno de los canales de televisión por cable de estilo de vida la había usado para rodar su programa: *Cocina como Vergennes.*

—Está perdiendo el tiempo. —El chef intentó parecer ofendido sin conseguirlo. Una gota de sudor le colgaba de la punta de la nariz, y cuando agitó la cabeza para hacerla caer, su oscuro y largo cabello peinado con raya al lado se agitó en el aire—. No hay nada aquí que les pueda interesar.

—No estoy tan seguro . No me importaría encontrar la receta de esos palitos de maíz de jalapeños —dijo Rook cogiendo uno de los moldes de hierro fundido en forma de mazorca de maíz que había sobre la encimera.

—Rook —le reconvino Heat.

—¿Qué? Son crujientes por fuera, blandos por dentro y el pimiento pica un montón, mmm… Y cómo se mezcla con la mantequilla, qué bueno.

Ochoa volvió de la despensa.

—Nada —le dijo a Heat.

—Igual que en el despacho y en los dormitorios —informó Raley mientras entraba por otra puerta—. ¿Qué está haciendo?

Nikki se dio la vuelta y vio la cara de Rook contorsionada en una mueca de dolor.

—Incordiando. ¿Sabes, Rook? Por eso no te dejamos venir con nosotros.

—Lo siento. He probado una especia. ¿Sabéis qué me gustaría tomar? Un poco de té dulce.

Raley le dirigió a Rook una mirada de asco y se unió a su compañero, que estaba intentando abrir una puerta cerrada con llave que había al fondo de la cocina.

—¿Qué es esto? —preguntó Ochoa.

—Mi bodega de vino —contestó el chef—. Tengo algunas botellas poco comunes ahí dentro que valen miles de dólares. Y la temperatura está controlada.

Eso interesó mucho a Heat.

—¿Dónde está la llave?

—No hay llave, es un código.

—Vale —dijo ella—. Se lo preguntaré educadamente una vez. ¿Cuál es el código? —Pero él no respondió nada—. Tengo una orden judicial —le recordó ella.

Él parecía divertido.

—¿Por qué no la usa para forzar la puerta?

—Ochoa, llama a Demoliciones y diles que necesitamos un equipo con una matriz de explosión. Y evacúa el edificio.

—Un momento, un momento. ¿Una matriz de explosión? Tengo un Château Haut-Brion ahí dentro. —Nikki se puso una mano en forma de cuenco al lado de la oreja. Él suspiró y dijo—: Es el 41319.

Ochoa introdujo el código en el teclado y un servomotor ronroneó en el interior de la cerradura. Encendió la luz y entró dentro del enorme armario. Al cabo de unos instantes, salió y sacudió la cabeza al tiempo que miraba a Heat.

—¿Por qué me están fastidiando? —dijo el chef. De nuevo intentaba hacerse el gallito de aquella forma tan molesta.

Nikki se puso de pie a su lado, lo suficientemente cerca para que tuviera que tensar el cuello para mirar hacia ella.

—Ya se lo he dicho. Quiero que me diga dónde está el cadáver de Cassidy Towne.

—¿Por qué iba a saber yo nada sobre Cassidy Towne? Ni siquiera conocía a esa zorra.

—Sí que la conocía, yo los oí discutir —dijo Rook—. Vaya —exclamó expulsando aire por la boca resoplando—. Debo de haber pillado una semilla.

Vergennes actuó como si un recuerdo distante le acabara de venir a la cabeza.

—Ah, eso. ¿Conque discutimos, no? Por favor, ¿creen que la maté porque a ella le fastidió que no la invitara a una cena para doce comensales que celebré en la inauguración?

—Tenemos un testigo que dice que usted los contrató para robar el cadáver.

Él se rió.

—Se ha acabado. Esto es una locura. Quiero a mi abogado.

—Está bien. Podrá llamarlo en cuanto lo llevemos a comisaría —dijo Heat.

Cada uno en un extremo de la cocina, Raley y Ochoa se movían de forma lineal abriendo y cerrando sistemáticamente armarios de diseño llenos de libros de cocina, de vajillas importadas o de valiosos artilugios de cocina de Williams-Sonoma.

—En serio, la boca me arde. —Rook se acercó al gran Sub-Zero—. Vaya, esto sí que es un frigorífico. Maravilloso.

—¡No, está roto! —gritó Vergennes.

Pero Rook ya había tirado de la manilla. La puerta de la nevera se abrió de golpe y el cadáver de Cassidy Towne lo golpeó en la espalda antes de aterrizar sobre las baldosas españolas, a sus pies.

El agente de policía que estaba en la puerta principal entró corriendo cuando oyó gritar a Rook.

* * *

Richmond Vergennes cambió radicalmente de actitud cuando se tuvo que enfrentar a la cruda realidad de la sala de interrogatorios. Su altanería desapareció por completo. Nikki observó sus manos, encallecidas y llenas de cicatrices provocadas por años en la cocina y vio que estaban temblando. Sentado en una silla al lado de él, el abogado de Vergennes le hizo un gesto afirmativo con la cabeza para que empezara.

—En primer lugar, yo no la maté. Lo juro.

—Señor Vergennes, piense en cuántas veces en su carrera ha visto a un camarero devolver un plato a la cocina porque el cliente decía que estaba frío. Pues no llega ni a la mitad de las veces que he oído aquí sentada decir al de las esposas que está donde ahora está usted: «Yo no he sido, lo juro».

El abogado metió baza.

—Detective, nuestra intención es cooperar. No creo que sea necesario ponerlo más difícil. —El abogado era Wynn Zanderhoof, socio de una de las grandes empresas de Park Avenue especializadas en casos del mundo de la farándula. Él se dedicaba a la parte penal y Heat lo había visto infinidad de veces a lo largo de los años.

—Claro, abogado. Sobre todo cuando su cliente nos ha facilitado tanto la vida. Se resistió a ser detenido, apuntó con un arma a un oficial de policía y obstruyó una investigación. Eso sin contar con el asesinato de Cassidy Towne, de la conspiración para secuestrar el cadáver y de los numerosos cargos que se derivan de ello. Creo que «difícil» es la palabra del día del señor Vergennes.

—Tiene toda la razón —dijo el abogado—. Y por eso esperamos llegar a algún tipo de acuerdo para mitigar las tensiones innecesarias que rodean todo esto.

—¿Quiere hacer un trato? —preguntó la detective—. Su cliente se enfrenta a una condena por asesinato y uno de los hombres del personal ha confesado que le había pagado para robar el maldito cadáver. ¿Qué piensa ofrecernos, un postre gratis?

—Yo no la he matado. Esa noche estaba en casa con mi mujer, ella puede confirmarlo.

—Lo comprobaremos. —Algo le cruzó el rostro cuando ella dijo aquello. Su oscuro aspecto cajún perdió su actitud vanidosa. Como si la coartada no fuera sostenible, o tal vez por algo más. ¿Qué sería? Ella decidió aprovechar y ver hasta dónde le llevaba—. Cuando dice que estuvo con su mujer, ¿a qué hora se refiere?

—A toda la noche. Vimos un poco la tele, nos fuimos a la cama y luego nos levantamos. A eso me refiero.

Ella hizo el número teatral de abrir el bloc de notas y sacar el bolígrafo con aplomo.

—Dígame la hora exacta a la que usted y su mujer se fueron a la cama.

—Y yo qué sé. Vimos un rato *Nightline* y luego nos fuimos al sobre.

—Entonces dice que serían sobre las doce, sobre medianoche, ¿no? —dijo Nikki mientras escribía.

—Sí, o un poco después. Todos esos programas nocturnos empiezan unos cinco minutos tarde.

—¿Y a qué hora llegó a casa?

—Pues sobre las once y cuarto, creo.

Había algo que a Heat no le encajaba, así que siguió presionando.

—Oiga, he oído hablar mucho del negocio de la restauración. ¿No es las once y cuarto un poco temprano para volver a casa? Sobre todo si se trata de un restaurante nuevo.

Se estaba acercando. Vergennes parecía nervioso y movía la lengua dentro de la boca como si estuviera buscando un pelo.

—No había mucho trabajo, así que me largué temprano.

—Ya. ¿A qué hora se largó?

Sus ojos vagaron por el techo.

—No lo recuerdo exactamente.

—No pasa nada —dijo ella—, de todos modos lo voy a contrastar con sus empleados. Ellos me dirán a qué hora se fue.

—A las nueve —le espetó.

Nikki tomó nota.

—¿Suele llevarle dos horas y cuarto llegar a esas horas desde el SoHo hasta la 63 con Lex? —Cuando levantó la vista del bloc, él estaba que echaba chispas. Su abogado se inclinó para mostrarle una nota que había garabateado, pero Vergennes la apartó de un manotazo.

—Está bien, no fui directo a casa. —El abogado lo intentó de nuevo poniéndole una mano en el hombro, pero él se desembarazó de ella—. Le diré exactamente dónde estaba. Estaba en casa de Cassidy Towne —dijo.

Heat deseó que Lauren Parry hubiera tenido el cadáver antes para poder determinar con más precisión la hora de la muerte. Era perfectamente posible que ésta se hubiera producido antes de medianoche. Siguió su instinto para aprovechar el momento de debilidad de Vergennes e ir más allá.

—¿Está diciendo que fue a casa de Cassidy Towne y la apuñaló?

—No. Estoy diciendo que fui a casa de Cassidy Towne y… —Se fue apagando a la vez que bajaba tanto la cabeza como la voz, y murmuró algo que ella no consiguió entender.

—Perdone, no lo he oído. ¿Que fue a casa de Cassidy Towne y…?

Vergennes tenía la cara como la cera cuando levantó la vista, y sus ojos no eran capaces de ocultar el sufrimiento que le causaba su vergüenza.

—Fui allí y… me la tiré.

Nikki lo observó mientras se agachaba para secarse la cara con las palmas de las manos. Cuando levantó la cara de las esposas, había recobrado parte del color. Ella intentó mirar a aquel chef de primera rompecorazones que había conquistado Manhattan y ponerlo al lado de Cassidy Towne, la árbitro extraoficial del escándalo público. Algo le decía que no encajaban como pareja, aunque tras tantos años de trabajo Nikki podía creerse casi todo.

—¿Usted y Cassidy Towne tenían una aventura?

Nikki intentó no dar nada por hecho antes de que le respondiera. Se imaginaba a un hombre casado intentando poner fin a la relación, una discusión demasiado acalorada y esas cosas. Una vez más, recurrió a su formación para escuchar en lugar de proyectar.

—No teníamos ninguna aventura. —Su voz sonó débil y hueca. Nikki tuvo que esforzarse para oírlo incluso en el silencio de aquella habitación.

—Entonces, ¿era su primer… encuentro?

Al chef pareció hacerle gracia algo que estaba pensando.

—Por desgracia no, no era nuestro primer «encuentro» —dijo.

—Va a tener que explicarme por qué no lo llama «aventura».

El silencio mortal que se produjo a continuación fue interrumpido por su abogado.

—Rich, debo recomendarte que no…

—No, voy a acabar con esto ahora mismo para que vean que yo no la maté. —Se calmó y comenzó a hablar—. Me acostaba con Cassidy Towne por una razón: no me quedaba otro remedio. Compré el local nuevo justo antes de la crisis económica. Yo tenía cero presupuesto para publicidad, de pronto la gente dejó de salir a cenar fuera y, si lo hacían, evitaban los nuevos restaurantes. Estaba desesperado. Así que Cassidy… hizo un trato conmigo. —Hizo una nueva pausa y murmuró unas lastimeras palabras que definían la situación—. Sexo a cambio de tinta.

Heat recordó la reunión en el Sardi con la madre de Rook. Al parecer, Cassidy no se ceñía solo a los actores.

—Tiene que entender que yo quiero a mi mujer. —Nikki se limitó a escuchar. No tenía sentido decirle los cientos de veces que habían dicho aquello otros maridos sentados en esa misma silla—. No fue algo que yo propusiera. Me pilló en un momento de debilidad. Al principio me negué, pero ella lo hizo más difícil de rechazar. Dijo que si quería a mi mujer me acostaría con ella para no perder nuestra inversión. Era estúpido, pero lo hice. Me odiaba por ello, ¿y sabe lo peor? Creo que a ella ni siquiera le gustaba. Era como si lo hubiera hecho solo para demostrar que podía conseguir que yo accediera.

Hizo una pausa y su rostro se quedó de nuevo sin sangre, adquiriendo el color de una ostra.

—¿No lo entiende? Por eso les pagué a esos tíos para que robaran el cadáver. Ayer por la mañana me levanté, mi mujer tenía la televisión encendida y dijo: «Anda, han matado a esa zorra chismosa». Entonces pensé: «Santo Dios, yo me la tiré anoche, ahora está muerta y ¿qué ADN van a encontrar en el cadáver? El mío. Y mi mujer se va a enterar de que la he estado engañando». Sentí pánico e intenté pensar qué podía hacer.

»Ese proveedor de alimentos con el que trabajo tiene algunos contactos con gentuza que actuá a sueldo, así que lo llamé y le dije que tenía que sacarme de un apuro. Me costó una pasta, pero conseguí el maldito cadáver.

—Un momento, ¿lo hizo porque le daba miedo que su mujer se enterara de su relación? —preguntó Nikki.

—Había gente que sabía que yo tenía algo que ver con Cassidy. Su amigo el escritor, por ejemplo. Solo era cuestión de tiempo que saliera a la luz. Y Monique es la que tiene dinero, firmé un acuerdo prematrimonial. Me va fatal con la crisis económica, el local nuevo no va bien; si ella me corta el grifo, la semana que viene estaré echando salsa por encima de las costillas en Applebee's.

—Y entonces, ¿por qué llevarse el cadáver a donde viven usted y su mujer?

—Mi mujer se fue ayer a Filadelfia para llevar la publicidad del Festival de Gastronomía y Vino. Fue lo único que se me ocurrió antes de poder pensar en algo mejor. —Tras aquel arrebato adoptó una actitud sombría, como solía hacer la gente al aliviar la carga de la culpabilidad—. Esos tíos vinieron pidiéndome cincuenta de los grandes más por deshacerse de ella. Yo no los tenía, así que me la dejaron allí y me dijeron que me lo pensara rápido.

Nikki pasó la página del bloc para empezar una nueva.

—¿Y a qué hora dice que vio por última vez viva a Cassidy Towne?

—Aún estaba viva, por supuesto. Eran alrededor de las diez y media. A esa hora me fui de su piso.

\* \* \*

Raley y Ochoa estaban fuera buscando las cintas de la máquina de escribir de Cassidy Towne, así que cuando Heat acabó con el interrogatorio de Vergennes y se lo llevaron para procesarlo y mandarlo a Riker's, le asignó a la detective Hinesburg la tarea de confirmar su coartada. El chef dijo que había pagado el taxi de vuelta a casa con tarjeta de crédito alrededor de las diez y media, así que la empresa de tarjetas y el taxi deberían tener constancia de ello.

—¿Una matriz de explosión? —dijo Rook desde la vieja mesa que había ocupado en el otro extremo de la oficina diáfana.

Heat agradeció la media sonrisa que él le había hecho esbozar, sobre todo tras la decepción de que Vergennes, al parecer, tuviera una coartada. Tenía el cadáver, pero probablemente no al asesino.

—¿Qué pasa, nunca has oído hablar de las matrices de explosión?

—No —dijo él—, pero no he tardado mucho en darme cuenta de que era un *heatismo*. Como lo del zoo del calabozo, ¿me equivoco? Un término falso que te has inventado y que dejas caer de vez en cuando para asustar a los ignorantes y hacerles creer que tendrán graves problemas si no colaboran.

—Pero ha funcionado, ¿no? —El teléfono que tenía en la mesa sonó, y ella lo cogió.

Él se rió.

—Los *heatismos* siempre funcionan.

Nikki colgó y le preguntó a Rook si le apetecía dar una vuelta en coche. Lauren Parry ya tenía lista la autopsia de Cassidy Towne.

Cuando entraron en el vestíbulo de la comisaría para ir al coche, el abogado de Richmond Vergennes estaba firmando la salida.

—¿Detective Heat? —Wynn Zanderhoof se apresuró para darle alcance. Llevaba un maletín Zero Halliburton, una de esas maletitas de aluminio que llevaban los sicarios escurridizos y los camellos trajeados para transportar fajos de dinero en efectivo en todas las películas de policías de los años ochenta—. ¿Tiene un minuto?

Se detuvieron ante la puerta de cristal y, cuando el abogado llegó hasta ellos, Nikki pilló la indirecta y le pidió a Rook que la esperara en el coche.

Cuando estuvieron solos, el abogado dijo:

—Sabe que se van a morir de risa con lo de la sospecha de asesinato en la oficina del fiscal del distrito.

Heat no creía que Richmond Vergennes hubiera matado a Cassidy Towne, pero todavía no podía descartarlo completamente así que no pensaba quitarle la presión.

—Aunque su coartada encaje podría haberle pagado a alguien para hacerlo, como hizo al externalizar el robo del cadáver.

—Cierto. Y se trata de una buena diligencia por su parte, detective. —Zanderhoof esbozó una sonrisa vacía que le hizo tener ganas de comprobar que todavía tenía el reloj y la cartera—. Pero estoy seguro de que su tenacidad también la llevará a plantearse en algún momento por qué si mi cliente hubiera contratado a alguien para matarla no se iba a haber deshecho de los restos entonces en lugar de correr el riesgo y llamar la atención con el incidente ocurrido ayer en la Segunda Avenida.

Pronunció la palabra «incidente» como restándole importancia, imaginándose ya con reducción de condena. Bueno, aquel era su trabajo. El suyo era atrapar al asesino. Y aunque no le gustaba nada que la presionaran, tuvo que admitir que tenía razón. Ella misma había llegado a aquella conclusión mientras observaba la pizarra no hacía ni tres minutos.

—Seguiremos con la investigación, nos lleve a donde nos lleve, señor Zanderhoof —dijo ella sin dar el brazo a torcer. No había razón alguna para hacerlo hasta que el chef fuera totalmente exculpado—. El caso es que su cliente sigue estando metido en esto hasta el cuello, empezando por su aventura con mi víctima de asesinato.

El abogado se rió.

—¿Aventura? Aquello no era ninguna aventura.

—Y entonces, ¿qué era?

—Un trato de negocios, tan sencillo como eso. —Se quedó mirando a través del cristal a Rook, que estaba apoyado en la defensa del Crown Victoria, y, cuando estuvo seguro de que Nikki se había dado cuenta, entornó los ojos en una sonrisa que a ella no le gustó nada.

—Cassidy Towne estaba intercambiando sexo por tinta. Seguro que no ha sido la primera mujer en hacerlo, ¿verdad, Nikki Heat? —dijo.

\* \* \*

—Estás demasiado callada.

Rook se puso de lado en el asiento para girarse hacia ella todo lo que el cinturón de seguridad y el aparato de radio que tenían entre las rodillas le permitían. Normalmente no era fácil llegar del Upper West Side al Instituto de Medicina Forense cerca de Bellevue y, encima, como habían pillado el caos de la hora punta, se estaba haciendo eterno. Probablemente a Rook le parecía más eterno aún porque Heat parecía estar muy lejos de allí, sumida en sus pensamientos. Más aún, daba la sensación de estar crispada.

—A veces me gusta estar en silencio, ¿vale?

—Claro, no hay problema. —Él dejó pasar exactamente tres segundos antes de romper el silencio—. Si estás molesta porque el chef Vergennes no es el asesino, tienes que ser positiva, Nikki. Hemos recuperado el cadáver. ¿Ha dicho algo Montrose?

—Ah, sí, el capi está encantado. Al menos mañana la prensa sensacionalista no pondrá imágenes de magos y cadáveres que desaparecen en primera plana.

—Supongo que eso se lo debemos a Tommy el Gordo, ¿no? —La miró para ver cómo reaccionaba, pero ella mantuvo la mirada fija en el tráfico, con aspecto de estar especialmente interesada en algo que sucedía al otro lado de la ventanilla opuesta a la de él—. Y que conste que no estoy intentando atribuirme méritos porque sea mi fuente. Solo es un comentario.

Nikki asintió de forma imperceptible y continuó observando el espejo lateral como si estuviera en otro sitio. Un sitio no demasiado agradable si eras Jameson Rook.

Intentó abordarla de otra manera.

—Oye, me gustó la frase que les soltaste en la sala de interrogatorios. Me refiero a lo de si tenían algo más que ofrecer que un postre gratis. —Rook se rió—. Esa es mi Heat. Lo pondré en el artículo, por supuesto. Eso y lo de la matriz de explosión.

Nikki entró al trapo, pero no como él esperaba.

—No —añadió bruscamente—. No. —Luego miró el retrovisor lateral y dio un volantazo que hizo que el coche se detuviera con una sacudida, con lo cual todo lo que había en el asiento de atrás se cayó al suelo. A ella no le importó—. ¿Qué demonios tengo que hacer para librarme de ti? —dijo levantando un dedo en el aire puntuando sus palabras de forma punzante—. No quiero, no quiero ni de broma salir en tu artículo. No quiero que me nombres, que me cites, que me retrates, ni siquiera que te refieras a mí ni en tu siguiente artículo ni en ningún otro. Es más, ya que parece que hemos llegado a un punto muerto en lo que a tus supuestas fuentes periodísticas secretas y datos se refiere, estoy pensando que este será nuestro último viaje juntos. Habla con el capitán, habla con el alcalde si quieres, ya estoy harta. *C'est fini.* ¿Entendido?

Él se la quedó mirando un momento y se calló.

Antes de que pudiera decir nada más, Heat salió de la carretera y marcó el número de Lauren Parry con el sistema de marcación rápida.

—Hola, estamos a dos manzanas. Vale, ahora nos vemos.

Entre el semáforo y el aparcamiento del Instituto de Medicina Forense, Nikki se lo pensó mejor. No sobre lo que sentía en relación con el artículo y el millón de maneras en que le estaba jodiendo la vida, sino que le preocupó haberle hecho demasiado daño a Rook. Ella podía racionalizarlo, limitarse a achacarlo a lo cabreada que estaba por el golpe bajo que le había dado el baboso de Wynn Zanderhoof, pero aun así podría haber tratado a Rook con un poco más de mano izquierda y al mismo tiempo hacerse oír. Le dirigió una mirada furtiva mientras él observaba la carretera guardando un dolido silencio. Le vino a la cabeza un recuerdo en forma de imagen de Rook sentado justo allí, en aquel mismo asiento, durante tantos viajes, haciéndola reír como lo hacía, y luego una imagen más de él sentado allí aquella noche de tormenta en que no conseguían tener lo suficiente uno del otro y se pasaron toda la noche intentándolo. A Heat le sacudió la conciencia una insoportable punzada de arrepentimiento por haber perdido los estribos con él.

A Nikki no le importaba ser arisca, pero no soportaba ser mezquina.

Tuvieron el ascensor para ellos solos mientras subían desde el segundo piso del aparcamiento del sótano y allí fue donde ella intentó suavizar el mensaje que le había enviado.

—No es por ti, Rook, es solo que… Es todo eso de la publicidad, de que todos conozcan mi nombre y mi cara. Estoy harta de eso.

—Creo que recibí tu mensaje alto y claro en el coche.

Antes de que ella pudiera responder, las puertas se abrieron, el ascensor se llenó de batas de laboratorio y el momento se esfumó.

\* \* \*

—¿Qué tal? Lo tengo todo listo —dijo Lauren Parry mientras entraban en la sala de autopsias. Como siempre, incluso detrás de la mascarilla de cirujano se podía intuir su sonrisa—. Como sabíamos que tenía prioridad, y todo eso, nos hemos dado un poco de prisa para tener todo hecho lo antes posible.

Heat y Rook acabaron de ponerse los guantes y se acercaron a la mesa de acero inoxidable que albergaba los restos de Cassidy Towne.

—Te lo agradezco, Lauren —dijo Nikki—. Sé que todos los detectives lo quieren todo para ayer, así que gracias.

—No pasa nada. Yo también tengo un poco de interés personal en esto, la verdad.

—Es verdad —dijo Heat—. ¿Qué tal la mollera?

—Tengo la cabeza dura, todo el mundo lo sabe. ¿Cómo si no iba a llegar una chica de los barrios de pisos protegidos de St. Louis hasta aquí? —dijo sin ironía. Lauren Parry vivía para su trabajo y se notaba—. Nikki, me dijiste por correo electrónico que querías saber cuál podría ser la hora de la muerte como muy temprano, ¿no?

—Sí, tenemos un posible sospechoso. Acabamos de confirmar un viaje que hizo en taxi, así que su coartada indica que salió a las diez cuarenta y cinco.

—Imposible —dijo la forense, y cogió una tabla—. Bueno, tienes que entender que ha sido una tarea complicada porque ya lleva mucho tiempo muerta. Si a eso le añadimos el ajetreo, el traslado... la refrigeración —añadió mirando a Rook—. Todo eso ha hecho más difícil establecer la hora de la muerte, pero lo he conseguido. Se acerca más a las tres de la madrugada, así que ya puedes tachar a tu sospechoso de las diez cuarenta y cinco. ¿Es el chef que nos secuestró?

Cuando su amiga asintió, Lauren añadió:

—Bueno, es una pena, pero táchalo de todos modos.

Nikki se volvió encogiéndose de hombros para compartir un «lo suponíamos» con Rook, pero él no estaba prestando atención. Lo observó durante unos sombríos segundos en aquella fría habitación, sintió el dolor que le había causado su arrebato y tuvo que volver a la realidad de la mano de Lauren.

—¿Estás ahí?

—Perdona. A las tres de la madrugada, entonces.

—Eso como muy temprano. Podría haber sucedido durante las dos horas posteriores. Ahora te paso el descargo de responsabilidad habitual por lo de que aún estamos analizando las pruebas toxicológicas y todo eso. —Hizo una pausa y se volvió hacia Rook—. ¿No es ahora cuando dices: «Si la erección dura más de cuatro horas, consulte a su médico»?

—Sí —dijo inexpresivamente.

Para ser forense, Lauren Parry era muy sociable. Dejó de mirar a Rook para dirigirle a Nikki una mirada de «¿qué pasa aquí?». Ella no le devolvió ninguna a Lauren, así que la forense continuó.

—Aún a falta del informe de toxicidad, yo me sigo inclinando por la herida de arma blanca como causa de la muerte. Pero mira, tengo algunas cosas que enseñarte. —Lauren le hizo una seña para que se acercara y Heat la siguió mientras rodeaba el cuerpo para situarse al otro lado—. Nuestra fallecida fue torturada antes de morir.

Rook abandonó su ensimismamiento y se unió rápidamente a ellas para echar un vistazo.

—¿Ves el antebrazo? —Lauren separó la sábana para dejar al descubierto uno de los brazos de Cassidy Towne—. Decoloración por contusión y pérdida uniforme de vello en dos franjas paralelas en el antebrazo y la muñeca.

—Cinta americana —supuso Rook.

—Exacto. No me di cuenta en el escenario del crimen porque llevaba manga larga. El asesino no solo retiró la cinta cuando hubo terminado, sino que le bajó las mangas. Un trabajo meticuloso y minucioso. En cuanto a la cinta, en el laboratorio están analizando algunos restos. Como la venden sin receta médica por todas partes sería un milagro hacerla encajar con otra, pero nunca se sabe. —La forense señaló con un bolígrafo varios puntos en la plantilla del cadáver que tenía en su tabla—. Le pusieron cinta en ambos brazos y en ambos tobillos. Ya he llamado a la científica. Efectivamente, en la silla también había restos.

Nikki tomó nota.

—¿Y en cuanto a la tortura propiamente dicha?

—¿Ves la sangre seca que tiene en el oído? Le introdujeron varias sondas punzantes antes de morir.

Heat contuvo un escalofrío involuntario al imaginárselo.

—¿Qué tipo de sondas?

—Diferentes sondas similares a agujas, como palillos de dientes. Nada mayor que eso. Son pequeñas heridas pero dolorosas como el demonio. He tomado algunas huellas dactilares para vosotros con la cámara de mi otoscopio. Las enviaré por correo electrónico a la comisaría. Pero lo que está claro es que alguien quería que esta mujer sufriera antes de morir.

—O que confesara algo —dijo Nikki—. Dos móviles diferentes, dependiendo de cuál fuera la razón.

—Nikki procesó con rapidez la relevancia de aquella tortura si se relacionaba con los papeles desaparecidos del despacho y se inclinó más por la hipótesis de que alguien quisiera hacer hablar a Cassidy Towne. Aquello cada vez tenía más pinta de tener que ver con lo que quiera que fuera en lo que estaba trabajando.

—Otros puntos de interés. —Lauren le tendió un informe del laboratorio a Nikki—. ¿Sabes la mancha de sangre que viste en el papel de la pared? No coincide con la de la víctima.

Nikki se sorprendió.

—Entonces, ¿podría ser que hiriera a su atacante antes de que la ataran?

—Tal vez. Tiene algunas heridas en las manos de haberse defendido. Lo que me lleva al último dato que tengo para ti. Esta mujer tenía las manos llenas de mugre. Y no me refiero a un poco. Tiene restos de suciedad en las líneas de las manos, y mirad las uñas. —Levantó con cuidado una de las manos de Cassidy Towne—. Con el esmalte no se veía, pero esto es lo que había debajo. —Cada dedo mostraba una media luna de suciedad bajo la uña.

—Yo sé de qué es eso —dijo Rook—. Es de trabajar en el jardín. Me dijo que era su forma de evadirse del trabajo.

—La evasión de una colaboradora sensacionalista: seguir removiendo tierra —dijo Lauren.

\* \* \*

Rook iba unos pasos por delante de Heat mientras se dirigían al ascensor.

—Espera —le pidió Nikki, pero él ya había pulsado el botón. Las puertas se abrieron cuando ella llegó a su lado y le puso una mano sobre el brazo—. Cogeremos el siguiente —les dijo a los pasajeros que había dentro—. Lo siento —añadió mientras las puertas se cerraban ante sus caras molestas.

—Disculpa aceptada —contestó Rook. Y ambos esbozaron sendas sonrisas.

Maldito sea, pensó ella. ¿Cuál era su truco para desarmarla continuamente? Se lo llevó lejos de los ascensores hasta las ventanas del lado suroeste, donde el sol de octubre proyectaba su luz cegadora a través de ellos como si estuviera a punto de ponerse.

—He sido un poco dura contigo. Te pido disculpas.

—Le pondré un poco de hielo y listo —repuso él.

—Como te he dicho, no es nada personal contra ti. Es por el artículo, que es solo una parte de ti.

—Nikki, desapareciste del mapa. Claro que fue algo personal. Lo curioso es que si no hubiera tenido la suerte de estar haciendo el perfil de una víctima de asesinato, quizá no habríamos tenido la suerte de estar discutiendo ahora mismo. —Ella se rió—. Es verdad, yo maté a Cassidy Towne para estar cerca de Nikki Heat. ¡Eh, ya tengo el título! —dijo él.

Nikki sonrió de nuevo y detestó que pudiera ser tan mono.

—Entonces, ¿aceptas mis disculpas?

—Solo si aceptas una invitación para tomar una copa esta noche. Comportémonos como adultos y solucionemos el tema para que no me tenga que sentir extraño cuando te vea por la calle.

—O en el escenario de un crimen —añadió ella.

—Todo es posible —dijo Rook.

Aquella noche Nikki no había quedado con Don hasta más tarde, así que aceptó. Rook cogió un taxi para volver a su *loft* y escribir unas cosas, y ella cogió el ascensor para ir al garaje, volver en coche a la comisaría y dar por finalizado el día.

En la planta del garaje, las puertas del ascensor se abrieron y aparecieron Raley y Ochoa, que iban a entrar.

—¿Nos hemos perdido la autopsia? —preguntó Ochoa.

Nikki salió para unirse a ellos y las puertas se cerraron tras ella. Levantó el archivo.

—El informe está aquí mismo.

—Ah, entonces vale —dijo Ochoa. Heat no habría sido una buena detective si no se hubiera dado cuenta de que estaba contrariado. Sin duda buscaba una excusa para ver a Lauren Parry.

—Pero tenemos algo para ti, detective —anunció Raley levantando un grueso sobre de papel manila con algo cuadrado dentro.

—Estáis de broma —dijo ella atreviéndose a pensar que el caso cobraba brío de nuevo—. ¿Las cintas de la máquina de escribir?

—Algunas de las cintas de la máquina de escribir —la corrigió Raley—. Su vecino el fisgón recicló un puñado de ellas antes de la huelga de recogida de basura, así que son irrecuperables. Estas son las que quedaban en su cubo de basura. Son cuatro.

—En la máquina de escribir no había nada —añadió Ochoa—. Las subiremos a la comisaría para que la policía científica pueda ponerse con ellas.

Nikki miró el reloj y luego a Ochoa. Se sintió mal por haberle reventado el plan de ver a Lauren Parry por unos minutos de mala sincronización horaria.

—Os diré lo que sería un plan mejor —dijo ella—. Ya que estáis aquí, no quiero que el caso de Padilla caiga en el olvido. ¿Podéis subir y ver cómo van con la autopsia? No dan abasto, pero si se lo pedís amablemente, apuesto a que Lauren Parry nos haría el favor.

—Supongo que se lo podríamos pedir —contestó Ochoa.

Raley golpeó con los nudillos el sobre de papel manila.

—Aunque vamos a perder un día con la científica.

—De todos modos yo iba a ir a la parte alta de la ciudad —replicó Nikki—. Las dejaré allí.

Nadie se opuso, así que firmó la cadena del formulario de pruebas y se quedó con el sobre.

—Un aplauso para los vecinos fisgones —dijo.

El tráfico en dirección hacia la parte alta de la ciudad estaba imposible. La Ten-Ten WINS dijo que había habido un grave accidente a la altura de la ONU en la autopista FDR y los coches, con la intención de evitarlo, estaban colapsando todo el norte de la isla. Nikki atajó por el medio de la ciudad, con la esperanza de que al menos la Autopista Oeste se moviera un poco. Luego hizo sus cálculos y se preguntó si debía llamar a Rook para anular la cita, pero su instinto le dijo que aquello sería resucitar las asperezas que estaban intentando limar. Plan B.

Ella estaba a solo unos minutos de su *loft*. Podía parar de camino, recogerlo y que fuera con ella a la comisaría. Se tomarían una copa por allí. Todavía hacía buen tiempo para sentarse en una de las mesas del patio de Isabella's.

—Hola, soy yo, cambio de planes —le dijo a su buzón de voz—. Lo de quedar sigue en pie, pero llámame cuando escuches esto. —Nikki colgó y sonrió al imaginárselo escribiendo al son de los Beatles remasterizados.

Heat aparcó en la misma zona de carga y descarga en la que ya había aparcado antes, la noche de la fuerte tormenta en que ella y Rook se habían besado bajo la lluvia y luego habían ido corriendo bajo ella hasta las escaleras de la entrada, empapados hasta la médula y sin importarles en absoluto. Puso el cartel de policía en el salpicadero, guardó el sobre de papel manila en la guantera y, un minuto después, estaba al pie de las escaleras. Se detuvo y sintió algunas mariposas en el estómago al recordar aquella noche y cómo no conseguían obtener lo suficiente el uno del otro.

Un hombre que sujetaba a un labrador de color chocolate por la correa pasó a su lado y subió los escalones. Ella lo siguió y acarició al perro mientras el hombre sacaba las llaves.

—*Buster* —dijo—. El perro, no yo.

—Hola, *Buster*. —El labrador miró a su dueño solicitando permiso y se irguió ofreciéndole a Nikki la barbilla para que se la rascara, algo que ella estuvo encantada de hacer. Si los perros pudieran sonreír, aquel lo estaría haciendo. *Buster* la miró, feliz, y Nikki recordó su encuentro con el coyote y su desafiante mirada en plena 83 Oeste. Sintió un escalofrío repentino. Cuando el hombre abrió el portal, el perro reaccionó al reflejo de irse con él. Ya estaba buscando el timbre de la puerta de Rook, cuando el hombre dijo:

—Parece de fiar, pase.

Y ella entró tras él.

Rook vivía en el *loft* del ático. El hombre y su perro subieron hasta el tercero y se bajaron. A Nikki no le hacía gracia sorprender a los hombres en sus pisos o en sus habitaciones de hotel, ya que había tenido una mala experiencia que había acabado en un lacrimógeno vuelo de vuelta a casa desde Puerto Vallarta después de unas vacaciones de Semana Santa. Lacrimógeno para ella, vaya.

Cogió el teléfono para volver a llamar a Rook, pero el ascensor ya había llegado arriba del todo. Lo guardó, abrió las puertas metálicas de acordeón y salió al rellano de su piso.

Heat se acercó en silencio a la puerta y escuchó. No oyó nada. Apretó el timbre y este resonó dentro. Entonces notó unos pasos, pero se dio cuenta de que no venían de dentro del *loft*, sino de detrás de ella. Alguien la estaba esperando en el rellano. Antes de que pudiera darse la vuelta, le golpearon la cabeza contra la puerta de Rook y se desmayó.

\* \* \*

Cuando volvió en sí, solo vio la misma oscuridad que antes de desmayarse. ¿Estaba ciega? ¿Seguía inconsciente?

Entonces sintió la tela sobre la mejilla. Le habían puesto una especie de bolsa o capucha. No podía mover ni los brazos ni las piernas. Los tenía sujetos con cinta americana a la silla en la que estaba sentada. Intentó hablar, pero también le habían tapado la boca con cinta americana.

Intentó tranquilizarse, pero tenía el corazón a mil. Le dolía la cabeza un poco más arriba del nacimiento del pelo, donde se la había golpeado con la puerta.

Tranquilízate, Nikki, se dijo a sí misma. Respiraciones lentas. Evalúa la situación. Empieza por escuchar.

Y cuando aguzó el oído, lo que oyó solo hizo que el corazón le fuera aún más rápido.

Oyó cómo colocaban en una bandeja algo que sonaba a instrumental dental.

## Capítulo
# 7

Para evitar ser presa de un ataque de pánico, Nikki Heat recurrió a su entrenamiento. El miedo no la sacaría de aquello con vida, pero luchar sí podría hacerlo. Necesitaba aprovechar la oportunidad y ser agresiva. Dejó el miedo a un lado y se centró en la acción. Se repitió en silencio a sí misma: «Evaluar. Improvisar. Adaptarse. Vencer».

Quienquiera que fuera la persona que estaba colocando el instrumental, estaba cerca. Tal vez a unos dos metros. ¿Estaba su captor solo? Se paró a escuchar y le pareció que así era. Y, fuera quien fuera, estaba muy ocupado con aquellas herramientas tintineantes.

No quería llamar la atención así que, evitando los movimientos bruscos, Heat tensó los músculos presionando lentamente sus ataduras a sabiendas de que no podía librarse de ellas, pero probándolas con la esperanza de encontrar algún punto a favor, algo que revelara alguna zona frágil de la cinta americana. Solo necesitaba una pequeña grieta en algún sitio, en cualquiera, en la muñeca, en el tobillo, solo un juego de medio centímetro que le proporcionara algo en lo que centrarse.

No hubo suerte. Estaba sólidamente anclada a la silla por la parte superior de los antebrazos, las muñecas y ambos tobillos. Mientras comprobaba uno por uno los puntos de sujeción, recordó a Lauren Parry señalando cada uno de ellos en la plantilla de la autopsia de Cassidy Towne. Los suyos eran exactamente los mismos que los de aquel diagrama.

Menuda mierda.

Entonces la clasificación finalizó.

Notó un roce en un pie y oyó el sonido hueco de dos tacones sobre el suelo sin alfombra mientras alguien se acercaba más a ella. Las pisadas bien podrían ser de los tacones de unos zapatos de mujer, solo que parecían más sólidos. Nikki intentó recordar la distribución del *loft* de Rook, si es que era allí donde estaba todavía. Había alfombras por todas partes menos en el baño y en la cocina, donde el suelo era de pizarra. Pero aquello sonaba a parqué. Tal vez fuera el de la gran sala en la que organizaba las partidas de póquer.

Oyó un frufrú de tela detrás de ella y percibió el olor de loción para después del afeitado Old Spice justo antes de que aquella voz le resonara en el oído. Era un hombre de unos cuarenta años, calculó, con un acento de Texas que en otras circunstancias habría resultado atractivo. Era una voz limpia y simple, capaz de hacer que te sintieras a gusto comprándole a aquel hombre unas participaciones para la rifa de la iglesia o sujetándole el caballo. Amablemente, con tranquilidad, preguntó:

—¿Dónde está?

Nikki farfulló ligeramente tras su mordaza. Sabía que no iba a ser capaz de hablar, pero tal vez si el texano pensaba que tenía algo que decir le quitaría la mordaza y la capucha, y al menos la dinámica cambiaría un poco. Heat quería crear una oportunidad de la que poder sacar provecho.

En lugar de ello, él dijo con aquel tono suave y relajado:

—Hablar no te va a resultar muy fácil en este momento, ¿verdad? Así que hagamos una cosa. Asiente si me vas a decir dónde está.

Ella no tenía ni idea de a qué se refería el hombre, pero asintió. Entonces él la golpeó con la palma de la mano justo sobre el sensible punto de la cabeza en el que se había dado con la puerta de entrada y ella gimió más por la sorpresa que por el dolor. Heat detectó movimiento y se tensó a la espera de otro golpe, pero en lugar de eso sintió un fuerte olor a Old Spice. Y luego aquella voz. Tranquila como antes, incluso más estremecedora debido a su afabilidad.

—Lo siento, señora. Pero me estaba contando una mentirijilla y, aunque estemos en Nueva York, no va a colar.

Aquel acto a lo Dr. Phil era todo un símbolo de dominación y Nikki reaccionó. Lanzó la cabeza en la dirección de su voz y le dio un topetazo en alguna parte de la cara. Ella volvió a prepararse, pero no llegó ningún golpe.

El hombre se limitó a aclararse la garganta y a alejarse un par de pasos de ella sobre el parqué. Ahora entendía el sonido hueco de los tacones. Botas de *cowboy*. Oyó un ruido metálico y las botas se acercaron a ella.

—Creo que necesitas que te recuerde la realidad de tu situación —dijo. Entonces sintió que posaba algo similar a la punta de un lápiz sobre la carne de su antebrazo izquierdo—. Esto te ayudará a hacerte una idea.

No la cortó, pero con aquella punta afilada como una aguja le dibujó una línea por la piel hasta que llegó a la cinta americana que le rodeaba la muñeca. Mantuvo el artilugio allí, aplicando la presión suficiente para causarle dolor sin pincharla. Luego lo retiró y se alejó, solo para volver y quedarse de pie al lado de ella. Oyó un clic y luego el sonido de un pequeño motor como de torno dental o de una de esas herramientas sin cables que vendían en los anuncios de televisión que cortaban las uñas por la mitad, acelerado a gran velocidad y silbándole al oído. Nikki se sobresaltó e instintivamente se alejó de aquello, pero él la sujetó por el cuello con su musculoso brazo. Fue acercándole más y más la herramienta al oído. Entonces tocó la tela de la capucha vibrando, girando y destrozando el tejido y luego la apagó. Silencio. Acercó de nuevo la boca a ella.

—Ahora piensa en eso hasta que vuelva. Y cuando lo haga, no quiero nada de mentiras, ¿te enteras?

Oyó de nuevo las pisadas de las botas, pero aquella vez se fueron en la dirección opuesta. Se suavizaron al pisar una alfombra, pero continuaron oyéndose hasta que se esfumaron, desapareciendo en una habitación de la parte de atrás, supuso ella. Heat aguzó el oído, preguntándose cuán lejos se habría ido el hombre. Entonces se dobló todo lo que pudo hacia delante por la cintura y se lanzó hacia arriba, sintiendo cómo la capucha se levantaba ligeramente con la inercia. Antes de intentar dar otro tirón, se detuvo para escuchar. Las botas se acercaban de nuevo. Cloquearon al llegar al suelo de madera y notó cómo le rozaban los pantalones al pasar a su lado. Él se detuvo y ella se preguntó si se habría dado cuenta del ligero cambio de posición dc la capucha.

Al parecer no, porque lo siguiente que oyó fue el tintineo de unas llaves antes de que las duras suelas cruzaran la piedra del suelo de una cocina. Tras esa secuencia de sonidos, dio por hecho que se encontraba en la gran sala anexa a la cocina de Rook. Lo confirmó cuando oyó que la puerta de la entrada, situada al lado de la cocina, se abría y se cerraba permitiéndole oír los dientes de la llave al ser insertados en la cerradura. En cuanto esta se cerró, Nikki se puso manos a la obra empezando a girar la cabeza para quitarse la capucha.

No conseguía moverla. El tejido era liviano, pero le caía demasiado sobre los hombros como para poder quitársela sin usar las manos. Se detuvo, contuvo el aliento y escuchó.

El ascensor zumbó en la distancia y chirrió ligeramente al detenerse. Cuando oyó las puertas metálicas de acordeón abrirse y cerrarse, se puso a ello meneando ferozmente la parte superior de los brazos. Concentrando sus esfuerzos en el lado derecho, cogió un trozo de tela entre la barbilla y el hombro, luego extendió el cuello para tirar hacia arriba con la parte superior de la cabeza y consiguió subir la capucha un par de centímetros. Eran solo un par de centímetros, pero funcionaba, así que repitió el proceso hasta que esta se movió un par de centímetros más. Después de tres repeticiones, la luz empezó a aparecer bajo el dobladillo. Nikki deseó poder usar la boca para agarrarla con los dientes, pero aquello tendría que valer.

Se inclinó para dar otro tirón, que consiguió levantar la capucha sobre sus ojos como si fuera la de una sudadera. Nikki se la quitó de la cabeza de una sacudida y descansó mientras miraba a su alrededor. La silla estaba situada en un espacio abierto entre la encimera de la cocina, la alfombra oriental y la mesa de comedor en la que Rook celebraba las veladas de póquer.

El ritmo cardiaco de Nikki se calmó y esta se puso manos a la obra para intentar llegar hasta el mostrador. Con cuidado de no volcar la silla, lo que solo conseguiría que se quedara tirada como una tortuga en el suelo, empezó a dar sacudidas con el cuerpo de un lado a otro hasta lograr el impulso suficiente para levantar la silla y cambiarla unos centímetros de sitio en el suelo. Heat empezó a temer quedarse sin tiempo antes de que el de Texas regresara, así que aplicó más peso a su siguiente movimiento y comenzó a bambolearse. Casi se cae, pero consiguió poner las cuatro patas de la silla en el suelo de un golpe. El susto fue suficiente como para evitar que hiciera más movimientos bruscos. «Piensa en un centímetro, no en varios», se repetía rítmicamente. «En un centímetro, no en varios».

Cuando llegó al mostrador que, al estar sentada, le llegaba por la mandíbula, Nikki empezó a frotar la barbilla hacia los lados en el canto. En una de las embestidas hasta oyó cómo le crujía la cara contra el granito pulido. La fricción le hacía arder la mejilla, pero también estaba consiguiendo que el extremo irregular de la cinta americana se levantara de la piel y se curvara ligeramente en cada pasada. Para ignorar el dolor de la abrasión, pensó en el premio que la esperaba sobre la encimera, a unos centímetros: el torno inalámbrico y media docena de pinchos e instrumental dental.

La cinta empezó a despegarse por el lado izquierdo, donde ella la había estado manipulando. Nikki usó la lengua, la mandíbula y los músculos de la cara para erosionarla entre impulso e impulso hasta que consiguió hacer una pequeña abertura en la esquina de la boca. Cuando hubo despegado el suficiente trozo de cinta para crear una holgura, extendió el cuello y se giró hasta que tuvo la barbilla sobre la encimera. Nikki se puso de lado lentamente, con cuidado, apoyó la barbilla sobre la encimera y presionó. La cola de la parte adhesiva del trozo suelto de la cinta americana se pegó al granito. Mientras mantenía la cara fuertemente presionada contra la fría superficie, Heat empezó a girar la cabeza de derecha a izquierda y, cuando la separó, toda la cinta de la mordaza se levantó y se quedó pegada a la encimera.

Aunque tenía los brazos y los tobillos atados a la silla, como no estaba sujeta por la cintura pudo levantarse y recorrer con la barbilla el frío granito hasta donde estaba el instrumental. La pieza más cercana era un pequeño pincho. El torno estaba más lejos, pero esa era la pieza que ella quería. Esa era la que le ahorraría tiempo. Dio una embestida para cogerlo y se dio un golpe con el hombro contra la esquina de la encimera y volvió a caerse en el asiento. Se retorció en la silla hasta que estuvo más en ángulo con la encimera y se volvió a erguir, esta vez no embistiendo, sino estirándose en un movimiento de yoga sobre las herramientas más pequeñas hasta el torno.

El mango era cilíndrico, pero tenía una pequeña base de goma con el botón de encendido en la parte superior. Nikki apoyó el extremo de la barbilla sobre el botón y presionó una vez, dos veces, tres veces. Al cuarto intento el torno empezó a zumbar. Sus músculos de la espalda se quejaban protestando por la tensión a la que estaban sometidos para mantenerla erguida y retorcida sobre la encimera, pero ella se mantuvo firme, concentrándose en el mango del torno mientras lo cogía entre los labios para luego agarrarlo con las muelas.

Distribuyó uniformemente el peso en ambos codos, se sentó con cuidado para que no se le cayera el torno de la boca y luego se inclinó hacia delante para cortar la cinta que le sujetaba la muñeca derecha al brazo de madera de la silla.

Nikki trabajaba rápido. Girando la muñeca hacia arriba, creó tensión en la superficie que estaba cortando y el tejido se deshilachó donde el torno tocó la cinta. Una vez que su muñeca derecha estuvo libre, cambió el torno de la boca a esa mano y pudo cortar las ataduras de la muñeca izquierda aún más rápido. Quería soltarse los tobillos para poder moverse si él volvía pero, al tener la parte superior de los brazos aún pegados a los reposabrazos, no podía inclinarse tanto así que empezó a cortar la cinta del brazo derecho. Cuando lo hubo liberado, oyó algo y apagó el torno.

Era el zumbido del ascensor que subía.

Heat se inclinó hacia delante para soltarse el tobillo derecho y luego el izquierdo. Con las prisas, se dio un golpe en la parte de abajo de la espinilla, bajo la pernera del pantalón, e hizo una mueca de dolor. Pero dejó el dolor a un lado y siguió a lo suyo. Disponía de menos de un minuto para soltarse y tenía que continuar cortando. Liberó el tobillo izquierdo y se levantó justo cuando el ascensor se calló con un chirrido, lo que indicaba que se había detenido en el piso de Rook.

Nikki aún seguía sujeta a la silla por el hombro izquierdo cuando la puerta de acordeón se abrió. Tomó la decisión de apagar el torno para que el texano no pudiera oír el zumbido a través de la puerta y estuviera prevenido.

No conseguía encontrar el principio de la cinta americana con las uñas para retirarla y las herramientas dentales eran todas de puntos de precisión, inapropiadas para cortar. Oyó cómo introducían la llave de la puerta de la entrada en la cerradura. En la cocina tenía que haber cuchillos. El cerrojo giró hasta abrirse. Ella levantó la silla y rodeó la encimera llevándola con ella. La base de madera para cuchillos estaba demasiado lejos para llegar hasta ella. Y entonces lo vio. Al lado del fregadero, justo delante de ella, había un abrebotellas junto a una chapa de botella doblada. Heat lo cogió mientras el pomo giraba y oyó la puerta de entrada abrirse con un chirrido doblando la esquina, en el vestíbulo.

Retrocedió con la silla hasta la gran sala, se agachó tras el mostrador para ganar algunos segundos y protegerse un poco, y empezó a cortar las ataduras con la afilada punta del abridor. Las botas pisaron el suelo de pizarra de la cocina y se detuvieron.

Nikki aún estaba cortando la cinta cuando el texano saltó sobre el mostrador y aterrizó sobre ella.

La fuerza de su placaje hizo que Heat saliera disparada hacia un lado y aterrizara bajo la mesa de comedor. Las manos de él le atenazaron el cuello por detrás para asfixiarla sin que ella pudiera hacer nada. Tenía el brazo derecho metido bajo el costado de manera que la mano y el abrebotellas quedaban atrapados bajo su propio peso, y el izquierdo estaba aún pegado a la silla, que había sido arrastrada como si del ancla de un barco se tratase.

Inclinó el cuerpo hacia atrás y rodó sobre el hombre, atrapándolo bajo su espalda. Él respondió apretándole más el cuello pero, con la mano derecha ya libre, ella le clavó el abrebotellas. Él gritó cuando la punta se le hundió en la parte superior del muslo, y aflojó las manos. Nikki rodó para librarse de él y se puso de pie de un salto, cortando frenéticamente la cinta americana para liberarse. Él se puso de pie con rapidez saliendo de debajo de la mesa para embestir contra ella.

Heat usó la maldita silla a su favor, haciendo oscilar el brazo hacia fuera mientras él se acercaba. Él estiró los brazos para separarla, pero aun así la madera le propinó un golpe lo suficientemente fuerte para hacerle perder el equilibrio. Pasó disparado a su lado con el brazo más cercano enganchado a la barra de sujeción que la silla tenía entre las patas y, mientras salía volando, la última tira de cinta americana se despegó y la silla se fue con él. Nikki era libre para moverse.

No esperó a que se recuperara de la caída. Heat fue a por él, pero sus reflejos fueron rápidos. Arremetió contra ella utilizando la silla para apartarla. El abrebotellas en forma de llave de iglesia que Nikki tenía en la mano salió disparado hacia el otro lado de la habitación, chocando contra el radiador con un sonido metálico antes de caer. Pensó en ir a buscarlo, pero el texano ya se había puesto en pie y se dirigía hacia ella. Heat se movió unos centímetros hacia un lado, agarrándole la garganta con la mano derecha mientras se acercaba, empujándole la barbilla hacia arriba mientras le golpeaba con la palma de la mano izquierda la parte superior de la frente para empujarlo y hacerlo retroceder. Su llave de Krav Maga le hizo combarse sobre las rodillas y caerse de culo.

Nikki localizó su americana en el suelo bajo una ventana y, sobresaliendo bajo ella, la culata de su pistola. Se volvió para apresurarse a coger el arma, pero obviamente el texano también había recibido entrenamiento de defensa personal. Giró sobre las caderas y le hizo una llave de tijera a Heat a la altura de las rodillas, bloqueándole las piernas y haciéndola caer con fuerza de bruces sobre el suelo. Gracias a sus entrenamientos con Don, pudo anticipar el movimiento de él para inmovilizarla y le soltó un codazo directo a la cara mientras se acercaba que le dio en la mejilla y, cuando retrocedió, ella se escapó y le dio una patada en las costillas al levantarse.

El texano se puso de pie, alargó la mano para alcanzar su chaqueta *sport* y sacó un cuchillo. Aquello daba miedo. Era uno de esos cuchillos militares de combate con protector de nudillos y doble vaceo o surco de sangre que recorría el filo por ambos lados. Nikki pensó que, desgraciadamente, se le veía muy cómodo con él en la mano. Él la miró e incluso sonrió, como si se hubiera dado cuenta de algo. Como si tuviera en sus manos lo que haría que cambiaran las tornas.

Por cuestión de práctica y experiencia, Nikki sabía que la única pelea buena era la que se ganaba y rápido. Don le había hecho interiorizar el mantra de defender y atacar al mismo tiempo aquella misma mañana, como hacía en cada sesión. Y ahora, allí estaba ella, con las manos vacías en una pelea contra un experto rival que tenía un cuchillo de combate.

El texano no le dio mucho tiempo para pensar en una estrategia. A aquel hombre también lo habían entrenado para terminar las peleas rápido y se abalanzó sobre ella inmediatamente. Con la ventaja de altura que tenía sobre Nikki, se lanzó sobre ella desde arriba, bajando la punta hacia ella mientras la agredía. «Defender y atacar», pensó ella, y saltó con rapidez para interceptarlo, apartándole la muñeca de un manotazo hacia fuera mientras se acercaba para darle un rodillazo en la ingle. Sin embargo, las cosas no siempre suceden como en los entrenamientos. Él anticipó el golpe de rodilla y echó el cuerpo hacia un lado. Heat no solo falló, sino que él usó la mano libre para empujarla, aprovechando su impulso para hacerla pasar disparada a su lado.

Nikki tropezó pero no se dejó caer. En lugar de ello, se dio la vuelta para prepararse para su ataque, que sabía sería inmediato. Y lo fue.

En aquel asalto él atacó de abajo hacia arriba, buscando su estómago. Nikki no intentó desviarle el brazo hacia un lado. Tenía que quitarle el cuchillo a aquel gilipollas pero ya. Mientras se acercaba, le agarró la muñeca y le empujó el brazo hacia fuera para impedirle continuar. Al mismo tiempo, descargó un golpe de martillo sobre el punto débil que ella le había hecho dejar al descubierto al echarle el brazo hacia el lado: la clavícula. Heat notó y oyó cómo esta se rompía bajo la fuerza de su puñetazo, y él gritó.

Pero como el cuchillo tenía aquella protección para los nudillos, no se le cayó a pesar de que había aflojado la mano. Mientras se retorcía de dolor, ella extendió ambas manos para quitárselo pero él le dio un puñetazo en la parte de atrás del cuello y la hizo caer al suelo del golpe, aturdida. Estaba de rodillas a cuatro patas con la vista nublada, cuando lo oyó salir corriendo por la pizarra de la cocina. Nikki sacudió la cabeza y respiró hondo. Las estrellas empezaron a desaparecer y se puso de pie. Sintiendo unas ligeras náuseas, la detective se dejó caer contra la pared, palpó su americana y cogió la pistola.

Cuando consiguió llegar a la cocina, él ya estaba saliendo por la puerta principal. En contra de su impulso natural, Nikki corrió hacia el otro extremo de la gran sala desde el que se veía un trozo del vestíbulo a través de la entrada de la cocina. Ella lo sabía porque se había pasado toda la velada de póquer del verano anterior mirando hacia aquella puerta con la esperanza de poder huir.

Cuando lo vio, el texano estaba justo abriendo la puerta pero se había parado a coger algo que había sobre el taquillón, un sobre grande de papel manila. El mismo que ella había guardado en la guantera. Heat se apoyó en la encimera, y gritó: «Alto, policía». Pero en lugar de detenerse, este se escabulló rápidamente por la puerta. Nikki disparó hacia la rendija cada vez más estrecha de la puerta, mientras ésta se cerraba tras él.

\* \* \*

Una vez fuera del ático de Rook, la detective Heat abrió de una patada la puerta que daba al hueco de la escalera y entró con la pistola en alto en posición isósceles. Cuando se cercioró de que el texano no estaba oculto en el rellano, valoró las opciones que tenía: subir un piso hasta el tejado o bajar siete hasta la calle. Entonces, tras ella, Nikki oyó el ladrido de un perro grande y el sonido de unas botas bajando los escalones de hormigón pintado.

Bajó volando las escaleras de dos en dos y, al pasar por el tercer piso, el perro volvió a ladrar desde el interior del apartamento. «Buen trabajo, *Buster*», pensó mientras pasaba por delante a todo correr. Fue entonces cuando Nikki oyó el eco del portazo que ascendía desde la planta baja, debajo de ella.

Heat se detuvo un momento con la mano sobre la puerta antes de abrir de un tirón y salir en posición de defensa, con la pistola preparada, a la acera. El texano ya no estaba allí, pero se había dejado algo por el camino: un rastro de sangre sobre la acera, iluminado por el haz de luz que proyectaba la lámpara de sodio que había sobre la puerta de servicio.

Las aceras de Tribeca estaban llenas de gente que se iba a tomar un cóctel o que iba a cenar. Heat echó un rápido vistazo de reconocimiento y no vio al vaquero. Tampoco había más gotitas de sangre por allí cerca que pudiera seguir. Y entonces la detective oyó a una mujer que le decía al hombre que la acompañaba:

—Te lo juro, cariño, parecía que tenía sangre en el hombro.

Nikki dijo:

—Policía. ¿Por dónde ha ido?

La pareja miró a Nikki. Luego, la mujer dijo:

—¿Y la identificación o la placa?

Estaba perdiendo el tiempo. Nikki miró hacia abajo, pero no llevaba la placa en la cadera.

—Es un asesino —dijo, y les enseñó la pistola apuntando hacia arriba, sin amenazarlos. Inmediatamente ambos señalaron al otro lado de la calle. Nikki les pidió que llamaran a emergencias y se fue corriendo.

—Se ha ido por Varick hacia el metro —gritó la mujer.

Heat corrió a toda pastilla hacia el norte por Varick, esquivando a los peatones, mirando hacia ambos lados de la calle y dentro de cada portal y escaparate abierto por los que pasaba. En la intersección triangular en la que Franklin y Varick confluían con Finn Park, se detuvo en la esquina y echó un vistazo a las ventanas de un café para ver si el hombre se había mezclado con los clientes. Una camioneta diésel pasó traqueteando y, cuando se alejó, Nikki cruzó el paso de peatones corriendo hasta la isleta de cemento que rodeaba la parada de la calle Franklin de la línea 1 de tren en dirección sur. Al lado de un montón de quioscos y cajas de plástico llenas de folletos gratuitos de clubes para solteros y *The Learning Annex,* vio más manchas de sangre. Nikki se dio la vuelta y cruzó la plaza para ir hasta las escaleras del metro, donde vio al texano iluminado por la luz que salía de dentro. Su cabeza estaba justo desapareciendo escaleras abajo.

Debía de estar a punto de llegar un tren, porque la estación estaba llena de personas esperando para ir al centro. Nikki se saltó el torno y siguió el alboroto. A su izquierda alguien estaba empujando a la gente en el andén, así que allá fue. Se abrió camino zigzagueando entre la gente de las afueras que cogía el tren para ir a trabajar diariamente, muchos de los cuales maldecían o se preguntaban unos a otros: «¿Qué le pasa a ese tío?».

Pero cuando Nikki llegó al final del andén, él no estaba allí. Entonces oyó a alguien detrás de ella diciendo «se va a matar», y siguió su mirada. El texano estaba allá abajo, en la oscuridad, saltando las vías para cruzar hacia el andén que iba en dirección norte. Tenía el hombro derecho más bajo en el punto en el que le había roto la clavícula y una línea de color rojo óxido le bajaba por el brazo de la chaqueta *sport* de color canela desde el mismo hombro, donde parecía que se había alojado también su bala de 9 mm. Con la mano libre sujetaba el sobre de papel manila, que ahora estaba manchado de sangre. Se preparó contra la pared esperando a tener el ángulo apropiado para disparar, pero una brillante luz inundó el andén, sonó una bocina y un tren de la línea 1 entró chirriando en la estación, impidiéndole hacer nada.

Heat corrió hacia la salida para ser más rápida que los pasajeros que se bajaban del tren y aceleró escaleras arriba. Cuando estaba cruzando Varick para ir hacia la estación del norte, un taxi casi la hace papilla. Las gotas de sangre que había en la parte de arriba de las escaleras le dijeron que era demasiado tarde. Bajó a la estación solo para asegurarse de que no había vuelto sobre sus pasos para evitarla, pero el texano hacía tiempo que se había ido.

La detective Heat obtuvo un premio de consolación por sus esfuerzos. Mientras se daba la vuelta para volver a subir las escaleras, algo atrajo su atención sobre los sucios ladrillos que había a los pies del último escalón. Era una de las cintas de la máquina de escribir.

\* \* \*

La pareja con la que se había tropezado debía de haber llamado a emergencias, porque la calle estaba inundada de coches de policía oficiales y de incógnito cuando Nikki volvió al edificio de Rook. La detective Heat se abrió camino entre los mirones, buscó a un sargento y se identificó.

—¿Lo estaba persiguiendo? —preguntó.

—Sí, pero lo he perdido. —Heat le dio una descripción del texano y le dijo dónde lo había visto por última vez para que lo comunicara por radio y, mientras uno de los hombres del sargento lo hacía, ella se quedó mirando el portal y le dijo que podía ser que Rook estuviera arriba. Con solo pensarlo, un sentimiento primario de preocupación se abrió paso a través de sus entrañas y le nubló la vista.

—¿Está bien? ¿Necesita un médico? —preguntó el sargento—. Parece que se va a desmayar.

—No —dijo ella calmándose.

Mientras iba hacia la puerta principal del *loft* de Rook con media docena de policías detrás de ella, Nikki señaló las manchas de sangre que el vaquero había dejado en el marco al pasar. Los guió por la cocina y pasaron de largo por delante de la silla volcada en la que ella se había enfrentado a su captor para dirigirse a grandes zancadas a la parte de atrás del apartamento, volviendo sobre los pasos que el texano había dado antes de irse la primera vez. Se aferró a la esperanza de que su razón para aquel viaje a la parte trasera del apartamento fuera echarle un ojo a Rook, lo que podría significar que estaba vivo.

Cuando llegó al pasillo que daba al despacho, Heat vio inmediatamente el desorden a través de la puerta abierta, al fondo. Los policías que estaban tras ella empuñaron las armas, solo por si acaso. Nikki, sin embargo, se olvidó de ella y se limitó a avanzar apresuradamente gritando «¿Rook?». Cuando llegó a la puerta del despacho, se quedó de piedra.

Rook estaba de bruces bajo la silla a la que estaba pegado con cinta americana. Tenía una funda de almohada negra sobre la cabeza, como la que ella había llevado puesta, y en el suelo, bajo su cara, se había formado un pequeño charco de sangre.

Apoyó una rodilla en el suelo y se agachó a su lado.

—Rook, soy Heat. ¿Me oyes?

Él gimió. El sonido se escuchó ahogado, como si él también estuviera amordazado.

—Vamos a levantarlo —dijo uno de los policías.

Un par de enfermeros del servicio de urgencias entraron en la habitación.

—Con cuidado —advirtió uno de ellos—, no vaya a tener el cuello roto. — Nikki sintió otra punzada en el estómago.

Levantaron a Jameson Rook despacio y con sumo cuidado y lo soltaron. Por suerte, el charco de sangre solo era del golpe que se había dado con la nariz en el suelo al volcar intentando escapar. Los enfermeros comprobaron que no la tuviera rota y Nikki entró procedente del baño con una toalla templada. Rook la usó para limpiarse mientras le contaba al detective Nguyen de la comisaría 1 qué había pasado.

Después de abandonar el Instituto de Medicina Forense, Rook había ido directamente a su *loft* para pasar a limpio las notas del día para su artículo. Había cogido una cerveza, había ido por el pasillo y, en cuanto había llegado al despacho, había visto que la habitación estaba patas arriba. Se volvió hacia Nikki.

—Parecía el escenario del crimen de Cassidy Towne, pero con aparatos electrónicos de este siglo. Estaba cogiendo el móvil para llamarte cuando sonó y vi que eras tú. Pero cuando iba a contestar, él apareció detrás de mí y me puso esa funda de almohada sobre la cabeza.

—¿Se resistió? —preguntó el detective.

—¿Lo dice en serio? Con uñas y dientes —dijo Rook—. Pero me apretó con fuerza la funda de la almohada alrededor de la cabeza y me hizo una llave de estrangulamiento.

—¿Llevaba algún arma? —preguntó la detective.

—Un cuchillo. Sí, dijo que tenía un cuchillo.

—¿Lo vio?

—Tenía una funda de almohada sobre los ojos. Además, el año pasado unos rebeldes me tomaron como rehén en Chechenia y aprendí que vivías más si no les pedías que te enseñaran el cuchillo.

—Bien hecho —dijo Nguyen—. ¿Y después?

—Bueno, me sentó en esta silla del comedor, me dijo que no me moviera y empezó a pegarme a ella.

—¿Pudo verlo? Aunque fuera a través de la funda de almohada.

—No.

—¿Cómo era su voz?

Rook pensó un momento.

—Tenía acento del sur, como Wilford Brimley. —Y añadió—: Pero no como el Wilford Brimley que ahora hace anuncios de televisión, sino como cuando era más joven. Como en *Ausencia de malicia* o *El mejor*.

—Acento sureño, entonces. —Nguyen tomó nota.

—Supongo que eso encajará mejor en la orden de busca y captura que lo de los méritos de Wilford Brimley del IMDb, sí —dijo Rook—. Acento sureño, eso es.

Nikki se volvió hacia Nguyen y dijo con una naturalidad pasmosa:

—Tenía acento del norte de Texas.

Nguyen le dirigió una divertida mirada de reojo a Heat, que sonrió y se encogió de hombros. Él volvió a centrar su atención en Rook.

—¿Le dijo algo más, le dijo qué quería?

—No llegó a tanto —contestó el escritor—. Lo llamaron al móvil y cuando me di cuenta me había dejado ahí sentado y se había ido.

—Debía de haber alguien vigilando en la calle que le avisó de que yo estaba subiendo —interrumpió Heat.

—Así que tenemos un cómplice —dijo Nguyen, tomando nota.

Rook continuó con su historia.

—Mientras estaba fuera, intenté llegar balanceándome al escritorio, donde tengo unas tijeras y un abrecartas. Pero volqué y ahí me quedé. Él entró aquí un momento y se fue. Al cabo de un rato oí un montón de ruido ahí fuera y un disparo. Después todo se quedó en silencio hasta ahora.

Rook escuchó sin abrir la boca mientras Nikki volvía a contar con todo detalle al detective Nguyen la historia de cómo había decidido pasarse por allí a recoger a Rook, y cómo la habían agredido en la puerta principal. Luego describió a grandes rasgos la pelea que habían tenido en la gran sala y la persecución que había tenido lugar a continuación.

Cuando acabó, el detective Nguyen le preguntó si podía pasarse por la comisaría para ver al dibujante de retratos robot. Ella le dijo que sí y él se fue, dejando allí a los de la científica para que pudieran tomar huellas y muestras.

Mientras esperaban a que el ascensor llegara para llevarlos a ella y a Rook abajo, Nikki encontró la placa en el bolsillo lateral de la americana y se la puso en la cadera. Rook se volvió hacia ella y dijo:

—Así que decidiste venir aquí sin avisar, ¿eh? ¿Y si hubiese estado «entreteniendo» a alguien?

Entraron en el ascensor y, mientras las puertas se cerraban, ella dijo:

—Llegará un día en el que entretendrás a todo el mundo, menos a ti mismo.

Él la miró y sonrió, y ella hizo lo mismo. Y cuando dejaron de sonreír siguieron manteniendo el contacto visual. Nikki se preguntó si aquello se iba a convertir en un beso y su mente se puso a pensar al momento qué le parecería, cuando el ascensor llegó al vestíbulo y la puerta de fuera se abrió.

Rook abrió las puertas del ascensor para que saliera.

—Ha faltado poco, ¿eh? —dijo.

Nikki decidió tomárselo por el lado que más le convenía.

—Sí. Pero lo cogeremos.

\* \* \*

El dibujante de retratos robot los estaba esperando cuando llegaron a la 1. También Raley y Ochoa, a los que Heat les había dado la cinta de la máquina de escribir para que la llevaran corriendo a la científica. Raley levantó una bolsa de pruebas con el cartucho dentro.

—¿Crees que esto era lo que buscaba el texano?

Heat oyó aquel suave acento preguntando «¿dónde está?», y al recordarlo sintió un cosquilleo en el oído. El despacho patas arriba de la columnista, el archivador desaparecido, la basura robada y las cintas de la máquina de escribir que faltaban… Estaba claro que alguien estaba intentando echarle el guante a lo que fuera en lo que estaba trabajando Cassidy Towne. Y sabía que si él no encontraba todo lo que estaba buscando, volvería a matar.

Solo quedaban tres retratistas en el Departamento de Policía de Nueva York. Nikki hacía sus retratos en un ordenador utilizando un programa para cortar y pegar rasgos faciales sobre el gráfico que creaba. Como artista que era, fue rápido y eficiente. Le hizo a Nikki preguntas precisas y cuando no estaba segura del término que mejor lo describía, usaba para explicarlo algunos de los rasgos texanos, él la guiaba para que hiciera su elección haciendo uso de su experiencia y de su licenciatura en Psicología del Comportamiento.

El resultado fue el retrato de un hombre delgado y pulcro con el pelo corto y pelirrojo, con raya a la izquierda, los ojos rasgados y alerta, la nariz afilada y el aspecto serio que le proporcionaban unos labios finos y unas mejillas hundidas.

El resultado del bosquejo de Heat fue añadido a la ficha policial, con la descripción que ella había facilitado del sospechoso: cuarenta y pocos años, metro noventa, entre 75 y 80 kilos… («fibroso pero delgado», pensó; más Billy Bob que Billy Ray). La última vez que fue visto llevaba chaqueta *sport* de color canela con manchas de sangre, camisa blanca con botones de nácar, pantalones de vestir marrones y botas de vaquero con puntera. Se sabe que lleva un cuchillo de veinte centímetros. En la base de datos de armas blancas del ordenador, Heat consiguió encontrar una fotografía del arma, un cuchillo con protector de nudillos para tres dedos de Robbins & Dudley con empuñadura vaciada y moldeada de aluminio.

Cuando acabó, Rook esperó en el vestíbulo mientras Heat se reunía con el equipo de análisis de tiros de la Jefatura Superior de Policía de Nueva York. La reunión no duró mucho y ella salió de allí conservando la pistola en la cadera.

El detective Nguyen les había ofrecido llevarlos a casa en un coche patrulla, pero Rook dijo:

—Oye, ya sé que habíamos quedado en ir a tomar algo, pero lo entenderé si ya has tenido suficiente por esta noche.

—En realidad... —Levantó la vista hacia el reloj de pared que había en el vestíbulo. Eran casi las nueve y media. Luego miró a Rook—. Esta noche no estoy para bares.

—Entonces, ¿lo dejamos para otro momento? ¿O el hecho de haber burlado a la muerte no nos deja más remedio que celebrarlo en privado?

Nikki vio que tenía un mensaje de hacía media hora de Don, su entrenador con derecho a roce. «¿Sigue en pie lo de esta noche? ¿S/N?». Se quedó con el teléfono en la mano y levantó la vista hacia Rook, que tenía un aspecto tan hecho polvo como debía de tener ella tras haber pasado la noche con un asesino. Aunque el motivo de la fragilidad postraumática que sentía no se debía exclusivamente a la refriega con el texano. Todavía se estaba recuperando del pánico que había sentido después al atravesar el pasillo hasta el despacho de Rook sin saber lo que se iba a encontrar allí dentro.

—Podríamos poner en común las notas que hemos tomado hasta ahora sobre el caso —dijo él.

Ella se lo pensó.

—Supongo que no nos vendría mal refrescarnos la memoria con las pruebas.

—¿Tienes vino?

—Ya lo sabes. —Heat apretó la «N» del teclado con el pulgar—. Pero es mejor que no vayamos a tu casa, tampoco tengo cuerpo para cintas de precinto y polvo de grafito —le dijo a Rook.

Fueron hasta el coche patrulla y, antes de subirse, le dio al agente la dirección de su casa.

\* \* \*

Heat le tendió a Rook una copa de Sancerre. Él estaba de pie en la sala, delante de la lámina de John Singer Sargent que le había regalado el verano anterior.

—No me debes de odiar mucho, aún tienes el Sargent que te regalé colgado en un lugar visible.

—No te hagas ilusiones, Rook. Es por amor al arte. Chinchín. —Entrechocaron las copas y bebieron un trago—. Hagamos de esto algo informal —propuso ella a continuación—. Tú relájate, enciende la tele o haz lo que quieras. Voy a darme un baño para quitarme de encima un poco de persecución callejera.

—No te preocupes —dijo él mientras cogía el mando a distancia—. Tómate tu tiempo. Creo que esta noche echan un documental sobre antigüedades en Tulsa.

Nikki le sacó el dedo y desapareció por el pasillo. Se metió en el baño, dejó la copa sobre el tocador y abrió los grifos de la bañera. Iba a coger la espuma de baño cuando él golpeó con los nudillos el marco de la puerta.

—Eh, ¿y si estuviera «entreteniendo» a alguien? —preguntó ella.

—¿Cómo? —dijo él con una risita maliciosa—. ¿Jugando a los caballitos?

—Qué más quisieras —respondió ella.

—Solo quería saber si tenías hambre.

—Ahora que lo dices, sí. —Pensó que era curioso cómo la adrenalina bloqueaba aquella necesidad—. ¿Quieres pedir algo?

—O, si no te importa, puedo rebuscar en la cocina. Espero que no haya ninguna mina antipersona.

—Ni una —repuso Heat—. Adelante, será un placer estar a remojo mientras tú trabajas.

—Me encanta esa cosa —dijo él acercándose a la bañera con patas. Le dio unos golpecitos con los nudillos y el hierro fundido tañó como la campana de una iglesia—. Si un asteroide choca contra la tierra, es ahí donde tienes que meterte para guarecerte.

Media hora más tarde, Nikki apareció en albornoz y cepillándose el pelo.

—Qué bien huele aquí —comentó, pero él no estaba en la cocina. Y tampoco en el salón—. ¿Rook? —Miró hacia la alfombra y vio un rastro de servilletas de cóctel que llevaba a la ventana abierta y a la salida de incendios. Volvió a la habitación para ponerse las zapatillas, saltó por la ventana hasta las escaleras metálicas y subió por ellas hasta el tejado—. ¿Qué haces? —preguntó mientras se acercaba. Rook había puesto una mesa, dos sillas plegables y velitas para iluminar la comida que había preparado.

—Es un poco ecléctico, pero si las llamamos «tapas» ni nos daremos cuenta de que son cosas que he cogido de aquí y de allá. —Separó una silla para que se sentara y ella puso la copa de vino sobre la mesa antes de hacerlo.

—La verdad es que tiene muy buena pinta.

—Si no tienes demasiada hambre y no ves las partes quemadas en la oscuridad, sí —replicó él—. Son unas simples quesadillas cortadas en cuatro y salmón ahumado con unas alcaparras que encontré en el fondo de la despensa. De esas olvidadas. —Debía de estar nervioso, porque siguió hablando—. ¿Hace demasiado frío aquí arriba? He traído la manta del sofá, por si la quieres.

—No, hace una noche agradable —contestó Nikki mirando hacia arriba. Había demasiada luz ambiental para ver las estrellas, pero la vista de la New York Life Tower a unas manzanas y del Empire State Building un poco más allá ya era lo suficientemente espléndida—. Es maravilloso, Rook. Se agradece después del día que hemos tenido.

—Tengo mis momentos —dijo él. Mientras comían, Nikki lo observó a la luz de las velas pensando qué problema tenía con él. En algún lugar allá abajo, en la calle, pasó un coche con rock clásico a todo volumen. Era anterior a su época, pero conocía aquella canción de Bob

Seger de las discotecas. Rook la pilló mirándolo fijamente mientras el estribillo bramaba que lo que tenían en común era el fuego ahí abajo.

—¿Qué sucede, me he pasado con las velas? —preguntó—. A veces parezco un poco mefistofélico a la luz de las llamas.

—No, las velas están bien. —Nikki le dio un mordisco a una quesadilla—. Tengo que preguntarte algo importante —dijo.

—Como quieras, pero esta noche podemos dejar a un lado el trabajo duro. Sé que el plan era ese, pero puede esperar. Ya casi se me ha olvidado cómo me machacaste la moral esta tarde.

—Es que necesito saber una cosa cuanto antes.

—Vale.

Heat se limpió las manos con la servilleta y lo miró a los ojos.

—¿Qué tipo de persona tiene fundas de almohada de color negro? —Antes de que él pudiera responder, continuó—: Llevo dándole vueltas desde lo de tu despacho. ¿Las fundas de almohada negras eran tuyas?

—En primer lugar, no son negras.

—Así que son tuyas. Repito la pregunta: ¿qué tipo de persona tiene fundas de almohada de color negro? Además de Hugh Hefner o, qué sé yo, los traficantes internacionales de armas, por ejemplo.

—No son negras. Son del azul más oscuro que existe, el azul noche. Lo sabrías si hubieras estado en mi casa lo suficiente para ver mis sábanas de soltero de otoño.

—¿Sábanas de otoño? —dijo ella, riéndose.

—Sí, las estaciones cambian. Y que sepas que esas sábanas son de ochocientos veinte hilos.

—Vaya, lo que me he perdido.

—Estoy seguro de que sabes perfectamente lo que te has perdido, y yo también —replicó él, borrando aquel tono de listillo de la voz.

Nikki lo observó. Rook no estaba mirándola a ella, sino a través de ella. La llama de la vela danzaba en sus ojos.

Sacó la botella de un cuenco lleno de hielo y rodeó la mesa, poniéndose a su lado para servirla. Cuando le hubo llenado el vaso, ella le puso una mano en la muñeca y otra alrededor de la botella para quitársela y dejarla sobre la mesa. Nikki lo miró desde abajo y sostuvo la mirada mientras le agarraba la muñeca y le metía la mano dentro del albornoz. Se tensó con un escalofrío cuando la fría palma se posó sobre su pecho y lo agarró, calentándose.

Rook se agachó lentamente inclinándose para besarla, pero aquello era demasiado lento para lo que se estaba forjando dentro de Nikki. Le agarró la pechera de la camisa violentamente y lo atrajo hacia ella. Su excitación le dio brío y se abalanzó sobre ella, besándola intensamente y apretándola contra él.

Nikki gimió sintiendo que el calor invadía todo su cuerpo, y se arqueó hacia atrás mientras se erguía hacia él. Entonces se escurrió en la silla y se tumbó boca arriba sobre el suelo de la azotea. Sus lenguas se extendieron, buscándose con salvaje y dolorosa desesperación. Él le desató el cinturón del albornoz. Ella le desabrochó el cinturón. Y Nikki Heat volvió a gemir suavemente y susurró: «Dámelo ya», moviéndose al ritmo del lejano compás de *Fire Down Below*.

# Capítulo
## 8

Algo despertó de repente a Rook. Una sirena, probablemente de una ambulancia a juzgar por los pitidos y el sonido gutural, que se anunciaba a su paso en un cruce allá en Park Avenue South antes de desvanecerse en la noche. El ruido era una de las cosas que tenía vivir en Nueva York a la que nunca se había habituado. Para algunos se convertía en un sonido de fondo que conseguían olvidar, pero él no. Le molestaba durante el día mientras escribía y nunca conseguía dormir toda la noche de un tirón porque aquella ciudad nunca lo hacía. Pensó que alguien debería escribir una canción sobre aquello.

Con el ojo que no tenía enterrado en la almohada, leyó la pantalla luminosa del reloj de la mesilla de noche: 2.34. Aún tenía tres horas de sueño antes de que sonara la alarma. Sonrió. Mmm. O quizá dos horas. Se deslizó boca arriba por la cama para fondear pegado a Nikki. Cuando llegó al medio, tocó su parte de la sábana y su almohada. Ambas estaban frías.

Rook la encontró en la sala, sentada en el banco de la ventana y vestida con una sudadera y unos pantalones con cordón de Gap. Se detuvo en el umbral de la puerta y observó su silueta de gato contra el ventanal. Tenía las rodillas apoyadas contra la barbilla y se rodeaba las piernas con los brazos mientras contemplaba la calle.

—Puedes pasar —dijo sin dejar de mirar la manzana—. Sé que estás ahí.

—Es usted la reina de las observadoras, detective —replicó él mientras se ponía detrás de ella y le rodeaba el cuello con los antebrazos, sin apretar.

—Te he oído desde el momento en que tus pies han rozado el suelo. Tienes unos movimientos tan sutiles como los de un percherón. —Nikki se recostó hacia atrás, dejándose caer contra él.

—Siempre y cuando me compares con un caballo, por mí perfecto.

—¿Ah, sí? —Volvió la cara hacia él y sonrió—. Yo tampoco tengo ninguna queja.

—Me alegro, así me ahorro dejarte una encuesta.

Nikki ahogó una risita y se volvió a girar hacia la ventana, esta vez apoyando la parte de atrás de la cabeza contra su abdomen y sintiendo su calor en el cuello.

—¿Estás pensando que está ahí fuera, en alguna parte? —preguntó Rook.

—¿El de Texas? Por ahora sí, pero solo por ahora.

—¿Te preocupa que pueda volver?

—Espero que lo haga. Estoy armada y, si eso no basta, si se resiste demasiado, siempre puedes retenerlo con una de tus famosas hemorragias nasales. —Se inclinó hacia delante e hizo un gesto con la cabeza sobre el alféizar—. Además, el capitán ha puesto un coche patrulla delante de la puerta. —Rook se inclinó sobre ella para ver el techo del coche patrulla, y Nikki añadió—: ¿No sabe que la ciudad está en economía de crisis?

—Merece la pena una pequeña inversión para proteger a su detective estrella.

Algo le hizo cambiar de actitud. Desdobló las piernas y se separó de él, rotando sobre sí misma para ponerse de espaldas a la ventana. Rook se sentó a su lado, sobre el cojín.

—¿Qué pasa? —dijo. Como ella no respondió, recostó un hombro contra el suyo—. ¿Qué haces despierta y aquí sentada a estas horas?

Nikki reflexionó un momento y contestó:

—Es por los cotilleos. —Giró un poco la cabeza hacia él—. He estado pensando en lo asquerosos que son los cotilleos. Convierten en víctimas a las personas y, aun así, por mucho que digamos que los odiamos, seguimos consumiéndolos como si fueran *crack*.

—Te entiendo. Eso me mortificaba cada día que pasaba con Cassidy Towne. Y llamaban «periodismo» a lo que hacía. Joder, si hasta yo lo llamé así cuando discutí el otro día con el asesor de imagen de Toby Mills.

Pero en realidad Cassidy Towne tenía tanto de periodista como la Inquisición de justa. Es más, Tomás de Torquemada tenía más amigos.

—No estoy hablando de Cassidy Towne —replicó Nikki—. Estoy hablando de mí. Y de los rumores y cotilleos que he tenido que aguantar desde que me sacaste en la portada de una revista de tirada nacional. Por eso me cabreé tanto contigo esta tarde en el coche. Alguien hizo un comentario sarcástico insinuando que me acostaba contigo por la publicidad.

—Fue aquel abogado, ¿no?

—Rook, da igual quién haya sido. No ha sido el primero al que he tenido que aguantar. Al menos él me lo dijo a la cara. Normalmente se trata de miraditas o cuchicheos. Desde que se publicó tu artículo, me siento como si anduviera por ahí desnuda. Me ha llevado años forjarme una reputación como profesional y nunca hasta ahora nadie la había cuestionado.

—Sabía que ese picapleitos te había dicho algo.

—¿Me has oído?

—Sí, y lo que te aconsejo es que tengas en cuenta de dónde viene el comentario, Nik. Solo intenta hacerte la guerra psicológica para sacar partido de eso en el caso. Su cliente se hunde. Puede que Richmond Vergennes sea un chef de primera fila, pero de primera fila para entrar en la cárcel de Sing Sing.

Ella dobló una rodilla, lo miró de frente y le puso las manos sobre los hombros.

—Quiero que escuches atentamente lo que te voy a decir. Es importante, ¿me oyes? —Él asintió—. Te estoy contando que tengo un problema grave y tú sigues a lo tuyo. Crees que estás de mi lado, pero vas por un camino paralelo. ¿Entiendes lo que te quiero decir?

Él volvió a asentir.

—No —dijo ella.

—Sí. Estás enfadada porque aquel abogado ha jugado sucio.

Ella retiró las manos de sus hombros y las dobló sobre el regazo.

—No me estás escuchando.

—Oye —dijo él, y esperó a que ella lo mirara—, te estoy escuchando y sé cómo te sientes. Sientes que tu vida iba viento en popa hasta que publicaron mi artículo, ¿no? Yo te he puesto en una situación que no te resulta agradable. Ahora eres el punto de mira, todos se fijan en ti, cotillean y lo hacen casi siempre a tus espaldas. Te sientes frustrada porque intentaste decirme que no era lo que tú querías, pero yo estaba tan empeñado en que te vendría bien que lo último que hice fue tener en cuenta tus sentimientos. —Hizo una pausa y le estrechó las dos manos con una de las suyas—. Ahora lo estoy haciendo, Nik. Lamento haberte hecho sentir así. Creía que estaba haciendo un buen trabajo, siento que se haya complicado.

Ella se quedó sin palabras, así que se limitó a mirarlo un momento.

—Supongo que sí me estabas escuchando —comentó finalmente.

Él asintió para sí mismo.

—Solo era un problema tipo Dr. Phil, ¿no? —dijo.

—Algo así —contestó ella riéndose.

—Parecía uno de esos casos del Dr. Phil.

Sonrieron y se miraron durante largo rato. Nikki empezaba a preguntarse: «¿Y ahora qué?». Habían conectado de forma inesperada y ella no estaba preparada para afrontar lo que aquello podía significar. Así que hizo lo de siempre: decidió no decidir nada y vivir el momento.

Él debía de haber llegado a la misma conclusión, porque, sincronizados en una coreografía tácita, ambos se inclinaron en el mismo instante para darse un dulce beso. Cuando se separaron, volvieron a sonreír y se abrazaron apoyando cada uno la barbilla en el hombro del otro mientras sus pechos subían y bajaban lentamente como si fueran solo uno.

—Rook, yo también tengo que disculparme. Por haber sido tan brusca contigo esta tarde en el coche.

Al cabo de un minuto, él dijo:

—La verdad es que no me molestan en absoluto las cosas bruscas.

Nikki se separó de él y lo miró de reojo.

—¿En serio? —Bajó la mano y se la agarró—. ¿Cómo de bruscas?

Él le puso una mano detrás de la cabeza, metiendo los largos dedos entre su cabello.

—¿Quieres averiguarlo?

Ella le dio un apretón que le hizo dar un respingo, y dijo:

—Vale.

A continuación fue a ella a quien le tocó dar un respingo cuando él la cogió en brazos para llevarla al dormitorio. Cuando iban por la mitad del pasillo, le mordió la oreja y susurró:

—Mi contraseña es «piñas».

\* \* \*

Nikki quiso que llegaran a la 20 por separado a la mañana siguiente. Se levantó temprano y, mientras se iba, le pidió a Rook que cogiera un taxi hasta su casa para cambiarse y que se tomara su tiempo antes de ir a la comisaría. Ya cotilleaban lo suficiente sobre ella sin que fueran juntos a trabajar con aspecto de haber salido del cartel de *Noche loca*.

Heat entró en la oficina a las seis menos cinco y se sorprendió al ver que los detectives Raley y Ochoa ya estaban allí. Raley estaba hablando con alguien por teléfono, la saludó con un movimiento de cabeza y siguió tomando notas.

—¿Qué tal, detective? —dijo Ochoa.

—Caballeros. —Normalmente recibía una sonrisa por respuesta cuando se dirigía a uno de los miembros del par como si los representara a ambos, pero aquella vez no fue así. El teléfono de Ochoa sonó y, mientras extendía el brazo para cogerlo, ella dijo—: Chicos, ¿tenéis algo en contra de dormir? —Ninguno de ellos respondió. Ochoa contestó la llamada. Raley finalizó la suya y pasó a su lado de camino a la pizarra blanca. Nikki creía que sabía qué tramaban aquellos dos y, efectivamente, cuando siguió a Raley hasta la pizarra descubrió que él y Ochoa habían añadido una nueva sección que habían titulado «El forastero solitario» con letras rojas.

Raley recurrió a sus notas para actualizar el informe de estado que habían inaugurado bajo el retrato robot del texano, que estaba pegado en la pizarra. El rotulador no permanente chirriaba al escribir aquellas letras mayúsculas sobre la brillante superficie blanca, mientras Heat leía por encima de su hombro. Ninguna visita nocturna a los servicios de urgencias relacionada con heridas de bala, ni nadie con la clavícula rota que encajara con su descripción en Manhattan o alrededores. En Jersey aún no lo habían confirmado. Habían llamado a todas las farmacias CVS y Duane Reades que había al sur de la calle Canal y al oeste de St. James Place para ver si alguien que encajara con la descripción del texano había ido a comprar artículos de primeros auxilios, con resultado negativo. Habían enviado copias de su retrato por correo electrónico a las empresas privadas que prestaban servicios de urgencias por si acudía a alguno de esos médicos que no exigían cita previa.

En una sección titulada «Patrullas / Calidad de vida», vio que aquellos dos ya se habían puesto en contacto con todas las comisarías importantes y que no había habido suerte: su hombre no encajaba con ninguna de sus denuncias, detenciones o mendigos arrestados.

Nikki Heat estaba viviendo en primera persona la manera en que los polis se protegían unos a otros. Una hermana detective había sido agredida y la estoica reacción de los Roach había sido acudir a la comisaría de madrugada para empezar a remover cielo y tierra. No era solo un código. Era real como la vida misma. Y es que en su ciudad no se limitaban a pasar de todo y seguir adelante.

En cualquier otra profesión, aquello sería un momento de emoción que provocaría un abrazo de grupo. Pero ellos eran polis de Nueva York, así que cuando Ochoa colgó el teléfono y fue junto a ella, le dijo:

—¿Y esto es lo mejor que podéis hacer?

Raley, que estaba inclinado hacia delante escribiendo, tapó el rotulador y se volvió para mirarla directamente. Mantuvo una magnífica expresión de seriedad al decir:

—Como dejaste escapar al sospechoso, no hay mucho sobre lo que trabajar.

—Pero todos lo hacemos lo mejor que podemos —intervino Ochoa. Luego, para compensar, añadió—: Al menos le diste una buena tunda a ese pueblerino antes de dejarlo ir, ¿no?

Y eso fue todo. Nada de chocar los cinco ni golpearse los puños: los tres habían dicho lo que tenían que decir. Para una de ellos era «gracias, chicos, os debo una», para los otros dos era un empático «aquí estamos para lo que necesites en cualquier momento». Volvieron al trabajo antes de que alguno de ellos se pusiera sensiblero.

—La llamada que acabo de recibir era de la policía científica. He estado encima de ellos para lo de la cinta de la máquina de escribir que encontraste en el andén del metro. Ya han hecho las pruebas y en este momento nos están enviando las imágenes digitales —dijo Ochoa.

—Bien *hechoa*. —Se le hizo en la garganta un nudo de emoción ante la perspectiva de una prueba real que analizar, mientras se ponía delante del ordenador y tecleaba su contraseña.

—Buenas —saludó Rook alegremente al entrar. Le tendió a Raley una bolsa de papel llena de manchas grasientas y dijo—: Lo siento, solo les quedaban normales.

—Tienes una cosita ahí —señaló Raley mirando con los ojos entrecerrados la comisura de los labios de Rook.

Rook se llevó un dedo a la cara y cuando lo retiró vio que era un poco de cobertura glaseada de color azul.

—Bueno, no dije cuándo se les habían acabado, solo que ya no tenían. —Se comió la mancha y, volviéndose hacia Nikki, le preguntó demasiado agresivamente—: ¿Cómo estás hoy?

Ella se limitó a levantar lo mínimo la vista de la pantalla y respondió:

—Ocupada.

—¿Recuerdas que ayer en el Instituto Forense me pediste que le preguntara a Lauren Parry cómo iba lo del Tío del Coyote? —Ella le dirigió una de sus miradas censuradoras de motes y él sacudió la cabeza de un lado a otro—. Quiero decir, lo del excelentísimo Tío del Coyote. Pues tenías razón, habían dejado de lado la autopsia de Padilla. Me dijo que ella misma se pondría manos a la obra en cuanto llegara esta mañana —dijo Ochoa mientras Heat esperaba a que el servidor la dejara acceder.

—En el otro frente de lo de Padilla no hay tan buenas noticias —informó Raley—. Las entrevistas con los residentes y con los dueños de los negocios de la zona en la que encontraron el cadáver no han dado resultado. Y la revisión de las cámaras de seguridad tampoco.

—Eso me recuera algo —intervino Rook—. ¿Habéis visto el *Ledger* de hoy?

—El *Ledger* es una mierda —dijo Ochoa.

—Eso lo dejaremos para el jurado del Pulitzer —replicó Rook—, pero mirad esto. Ayer, a última hora de la tarde, vieron a un coyote escondido en Central Park. —Levantó la primera plana. Nikki dejó de mirar al monitor y reconoció aquellos ojos descarados en la borrosa fotografía del animal que miraba a hurtadillas tras los arbustos cerca del castillo Belvedere.

—Os va a encantar el titular —dijo Raley, y lo leyó en voz alta como si el resto no lo pudiera ver aunque estaba escrito en un tamaño de fuente que parecía sacado de la línea superior de una gráfica optométrica—. «El *coyotemeroso*». —Le quitó el periódico a Rook para verlo mejor—. Siempre hacen algún chiste malo relacionado con la situación.

—No lo soporto —aseveró Ochoa—. ¿Me lo dejas? —Rook asintió y Raley le pasó el periódico, que guardó para más tarde—. Como he dicho, el *Ledger* es una mierda. Pero el precio no está mal.

—Allá vamos, señoras y señores. —La detective Heat abrió el archivo adjunto de la policía científica. Era un archivo enorme lleno de instantáneas aumentadas de cada centímetro de la cinta de la máquina de escribir. Nikki leyó en alto el correo electrónico que las acompañaba, escrito por el técnico del laboratorio, para que se enteraran todos—. «Por si no estuvieran familiarizados con el fenómeno de baja tecnología denominado "máquina de escribir"», genial, humor de *frikis* —comentó antes de continuar—, «he de decirles que, cada vez que se presiona una de las teclas, la letra metálica correspondiente de la barra de escribir golpea la cinta y no solo imprime la letra sobre la página, sino que además hace que esta quede marcada en relieve en la susodicha cinta. Cada uno de los golpes de las letras hace que la cinta avance un espacio, lo que nos permite analizarla como si se tratara del papel de una línea telegráfica y leer la secuencia de letras que fueron escritas en la hoja del autor».

—Ese es de los que han visto *Avatar* seis veces —dijo Raley.

Nikki siguió leyendo.

—«Por desgracia, el dueño de esta cinta había rebobinado y reutilizado la cinta al final de cada carrete, causando superposiciones que han destruido la mayor parte del texto recuperable».

—Cassidy era una tacaña —señaló Rook—. Eso ya lo había puesto en mi artículo.

—¿Hay alguna parte de la cinta legible? —preguntó Ochoa.

—Espera. —Nikki leyó por encima el resto del correo electrónico y lo resumió—. Dice que ha marcado las imágenes de las que se podría deducir algo. Ha enviado la cinta a rayos X para ver si se consigue leer algo más. Dice que lleva tiempo, pero que ya nos avisará y que está encantado de…

—¿De qué? —dijo Ochoa.

—De vivir en el sótano de la casa de sus padres —sugirió Rook.

Pero Raley leyó la última línea por encima del hombro de Nikki.

—«Estoy encantado de tener el privilegio de poder hacerle cualquier favor que necesite a la famosa detective Nikki Heat».

Nikki captó la mueca de Rook, pero cambió de tema.

—Vamos a repartirnos esto para empezar a examinarlo.

Raley y Ochoa cogieron cada uno un bloque compuesto por unas quince instantáneas y las pasaron a sus ordenadores. Aquel era un trabajo en el que obviamente los conocimientos de Jameson Rook sobre la víctima resultarían útiles, así que Nikki le dejó también a él una serie de archivos para examinar en la mesa de la que se había adueñado. El resto se los guardó para estudiarlos ella misma.

Aquello resultó ser un trabajo de chinos. Había que abrir por separado cada una de las fotografías e intentar desentrañar alguna palabra o, con suerte, alguna frase que tuviera sentido en aquella maraña borrosa. Raley comentó que era como mirar esas láminas que había en los centros comerciales en las que, si conseguías mirarlas de forma correcta, veías una gaviota o un perrito en 3D. Ochoa dijo que se parecía más a intentar distinguir la imagen de la Dolorosa en el tronco de un árbol o a Joaquin Phoenix en una tostada quemada.

A Nikki no le importaban sus chistes, que convertían la ardua tarea en algo simplemente agotador. Mientras se dejaba la vista en la pantalla, les recordó los principios de una buena investigación. Regla número uno: la línea de tiempo es tu amiga. Y regla número dos: a veces el mejor trabajo de un detective se hace en el despacho.

—Se me acaba de ocurrir la tercera regla —gritó Ochoa desde su mesa—. Coge la jubilación anticipada.

—He encontrado algo —dijo Rook. Los tres detectives se reunieron detrás de su silla, encantados de tener una excusa para alejarse de sus propias mesas y monitores, aunque fuera para nada—. Al menos se distinguen algunas palabras. Son cinco.

Nikki se inclinó sobre Rook para acercarse más a la pantalla. Sin querer, le rozó el hombro con el pecho y notó que se ruborizaba, pero pronto dejó a un lado aquella distracción para centrarse en la imagen del ordenador.

me apuñaló or l espalda

—Muy bien, es la imagen 0430. «Me apuñaló por la espalda». —Nikki notó un pequeño subidón de adrenalina—. Traed la 0429 y la 0431.

—Creo que la 0429 la tengo yo —comentó Raley dirigiéndose a toda prisa a su mesa mientras Rook cogía la 0431, que era indescifrable e ilegible. Ya estaban todos detrás de Raley, cuando dijo—: Venid a ver esto.

Tenía abierta en la pantalla la imagen anterior a «me apuñaló por la espalda», y en ella se leía el nombre de alguien a quien todos conocían.

\* \* \*

Heat y Rook estaban de pie contra la pared del fondo del local de ensayo de Chelsea mientras Soleil Gray y seis bailarines hacían la coreografía de un nuevo vídeo musical.

—No es que no me haga ilusión el pase de *backstage* —dijo Rook—, pero si sabemos que el texano es el asesino, ¿para qué molestarnos en hablar con ella?

—Sabemos que Cassidy estaba escribiendo sobre Soleil por las cintas de la máquina de escribir. Y el texano las robó, ¿no?

—¿Crees que Soleil y el texano tienen algo que ver?

La detective frunció los labios dibujando una «U» invertida.

—No tengo claro que no sea así. Y ahora tengo una pregunta para ti: ¿Cassidy tenía algún problema con nuestra estrella del rock?

—No más que con cualquier otra persona. Es decir, muchos. Solía abrir su columna hablando de los periodos de rehabilitación de Soleil. Aunque eso ya es agua pasada. Yo lo descubrí investigando en los archivos. Entonces Soleil tenía un lado salvaje y esas cosas siempre vienen bien para la rumorología.

Hacía seis años, cuando tenía veintidós, Soleil Gray era un melancólico icono *emo*, cuando ser *emo* era lo más. Aunque cuando la banda de rock que lideras tiene un par de discos de oro y llenas estadios en Norteamérica, Europa y Australia, a los que llegas en *jet* privado, no hay muchas razones para la melancolía. Los primeros temas que escribió y cantó, como *Barbed Wire Heart*, *Mixed Massages* y, sobre todo, *Virus in Your Soul*, del segundo CD del grupo, le hicieron ganar millones y recibieron muy buenas críticas. La *Rolling Stone* la comparó con el John Mayer de los inicios pero en femenino, y básicamente pasó del resto de la banda para elogiar a la pálida cantante y líder del grupo que observaba perpetuamente bajo la cortina de su curvado flequillo negro con aquellos tristes ojos verdes enmarcados de rímel.

Los rumores del consumo de drogas cobraron fuerza cuando Soleil empezó a llegar horas tarde a los conciertos y hasta acabó faltando a algunos. Había un vídeo grabado con un teléfono móvil en YouTube en el que salía en el escenario de Toad's Place, en New Haven, que se extendió como un virus. Se la veía hecha polvo y sin voz, olvidándose de las letras de sus nuevas canciones aun cuando el público intentaba chivárselas. Solcil abandonó Shades of Gray en 2008. Dijo que quería iniciar una carrera en solitario, aunque en realidad lo que quería era irse de fiesta. La cantante estuvo un año y medio sin escribir ni grabar nada.

Aunque las discotecas y las drogas habían reemplazado a los estudios y a los conciertos, Soleil siguió en el candelero al liarse con Reed Wakefield, el joven actor de moda cuya afición por la vida nocturna de Nueva York y el consumo de drogas igualaba a la suya propia. La diferencia fue que Reed Wakefield no mandó al garete su carrera. La pareja se mudó al apartamento que ella tenía en East Village cuando él empezó a rodar *Magnitude Once Removed*, un drama costumbrista en el que hacía de hijo ilegítimo de Benjamin Franklin. El rodaje duró más que su romance volátil y salpicado de visitas a las comisarías a altas horas de la madrugada. Después de haber roto con su banda, Soleil rompió su relación con Reed y enterró su dolor en el estudio de grabación con largas sesiones, conflictos creativos y no demasiados resultados.

El pasado mayo, recién llegado a Nueva York desde Cannes, donde había recibido el premio especial del jurado por su papel de hijo bastardo del primer embajador estadounidense en Francia, Reed Wakefield se lo montó a lo Heath Ledger y la palmó sin querer de sobredosis.

Aquello afectó profundamente a Soleil. Una vez más, dejó de trabajar, pero esa vez para someterse a rehabilitación. Cuando salió de la clínica de desintoxicación de Connecticut se centró. Al día siguiente de su salida, ya estaba de nuevo en el estudio grabando las pistas de la balada de despedida que había escrito en su litera de la mansión de Fairfield County para el actor que había amado. *Reed and Weep* dividió a la crítica. Algunos lo consideraron un delicado himno a la fragilidad de la vida y a la pérdida eterna, mientras que para otros era una descarada copia de *Fire and Rain*, de James Taylor, y de *Everybody Hurts*, de REM. Aun así, entró en lista entre los diez primeros puestos. Así fue como Soleil Gray empezó oficialmente su esquiva carrera en solitario.

También había cambiado el aspecto con el que se presentaba ante el mundo. Mientras Heat y Rook observaban cómo ensayaba uno de los temas de su nuevo disco, *Reboot My Life*, veían ante ellos a una mujer cuya carrera y cuyo nuevo y tonificado cuerpo habían sido sometidos a una operación de transformación radical.

La atronadora música cesó y el coreógrafo dijo que iban a hacer un descanso.

—De eso nada, vamos a repetirlo —protestó Soleil—. Estos tíos se mueven como si llevaran puestas raquetas de nieve. —Se puso en la posición inicial con los músculos brillando bajo la intensa luz de la sala de ensayo. Los bailarines, jadeando, se colocaron en formación detrás de ella, pero el coreógrafo negó con la cabeza mirando al técnico de *playback*—. Vale. Ya te acordarás de esto cuando estemos rodando y te preguntes por qué queda como una mierda, gilipollas —le espetó Soleil antes de dirigirse furiosa hacia la puerta.

Mientras se acercaba, Nikki Heat caminó hacia ella para interceptarla.

—¿Señorita Gray?

Soleil aminoró el paso, pero solo para evaluar a Nikki como si se fueran a pelear. También analizó a Rook fugazmente, pero se centró en la detective.

—¿Quién coño es usted? Este es un ensayo a puerta cerrada.

Heat le mostró la placa y se presentó.

—Me gustaría hacerle unas preguntas sobre Cassidy Towne.

—¿Ahora? —Nikki se la quedó mirando y ella dejó escapar un juramento—. Me pregunte lo que me pregunte sobre ella, la respuesta va a ser siempre la misma: una zorra. —Se acercó a la mesita de *catering* que había en una esquina y cogió una botella de Fiji de la nevera sin ofrecerles nada a ninguno de los dos.

—El baile es increíble — dijo Rook.

—Es una mierda. ¿También es poli? No lo parece.

Nikki se apresuró a explicar aquello.

—Está colaborando con nosotros en este caso. —No había por qué ponerla histérica comunicándole que la prensa estaba allí.

—Su cara me suena. —Soleil Gray inclinó la cabeza hacia un lado, analizando a Nikki—. Es la que salió en aquella revista, ¿no?

Heat ignoró el comentario.

—Supongo que está al corriente de que Cassidy Towne ha sido asesinada —dijo.

—Sí. Es una pérdida inestimable para todos nosotros. —Rompió el precinto del tapón azul y se bebió de un trago media botella de agua—. ¿Por qué quieren hablar conmigo de esa pelandusca muerta además de para felicitarme?

Rook intervino.

—Cassidy Towne escribió mucho sobre usted en su columna.

—La muy hija de puta soltó toneladas de mentiras y cotilleos sobre mí, si a eso se refiere cuando dice «escribir». Tenía fuentes anónimas y espías no identificados que le decían que yo había hecho de todo, desde meterme tiros sobre un Hammond B3 a meterle mano a Clive Davis en los Grammy.

—También escribió que disparó con una 38 mm a su productor durante una de las sesiones con su antigua banda —dijo Rook.

—Mentira. —Soleil cogió una toalla de un cesto de mimbre que había al lado de la ventana—. Era del 44. —Se secó el sudor de la cara y añadió—: Qué tiempos aquellos.

Nikki abrió el cuaderno y sacó un bolígrafo, algo que siempre ayudaba a la gente a tomarse en serio las conversaciones.

—¿Tuvo algún contacto personal con Cassidy Towne?

—Pero ¿qué es esto? No creerá que tengo algo que ver con el asesinato, ¿no? ¿Está de guasa?

Nikki siguió a lo suyo, consiguiendo información a mordisquitos, acumulando pequeñas respuestas y buscando incongruencias.

—¿Habló alguna vez con ella?

—La verdad es que no.

Estaba ocultando algo. Seguro.

—¿Así que nunca habló con ella?

—Sí. Tomábamos el té todas las tardes e intercambiábamos recetas.

La recién adquirida sensibilidad de Nikki hacia el mundo del cotilleo le ayudó a empatizar con la actitud de la cantante hacia Cassidy Towne, pero su olfato de policía le decía que aquel sarcasmo era de pega. Había llegado el momento de marcar los límites.

—¿Me está diciendo que nunca habló con ella?

Soleil se puso el lado plano de la botella helada contra el cuello.

—No, no estoy diciendo que nunca lo hiciera.

—¿La vio alguna vez?

—Supongo que sí. Para los famosos esta es una ciudad pequeña, ¿sabe?

Cómo no iba a saberlo Nikki.

—¿Cuándo fue la última vez que vio a Cassidy Towne, señorita Gray?

Soleil hinchó los mofletes y se hizo la pensativa. A Nikki aquel teatrillo le pareció como el del paseador de perros de Juilliard, es decir, nada convincente.

—No me acuerdo. Supongo que hace mucho tiempo. Obviamente, no le di importancia. —Miró a los bailarines que volvían de su pausa de cinco minutos—. Mire, tengo que rodar un vídeo musical y la cosa no va nada bien.

—La comprendo. Solo una pregunta más —dijo Nikki, bolígrafo en mano—. ¿Podría decirme dónde estaba entre la una y las cuatro de la madrugada la noche que mataron a Cassidy Towne? —Con el texano como presunto asesino, la coartada de Soleil (y de hecho, la del resto de implicados en aquel caso) tenía menos importancia. Aun así, Nikki siguió a rajatabla los procedimientos que siempre le habían funcionado. Si la línea de tiempo estaba hambrienta, había que alimentarla.

Soleil Gray se tomó unos instantes para contar las noches.

—Claro que puedo. Estaba con Allie, una asistente del departamento de Artistas y Repertorio de mi discográfica —dijo.

—¿Estuvo con ella todo ese tiempo? ¿Toda la noche?

—Veamos. —La actitud de Soleil activó el radar de Heat. Tanto cálculo le olía a chamusquina—. Sí, casi toda la noche. Hasta las dos y media, más o menos.

—¿Me podría dar el nombre y el número de contacto de la asistente, Allie?

Después de darle a Heat la información, Soleil añadió rápidamente:

—Un momento. Me acabo de acordar: después de quedar con Allie estuve echando un polvo con Zane, el antiguo teclista de Shades of Gray.

—¿A qué hora fue eso?

—Sobre las tres, creo. Picamos algo y volví a casa para meterme en la cama a eso de las cuatro, cuatro y media. ¿Ya?

—Yo quiero preguntar algo más —dijo Rook—. ¿Cómo consigue tener la parte superior de los brazos tan tonificados? ¿Va a ser telonera de Madonna?

—A este ritmo será Madge la que acabará siendo mi telonera.

* * *

El suave timbre del ascensor resonó en el vestíbulo desierto de mármol rosa de Rad Dog Records hasta que el sonido se perdió en el alto techo abovedado. De él se bajó solo una mujer rubia de unos veintipocos años. Levantó la vista de la BlackBerry, vio a Heat y a Rook en el mostrador de seguridad y se dirigió hacia ellos.

—Hola, soy Allie —dijo cuando aún estaba a seis metros de distancia.

Después de estrecharse las manos y hacer las presentaciones pertinentes, Nikki le preguntó si le venía bien hablar en aquel momento. Ella dijo que sí, pero que solo podía ausentarse del trabajo cinco minutos.

—¿Han visto *El diablo viste de Prada*? —preguntó Allie—. El mío viste de Ed Hardy y es un tío, pero el resto es tal cual. —Los escoltó a través de la recepción hasta un grupo de sofás. Eran de plástico moldeado y no absorbían demasiado el sonido que rebotaba por la sala, pero a Nikki le sorprendió lo cómodos que eran.

Rook se sentó enfrente de ellas en una enorme silla blanca de plástico moldeado.

—Parece que estamos esperando la próxima nave para ir a la estación espacial. —Bajó la vista hacia la mesita de centro y vio la portada de Nikki sobre un montón de revistas. Cogió un ejemplar de *Variety* atrasado, fingió echarle un vistazo al titular y lo lanzó sobre el *First Press*.

—¿Se trata del asesinato de la periodista sensacionalista? —Allie se metió un mechón de pelo detrás de la oreja y enroscó la punta con los dedos.

Nikki suponía que Soleil la avisaría antes de que llegaran y así había sido, a juzgar por los tics nerviosos de la asistente. Pero era el momento de saberlo a ciencia cierta.

—Sí. ¿Cómo lo sabe?

Abrió los ojos como platos, y soltó:

—Bueno, Soleil me llamó para decirme que iban a venir. —Allie se humedeció los labios mostrando una lengua que parecía que llevaba puesto un calcetín rosa—. Nunca he tratado con policías. Bueno, con los de los conciertos, pero la mayoría de ellos están retirados.

—Soleil Gray dice que estaba con usted la noche que mataron a Cassidy Towne. —Heat sacó el bloc de notas de espiral para que se diera cuenta de que aquello constaría en el informe, y esperó.

—Bueno... Sí.

Un ápice de duda. Suficiente para que Nikki la presionara.

—¿Desde qué hora hasta qué hora? —dijo mientras destapaba el bolígrafo—. Sea lo más exacta posible.

—Quedamos a las ocho y fuimos al Music Hall a las diez.

—¿A Brooklyn? —preguntó Rook.

—Sí, a Williamsburg. Había un concierto secreto de Jason Mraz. No es de nuestra discográfica, pero conseguimos pases.

Nikki preguntó:

—¿Cuánto tiempo estuvieron allí?

—Jason empezó a las diez y nosotras nos fuimos sobre las once y media. ¿Es correcto?

—Allie, necesito saber a qué hora se fue.

—¿Entre nosotras?

Nikki se encogió de hombros.

—Por ahora sí.

Ella dudó y dijo:

—Esa es la verdadera hora a la que se fue. Once y media. —Heat no necesitó recurrir a las notas para saber que las horas que Soleil le había dado eran falsas. Allie volvió a sujetar el pelo tras la oreja—. ¿Se lo van a decir a Soleil?

—¿Que le pidió que mintiera en la investigación de un asesinato? —El labio inferior de Allie empezó a temblar y Nikki le puso una mano en la rodilla—. Relájese, ha hecho lo correcto. —Allie esbozó una fugaz sonrisa que la detective le devolvió antes de continuar—. Soleil y Cassidy Towne se llevaban mal, ¿no?

—Sí, menuda zorra. Lo siento, pero es que se hartó de publicar todo tipo de mierdas sobre ella, como si se hubiera tomado una cerveza. Volvió loca a Soleil.

—Nos lo podemos imaginar —dijo Nikki—. ¿Oyó decir alguna vez a Soleil algo amenazador sobre Cassidy Towne?

—Bueno, ¿quién no dice tonterías cuando está cabreado? No quiero decir que ellos lo hicieran. —Allie vio que había captado su interés y bajó la mirada para mover el pulgar sobre la rueda de navegación de la Black-Berry, solo por hacer algo. Cuando levantó la vista y se topó con los ojos de Nikki escrutándola, dejó la PDA sobre la mesita de centro y esperó, consciente de lo que se avecinaba.

—Cuénteme qué le oyó decir.

—Era pura palabrería —repuso Allie encogiéndose de hombros. Heat se limitó a mirarla y a esperar.

Rook se inclinó hacia delante apoyándose en los muslos y sonrió.

—Siempre gana los concursos de mantener la mirada, hágame caso, lo sé de buena tinta. Debería… ya sabe.

Allie decidió ser franca.

—La semana pasada me invitó a cenar. Los artistas que molan hacen esas cosas porque saben lo que gano. En fin, a Soleil le apetecía comida italiana y me llevó a Babbo. —Malinterpretó la mirada que intercambiaron los otros dos y aclaró—: El restaurante de Mario Batali de Washington Square, ¿lo conocen?

—Sí, es fantástico.

—Estábamos cenando en el piso de arriba y a Soleil le entraron ganas de ir al baño, así que se disculpó y bajó. Un minuto más tarde empecé a oír gritos y el ruido de algo al romperse. Reconocí la voz de Soleil así que corrí escaleras abajo y allí estaba Cassidy Towne, en el suelo, con la silla volcada. Justo cuando llegué Soleil cogió un cuchillo de la mesa y dijo… —Allie volvió a tragar saliva—. Dijo: «¿Te gusta apuñalar a las personas por la espalda? ¿Qué te parece si te clavo yo esto, cerda asquerosa?».

\* \* \*

Nikki salió del aparcamiento en Times Square y se encontró a Rook comprando dos perritos calientes en un puesto ambulante que había en la acera de enfrente de los estudios GMA.

—¿Para eso te has bajado de un coche en movimiento? —preguntó.

—Más bien diría en marcha —replicó—. Vi el puesto y salté con mi característica actitud heroica. Hace que mis reflejos se mantengan a punto. ¿Un perrito? —dijo, tendiéndole uno.

—No, gracias, el trabajo ya es lo suficientemente peligroso. —Mientras atravesaban Broadway, la detective Heat hizo su análisis rutinario de coches sospechosos estacionados teniendo en cuenta que se encontraba en el cruce más famoso del mundo en plena crisis económica y que ahora la vida se vivía en alerta naranja. Cuando llegaron al final de la calle, Rook ya se había zampado el primer perrito.

—No sé si seré capaz de comerme dos. Qué demonios, claro que puedo. —Empezó a llenarse los carrillos como una ardilla con el otro y eso la hizo reír mientras se dirigían hacia el norte serpenteando entre los turistas.

Nikki pensó que si no fuera por el arma que llevaba en la cadera, ellos mismos podrían ser una de aquellas parejas suburbanas.

Antes de volver a tragar, Rook preguntó:

—¿Por qué vamos a comprobar la otra coartada de Soleil? En caso de que fuera ella la que hubiera contratado al texano para que apuñalara a Cassidy Towne, ¿de qué nos iba a servir saber su paradero?

—Así podemos hablar con las personas que forman parte de su vida. Seguimos las pistas que tenemos, no las que nos gustaría tener. Además, mira lo que acabamos de descubrir al comprobar esta coartada.

—¿Que Soleil nos mintió?

—Exacto. Así que vamos a hablar con gente que puede que nos diga la verdad.

Mientras esperaban el semáforo de la 45, Rook miró hacia donde ella estaba mirando y vio un quiosco de cuyo tejado colgaban una docena de Nikki Heats sujetas con pinzas de la ropa.

—¿Cuántas semanas faltan para noviembre? —preguntó ella. Entonces el semáforo cambió y cruzaron la calle para entrar en el vestíbulo del Marriot Marquis.

Encontraron al antiguo teclista de Soleil, Zane Taft, exactamente donde su agente le había dicho a Nikki que estaría: en la sala de baile del Marquis, en la novena planta. Además Nikki tenía el móvil del músico, pero no lo llamó para avisarlo. Era probable que Soleil ya lo hubiera aleccionado como a Allie, pero si no lo había hecho no había ningún motivo para alertarlo y que tuviera la oportunidad de llamar a su antigua cantante para hacer coincidir las coartadas.

Estaba solo en la sala de baile, subido a un elevador desde el que dominaba la pista de baile vacía, haciendo una prueba de sonido con el teclado. Lo primero en lo que Nikki se fijó fue en su sonrisa grande, amplia y tachonada de dientes perfectos. Pescó unas latas de Coca-Cola Light de la cubitera que el hotel le había dejado como si se alegrara de tener compañía.

—Tengo una actuación aquí esta noche, una fiesta de los años sesenta.

—¿Un cumpleaños? —preguntó Rook.

Zane se encogió de hombros.

—Cómo es la vida, ¿eh? Hace hoy cuatro años estaba en Hollywood Bowl con Shades tocando el segundo bis, viendo a sir Paul en la primera fila y teniendo contacto visual con Jessica Alba. ¿Y ahora qué? —Tiró de la lengüeta de la lata de aluminio y la Coca-Cola rebosó, burbujeante—. Debería haber contratado a un mánager. En fin, el caso es que esta noche me voy a embolsar trescientos dólares extra porque al cumpleañero le gusta Frankie Valli and The Four Seasons y yo me sé todas las canciones desde *Jersey Boys*. —Sorbió lo que se había desbordado del círculo que rodeaba la lata—. La verdad es que Soleil era la banda. Ella consigue el contrato gordo y yo me quedo tocando *Do You Like Piña Coladas?* para promotores del boom inmobiliario tan a prueba de recesiones que aún pueden permitirse dar fiestas.

—No parece que le moleste —dijo Nikki.

—¿Qué iba a solucionar? Y, bueno, Soleil sigue siendo mi colega. Se preocupa por mí de vez en cuando, y cuando se entera de algún trabajillo de estudio me llama. Mola. —Sonrió y sus dientes le recordaron a Heat el teclado de su Yamaha.

—¿Ha estado en contacto con ella recientemente? —Nikki formuló la pregunta abiertamente para ver cómo reaccionaba.

—Sí, me llamó hace una media hora para decirme que iba a venir a visitarme la famosa detective no sé qué. Lo dijo ella, no yo.

—No pasa nada. ¿Le ha dicho Soleil a qué venimos?

Él asintió y le dio otro sorbo al refresco.

—La verdad es que estuvo conmigo la noche en que mataron a esa señora. Pero no mucho tiempo. Quedamos en el Brooklyn Diner de la 57 sobre las doce. Acababa de darle el primer mordisco a mi «perrito caliente de quince mordiscos» cuando recibió una llamada, se quedó flipada y dijo que se tenía que ir. Pero bueno, así es Soleil.

—Nunca soy capaz de acabármelos —intervino Rook—. Y eso que soy un comedor compulsivo de perritos.

Nikki ignoró a Rook.

—Entonces, ¿cuánto tiempo estuvo con usted?

—Diez minutos, como mucho.

—¿Le dijo quién la había llamado?

—No, pero lo llamó por el nombre cuando contestó. Derek. Me acuerdo porque pensé «and the Dominos». Los de... —Empezó a improvisar el mítico solo de piano de *Layla*. La coda sonó tan real como si la banda estuviera allí. En unas horas estaría tocando *Big Girls Don't Cry* para un contratista de Massapequa (Long Island).

En cuanto las puertas de la sala de baile se cerraron, Rook le dijo a Heat:

—¿Sabes cuando bromeas conmigo diciéndome que tengo memoria basura?

—¿Quién ha dicho que sea de broma?

—Pues ya puedes ir parando, porque sé quién es Derek.

Nikki giró en redondo en el pasillo y se puso delante de él.

—¿De verdad? ¿Sabes quién es Derek?

—Sí.

—¿Quién?

—No lo sé. —Ella dejó escapar un gemido de queja y se fue directa hacia el ascensor. Él la alcanzó—. Un momento, lo que quiero decir es que no lo conozco. Pero escucha esto: yo estaba con Cassidy Towne cuando recibió una llamada de un tal Derek y escuché el apellido cuando su asistente le dijo que estaba al teléfono.

En el cerebro de Heat empezaron a producirse múltiples sinapsis simultáneas.

—Rook, como exista alguna relación entre Soleil, ese tal Derek y Cassidy Towne... Bueno, no quiero decir aún lo que significaría, pero tengo una ligera idea.

—Yo también —replicó él—. Tú primero.

—En primer lugar podría ser el texano.

—Por supuesto —convino Rook—. La hora en que Soleil recibió la llamada, su reacción... Derek podría ser nuestro asesino. Puede que él y Soleil estuvieran involucrados en aquella historia tan importante de la que Cassidy no me quiso hablar y quisieran acabar con las dos, con la historia y con la periodista.

—Bien, bien, bien. ¿Cuál es su apellido?

—Se me ha olvidado. —Ella le dio un empujón que casi le hizo caerse de espaldas sobre una planta que había en un macetero—. Espera, espera. —Sacó su cuaderno Moleskine negro y buscó una de las primeras páginas—. Aquí está. Snow. Derek Snow.

\* \* \*

No tardaron mucho en rastrear la dirección. Media hora más tarde, Heat aparcaba el Crown Victoria delante del edificio sin ascensor de la calle Ocho en el que Derek Snow vivía en el quinto piso a unas cuantas manzanas al este de Astor Place.

Ella y Rook subieron los cinco pisos con una brigada de policías uniformados armados hasta los dientes de la comisaría 9. Había otro contingente en la escalera de incendios, parte arriba y parte abajo. Su recompensa por la caminata fue no recibir respuesta cuando llamaron a la puerta.

—Aún es la una y poco —dijo Rook—. Puede que esté trabajando.

—Puedo llamar a algunas puertas para ver si alguien sabe dónde trabaja.

—No creo que te sirva de mucho.

Nikki le dirigió una mirada confusa.

—¿Por qué no?

Rook se inclinó hacia la puerta hasta tocarla con la nariz. Ella se inclinó y olfateó.

Tenían un ariete, pero el portero les abrió la puerta del piso. Nikki entró con una mano sobre la nariz y la otra sobre la culata de su arma de servicio. Los polis entraron después de ella y antes de Rook.

Lo primero que comprobó al ver el cadáver de Derek Snow fue que no era el texano. El joven afroamericano estaba sentado a la mesa de la cocina desplomado hacia delante con la cara sobre un mantel individual. El charco de sangre seco que había en el linóleo bajo él procedía de un pinchazo que tenía en la camisa blanca, justo bajo el corazón. Heat se giró para obtener el visto bueno de los policías que habían registrado el resto de habitaciones del piso, y cuando se volvió a girar se encontró a

Rook apoyado sobre una rodilla haciendo lo que ella iba a hacer: echar un vistazo a sus antebrazos.

Rook la miró y pronunció las palabras en el mismo momento en que a ella le vinieron a la mente: «Adhesivo».

# Capítulo
## 9

Jameson Rook se sentó en una esquina de la oficina con la espalda apoyada contra la mesa que había ocupado, mientras el resto de detectives de Homicidios, algunas caras familiares de Robos y Hurtos y un par de personas de Antivicio colocaban sillas alrededor de la pizarra blanca. Tras ellos, a través de la pared de cristal, pudo ver cómo Nikki se levantaba tras su reunión con el capitán Montrose.

Del mismo modo que las bromas entre policías estaban estrechamente ligadas al humor negro, la tensión policial era igualmente solapada. El veterano reportero que llevaba dentro la pudo oír en el silencio en que se sumió la habitación cuando la detective Heat entró en la oficina diáfana y se acercó para dirigirse a ellos. La pudo ver en los expertos rostros que se volvían hacia ella, muchos de ellos con el cansancio del mundo grabado tras tantos años en el oficio, pero aun así todos rebosantes de atención.

Desde que había vuelto a la 20 había sido discreto tomando notas. Rook había obtenido una exclusiva inesperada que por supuesto iba a aparecer en su artículo de Cassidy Towne, pero en deferencia a la sensibilidad de Nikki y dadas las frías miradas que había recibido por parte de algunos integrantes de la brigada, había empezado a memorizar las palabras clave, a garabatearlas en trozos de papel o, si algo requería más notas de las que consideraba que conseguiría escribir a hurtadillas, a hacer un par de excursiones innecesarias al baño de caballeros. Pero aquel día Rook se rindió a la cantidad de detalles que lo estaban desbordando y empezó a tomar notas abiertamente. Si alguien se dio cuenta, a nadie pareció importarle. Todos estaban también tomando notas.

El lomo de su Moleskine negro respondió con un reconfortante crujido cuando lo aplastó para que la página nueva se le asentara plana sobre el muslo. Captó el tono gutural de la voz de Nikki cuando ésta dirigió un sencillo «buenas tardes» a la sala atiborrada de gente, y el periodista escribió en la línea superior en letras mayúsculas: «CAMBIO DE RUMBO».

La detective Heat lo confirmó con sus primeras palabras.

—Acabo de informar al capitán Montrose de nuestras sospechas surgidas a raíz de los acontecimientos de hoy. Aunque la autopsia todavía no se ha llevado a cabo y la policía científica está aún en el escenario del homicidio de esta tarde, tengo razones para creer que nos enfrentamos a un asesino profesional. —Alguien se aclaró la garganta, pero ese fue el único sonido que se oyó en la sala—. Lo que comenzó como la búsqueda de un asesino que había cometido un crimen por venganza y que tal vez había contratado a nuestro texano desconocido para asesinar a Cassidy Towne, ha evolucionado hasta llegar a un punto en el que está claro que se trata de alguien que está intentando encubrir algo y que ha contratado a un profesional para hacer el trabajo sucio y cerrarle así la boca. Ya habíamos adjudicado recursos adicionales a este caso dado el perfil de alto nivel de la primera víctima, pero debido a este cambio de perspectiva, el jefe ha solicitado y recibido de jefatura el permiso para destinar más recursos tanto físicos como técnicos para encontrar a nuestro asesino. —Nikki cedió la palabra a uno de los policías de paisano de Robos, que tenía un dedo levantado—. ¿Rhymer?

—¿Qué sabemos sobre la nueva víctima?

—Aún estamos en ello, pero os diré lo que sé hasta ahora. —Nikki no necesitaba notas, lo tenía todo en la cabeza. Escribió cada uno de los datos en la nueva pizarra blanca más pequeña que habían traído para poner al lado de la de Cassidy Towne—. En principio, la muerte se produjo la misma noche que la de nuestra amiga cotilla. El Instituto de Medicina Forense nos dará pronto una franja horaria más exacta que ya os comunicaré. Derek Snow era un varón afroamericano de veintisiete años, según el Departamento de Tráfico. No tenía antecedentes, salvo un par de multas por exceso de velocidad. Vivía solo en un apartamento de una habitación en el Lower East donde llevaba años de inquilino. Pagaba el alquiler, no daba problemas y los vecinos lo adoraban. Además tenía un trabajo estable: trabajaba desde 2007 como recepcionista del Dragonfly House en el SoHo. Para quien no lo conozca, es un hotel con encanto tranquilo y discreto que atrae a mucha gente del universo creativo. Principalmente a europeos, pero también de Hollywood.

Esperó a que tomaran nota antes de continuar.

—Rhymer, quiero que tú y los Roach vayáis a su casa para hablar un poco más en profundidad con los vecinos, no vaya a ser que hubiera alguno que no lo adorara. O que alguien haya recapacitado y recuerde haber visto u oído algo.

»No sé si le gustaban los chicos o las chicas, pero comprobad si tenía alguna relación que merezca la pena investigar. Preguntadles a los vecinos, también. Es uno de esos edificios donde todos se conocen, así que preguntad en las cafeterías y en las tiendas de ultramarinos.

Ochoa, que estaba sentado al lado de Rhymer, un pulcro detective procedente de Carolina, dijo:

—Puedes aprovechar que vas a ese barrio para hacerte un bonito tatuaje, Opie. ¿Qué te parecería «amor» y «odio» en los nudillos?

Nikki pareció agradecer que Ochoa hubiera roto la tensión, y, cuando las risas se extinguieron, dijo:

—La policía científica está peinando la casa prestando especial atención a cualquier indicio que lo pueda relacionar con Towne o con la señorita Gray. Os mantendré informados. Tampoco debemos olvidar la causa común de la muerte por apuñalamiento y las marcas aparentemente idénticas de la cinta adhesiva. Ahora voy a ir al Instituto Forense para ver los resultados de la autopsia de Snow, pero os recuerdo que aunque hayan aparecido nuevos posibles sospechosos, continuamos buscando a nuestro texano desconocido. Añadid su retrato robot y la foto de Soleil Gray a vuestros archivos cuando hagáis las rondas.

—También quiero que vaya un equipo al Dragonfly. Malcolm, tú y... ¿qué tal Reynolds, de Antivicio? Investigad lo habitual: los compañeros, las quejas de clientes o proveedores y el sindicato. Y es un hotel, así que meteos también con lo de las drogas. Era recepcionista y, según tengo entendido, algunos de ellos las consiguen para sus clientes. —Hizo una nueva pausa hasta que las risitas amainaron—. Aunque la mejor conexión es la de un nuevo sospechoso, la cantante de rock Soleil Gray, que está relacionada, por ahora no demasiado estrechamente, con Cassidy Towne y Derek Snow. Rook, ¿alguna idea de la relación con Snow?

Lo sorprendió inmerso en sus pensamientos. El Moleskine se cayó al suelo y allí lo dejó. Estuvo a punto de levantarse, pero habría quedado un poco raro, así que se limitó a sentarse un poco más erguido mientras sentía las miradas de todos aquellos polis clavadas en él.

—Sí, bueno, la verdad es que tengo algo muy interesante que aportar ahora que sé que trabajaba en el Dragonfly. Antes de saber que se trataba concretamente de ese hotel, daba por hecho que era una fuente más de Cassidy Towne. Cassidy pagaba a sus fuentes a cambio de información, algo en absoluto inusual. Richard Johnson, el escritor de la columna *Página Seis* del *Post*, me dijo que él no pagaba a los soplones. Hay periódicos que no tienen presupuesto para eso, pero ella lo tenía y lo invertía principalmente en el sector de los servicios personales: chóferes de limusinas, entrenadores personales, cocineros, masajistas y, por supuesto, empleados de hotel. Recepcionistas. —Empezó a relajarse al ver que los detectives asentían demostrando su comprensión.

—Es una teoría factible, así que por ahora la adoptaremos —dijo Heat mientras uno de los detectives le pasaba a Rook el Moleskine asintiendo y sonriendo.

—Aún no he acabado —prosiguió Rook—. Eso es lo que pensaba antes de enterarme de que trabajaba en el Dragonfly. Es el hotel donde Reed Wakefield murió el pasado mayo. El novio de Soleil Gray.

\* \* \*

A Heat no le hizo ninguna gracia pisar a Malcolm y a Reynolds, pero quería ir al Dragonfly ella misma. Los dos detectives podían hacerse cargo de otras cosas, pero ella quería investigar la muerte de Reed Wakefield. Nikki llamó a Lauren Parry para decirle que llegaría más tarde de lo previsto. Ya que tenía a su amiga al teléfono, Heat le pidió si podía buscar los datos del juez de instrucción sobre Wakefield y luego ella y Rook se dirigieron al So-Ho. Lauren la volvió a llamar cuando Nikki estaba aparcando en un espacio abierto delante de Balthazar, justo al girar la esquina del hotel en Crosby.

—La causa de la muerte fue una sobredosis tóxica declarada accidental —dijo la forense—. El fallecido era consumidor habitual, se automedicaba. De su historia se deduce que era uno de esos casos balancín que se toman algo para animarse, luego algo para bajar de la nube y a continuación otra cosa que los deprime. Los análisis de sangre y de los fluidos gástricos mostraban un alto nivel de alcohol, además de niveles tóxicos de cocaína, nitrito de amilo y Ambien.

—Me van a enviar el expediente a la oficina, pero estoy fuera. ¿Hay alguna nota en el tuyo sobre la investigación judicial?

—Sí, claro. Además aquí todos hablábamos de ello, así que me acuerdo perfectamente por el jaleo que se montó en la oficina. Analizaron el caso muy a fondo, sobre todo después de lo que había pasado con Heath Ledger, para cubrir todos los frentes. Era depresivo, se quedó destrozado cuando su relación se rompió, pero no dejaba entrever pensamientos suicidas. Entrevistaron a sus compañeros de trabajo, a su familia y hasta a su ex.

—¿A Soleil Gray?

—Sí —confirmó Lauren—. Todos coincidían en que el último mes de rodaje de su última película había estado muy encerrado en sí mismo. Cuando terminó se fue al hotel del SoHo, básicamente para esconderse y olvidarse del mundo.

Nikki le dio las gracias por la información y se disculpó por el retraso.

—Si quieres puedes darme el informe de Derek Snow por teléfono.

—Ni loca —dijo Lauren—. Mueve tu hermoso culo hasta aquí cuando hayas acabado. —Cerró la conversación con una frase críptica—: Te prometo que valdrá la pena.

\* \* \*

No era el momento más apropiado para visitar el Dragonfly. Los empleados estaban claramente afectados por la noticia del asesinato del recepcionista pero, como sucedía en esos pequeños hoteles de aire desenfadado pero impecablemente sofisticados, seguían en la brecha sin permitir que sus huéspedes de alto nivel percibieran que algo iba mal. Aunque era imposible ignorar la cantidad de arreglos florales caros que rodeaban la mesa de recepción, sin duda de viajeros devotos que lloraban a Derek Snow.

El gerente y el encargado del turno de noche, a quienes habían llamado previamente para fijar la entrevista, se reunieron con Heat y Rook en el vestíbulo lleno de paneles de bambú que aún no habían abierto. Ambos habían estado de servicio durante las semanas que Reed Wakefield había pasado allí, hasta su muerte. Confirmaron lo que Lauren le había contado en su resumen, que coincidía con lo que Heat, Rook y la mayoría de los neoyorquinos sabían sobre la tragedia. El actor se registró solo, pasaba la mayor parte del tiempo en su habitación, solamente la abandonaba en contadas ocasiones, como cuando la camarera tenía que arreglarla, o por la noche. Iba y venía solo porque estaba claro que eso era lo que quería. Era educado pero reservado. La única queja que les había dado había sido para insistir en que las camareras volvieran a cerrar las cortinas y dejaran las luces de la habitación apagadas cuando acabaran.

La noche de su muerte Wakefield no salió ni tuvo visitas. Al día siguiente la camarera llamó a la puerta y éste no respondió, aun cuando había especificado que fueran a hacerle la habitación entre las 11.30 y las 12.30, así que la camarera entró y descubrió el cadáver en la cama. Erróneamente supuso que estaba durmiendo y se marchó sin hacer ruido, pero luego empezó a preocuparse y dos horas más tarde fue cuando descubrieron que estaba muerto.

—¿Cómo era su relación con Derek Snow? —Cuando los dos hombres reaccionaron, Nikki se disculpó—: Lo siento. Sé que es un momento difícil, pero estas preguntas necesitan respuestas.

—Lo comprendo —dijo el gerente—. La verdad es que Derek solía congeniar con nuestros clientes. Era perfecto para el trabajo y le apasionaba. Era amable por naturaleza, discreto y era único para conseguir reservas para el teatro o para restaurantes imposibles.

Nikki hizo otra pregunta:

—¿También había congeniado con Reed Wakefield?

—La verdad sea dicha: no creo que el señor Wakefield se beneficiara demasiado de los servicios de Derek durante su estancia. Eso no significa que no se dedicaran los correspondientes saludos matinales, pero su comunicación no iba más allá —contestó el encargado del turno de noche, un hombre delgado, pálido y con acento británico.

—¿Vino Soleil Gray a visitarlo alguna vez? —preguntó Heat.

—¿Al señor Wakefield? —El gerente miró al encargado del turno de noche y ambos negaron con la cabeza.

—No durante dicho periodo, que nosotros recordemos —dijo el encargado del turno de noche.

—¿Soleil Gray estuvo alguna vez en este hotel?

—Sí, claro —respondió el gerente—. Especialmente solía frecuentar este vestíbulo para ciertas fiestas, además de hospedarse en el hotel de vez en cuando.

—¿Aunque pudiera ir andando de aquí a su casa? —dijo Rook.

—Señor Rook, alojarse en el Dragonfly es toda una experiencia para los trotamundos, no importa de lo lejos que vengan. —El gerente sonrió. No era la primera vez que decía aquello, probablemente ni siquiera la primera vez aquel día.

—¿Cómo era su relación con Derek Snow? —preguntó Heat.

—Como la de todo el mundo, supongo —repuso el gerente. Se volvió hacia el encargado del turno de noche—. ¿Colin?

—Totalmente de acuerdo. Absolutamente. Nada fuera de lo común.

Tanta certeza y pomposidad eran demasiado para el gusto de Nikki, así que se lo soltó sin rodeos:

—¿Eran amantes?

—Por supuesto que no —dijo el gerente—. Nuestra política no lo permitiría. ¿Por qué lo pregunta?

Nikki se dirigió al encargado del turno de noche.

—Porque está ocultando algo. —Hizo una pausa para conseguir el efecto deseado y vio que las mejillas se le llenaban de manchas rosas.

—Entonces, ¿cuál es el problema? ¿Se pelearon? ¿Traficaba con drogas? ¿Organizaba peleas de gallos en la habitación? Puede contármelo aquí o en la parte alta de la ciudad, en un entorno más oficial.

El gerente observó a su compañero, en cuya cabeza se podían apreciar unas gotas de sudor a través de su menguante cabello rubio.

—¿Colin?

Colin vaciló y dijo:

—Tuvimos un pequeño… incidente… relacionado con la señorita Gray. Tienen que entender que vadear la frontera de la discreción me resulta muy embarazoso.

—Nosotros te apoyamos, Colly —le animó Rook—. Desembucha.

Colin se marchitó bajo la mirada de su jefe.

—Una noche del pasado invierno —empezó a contar—, la señorita Gray estaba hospedada en el hotel y sufrió un lapso de sobriedad. A las dos de la madrugada, casualmente durante mi turno, tuvo que… bueno… tuvo que ser reducida en el vestíbulo. Derek Snow todavía estaba aquí y le pedí que me ayudara a acompañarla a la habitación. Mientras lo hacíamos, se disparó un arma que llevaba en el bolso y alcanzó a Derek en el muslo.

—¡Colin! —exclamó el jefe claramente disgustado.

—Sé que no nos ajustamos al procedimiento al no informar de ello, pero Derek suplicó que no organizáramos un alboroto y, bueno…

—Os pagó —dijo Heat. Y no era una pregunta.

—En una palabra: sí.

—Así que eso no consta en ningún informe policial. —Una vez más, Heat no necesitó preguntar. Colin asintió.

—¿Cómo de grave era la herida? Los médicos están obligados a informar al departamento —preguntó.

—Era solo un rasguño, aunque fue suficiente para que le dieran varios puntos. La señorita Gray conocía a un doctor que proporcionaba material de escayolado para la industria cinematográfica y llegaron a un acuerdo.

Ahora que la detective Heat entendía la relación entre Soleil Gray y Derek Snow, hizo unas cuantas preguntas más sobre ciertos detalles que quería saber y que podían se cotejados más tarde y la reunión finalizó. Antes de apuntar los datos de contacto de Colin, les enseñó el retrato robot del texano.

—¿Han visto alguna vez a este hombre por aquí?

Ambos dijeron que no. Les pidió que se lo imaginaran en un contexto diferente al de huésped, tal vez como guardaespaldas de alguien. La respuesta siguió siendo negativa, aunque el gerente se quedó con el dibujo.

—Es todo por ahora —concluyó Heat—. Salvo una pregunta más sobre otra persona. ¿Ha estado Cassidy Towne alguna vez aquí?

—Por favor —contestó el jefe—, esto es el Dragonfly.

\* \* \*

—«O podemos hablar con usted en un… "entorno más oficial"». Eso va para mi lista de *heatismos*, con lo del zoo del calabozo y la matriz de explosión —se rió Rook de vuelta al coche.

—Era por ser un poco fina. Al fin y al cabo estábamos en el Dragonfly.

—Sigo sin saber por qué Derek llamó a Soleil Gray la noche del asesinato de Cassidy —dijo Rook.

—Estoy contigo —convino Heat—. Ni por qué se sorprendió cuando lo hizo.

—No creo que fuera simplemente porque el recepcionista no pudiera conseguirle la mesa que quería.

—Como no creo en las coincidencias, yo diría que, a juzgar por la llamada a aquella hora, los dos cadáveres con heridas de arma blanca y con marcas de haber estado sujetos con cinta americana a una silla, Derek Snow debe tener alguna relación con Cassidy Towne. ¿Pero cuál? Y si Soleil no fue cómplice del asesinato, ¿se siente ella misma en peligro?

—Llámame loco, pero ¿por qué no le preguntas a ella?

—Ya, como si me lo fuera a contar —dijo. Y añadió—: Aunque ya sabes que lo haré.

—Con o sin tiroteo en recepción, sigo diciendo que Derek era uno de los soplones de Cassidy —comentó Rook mientras Nikki iba en dirección norte por la Primera Avenida hacia el Instituto de Medicina Forense.

—Estamos investigando su historial de llamadas, así que ya veremos si tienes razón. —Dejó escapar el aire entre los dientes—. Qué sórdido es que la gente espíe por dinero, ¿verdad? Que vigilen qué comes, qué bebes o con quién te acuestas, solo para que Cassidy Towne se lo pueda contar a la gente en el *Ledger*.

—Sin embargo, la mayoría de las cosas eran verdad. Me contó que al poco tiempo de empezar a escribir su columna le pasaron una información errónea sobre un supuesto romance entre Woody Allen y Meryl Streep. Su fuente le dijo que estaba obsesionado con ella desde *Manhattan*. Resultó ser una falacia y ella metió la pata hasta el fondo. Los otros periódicos se hicieron eco de ello y empezaron a llamarla Towne la Mentirosa. Me contó que, a partir de entonces, si algo no era cierto y no lo podía contrastar con dos fuentes diferentes, prefería que lo sacara otro a la luz.

—Qué noble para una sanguijuela.

—Sí, y nosotros nunca leemos esas columnas, ¿no? Venga ya, Nikki, el problema es que te las tomes en serio. Son como la sección de deportes de los mirones, que somos casi todos.

—Yo no —dijo ella.

—Estoy de acuerdo contigo en que es algo asqueroso y no solo por tu uso impecable de la gramática. Pero, por otro lado, ella se limitaba a contar lo que hacía la gente. A Spitzer nadie le mandó tirarse a una prostituta con los calcetines puestos y subidos hasta la pantorrilla. Ni a Russell Crowe que le lanzara un teléfono a un encargado del turno de noche de un hotel. Ni a Soleil Gray que le hiciera un agujero en los pantalones a un recepcionista con un revólver.

—Vale, pero ¿por qué nos tenemos que enterar de todo eso?

—Pues entonces no lo leas. Pero eso no hará que los secretos desaparezcan. Mira, mi madre ha estado organizando una velada de lectura de Chejov en el Westport Playhouse. El fin de semana pasado estaba ensayando *La dama del perrito* y había un pasaje sobre el tal Gurov que voy a citar en mi artículo sobre Cassidy. Decía algo así como: «Tenía dos vidas: una de ellas abierta, a la vista de todos y por todos conocida... llena de verdades relativas... y otra vida que transcurría en secreto».

—¿Adónde quieres llegar?

—Quiero llegar, detective, a que todo el mundo tiene sus secretos y si eres un personaje público, todo vale.

Se detuvieron en un semáforo y Nikki se giró hacia él. Se dio cuenta de que para ella aquello era más que un simple tema abstracto.

—¿Y si no estás acostumbrado a ser un personaje público, o no has elegido serlo? Yo he acabado viendo cómo todo el mundo se enteraba de lo del asesinato de mi madre. No es ningún escándalo, pero era algo privado. Tú escribes cosas sobre Bono, Sarkozy y sir Richard Branson, ¿verdad? Ellos están acostumbrados a que se metan en sus vidas, pero ¿para qué sirve eso? ¿No crees que hay ciertas cosas que deberían seguir siendo privadas?

—Estoy de acuerdo —dijo asintiendo. Y luego no pudo evitar añadir—: Por eso no pienso volver a escribir en mi vida la palabra «piñas».

* * *

—Hoy le voy a proporcionar muchas cosas sobre las que reflexionar, detective Heat.

Lauren Parry, la mejor amiga de Nikki, solo la trataba con tanta formalidad cuando quería tomarle el pelo o prepararla para darle alguna noticia que iba más allá de sus habituales informes como juez de instrucción. Heat interpretó por la cara de su amiga que, después de aquella introducción, no venía ningún chiste.

—¿A qué nos enfrentamos, forense Parry? —dijo imitando su actitud.

La forense llevó a Heat y Rook hasta el cadáver de Derek Snow, que estaba sobre la mesa, y cogió la tabla.

—A falta de las pruebas de toxicología, como siempre, la causa de la muerte ha sido una única herida de arma blanca en el tórax, en el tejido intercostal, que causó la perforación del ventrículo izquierdo.

—Una puñalada en el corazón —tradujo Rook. Cuando Lauren puso los ojos en blanco, él se encogió de hombros—. ¿Prefieres los términos de andar por casa o que te vayan liberando de la responsabilidad de tardar cuatro horas en llamar al médico? Tú eliges.

—¿Tenía también signos de tortura? —preguntó Nikki.

Lauren asintió y le hizo una señal para que se acercara. Le mostró la oreja izquierda de la víctima.

—¿Ves las manchitas de sangre? Como Cassidy Towne. He hecho unas fotos del conducto auditivo externo para ti.

—¿Instrumental dental punzante? —dijo Heat.

—No hace falta que te lo explique, ¿no? —El recuerdo de la agresión sufrida por ella misma por parte del texano le hizo estremecerse involuntariamente. Lauren no dijo nada, pero le puso una mano en el hombro para confortarla. Luego la retiró y prosiguió—: Hay algo más. —Pasó la primera página del informe para que vieran que los restos de la cinta americana encontrados tanto en Cassidy Towne como en Derek Snow coincidían.

—No hay duda de que se trata del mismo asesino, ¿no? —dijo Rook.

—Esto se pone cada vez más interesante.

—Vaya —exclamó Rook mientras se frotaba las manos—. Esto es como los publirreportajes que ponen de madrugada. «No se vayan todavía, aún hay más».

—No lo sabes tú bien —dijo Lauren.

Nikki levantó la sábana para verificar que Derek tenía una cicatriz en el muslo. Después de encontrarla, se unió a Rook y a Lauren en la mesa de laboratorio de la forense, una superficie de acero inoxidable repleta de macabro instrumental para diseccionar y analizar a los muertos. En medio del largo mostrador había una bandeja cubierta por una toallita blanca. La forense dejó el informe y retiró mitad de la toalla para enseñarles el filo de un cuchillo de plástico del color del pegamento Elmer seco.

—Es un molde de polímero que he hecho de la herida de arma blanca de Cassidy. El asesino hizo un trabajo limpio, hundió y retiró el arma con mano experta, lo que me ha permitido hacer un vaciado perfecto de la puñalada.

Heat lo reconoció al instante. Aquellos lados arqueados del filo que se unían exactamente en el centro de la punta, afilada hasta cierto punto, y, lo más característico, los vaceos, esos dos surcos gemelos que recorrían paralelos la hoja de principio a fin.

—Es el cuchillo del texano —dijo.

—Se trata de un cuchillo Robbins & Dudley con protector de nudillos, según el catálogo del proveedor —precisó Lauren Parry—. Exactamente igual —continuó mientras retiraba la parte que faltaba de la toalla— a este de aquí. —Al lado del primer vaciado que había en la bandeja descansaba un molde de un cuchillo idéntico.

—Vete —dijo Rook—. Si esto fuera un programa de televisión, ahora pondrían anuncios.

En las comisuras de los labios de la forense se formó una leve sonrisa. No tenía muchas ocasiones de añadir un poco de teatralidad a su trabajo y, obviamente, estaba disfrutando de su momento. Los muertos no apreciaban su labor.

—Si pusieran anuncios ahora, os perderíais lo mejor.

—¿Aún mejor que esto? —dijo Nikki mirando hacia el cadáver de Derek Snow por encima del hombro—. Acabas de relacionar el arma homicida de Cassidy Towne con Derek Snow.

—De eso nada. —Lauren esperó a que sus caras se ensombrecieran por la confusión antes de señalar la primera réplica del cuchillo—. El molde del cuchillo que hay ahí lo he sacado de Cassidy Towne —dijo, y cogió el segundo—. El molde del cuchillo que hay ahí lo he sacado de Esteban Padilla.

—No. —Rook giró en círculo sobre sí mismo y pateó el suelo con un pie—. ¿Del Tío del Coyote?

—Lauren… —fue lo único que dijo Nikki.

—¿Sí?

—¿El texano apuñaló también al Tío del Coyote?

—Al menos su cuchillo lo hizo—corroboró Lauren.

Heat intentó procesar todo aquello entre la confusión que le había producido el asombro.

—¿Y cómo se te ocurrió hacer un molde de Padilla?

—La herida de ambas víctimas tenía mucho material desplazado en el centro, en lo que llamamos el eje neutral del cuchillo. Es insignificante, pero visible si lo buscas. En cuanto vi el parecido, hice los moldes.

—Eres una *crack* —dijo Nikki.

—Aún no he acabado. Cuando comprobé que los moldes coincidían, hice una prueba más. ¿Te acuerdas de la mancha de sangre que me enseñaste en el papel de pared de la casa de arenisca de Cassidy Towne? No era suya. Era de Esteban Padilla. Encaja perfectamente.

—Esta es la mejor autopsia de la historia —declaró Rook—. Hasta creo que me he meado un poco de la emoción. En serio.

Capítulo

# 10

Nikki no tenía intención de dejar aquello de lado hasta que pudiera convocar una reunión al volver a la oficina. El caso estaba despegando y, aunque no estaba segura de adónde le llevarían las nuevas pistas, pensaba coger el toro por los cuernos. El Instituto de Medicina Forense estaba solo a unas cuantas manzanas al norte del escenario del crimen de Derek Snow, así que Heat cogió el teléfono móvil y llamó a Ochoa para decirle que quería verlos a él y a Raley en el East Village en cinco minutos para una reunión informativa.

—Pareces emocionada. ¿Se ha confirmado que el asesino de Snow es el mismo que el de nuestra cotilla? —preguntó Ochoa.

Miró hacia Rook, que iba con ella de carabina mientras bajaban la Segunda Avenida, y dijo con su mejor voz en *off* de publirreportajes:

—No se vayan todavía, aún hay más.

Cuando llamó a Ochoa los dos detectives estaban fuera interrogando a los vecinos de Derek Snow así que, en lugar de ir a su apartamento, quedaron en verse en el café Mud, que estaba justo en la Segunda. La circulación en la 9 Este era de un solo sentido y le pillaba a contramano, así que Heat pasó de largo, aparcó en una zona de carga y descarga de St. Mark's Place y lanzó el letrero sobre el salpicadero para seguir andando. Aunque Rook era corredor de maratón y de pruebas de 10 kilómetros, tuvo que esforzarse para seguirle el ritmo a Nikki.

El café Mud era un local a pie de calle situado en una manzana que tenía un pie en el viejo Nueva York de las sastrerías, de las tiendas de ropa de modelos exclusivos y de los restaurantes ucranianos con comida del sur de Estados Unidos y el otro en el Manhattan más moderno y aburguesado de los exclusivos *spas* de tratamientos cutáneos, de bares de sake y de Eileen Fisher. Raley y Ochoa estaban esperando en el banco de fuera con cuatro cafés cuando ellos llegaron.

—Aquí fuera suele estar demasiado lleno como para encontrar sitio —dijo Raley—. A la gente no le debe de gustar el olor a *Eau de merde*. —Las negociaciones entre la alcaldía y el sindicato se habían roto la noche anterior, y había una fina capa de basura en todas las aceras del municipio.

Rook miro de reojo el seto de bolsas de basura que bordeaban la acera dos metros más allá.

—Ya ni siquiera lo huelo —dijo Rook.

—A lo mejor es que has pasado demasiado tiempo con tu reina del cotilleo —apostilló Ochoa. En lugar de una contestación equivalente, lo que recibió de Rook fue un gesto afirmativo de «tal vez».

La detective Heat no pudo resistirse a utilizar el estilo teatral de Lauren Parry mientras les revelaba la información que le acababan de dar en el Instituto Forense: la causa de la muerte de Derek Snow, la coincidencia del cuchillo con el que habían matado a Cassidy Towne con el que había utilizado el texano para agredirla y, finalmente, la guinda del pastel, el hecho de que el cuchillo de Cassidy Towne coincidiera con el que había herido de muerte a Esteban Padilla.

Hasta los polis que creen que lo han visto y oído todo pueden sorprenderse de vez en cuando. Esta era la segunda vez que aquel caso había conseguido dejar de una pieza a los veteranos. Cuando Heat acabó de contarles la historia, el aire se llenó de «no jodas» y expresiones similares.

—Resumiendo —concluyó Nikki cuando le pareció que lo habían asimilado—, que dejando a un lado los fuegos artificiales, lo que significan estas noticias que nos ha dado la forense es que seguimos teniendo a un asesino profesional pero que hemos añadido una tercera víctima.

—Joder, el Tío del Coyote —dijo Ochoa sacudiendo la cabeza, aún asombrado y tratando de asumir la envergadura de aquello—. Pues si la sangre del papel de pared era de Padilla, ¿qué tiene él que ver en todo esto?

¿Estaba con el asesino? ¿Era uno de los de la banda que destrozó la casa? ¿Tenía algún problema con la pandilla?

—Tal vez Padilla era un buen samaritano que pasaba por allí, la oyó gritar y se metió en algo que le venía grande —apuntó Raley tomando el relevo inmediatamente.

—O tal vez forma parte de este enredo pero aún no conseguimos descifrar cómo —replicó Rook—. Era repartidor de frutas y verduras, ¿no? A lo mejor era proveedor de los restaurantes de Richmond Vergennes. Puede que además de fruta y verdura fresca les llevara un poco de amorcito. Puede que todo esto haya sido una especie de venganza en el marco de un triángulo amoroso.

La detective Heat se volvió hacia los Roach.

—Necesito que os pongáis a ello, chicos. Por eso os he contado los detalles y quiero que le deis duro a lo de Esteban Padilla.

—Guay —dijo Ochoa.

—Estamos en ello, detective —asintió Raley.

—Obviamente, preguntad a los de siempre: amigos, familia, amantes, compañeros de trabajo —indicó Heat—, pero lo que necesitamos es descubrir cuál era la relación que había entre ellos. Solo así se hará la luz. Descubrid cuál era la puñetera relación que tenía Cassidy Towne con el conductor del furgón de frutas y verduras.

—Y con el texano y con Derek Snow —añadió Raley.

—Y con Soleil Gray. De alguna manera sigue estando mezclada en todo esto. Acordaos de enseñar las cuatro fotos que he añadido a vuestros archivos, nunca se sabe.

—Nikki se autocensuró por haber esperado tanto para poner en marcha la investigación de Padilla. Por desgracia, la realidad de su trabajo hacía que, por mucho que intentara dejarse la piel en cada caso, llegara un punto en que este se convertía en una cuestión de prioridades. No había más remedio. Cassidy Towne era la víctima estrella y, mientras, a los Esteban Padilla que había por el mundo les ponían apodos como el Tío del Coyote o peor aún, los dejaban pasar sin pena ni gloria. Lo bueno, si es que lo había, era que el asesinato de Cassidy podría ayudar a que se resolviera el suyo. Ese tipo de justicia era mejor que ninguna. O al menos eso era lo que pensaba una detective con conciencia como Nikki Heat para conseguir vivir con eso.

—¿Te ha dicho Lauren cuál ha sido la hora de la muerte del recepcionista? —preguntó Ochoa.

—Sí, otra vuelta de tuerca más.

Raley se agarró el pecho con aire melodramático.

—No sé si seré capaz de soportar algún susto más, detective.

—Inténtalo. El asesinato de Derek Snow fue la misma noche que el de Cassidy Towne. La franja horaria más exacta que nos puede dar Lauren es de doce a tres de la madrugada.

—En otras palabras… —dijo Raley.

—Eso es —respondió Heat—. Aproximadamente una o dos horas antes que el de Cassidy.

—Y justo después de que llamara a Soleil —añadió Rook.

Nikki se puso de pie y agitó el poco café que le quedaba en la taza.

—Os diré lo que voy a hacer. Mientras vosotros trabajáis en lo del señor Padilla, yo voy a tener otra charla con Soleil Gray para demostrar su falta de candor.

—Pues sí —dijo Rook—, nos la ha dado con queso.

Los otros ni siquiera se molestaron en emitir un sonido de queja. Se limitaron a levantarse y a dejarlo solo sentado en el banco. Un jack russell que estaba atado a un aparcamiento para bicicletas esperando a su dueño lo miró.

—Gatos. No puedes vivir con ellos ni cazarlos —sentenció Rook.

\* \* \*

Solo unos minutos después, Heat y Rook se dirigían al apartamento de Soleil Gray, que estaba situado en un edificio un poco más de estilo Village del East Village. Mientras caminaban hacia allí, pasaron por delante de tiendas de productos relacionados con la marihuana, estudios de tatuaje y tiendas de discos de vinilo. Era esa hora del atardecer en la que aún había suficiente luz para ver las estelas rosas que los aviones dejaban a su paso allá arriba, sobre el verde azulado de la puesta de sol. Decenas de pajarillos gorjeaban buscando una rama en la que posarse para pasar la noche en los baldaquinos de árboles que cubrían la acera. Por la mañana, esos árboles serían excelentes plataformas para caer en picado sobre la basura. Mientras se abría paso entre una multitud que esperaba en la acera delante de La Palapa, Rook pudo ver unos margaritas realmente tentadores en las mesas que estaban al lado de la ventana y, por un instante, sintió el imperioso deseo de poder rodear a Nikki con el brazo y llevarla adentro para disfrutar de un descanso como Dios manda.

Pero la conocía bien. Mejor dicho, la conocía perfectamente.

Un ama de llaves respondió en el interfono del vestíbulo.

—La señorita Soleil no aquí. Tú vuelves. —Tenía voz de persona mayor dulce y bajita. Rook pensó que a lo mejor hasta estaba dentro del pequeño panel de aluminio.

De vuelta a la acera, Nikki rebuscó entre sus notas, encontró un número y llamó a Allie, la asistente de Rad Dog Records. Tras una breve conversación, colgó el teléfono.

—Soleil está en un estudio de televisión ensayando un número para actuar en un programa al que va de invitada esta noche. Vamos a sorprenderla a ver qué cae —dijo poniéndose en marcha.

Mientras pasaban por delante a toda prisa, Rook miró con nostalgia una mesa para dos que acababa de quedar libre en La Palapa. El descanso iba a tener que esperar. Se apresuró para alcanzar a Nikki, que ya estaba en la esquina sacando las llaves del coche.

* * *

Las luces de freno enrojecieron la hierba mientras Raley daba marcha atrás con el Roachmóvil para entrar en un camino que solo conducía a un pequeño descampado que había entre una taquería y una hilera de casas adosadas de tres pisos donde supuestamente vivía Esteban Padilla.

—Cuidado, tío. Le vas a dar al carrito del supermercado —le advirtió Ochoa.

Raley estiró el cuello para ver mejor por el retrovisor.

—Ya lo veo —dijo.

Entonces le dio un golpe al carrito con el parachoques y a su compañero le dio la risa.

—¿Ves? Por eso no podemos tener un coche bueno.

Todas las plazas de aparcamiento de la calle 115 Este estaban ocupadas, y había un camión de reparto de cerveza aparcado en doble fila en la zona de carga y descarga. El camión no podía descargar donde le correspondía porque el sitio estaba ocupado por un trasto enano que tenía el guardabarros lleno de masilla arreglatodo Bondo y el parabrisas lleno de multas. Raley improvisó aparcando con el morro hacia fuera, medio encima de la acera, con las ruedas delanteras en la calle y las traseras en el lugar donde la basura y los escasos macizos de hierba se juntaban con el cemento.

East Harlem, también llamado «El Barrio», tenía el mayor índice de delincuencia del distrito aunque dicho índice también había experimentado el considerable descenso en los últimos años de entre el 65 y el 68 por ciento, dependiendo de los datos que eligieras. Raley y Ochoa sentían que llamaban la atención, incluso yendo de paisano, porque cada centímetro de su cuerpo revelaba que eran policías. Pero también se sentían seguros. Dejando a un lado el índice de delincuencia, aquella era una comunidad familiar. Tenían la experiencia suficiente para saber que un bajo nivel de ingresos no era sinónimo de peligro. Era increíble la cantidad de personas con experiencia en ambos sitios que decían que había más posibilidades de encontrar una cartera perdida en Marin Boulevard que en Wall Street.

La agradable calidez de aquel día de otoño se estaba esfumando y la noche se estaba enfriando con rapidez. Un ruido de botellas les hizo darse la vuelta. Delante de la casa de Padilla había un hombre de unos treinta y cinco años amontonando bolsas de basura de plástico negro sobre la cordillera que recorría la calle. Caló a los dos detectives mientras se acercaban, pero siguió a lo suyo mirándolos de reojo mientras continuaba.

—*Buenas noches* —dijo Ochoa en español. El hombre se agachó para coger la siguiente bolsa de basura sin hacerle caso y el detective continuó hablando en español para preguntarle si vivía allí.

El hombre lanzó la bolsa de basura a una «V» que se había formado creado entre sus otras dos bolsas y esperó hasta estar seguro de que no se iba a mover de allí. Cuando estuvo satisfecho, se volvió hacia ellos. Les preguntó a los policías si había algún problema.

Ochoa siguió hablando en español y le dijo que no, que estaba investigando el asesinato de Esteban Padilla. El hombre le dijo que Esteban era su primo y que no tenía ni idea de quién lo había matado ni por qué. Lo dijo a voz en grito mientras agitaba dos veces las manos hacia ellos. Raley y Ochoa habían visto eso muchas veces antes. El primo de Padilla les estaba dejando claro a base de gestos que él no era ningún chivato, a ellos y sobre todo a cualquiera que estuviera mirando.

Sabía que probablemente no serviría de nada, pero el detective Ochoa le dijo que había un asesino suelto que había matado a su primo y le preguntó si podrían hablar del tema dentro, en privado. El primo dijo que no tenía sentido porque ni él ni nadie de la familia sabían nada.

Bajo la estridente luz del alumbrado callejero anaranjado que zumbaba sobre ellos, Ochoa intentó interpretar la expresión del hombre. Llegó a la conclusión de que no se trataba de ninguna artimaña, sino de puro teatro para ocultar el miedo. Y no necesariamente miedo del asesino, sino más bien de los ojos y oídos que podían estar siendo testigos de todo aquello en aquel momento en una calle del Harlem español. El código de acabar con los chivatos era una ley mucho más fuerte que cualquiera a la que Raley y Ochoa pudieran representar. Cuando el hombre se dio la vuelta y cruzó el portal de la casa de Padilla, Ochoa se dio cuenta de que incluso superaba al deseo de que se hiciera justicia por la muerte de un familiar.

* * *

*Later On con Kirby MacAlister*, un programa de entrevistas que competía con Craig Ferguson y con los Jimmies, tanto Kimmel como Fallon, por la audiencia de última hora de la noche, se emitía en directo desde un estudio alquilado de la avenida West End. Durante sus primeros cinco años en antena, el programa independiente se había emitido desde un antiguo club de *striptease* de Times Square, algo irrisorio si se comparaba con el estudio de Letterman en el teatro Ed Sullivan. Pero cuando una de las series dramáticas diurnas se trasladó al oeste, a Los Ángeles, *Later On* aprovechó la oportunidad de demostrar su éxito quedándose con el plató de la telenovela y las modernas oficinas de producción.

Mientras observaba el West End por la ventana del vestíbulo, Nikki colgó y fue a reunirse con Rook, que estaba al lado del mostrador de seguridad.

—¿Cómo va eso? —preguntó.

—Van a hacer bajar a un asistente de producción para que nos lleve arriba al estudio. ¿Quién te ha llamado?

—Los de la policía científica. Han conseguido sacar un par de huellas dactilares decentes de la cinta de la máquina de escribir que encontré en el metro.

—Otro punto para nosotros. Aunque con la cantidad de gente que debe de haberla tocado, ¿cómo sabrán cuáles son cuáles?

—Tengo la sensación de que estas son del texano —dijo ella—. Eran las únicas en las que había sangre.

—Tú eres la detective.

Por la reacción de Soleil Gray cuando ella y Rook aparecieron al fondo del estudio, se dio cuenta de que Allie no la había llamado para decirle que iban a ir. La artista estaba ejecutando la misma rutina con los bailarines que le habían visto hacer en la sala de ensayo, solo que esta vez ella estaba cantando el tema en directo. Se trataba de una canción rockera titulada *Navy Brat*, supuso Nikki, a juzgar por las veces que se repetía aquella frase en el estribillo. Aquello también explicaría por qué los chicos llevaban puestos trajes blancos de marinero. El atuendo de Soleil se reducía a un traje de baño blanco de una pieza con lentejuelas y charreteras de almirante. Difícilmente podía cumplir el reglamento, pero tenía la ventaja de que permitía admirar su increíble figura de carne de gimnasio.

Dio dos volteretas laterales por el escenario mientras la sujetaban tres marineros, pero el aterrizaje fue un poco chapucero. Soleil agitó los brazos para parar la música y, cuando la cortaron, maldijo a los navegantes, aunque Nikki sabía que se había distraído al verla a ella.

El director de escena dijo que el equipo iba a hacer un descanso. Mientras los operadores de cámara y los tramoyistas se iban por las puertas de salida, Heat y Rook se acercaron a Soleil en el escenario.

—No tengo tiempo. Tengo que estar en directo en televisión a las doce y, por si no se han dado cuenta, esto es una mierda.

—¿En serio? —dijo Rook—. Pues yo estoy deseando que llegue el día de las Fuerzas Armadas.

La cantante se puso un albornoz.

—¿Es necesario hacer esto precisamente ahora? ¿Aquí?

—En absoluto —contestó Nikki—. Si lo prefiere podemos hacerlo en media hora en mi comisaría.

—En un entorno más oficial —dijo Rook guiñándole un ojo a Nikki.

—Aunque eso interferiría un poco en su ensayo, Soleil. Pero bien pensado, como tiene toda la razón, podría usarlo de excusa. —Heat había decidido por el camino que iba a intimidarla a ver si caía algo.

—No hace falta que se comporte como una zorra.

—Entonces no me obligue a hacerlo. Esto es la investigación de un homicidio y he tenido que volver porque me ha mentido. Empezando por lo de que estaba con Allie, cuando en realidad se despidió de ella a primera hora de la noche.

Los ojos de Soleil revolotearon por la sala. Dio un paso como para irse, pero se quedó.

—La verdad es que siempre que tengo que hacer algún pormenor lo derivo a la discográfica, es como un acto reflejo.

—Eso no cuela —dijo Nikki.

—Pues es la verdad. Además, ya le he dicho que también había estado con Zane. ¿Ha hablado con él?

—Sí, y dijo que solo había estado con él en el Brooklyn Diner diez minutos.

Soleil sacudió la cabeza.

—Qué cabrón. ¿Tanto le costaba encubrirme?

—Vamos a olvidarnos de dónde estuvo o dónde dejó de estar aquella noche.

—Por mí perfecto —dijo la cantante.

—¿Por qué me mintió cuando me dijo que no había tenido ningún contacto reciente con Cassidy Towne?

—Probablemente porque como no le di importancia no me acordaba.

—Soleil, la tiró de la silla en medio de un restaurante. La llamó cerda y la amenazó con apuñalarla por la espalda.

Ella suspiró y giró los ojos hacia el techo, como si fuera a encontrar la respuesta entre las plataformas colgantes que sostenían los focos de iluminación del escenario.

—¿Olvida cómo murió? —preguntó finalmente—. ¿Por qué cree que no quería contarle lo que le dije?

Heat tuvo que admitir que aquello tenía lógica, pero respondió:

—Estoy intentando encontrar a un asesino. Cada vez que miente, usted parece más culpable y yo pierdo un tiempo valiosísimo.

—Si usted lo dice.

—¿Ha visto alguna vez a este hombre? —dijo Heat sacando unas fotos.

Soleil examinó la foto del carné de conducir de Padilla.

—No.

—¿Y a este otro? —Le tendió el retrato robot del texano—. ¿Lo ha visto alguna vez?

—No. Se parece al tío de *Bad Santa.* —Le dedicó a Nikki una sonrisa de suficiencia.

—¿Y qué me dice de este? ¿Lo conoce? —Nikki le pasó una fotografía de la cara de Derek Snow durante la autopsia y vio cómo la arrogancia desaparecía de su cara.

—Dios mío. —Dejó caer la foto al suelo.

—Se llamaba Derek. Era el mismo Derek con el que la tuvo en el Dragonfly House en diciembre. ¿Era este el Derek que la llamó cuando estaba con Zane Taft? Se lo pregunto porque este hombre, Derek Snow, fue asesinado poco después de que usted se fuera del Brooklyn Diner.

—No puedo... Yo... —Soleil empalideció.

—Estamos hablando de que dos personas relacionadas con usted fueron asesinadas aquella noche, Soleil.

Piénselo bien y dígame qué está pasando. ¿Cassidy Towne estaba escribiendo algo sobre usted? Se han acabado las mentiras, quiero la verdad.

—No tengo nada más que decirle.

El equipo estaba regresando al plató. Soleil Gray salió corriendo abriéndose paso entre ellos a empujones.

—¿No vas a intentar detenerla? —preguntó Rook.

—¿Para qué? ¿De qué voy a acusarla? ¿De haber mentido a un oficial de policía? ¿Qué hago, retrocedo en el tiempo y la acuso de disparar ilegalmente un arma? Eso no me llevaría a ningún lado. Los abogados de la discográfica la sacarían a tiempo para cantar en el programa de esta noche. Prefiero guardarme el as en la manga para cuando realmente me venga bien. Por ahora lo único que quiero es seguir presionándola y ponerla nerviosa.

—Muy bien. Pero si esta noche se cae mientras hace la voltereta, la culpa será tuya.

\* \* \*

Esperaron en los asientos de la última fila a que el ensayo terminara. Por propia experiencia, Nikki sabía que a veces las personas difíciles cambiaban de actitud después de que ella las presionara y quería darle a Soleil un respiro para que reflexionara y, tal vez, para que regresara con una actitud más colaboradora. Pero cuando llevaban quince minutos en el estudio helado, el director de escena dijo que iban a hacer un descanso de una hora para comer y Soleil no volvió a aparecer, así que se fueron.

Giraron una esquina, llegaron al vestíbulo y se estaban dirigiendo hacia los ascensores cuando alguien detrás de ellos gritó: «Dios mío, ¿Nikki Heat?».

—Lo que me faltaba ahora —susurró ella.

—A lo mejor podemos escabullirnos.

—¿Nikki? —dijo el hombre.

Al volver a oír aquella voz, ella se paró en seco y, al mirarla, Rook pudo comprobar que su irritación había dado paso a una incipiente sorpresa. Luego Nikki se volvió y se le iluminó la cara con una radiante sonrisa.

—¡Dios mío!

Rook se dio la vuelta para echar un vistazo y vio acercarse con los brazos abiertos a un tío larguirucho y de pelo rubio rojizo con jersey de pico y vaqueros. Nikki corrió hacia él hasta que chocaron y se abrazaron. Ella gritó de alegría y él se rió. Luego se balancearon hacia delante y hacia atrás, aún abrazados. Sin tener muy claro qué hacer, Rook se metió las manos en los bolsillos y siguió mirando mientras ellos se separaban y se agarraban con los brazos estirados, sonriendo.

—Pero bueno —exclamó Nikki—. Si te has quitado la barba.

—Tú estás como siempre —dijo él—. No, mejor.

Rook notó que pronunciaba la «r» de forma gutural, no tan acentuada como si fuera escocés, pero estaba claro que era de otro sitio.

Luego Nikki le dio un beso. Breve, pero —como apuntó Rook— en plena boca. Finalmente, mientras seguía agarrándolo por un brazo, se volvió hacia Rook y dijo:

—Este es Petar. Mi mejor amigo de la universidad.

—¿De verdad? —Rook sacó una mano del bolsillo para estrecharle la suya—. Soy Jameson.

—¿James? —preguntó él.

—Jameson. Y tú eras… ¿Peter? —Rook podía vanagloriarse de ser todo un experto en lanzar pullas.

—No, Petar. Rima con «cantar». La gente se confunde todo el rato.

—No me lo puedo creer. —Nikki zarandeó a Petar con el brazo con el que le rodeaba la cintura—. Ni siquiera sabía que estabas en Nueva York.

—Sí, trabajo aquí como productor de segmento.

—Petar, eso es genial. Entonces, ¿eres el productor? —preguntó ella.

—Shh, vas a hacer que me despidan. No soy el productor, soy productor de segmento —dijo mirando tímidamente a su alrededor.

—Contratas a los invitados y haces las entrevistas previas —dijo Rook haciéndose notar.

—Muy bien. Jim conoce el percal.

Heat miró a Rook y sonrió.

—Jim. Me encanta.

—Las entrevistas previas se hacen para que Kirby sepa qué preguntarles a los invitados. Solo se sientan con él unos seis minutos, así que yo hablo con ellos antes del programa y le doy un listado de posibles temas, entre los que puede haber alguna anécdota divertida que les haya ocurrido.

—Es como ser un negro literario —dijo Rook.

Petar frunció el ceño.

—Es mejor que eso, mi nombre sí sale en los títulos de crédito. Tengo un poco de tiempo, ¿os apetece venir al camerino a tomar algo? Así nos podemos poner al día.

Rook intentó captar la atención de Nikki.

—Nos encantaría, pero…

—Nos encantaría —dijo Nikki—. Podemos arañar unos minutos.

El programa era en directo, así que no duraba horas. Por eso tenían el camerino entero para ellos. Rook empezó a ponerse un poco… ¿huraño? Tenía la esperanza de poder invitar a cenar a Nikki, pero allí estaban, atiborrándose de brochetas de pollo tailandés y rollitos de salmón.

—Parece que este es mi día de suerte. Primero, hace cinco minutos, Soleil Gray cancela repentinamente su actuación por alguna razón desconocida. —Heat se giró para llamar la atención de Rook, pero él ya estaba haciendo lo mismo con ella—. Al haberse largado he tenido que llamar a uno de mis invitados de reserva, que está de camino para ocupar su segmento, lo cual es un triunfo para mí. Te toca, Nikki. ¿Cuántos años han pasado?

Nikki tragó un diminuto trozo de rollito de salmón.

—No, no. No empecemos a contar los años —dijo.

—Sí, venga —la animó Rook.

Ella se limpió la boca con una servilleta y dijo:

—Conocí a Petar cuando me fui fuera a cursar un semestre. Estaba en Venecia estudiando producción operística en el Gran Teatro La Fenice cuando conocí a este encantador estudiante de cine de Croacia.

Rook pensó en el acento. Rrr.

—Tuvimos una aventura alocada. O al menos yo creía que era una aventura. Pero cuando volví a Estados Unidos para reanudar las clases en la Northeastern, ¿quién crees que apareció en Boston?

—¿Pete? —respondió Rook.

Nikki se rió.

—No fui capaz de echarlo, ¿verdad?

—No. —Petar se rió también. Rook procuraba mantenerse distraído mojando su satay en una salsa de cacahuete.

Nikki y su antiguo amor intercambiaron números de teléfono y prometieron quedar para ponerse al día.

—¿Sabes qué? —dijo Petar—. Cuando vi tu artículo en aquella revista, pensé en buscarte.

—¿Y por qué no lo hiciste?

—No lo sé, no sabía cómo sería tu vida y todo eso.

—Pues bastante ajetreada. De hecho deberíamos ir yendo, detective —dijo Rook metiendo baza.

—¿Estás trabajando en algún caso importante?

Ella echó un vistazo alrededor para asegurarse de que no había nadie en la sala.

—En el de Cassidy Towne —dijo.

Petar asintió y negó con la cabeza al mismo tiempo. Rook empezó a tratar de imaginarse cómo hacía aquello, pero decidió que mejor no.

—Por una parte me sorprendió mucho, pero por otra nada. No tenía muchos amigos, pero a mí me caía bien.

—¿La conocías? —preguntó Nikki.

—Claro. ¿Cómo no iba a conocerla? Mi trabajo hace que esté constantemente rodeado de columnistas, relaciones públicas y escritores. Unos quieren traer al programa a sus autores, otros saber quién va a venir y, en el caso de Cassidy, cómo se comportaron, con quién vinieron, alguna cosa que pudiera haber oído mientras no estaban en el aire…

—¿Así que, en cierto modo, tú y Cassidy teníais algo que ver? —dijo Rook intentando transmitir el asco justo y necesario para que Nikki captara la connotación más desagradable.

—Teníamos una gran relación —contestó Petar sin tapujos—. Es verdad que no era la persona más cariñosa del mundo y que se aprovechaba de las debilidades humanas, pero he de decir que, cuando empecé en este trabajo y todo me venía grande, Cassidy se dio cuenta de que me estaba yendo a pique y me ofreció su protección. Me enseñó a organizarme, a cumplir los plazos de entrega, a manipular a los relaciones públicas para conseguir que sus estrellas vinieran primero a nuestro programa, a hablar con los famosos para que bajaran la guardia para la entrevista del anfitrión… Me salvó el culo.

—Lo siento, Petar, pero me he perdido cuando has dicho que te enseñó a ser organizado.

—Y a cumplir los plazos de entrega, Nikki, ¿te lo puedes creer?

Mientras se reían de algún recuerdo privado, Rook se imaginó a Petar diez años atrás como un croata atontado que arrastraba los pies por su dormitorio, con su albornoz puesto y diciendo: «Niiikiii, no consigo encontrar *sapatos*».

Cuando dejaron de reírse, Petar bajó la voz y Rook se dio cuenta de que se estaba acercando a Nikki hasta que estuvieron rodilla con rodilla. También se dio cuenta de que ella no se había apartado.

—Creo que estaba trabajando en algo.

—Yo ya lo sabía —dijo Rook—. En algo importante, además.

—Rook estaba haciendo un perfil de ella —explicó Nikki.

—Entonces, ¿te dijo de qué se trataba? —preguntó Petar.

Rook no habría sabido decir si Petar sabía algo o si se estaba tirando un farol para enterarse de lo que él, en concreto, sabía y que podría ser menos de lo que Petar supiera, así que dijo:

—La verdad es que no.

—A mí tampoco. —Petar cogió con el dedo índice una alcaparra que había en el plato de Nikki, se la metió en la boca y añadió—: Le oí decir a uno de mis contactos editoriales que supuestamente Cassidy estaba trabajando en un libro en el que lo iba a contar todo sobre la vida de alguien, que iba a destapar un escándalo y que cuando lo publicara alguien con mucha influencia iría a la cárcel durante una larga temporada.

## Capítulo
# 11

Al día siguiente, Jameson Rook se levantó a las cinco de la madrugada para volver a poner en orden su vida. Después de ducharse y vestirse, molió café para hacerse una cafetera bien cargada y luego cruzó el pasillo en dirección hacia el despacho con la escoba, el recogedor y un manojo de productos de limpieza para arreglar el desaguisado que el texano había organizado hacía dos días. Se quedó parado en la puerta para evaluar la zona postornado de su acogedor lugar de trabajo de escritor: los archivos estaban desparramados, los cristales de los marcos de fotos, de los premios y de las portadas enmarcadas de revistas, rotos; los archivadores de cartón que contenían sus investigaciones estaban abiertos de par en par y volcados, sus propias manchas de sangre seguían secas en el suelo, los armarios estaban revueltos, los libros por ahí tirados, las pantallas de las lámparas desencajadas, la silla en la que escribía, que se había convertido en su cárcel... Vaya, en realidad su labor no había cambiado mucho.

Se encontraba ante la instantánea de una invasión personal descorazonadora y angustiosa. Rook no sabía por dónde empezar, así que hizo lo más lógico: dejó la escoba, el recogedor y los productos de limpieza en la esquina y se sentó delante del ordenador para buscar en Google a Petar Matic.

Sonrió mientras tecleaba el nombre. Si lo decías rápido sonaba a juguete erótico. Pensó que era mejor no seguir por ahí, al menos si lo que pretendía era invertir la mañana en poner su vida en orden.

Para su sorpresa, aparecieron varios Petar Matic. Un reputado economista, un profesor, un bombero de Cleveland y unos cuantos más, pero el pretendiente de Nikki de la universidad no apareció hasta la segunda página de resultados. El único enlace que había era de una anticuada biografía sacada de un documental de animales salvajes que había rodado una vez en Tailandia titulado *Nuevos amigos, viejos mundos*. No decía gran cosa: «Estudiante de cine y aventurero nacido en la ciudad de Kamensko, en Croacia, y actualmente establecido en Estados Unidos, a Petar Matic le concedieron una beca para llevar a cabo una película con la que presentar al mundo una serie de especies recién descubiertas». Así que Petar era uno de esos tíos que grababan imágenes de serpientes con dos colas y pájaros con pelo bajo las alas.

Lo siguiente que buscó fue «Petar Matic Nikki Heat» y se alegró de que no saliera nada. Lo que más lo alivió fue que no hubiera ningún enlace a ningún proyecto cinematográfico. Cuando en su mente se formó una imagen de Nikki y de un Romeo croata persiguiendo fantasmas verdes en un vídeo grabado con una cámara de visión nocturna, decidió empezar a barrer los cristales rotos.

Aproximadamente media hora más tarde, en su teléfono sonó la banda sonora de *Dos sabuesos despistados*.

—Para que veas que esta vez te llamo antes de aparecer ahí —dijo Nikki—. Estoy en la esquina, tienes exactamente dos minutos para devolver al asilo a las tigresas.

—¿A todas? Hay una a la que le he cogido cariño. Espera un momento. —Fingió que cubría el auricular y dijo—: ¿Intenta seducirme, señora Robinson?

Cuando volvió a ponerse al teléfono, Nikki dijo:

—Ten cuidado, Rook. Te vas a ganar otra hemorragia nasal.

Llegó con unos cafés que hasta ella admitió que no estaban en absoluto a la altura del suyo y con una bolsa de *bagels* calientes de la primera hornada de Zucker's.

—He pensado quedarme esta mañana en el centro de la ciudad para que podamos ir a visitar al editor de Cassidy Towne en cuanto abra la editorial y luego ir a la comisaría desde allí. —Vio una expresión rara en su cara y dijo—: ¿Qué?

—Nada. Solo que no sabía que íbamos a ir juntos a ver al editor.

—¿No quieres venir? Rook, si siempre quieres ir a todas partes. En cuanto oyes las llaves del coche, eres como un golden retriever con un *frisbee* en la boca.

—Claro que quiero ir. Lo que pasa es que me molesta no haber avanzado más. Eso sigue siendo un caos.

Ella se llevó el café y medio *bagel* de sésamo que había partido con la mano al despacho, para echar un vistazo.

—Si casi no has hecho nada.

—Bueno, empecé pero me puse con el ordenador y me lié con lo del artículo de Cassidy Towne.

Nikki miró el monitor. Se había activado un salvapantallas del Gran Lebowski en el que salía flotando un bolo con su cara. Luego desvió la vista hacia el helicóptero de juguete de control remoto que había sobre la mesa.

—Todavía está caliente —dijo posando la mano sobre el fuselaje.

—Los chicos malos no tienen nada que hacer contigo, Nikki Heat.

Aún tenían media hora antes de ir a ver al editor, así que Nikki empezó a recoger los papeles que había tirados por el suelo. Rook encontró un hogar para el helicóptero en el alféizar de la ventana y dijo intentando que sonara lo más casual posible para tratarse de un hombre que estaba echando el anzuelo:

—Debe de haber sido rarísimo encontrarte así a tu ex novio.

—La verdad es que me quedé a cuadros. Ni que no hubiera sitios en el mundo. Crees que era una de las conquistas de Cassidy, ¿verdad? —añadió.

—¿Qué? Ni se me había pasado por la cabeza. —Se dio la vuelta rápidamente para volver a meter los bolígrafos en su taza de la tienda de recuerdos del Museo Mark Twain—. ¿Tú crees?

—No lo sé. A veces es agradable no buscarle tres pies al gato. —Lo miró y él se volvió a dar la vuelta, esa vez para recoger la caja de los clips—. Fue una novedad enterarse de que Cassidy ayudara a alguien como hizo con Pet.

Pet. Rook se concentró para no poner los ojos en blanco.

—Por lo que yo vi, Cassidy era dura pero tampoco era un monstruo. Aunque tampoco diría que fuera altruista. Seguro que al ayudar a Pete a tomar las riendas también pensaba en forjar una relación con alguien de dentro de la televisión basada en los sólidos cimientos del «me debes una».

—¿Tenía algo que se pareciera a algún buen amigo?

—No que yo sepa. Había nacido para estar sola, lo cual no quiere decir que fuera una persona solitaria. Pero pasaba el tiempo libre con sus flores, no con personas. ¿No te fijaste en la placa de porcelana que tenía atornillada a la pared al lado de las puertas de doble hoja? «Si la vida te decepciona, siempre te quedará el jardín».

—Parece que Cassidy invertía mucho tiempo en hacer frente a la decepción.

—Aun así no puedes culpar a una persona cuya pasión es ayudar a los seres vivos. Aunque sea a la vegetación —dijo él.

Nikki levantó un montón de papeles que había recuperado y cuadró las esquinas dándole toquecitos contra la barriga.

—Como no sé dónde archivas esto, los voy a dejar en montones encima del aparador. Así al menos podrás moverte por aquí cuando juegues con el helicóptero.

Trabajaron codo con codo y él tiró todo lo que estaba roto en el cubo de basura que había habilitado en la cocina.

—¿Sabes? Me gusta esta pequeña muestra de actividad doméstica compartida.

—No te hagas ilusiones —dijo ella—. Aunque, mamá, ¿qué puede poner más a una chica policía que limpiar el escenario de un crimen? —El aparador estaba lleno, así que Nikki puso un montón de archivos sobre el escritorio y, al hacerlo, rozó con el brazo la barra espaciadora del teclado de Rook de manera que el salvapantallas se esfumó. El Nota desapareció y dio paso a una página de Google en la que se veían los resultados de la búsqueda «Petar Matic Nikki Heat».

Rook no estaba seguro de que ella lo hubiera visto, así que cerró el portátil murmurando algo de quitarlo de en medio. Si lo había visto, no hizo ningún comentario.

Rook se obligó a esperar unos instantes y siguió trabajando en silencio. Tras un lapso de tiempo oportuno, se puso a colocar los libros en las estanterías y fue entonces cuando dejó caer, como quien no quiere la cosa:

—Te llamé anoche pero no contestaste.

—Ya —se limitó a responder ella.

Al salir de los estudios de *Later On* la noche anterior, Rook había intentado convencerla para que quedaran para cenar pero ella se había negado arguyendo que estaba hecha polvo de la noche anterior.

—¿Del polvo que echamos, quieres decir? —había preguntado él.

—Claro, Rook, me dejaste agotada.

—¿En serio?

—Eso, tú date palmaditas en la espalda. No sé si recuerdas que tuve un altercado con el texano justo antes de nuestra noche de éxtasis. Seguido de un día completito desfilando de aquí para allá por culpa de esta investigación.

—Yo también he hecho todo eso.

Ella arrugó la frente.

—Perdona, pero ¿tú te peleaste con Tex? Creía que te habías limitado a sentarte en una silla y caerte.

—Me duele que digas eso, Nikki. Me fustigas con tus burlas.

—No —dijo ella con lujuria manifiesta—. Fue con el cinturón del albornoz. —Aquello solo consiguió que ansiara más aún pasar otra noche con ella, pero Nikki

Heat siempre había sido celosa de su independencia. Él, contrariado, había cogido un taxi para volver a Tribeca con su imaginación de escritor llenándole la cabeza de las posibles consecuencias que un reencuentro entre antiguos novios de universidad con el consiguiente intercambio de números de teléfono podría tener.

Colocó un tomo del *Oxford English Dictionary* en su sitio y dijo:

—Estuve a punto de no llamar, me daba miedo despertarte. —Puso otro tomo del diccionario al lado de su compañero, antes de añadir—: Como dijiste que te ibas a dormir…

—¿Intentas averiguar algo?

—¿Yo? Tú alucinas.

—Si quieres saber algo, te lo puedo contar.

—Nik, no necesito saber nada.

—Porque no estaba en casa durmiendo cuando llamaste. Estaba fuera. —Para tratarse de un ávido jugador de póquer, era tan bueno disimulando gestos reveladores como Roger Rabbit después de un trago de whisky. Al final, ella dijo—: No podía dormir, así que me fui a la comisaría. Quería consultar una base de datos del FBI para buscar armas específicas, cinta americana y personas con historial de tortura. A veces descubres coincidencias con un modus operandi. Lo único que hice anoche fue conectarme con un agente del Centro Nacional de Análisis de Crímenes Violentos de Quantico que va a echar un vistazo a ver qué encuentra. También les he pasado los análisis preliminares de las huellas dactilares que hemos sacado de la cinta de la máquina de escribir.

—¿Estuviste trabajando todo ese tiempo?

—Todo, todo, no —dijo ella.

Estaba claro, había visto lo del Google en la pantalla. O puede que no y en realidad se había puesto en contacto con Petar.

—¿Intenta torturarme, detective Heat?

—¿Es eso lo que quieres, Jameson? ¿Quieres que te torture? —Y dicho eso, se acabó el café y llevó la taza a la cocina.

\* \* \*

—Es el código, tío —dijo Ochoa—. Ese maldito código es el que no deja que la gente nos ayude. —Él y su compañero Raley estaban sentados en el asiento delantero del coche de incógnito, en la acera delante del Tanatorio Moreno en la calle 127 con Lex.

La puerta del tanatorio estaba todavía ociosa, así que Raley dejó vagar la vista por la manzana para quedarse mirando un tren de MetroNorth que iba reduciendo la velocidad sobre las vías elevadas mientras llegaba a la estación de Harlem, la última parada antes de depositar su carga de usuarios diarios de los trenes de cercanías procedentes de Fairfield County en Grand Central.

—No tiene sentido. Sobre todo cuando se trata de la familia. Deberían darse cuenta de que intentamos descubrir al asesino de su propia casta.

—No tiene por qué tener sentido, Rales. El código dice que no se pueden dar chivatazos, pase lo que pase.

—¿Pero el código de quién? La familia de Padilla no parece tener relación con ninguna banda.

—Eso es lo de menos. Se trata de su cultura. Está en la música, está en la calle. Aunque no te den una paliza por chivarte, te convierte en escoria y nadie quiere serlo. Esa es la regla.

—¿Y qué vamos a hacer, entonces?

Ochoa se encogió de hombros.

—Yo qué sé. ¿Buscar a la excepción?

Una furgoneta negra se detuvo delante de la puerta principal del tanatorio e hizo sonar dos veces el claxon. Ambos detectives consultaron el reloj. Sabían que el cadáver de Padilla iba a salir del Instituto de Medicina Forense a las ocho de la mañana y eran las nueve menos cuarto. Observaron en silencio mientras la puerta metálica rodante se levantaba y dos empleados salían para descargar la camilla y la bolsa oscura de plástico que contenía los restos de la víctima.

A las nueve pasadas, llegó un Honda del 98 y aparcó.

—Allá vamos —dijo Raley. Pero soltó un juramento cuando el conductor salió y el primo no cooperador de la noche anterior entró en el edificio—. A la mierda lo de la excepción.

Esperaron diez minutos en silencio y al ver que no llegaba nadie más, Raley encendió el coche.

—Yo estaba pensando lo mismo —dijo su compañero mientras el Roachmóvil se alejaba de la acera.

Nadie contestó cuando llamaron a la casa adosada de Padilla en la 115 Este. Los detectives ya estaban a punto de marcharse, cuando oyeron una voz a través de la puerta que les preguntaba quiénes eran en español. Ochoa se identificó y le preguntó si podían hablar un momento. Se produjo una larga pausa. Después alguien quitó la cadena de seguridad, descorrió el cerrojo y la puerta se abrió con un crujido. Un adolescente les pidió que le enseñaran las placas.

Pablo Padilla les hizo pasar a la sala de estar. Aunque el niño no había dicho nada, parecía que la invitación no era tanto por motivos de hospitalidad como para impedir que siguieran en la calle. Ochoa pensó que aunque se suponía que aquella cosa de no chivarse era algo solidario, los ojos de aquel niño se parecían más a los que él había visto en las caras de las víctimas de terrorismo. O a los de los habitantes de algún pueblo de alguna antigua película de Clint Eastwood que tenían miedo del tiránico proscrito y temían por sus hijos.

Como él era el que hablaba español y el que iba a charlar con él, Ochoa decidió ser amable. «Lamento tu pérdida» era una buena forma de empezar.

—¿Han encontrado al asesino de mi tío? —Así fue como empezó el niño.

—Estamos en ello, Pablo. Por eso estamos aquí, necesitamos ayuda para saber quién hizo esto y arrestarlo para poder quitarlo de en medio para siempre. —El detective quiso retratar a esa persona fuera de las calles, sin opción de vengarse de cualquiera que cooperara.

El adolescente lo asimiló y miró con ojos inquisidores a los dos policías. Ochoa se fijó en que aunque Raley no se estaba involucrando demasiado, tenía los cinco sentidos puestos. De hecho, su compañero parecía estar especialmente interesado en varias bolsas de traje que había colgadas detrás de una puerta. El niño también se dio cuenta.

—Es mi traje nuevo para el funeral de mi tío —dijo con voz quebrada pero valerosa. Ochoa vio que se le llenaban los ojos de lágrimas y se prometió a sí mismo no volver a llamar a la víctima el Tío del Coyote nunca más.

—Pablo, lo que me digas aquí quedará entre nosotros, ¿entendido? Será como si llamaras a una línea anónima para dar información. —El niño no respondió, así que continuó—. ¿Tu tío Esteban tenía algún enemigo? ¿Alguien que quisiera hacerle daño?

El niño sacudió lentamente la cabeza antes de responder.

—No, no conozco a nadie que pudiera hacerle eso. Le caía bien a todo el mundo, siempre estaba contento, era un buen tipo.

—Eso está bien —dijo Ochoa pensando en realidad que estaba fatal, al menos para lo que él necesitaba.

De todos modos, sonrió. Pablo pareció relajarse un poco y, mientras el detective le hacía con delicadeza las preguntas habituales sobre los amigos de su tío, sobre sus amigas, sus costumbres personales como el juego o las drogas, el niño fue respondiendo con la parquedad habitual de los adolescentes, pero respondiendo al fin y al cabo. —¿Y el trabajo? —preguntó Ochoa—. Era repartidor de frutas y verduras, ¿no?

—Sí, no era lo que a él le gustaba en realidad, pero tenía experiencia como conductor, así que fue lo que consiguió. A veces un trabajo es un trabajo, aunque no sea tan bueno.

Ochoa miró a Raley, que no tenía ni idea de lo que estaban diciendo, pero que pudo interpretar la mirada de su compañero que indicaba que se había topado con algo interesante. Ochoa se volvió a girar hacia Pablo y dijo:

—Ya. —Y continuó—: Me he dado cuenta de que has dicho «no tan bueno».

—Ajá.

—¿No tan bueno como qué?

—Bueno, es un poco penoso, pero como está muerto supongo que puedo contarlo. —El niño se movió nerviosamente y metió las manos bajo los muslos, sentándose sobre ellas—. Bueno, mi tío tenía un trabajo con más nivel antes de ese. Pero hace un par de meses lo despidieron de repente.

Ochoa asintió.

—Vaya. ¿Qué hizo cuando lo despidieron? —Pablo se giró al oír unas llaves en la puerta principal y el detective trató de volver a captar su atención—. ¿Pablo? ¿De qué trabajo lo despidieron?

—Era chófer en una empresa de limusinas.

—¿Y por qué lo despidieron?

La puerta de la entrada se abrió y el primo de Padilla, al que habían dejado en la funeraria, entró.

—¿Qué coño está pasando aquí?

Pablo se levantó y su lenguaje corporal no necesitó traducción ni siquiera para Raley. Decía que la entrevista se había acabado.

\* \* \*

Aunque la detective Heat no tenía cita, el editor de Cassidy Towne de Epimetheus Books no la hizo esperar. Nikki se anunció en el vestíbulo y, cuando ella y Rook salieron del ascensor en el decimosexto piso de la editorial, su asistente los estaba esperando. Tecleó un código en el panel táctil que hizo que se abrieran las puertas de cristal esmerilado que daban a las oficinas y los escoltó a través de un pasillo de paredes blancas con perfiles de madera dorada que estaba intensamente iluminado. Aquella era la planta de no ficción, por lo que durante el recorrido se fueron encontrando cubiertas enmarcadas de libros de Epimetheus. Cada uno de aquellos éxitos de ventas, ya fueran biografías, libros sobre escándalos o libros despotricando sobre algún famoso, estaban al lado de una copia de la lista de ventas de *The New York Times* en la que figuraban en el número uno.

Llegaron a una oficina diáfana donde había tres mesas de tres asistentes delante de tres puertas de madera que eran notablemente mayores que las otras por las que habían pasado. La puerta del centro estaba abierta y la asistente los guió hasta dentro para conocer al editor.

Mitchell Perkins sonrió desde detrás de un par de bifocales de montura negra, las dejó sobre el vade y rodeó la mesa para estrecharles la mano. Era una persona cordial y mucho más joven de lo que Nikki esperaba para tratarse de un editor jefe de no ficción. Aunque tendría cuarenta y pocos años, sufría de vista cansada, algo que no tardó en entender al ver las pilas de manuscritos que había desparramados en la estantería e incluso amontonados por el suelo al lado de su mesa.

Señaló una zona de conversación que había a un lado del despacho. Heat y Rook se sentaron en el sofá y él se acomodó en la butaca que había enfrente de la ventana que se extendía por toda la pared que daba al norte y proporcionaba una espectacular vista sin obstrucciones del Empire State Building. Hasta para los dos visitantes que habían pasado casi toda su vida en Manhattan, la panorámica resultaba sobrecogedora. Nikki estuvo a punto de comentarle que podían usar aquel despacho como plató de televisión con un fondo como aquel, pero no era el tono apropiado para aquella reunión. En primer lugar tenía que darle el pésame por la pérdida de una autora y en segundo preguntarle por el manuscrito de la fallecida.

—Gracias por atendernos sin cita previa, señor Perkins —dijo para empezar.

—Por favor. Cuando viene la policía qué otra cosa se puede hacer. —Giró la cabeza hacia Rook y añadió—: Es un placer conocerle, aunque sea en estas circunstancias tan poco usuales. Estuvimos a punto de conocernos en mayo en la fiesta posterior a la gala benéfica por la selva de Sting y Trudy, pero usted estaba enfrascado en una conversación con Richard Branson y James Taylor y me sentí un poco intimidado.

—No tenía por qué, soy una persona normal y corriente.

Gracias a Dios Rook puso las risas para romper el hielo, de manera que Nikki ya podía ir a lo suyo.

—Señor Perkins, estamos aquí para hablar de Cassidy Towne. En primer lugar nos gustaría darle el pésame.

El editor asintió y arrugó las mejillas.

—Es muy amable por su parte, ciertamente, pero ¿se me permite preguntar cómo han llegado a la conclusión de que podríamos tener algún tipo de relación con ella?

No habría sido una buena detective si no hubiera captado la gruesa cortina de humo que cubría las palabras que había elegido. Perkins no había declarado abiertamente que Cassidy estaba escribiendo un libro para él. Se había ido por las ramas. Tal vez fuera un buen tipo, pero estaba jugando al gato y al ratón, así que ella decidió ser clara como el agua.

—Cassidy Towne estaba escribiendo un libro para usted y me gustaría saber cuál era el tema.

El impacto causado fue evidente. Sus cejas se alzaron y volvió a cruzar las piernas, reacomodándose en el sillón de suave cuero.

—Supongo que ya basta de cháchara. —Sonrió, de forma forzada.

—Señor Perkins…

—Mitch. Llámeme Mitch. Aportará un toque de afabilidad para todos.

Heat continuó siendo cordial, pero insistió con el mismo tema.

—¿De qué trataba el libro?

Él también podía jugar a aquel juego. En lugar de responder se giró de nuevo hacia Rook.

—Tengo entendido que *First Press* lo contrató para escribir cinco mil palabras sobre ella. ¿Le comentó algo? ¿Es por eso por lo que estamos hoy aquí?

Rook no llegó a tener oportunidad de responder.

—Disculpe —dijo Nikki. Mantuvo el decoro que Perkins había establecido, pero se levantó y se alejó para apoyarse con las caderas en la mesa de forma que a él no le quedó más remedio que girarse y darle la espalda a Rook—. Estoy llevando a cabo una investigación abierta de homicidio y eso implica seguir todos los hilos posibles para encontrar al asesino de Cassidy Towne. Tenemos muchos hilos y no demasiado tiempo así que, si me permite, la forma en la que consigo la información es cosa mía. Cómo he llegado hasta aquí no es de su incumbencia. Y si de verdad quiere aportar un toque de afabilidad, empiece por dejarme preguntar y limitarse a responder de forma directa y con espíritu de cooperación. ¿De acuerdo… Mitch?

Él cruzó los brazos sobre el pecho.

—Absolutamente —contestó. Ella advirtió cómo cerraba ligeramente los ojos al responder. Así que Mitch era uno de aquellos.

—Entonces, ¿podemos volver a empezar con la pregunta? Y por si le sirve de algo, lo que sí sé es que estaba trabajando en un libro en el que se destapaba un escándalo sobre alguien.

Él asintió.

—Obviamente. Era su especialidad.

—¿De quién o de qué trataba? —Se volvió a sentar enfrente de él.

—Eso no lo sé. —Anticipándose a ella, levantó una mano indicándole que esperara—. Sí, puedo confirmar que teníamos un acuerdo para hacer un libro con ella. Sí, iba a ser sobre un escándalo. De hecho, Cassidy nos aseguró que iba a dar mucho que hablar a todos los niveles, no solo en la prensa sensacionalista y en los programas basura de televisión. Iba a ser algo, utilizando las palabras de la generación de Paris Hilton, muy fuerte. Sin embargo... —Cerró los ojos de nuevo y los volvió a abrir, un gesto que a Nikki le recordó a las lechuzas—. Sin embargo... Lo único que puedo decir es que no sé de qué trataba el escándalo.

—¿Quiere decir que lo sabe pero que no lo va a revelar? —respondió Heat.

—Somos una casa importante. Confiamos en nuestros autores y les proporcionamos gran libertad. Quiero decir con esto que Cassidy Towne y yo actuábamos con fe ciega. Ella me aseguró que tenía un libro que sería un éxito y yo le aseguré que lo sacaría al mercado. Ahora, por desgracia, ya nunca sabremos cuál era el tema. A menos que usted consiga encontrar el manuscrito.

La detective Heat sonrió.

—Lo sabe, pero no me lo quiere decir. Cassidy Towne obtuvo una suma por adelantado importante, especialmente tal y como está la economía hoy en día, algo que no se suele hacer sin una sólida propuesta refrendada por ambos bandos.

—Disculpe, detective, pero ¿cómo iba a saber usted si ella había recibido alguna suma por adelantado, y no digamos si era de proporciones considerables?

Rook intervino para aclarar el tema.

—Porque sería la única manera de financiar su red de soplones. Usted sabe cómo son los periódicos, el *Ledger* no le subvencionaba eso. Y ella no era rica.

—Si accediera a los movimientos de su cuenta, apuesto a que encontraría un ingreso de Epimetheus por un valor que revelaría que sabían exactamente lo que estaban comprando.

—Aunque lo hiciera y existiera tal adelanto, la relación que usted insinúa seguiría siendo una simple conjetura. —Se quedó callado y un muro de silencio se alzó entre ambos.

Nikki sacó una tarjeta de visita.

—Trate de quien trate ese libro, el protagonista podría ser el asesino o llevarnos hasta él. Si cambia de opinión, aquí tiene mi contacto.

Él cogió la tarjeta y se la guardó en el bolsillo sin leerla siquiera.

—Gracias. Y si me permite decirlo, ya que Jameson Rook está aquí, su artículo apenas le hizo justicia. Es más, empiezo a pensar que incluso deberían hacer un libro sobre Nikki Heat.

Por lo que a ella se refería, nada habría podido haber dado más claramente por terminada la reunión.

\* \* \*

En cuanto las puertas del ascensor se cerraron, Nikki dijo:

—Cállate.

—Si no he dicho nada. —Luego sonrió y añadió—: En cuanto a lo del libro sobre Nikki Heat...

El ascensor se detuvo en el noveno piso y entraron varias personas. Heat se fijó en que Rook se había girado hacia la pared.

—¿Estás bien? —preguntó. Él no respondió, se limitó a asentir y a rascarse la frente para taparse la cara durante el resto del camino.

Cuando llegaron a la planta baja, esperó a que el ascensor se vaciara antes de bajarse lentamente. Nikki lo estaba esperando.

—¿Te ha picado algo en la cara?

—No, estoy bien. —Se giró y salió a todo correr delante de ella, cruzando el vestíbulo a paso ligero. Acababa de alcanzar la puerta que llevaba a la Quinta Avenida cuando Nikki oyó el eco de una voz de mujer rebotar en el mármol.

—¿Jamie? Jamie Rook, ¿eres tú? —Era una de las mujeres del ascensor, y algo en la manera en que Rook vaciló antes de girarse desde la puerta para enfrentarse a ella le dijo a Heat que era mejor quedarse atrás y ver el espectáculo desde la barrera.

—Hola, Terri. Qué despistado soy, no te había visto. —Rook se dirigió hacia ella, se abrazaron y Nikki vio cómo se ruborizaba mimetizándose con los arañazos que se acababa de hacer en la frente.

—¿Cómo se te ocurre venir aquí y no saludar a tu editora? —dijo la mujer cuando se separaron.

—La verdad es que era mi intención hacerlo, pero he recibido una llamada relacionada con un encargo en el que estoy trabajando y tuve que dejarlo para otro día. —Levantó la vista y pilló a Nikki mirando, así que se giró para darle la espalda.

—Más te vale —replicó la editora—. Yo también tengo prisa, pero me has ahorrado un correo electrónico. Nos devolverán tu manuscrito corregido la semana que viene. Te lo enviaré por *mail* tan pronto como llegue, ¿vale?

—Por supuesto. —Se volvieron a abrazar y la mujer salió corriendo para unirse a sus compañeros, que estaban esperando un taxi en la acera.

Cuando Rook se volvió hacia Nikki, esta había desaparecido. La buscó por el vestíbulo y se le encogió el corazón al verla al lado del mostrador del guardia de seguridad, leyendo el directorio del edificio.

—¿Tienes una editora aquí? —dijo mientras él se acercaba—. Hay un montón de editoriales en el edificio, pero no veo en ningún listado la revista *First Press*.

—Ya, es que está en el edificio Flatiron.

—Y tampoco he visto a *Vanity Fair*.

—Está en el Condé Nast, al lado de Times Square. Deberíamos irnos a la comisaría —sugirió dándole un golpecito en el codo.

—¿Por qué ibas a tener un editor aquí, si solo hay editoriales de libros? —dijo Heat tras ignorar el codazo—. ¿Tú escribes libros?

—En cierto modo, sí —contestó mientras sacudía la cabeza de un lado a otro.

—Esa mujer, Terri, tu editora, se subió en el noveno piso, creo recordar.

—Por favor, Nikki, ¿no puedes dejar de ser poli ni un minuto?

—Y según esto —continuó mientras pasaba el dedo por el cristal que cubría el directorio del edificio—, en el noveno piso está Ardor Books. ¿Qué será Ardor Books?

—Ardor Books es una editorial de novela romántica de ficción, señorita —dijo el guardia de seguridad que estaba en el mostrador al lado de ellos, sonriendo.

Nikki se volvió hacia Rook, pero ya no estaba allí. Se había ido corriendo otra vez hacia la puerta que daba a la Quinta Avenida con la esperanza de tener alguna oportunidad para escapar.

Capítulo

## 12

Cuando entró en la oficina con Rook veinte minutos más tarde, Nikki pensó que debía de haber alguna intervención de los cuerpos especiales del SWAT o que habían descubierto otro vehículo sospechoso, a juzgar por la forma en que todo el mundo se arremolinaba alrededor de la televisión. Sin embargo, aquello no era muy probable porque de ser así ella se habría enterado por las frecuencias tácticas de la radio a la vuelta de la editorial.

—¿Cuál es el noticón? —preguntó a la sala en general—. ¿Alguien más se ha hartado de la huelga y ha prendido fuego a su basura?

—Mucho mejor —contestó la detective Hinesburg—. Todas las cadenas de televisión lo están cubriendo. La protectora de animales ha acorralado a un coyote en el extremo norte de Incoad Park.

—Ese bicho sí que viaja —dijo Raley.

Rook se acercó a la parte trasera del círculo que rodeaba la televisión.

—¿Saben si es el mismo que apareció después de lo del Tío del Coyote?

—Oye, hermano, no le llames así —dijo Ochoa girándose hacia él.

En la pantalla dividida en la que se veían simultáneamente vídeos aéreos y terrestres, vieron en directo cómo un empleado de la protectora de animales se preparaba para disparar un dardo tranquilizante al coyote. Nikki, que nunca había sido de las que se quedaban pegadas a la tele a no ser que se tratara de uno de esos momentos de gran audiencia en el que comunicaban noticias de ultimísima hora, experimentó un extraño sentimiento de comunión con el animal atrapado y agazapado que se asomaba tras los matorrales sobre Spuyten Duyvil Creek. La cámara terrestre estaba grabando desde cierta distancia, por lo que la imagen estaba borrosa por la distorsión del aire y el zoom, pero el ángulo no era tan diferente de aquel desde el que ella se había quedado mirando al coyote aquella mañana delante del café Lalo. Aquel momento, con todo lo inquietante que fue, para Nikki Heat había sido un excepcional contacto con algo salvaje, con un animal indómito que buscaba su camino en una ciudad completamente solo. Y, sobre todo, sin que nadie lo viera. Y allí estaba ahora, en una situación en la que su vida y existencia no podía ser más pública. Ahora la que lo miraba era Nikki, y entendía demasiado bien lo que veía esta vez en sus ojos.

El coyote se estremeció cuando el dardo le atravesó el pellejo pero inmediatamente salió corriendo y desapareció entre la tupida maleza de la empinada colina. El reportero de las noticias dijo que el dardo le había dado y que una de dos: o había rebotado o se le había caído. La cámara aérea escrutaba la zona infructuosamente.

La detective Heat apagó la televisión con el mando, lo que hizo que se escucharan quejidos de burla y protestas mientras la brigada se congregaba para la reunión de puesta al día matinal. La policía científica aún no había encontrado nada en el apartamento de Derek Snow que relacionara a las tres víctimas.

El departamento forense seguía analizando huellas y muestras, solo para asegurarse. Nikki les informó de su encuentro con Soleil Gray en *Later On*, además de hablarles de la confirmación por parte de un productor de segmento del programa de que Cassidy Towne estaba trabajando en un libro sensacionalista sobre un escándalo. Rook se aclaró la garganta y ella lo miró con una expresión de «ni se te ocurra» y se volvió de nuevo hacia su equipo.

—Dicha información fue confirmada en una reunión que Rook y yo hemos mantenido con el editor del libro. Sin embargo, este asegura que no conoce el tema del libro y que él no tiene el manuscrito.

—Y una mierda —dijo Hinesburg.

Nikki, que ya tenía que escuchar suficientes tacos en la calle como para encima tener que aguantarlos en la oficina, se giró hacia la detective.

—Sharon, creo que acabas de decir lo que todos estamos pensando. —Y luego sonrió—. El resto somos lo suficientemente elegantes como para guardárnoslo para nosotros.

—¿Y una orden de registro? —preguntó Raley cuando las risas se apagaron.

—Lo voy a intentar, Rales, pero tengo la corazonada de que incluso con los jueces más comprensivos que conocemos sería difícil conseguirla por lo de la Primera Enmienda. La imagen de la policía registrando los archivos de una editorial evoca ciertas conexiones totalitarias para algunas personas, ya ves tú. Pero de todos modos lo intentaré.

Los Roach informaron de la parte que les correspondía en lo de Padilla. Ochoa dijo que, aunque cada vez que creían que algo les podía llevar a alguna parte todo acababa en agua de borrajas porque nadie quería hablar, al final habían descubierto algo bastante interesante.

—Nuestro don nadie conductor del furgón de frutas y verduras era en realidad un antiguo chófer de limusinas. Es frustrante que hayamos tardado tanto en descubrirlo. Tal vez llegue el día en que la ciudad pueda abarcar todos los sistemas y consigan comunicarse entre ellos.

—Y entonces, ¿qué haremos nosotros? —dijo Nikki. Su sarcasmo provocó algunas risillas.

—El caso es que lo contrastamos con la Comisión de Taxis y Limusinas —continuó Raley— y conseguimos el nombre de su antiguo jefe.

Ochoa tomó el relevo.

—También hemos dado con el jefe del negocio de reparto de frutas y verduras. Dice que el señor Padilla había contratado a un abogado y había denunciado a la empresa de limusinas por despido improcedente. Nos pareció que sería mejor hablar con el abogado antes que con los tíos de las limusinas. Así sabremos de qué va la cosa.

—¿Y sabéis quién es el abogado? —preguntó Raley—. Ni más ni menos que Ronnie Strong.

En la sala se oyó un gruñido generalizado seguido de un coro al unísono, aunque con tono desigual, que recitaba el estribillo del eslogan de los anuncios que salían en el canal local de televisión de aquel picapleitos: «Si lo agravian sin razón, llame a Ronnie Strong».

—Buen trabajo, Roach —dijo Heat—. Por supuesto, id a ver a ese abogado. A juzgar por el anuncio, yo llevaría desinfectante para las manos. —Y mientras reunía los archivos, añadió—: Y si alguno de los dos vuelve con un collarín, para mí estáis muertos.

* * *

La detective Heat tenía un regalo esperándola cuando llegó a su mesa. Un correo electrónico encriptado del agente del Centro de Análisis de Delitos Violentos (NCAVC) del FBI de Quantico. Era del analista de datos con el que había estado hablando la noche anterior y, cuando lo abrió, una fotografía en color del texano invadió la mitad superior de la pantalla. El retrato robot que Nikki le había facilitado estaba debajo de él y eran casi idénticos. Se los quedó mirando y tuvo que obligarse a respirar. Nikki no estaba segura de si su reacción se debía al recuerdo de la agresión o a la emoción de haber dado con él. Cualquiera de ellas era razón suficiente para ponerle el corazón a mil.

Había una breve nota del analista del NCAVC que decía: «Me gustaría poder atribuirme el mérito de haberlo identificado tan rápido, pero esto es lo que pasa cuando la policía aporta buenos datos. Sus compañeros del resto del país podrían aprender de usted, detective Heat. La mejor forma de pagármelo es pillar a este tipo». Nikki se desplazó hacia abajo en el texto para ver el expediente que el agente le había adjuntado.

Se llamaba Rance Eugene Wolf.

Varón, caucásico, cuarenta y un años. 1,85 metros, 75 kilos. Nacido y criado en Amarillo, Texas, por su padre, después de que su madre desapareciera cuando el sujeto estaba en Secundaria. La policía local investigó su repentina desaparición cuando se dirigía en coche a Plainview para visitar a unos parientes con su hijo / el sujeto, a quien encontraron solo en la habitación de un hotel de la Autovía 27. El marido fue absuelto y el caso se cerró sin resolver / fuga. Cabe señalar que el hijo / el sujeto fue interrogado cinco veces en el transcurso de dos años, incluso por un psicólogo. Ningún comentario, nada de cooperación.

El padre del sujeto sigue viviendo / trabajando en Amarillo como veterinario. El sujeto / Rance hizo unas prácticas, se formó y le dieron el título de auxiliar de clínica.

Nikki visualizó la colección de instrumental punzante sobre la encimera de Rook. Levantó la cabeza para mirar la pizarra blanca y las fotos del conducto auditivo perforado de Cassidy Towne que le habían hecho durante la autopsia, y siguió leyendo.

Ninguna conexión en aquel momento, pero se han llevado a cabo nuevas búsquedas de datos basadas en la información de la detective Heat sobre el sujeto. El modus operandi con herramientas punzantes y cinta americana coincide con mutilaciones sin resolver de animales en la zona de Amarillo correspondiente a la de la residencia del sujeto.

El sujeto se alistó en el ejército y completó dos periodos de servicio en Ft. Lewis / Tacoma, Washington, como policía militar. Los informes de la PM nos han facilitado la primera coincidencia con las huellas dactilares enviadas por la detective inspectora Heat, del DP de NY. Se retrasan los datos requeridos para vincularlo con mutilaciones (humanas y animales) llevadas a cabo en la zona durante su servicio debido a las sospechas de duplicación de modus operandi en la zona (se le mantendrá informada).

Nikki se imaginó lo que un sádico con insignia podía hacer y esperó algunas coincidencias.

Tras haber sido licenciado con honores del ejército, el sujeto trabajó de guardia de seguridad en el casino Native America, cerca de Olimpia (Washington) durante un año y luego en un puesto similar en el casino de Reno, Nevada (6 meses). Después se mudó a Las Vegas (4 años) a trabajar de guardia de seguridad para gente VIP en un importante casino (los nombres de todos los casinos y los datos de sus jefes se encuentran al final de este memorándum). Posteriormente, el sujeto fue contratado como contratista / agente por Hard Line Security en Henderson (Nevada). Adjuntamos la foto de su acreditación de la Comisión de Regulación. El sujeto mejoró rápidamente gracias a sus habilidades de defensa personal y a su experiencia con clientes famosos y VIP. IMPORTANTE: el sujeto fue detenido como sospechoso de una agresión con arma blanca al amenazar a uno de sus clientes, un magnate italiano de los medios de comunicación. El incidente acabó con la detención del sujeto. Los cargos se desestimaron por falta de testigos dispuestos a declarar. El arma era un cuchillo con protección de nudillos que se describe en el informe policial de Las Vegas (adjunto) que nunca fue recuperado.

Inmediatamente después de la disposición del caso de agresión, el sujeto abandona EE UU para trabajar por cuenta propia en Europa. Hasta ahí la información disponible actualmente. Continuaremos buscando en la base de datos y nos pondremos en contacto con la Interpol. La mantendremos informada en caso de que encontremos más información.

Rook acabó de leer un minuto después de Heat porque no estaba tan acostumbrado a la jerga policial y a las abreviaturas como la detective, pero estaba claro que había entendido su significado.

—Este tío hizo carrera trabajando con famosos y clientes VIP. Alguien le está pagando para ocultar algo.

—Cueste lo que cueste —dijo Nikki.

\* \* \*

Heat hizo inmediatamente varias copias para distribuirlas al instante tanto entre los miembros de la brigada como en los lugares habituales sobre el terreno, incluidos servicios de urgencias y otras instalaciones médicas como las que los Roach habían peinado la mañana después de la huida del texano. También les encargó a los detectives volver a contactar con los testigos a los que ya habían entrevistado para ver si lo reconocían ahora que tenían una foto y no solo un retrato robot.

Nikki también dedicó un rato a volver a la pizarra del asesinato y a estudiar todos los nombres que salían en ella. Rook se situó a sus espaldas y verbalizó sus pensamientos.

—Ahora la línea de tiempo ya no es tan amiga tuya, ¿eh?

—No —convino ella—. El caso ha ido hacia otro lado durante las últimas treinta y seis horas, pero ahora ha tomado un rumbo diferente. Con un asesino profesional en este nivel los motivos cobran protagonismo en detrimento de las coartadas. —Pegó la foto en color de Rance Eugene Wolf al lado del retrato robot y se alejó de la pizarra—. Ensilla el caballo, quiero volver a visitar personalmente a alguna de estas personas —le dijo a Rook.

—¿Se refiere al paseador de perros que era tan fan suyo, señorita Heat?

—A ese ni de broma. —Y mientras se iban, se detuvo en la puerta y dijo con acento británico—: La adulación. A veces me aburre en demasía.

El vecino fisgón de Cassidy Towne fue fácil de encontrar. El señor Galway estaba en su puesto habitual de la 78 Oeste, delante de su casa unifamiliar, haciendo rechinar los dientes ante el muro cada vez mayor de basura sin recoger.

—¿La policía no puede hacer nada? —le dijo a Nikki—. Esta huelga está poniendo en peligro la salud y la seguridad de los ciudadanos de esta ciudad. ¿No pueden arrestar a alguien?

—¿A quién? —preguntó Rook—. ¿Al sindicato o al alcalde?

—A los dos —le espetó—. Y a usted deberían meterlo en chirona con ellos por tener una lengua tan larga.

Aquel viejo fósil dijo que nunca había visto al tipo de la foto, pero les preguntó si se podía quedar con ella por si volvía a aparecer. De vuelta en el coche, Rook comentó que Rance Eugene Wolf les habría hecho un favor a todos si se hubiera equivocado de dirección, comentario que se ganó una palmada en el brazo por parte de Nikki.

Chester Ludlow también dijo que nunca había visto a Wolf. Instalado en su esquina habitual del Milmar Club, parecía que ni siquiera quería tocar la foto y muchísimo menos quedársela. El tiempo que empleó en observarla apenas podría calificarse como vistazo.

—Creo que debería volver a verla con más detenimiento, señor Ludlow.

—¿Sabe? Me gusta más cuando me llaman congresista Ludlow. Cuando se dirigen a mí de esa manera raramente me dicen lo que debería o no hacer.

—Ni a quién, al parecer —dijo Rook.

Ludlow lo miró entornando los ojos y esbozó una sonrisa.

—Veo que sigue deambulando por Manhattan sin corbata.

—Puede que me gusten las corbatas prestadas. Puede que me guste su olor.

—No le estoy obligando a hacer nada, caballero.

—Nikki hizo una pausa para dejarle disfrutar de su mentira piadosa que fingía respeto—. Pero usted reconoció haber contratado a una empresa privada de seguridad para conseguir información sobre Cassidy Towne y este hombre trabajaba para esa empresa, así que me gustaría saber si lo ha visto alguna vez.

El político deshonrado suspiró y observó con mayor detenimiento la foto del documento de identidad de Wolf.

—La respuesta sigue siendo la misma.

—¿Le suena el nombre de Rance Wolf?

—No.

—Puede que tuviera otro nombre —insistió ella—. Tenía una voz suave y acento texano.

—He dicho que no me suena de nada, vaqueros.

Nikki volvió a coger la foto que le tendía.

—¿Contrató usted a una empresa llamada Hard Line Security para la investigación?

Él sonrió.

—Con el debido respeto, detective, ese nombre no suena lo suficientemente caro como para que los contratara.

\* \* \*

Como ya pasaba de mediodía y estaban en el East Side, Rook propuso comer en el E. A. T., que estaba cerca de la calle 80 con Madison. Nikki pidió una ensalada de espinacas y queso de cabra y él se decantó por un sándwich de pastel de carne.

—¿No piensas decir nada al respecto? —le preguntó.

—¿Al respecto de qué? —contestó él con cara de inocente.

—¿De qué, de qué? —dijo ella haciéndole burla. Le trajeron el té helado y quitó el papel a la pajita lentamente—. Venga, en serio, estás hablando conmigo. A mí puedes contármelo.

—Lo que te cuento es que esta mesa está coja. —Cogió un sobre de azúcar y se metió bajo la mesa. Al cabo de unos segundos volvió a emerger y comprobó el resultado—. ¿Mejor?

—Ahora entiendo por qué no tenías muy claro si querías venir conmigo a la editorial esta mañana. —Él se encogió de hombros, así que ella insistió—. Venga. Te juro que no te voy a juzgar. ¿De verdad estás intentando hacerte un hueco en el mundo de la novela romántica de ficción?

—¿Intentando hacerme un hueco? —Levantó la cabeza y sonrió abiertamente—. ¿Intentando? Señora, ya estoy en él. De lleno.

—¿Cómo que ya estás en él? Nunca he visto ningún libro tuyo, y eso que he buscado tu nombre en Google.

—Qué vergüenza —dijo él—. Vale, esta es la historia: no es raro que los colaboradores de revistas busquen ingresos adicionales. Algunos son profesores, otros roban bancos y otros ejercen de negros literarios aquí y allá. Yo ejerzo allá.

—¿En Ardor Books?

—Sí.

—¿Escribes novela rosa barata?

—Novela romántica de ficción, por favor. Podría decirse que me saco un buen dinerillo extra trabajando para ellos.

—Sé algo de «novela romántica de ficción». ¿Qué nombre usas? ¿Eres Rex Monteeth, Victor Blessing? —Hizo una pausa y lo señaló con el dedo—. No serás Andre Falcon, ¿no?

Rook se inclinó hacia delante y le hizo una seña para que se acercara. Después de mirar a ambos lados hacia las otras mesas, susurró:

—Soy Victoria St. Clair.

Nikki soltó una carcajada que hizo que todas las cabezas del local se giraran hacia ellos.

—¡Dios mío! ¿Tú eres Victoria St. Clair?

Él dejó caer la cabeza.

—Me alegro de que no me juzgues.

—¿Tú, Victoria St. Clair?

—¿Qué digo de juzgar? Esto es casi una ejecución directa.

—Rook, venga ya. Esto es muy fuerte. Yo he leído a Victoria St. Clair, no hay nada de qué avergonzarse. —Se rió, pero se tapó la boca con la mano para obligarse a parar—. Lo siento, lo siento. Solo estaba pensando en lo que dijiste el otro día sobre lo de tener una vida secreta. Pero ¿tú? Tú eres colaborador de revistas de primera fila, corresponsal de guerra, tienes dos premios Pulitzer… ¿Y eres Victoria St. Clair? Eso es… No sé… Más que un secreto.

Rook se giró hacia el resto del restaurante y vio a todo el mundo mirándolo.

—Ya no —dijo.

* * *

Cuando los Roach entraron en el despacho del abogado Ronnie Strong, situado en el piso de abajo de las oficinas de Tráfico, en Herald Square, ambos detectives tuvieron la sensación de haber entrado en la sala de espera de un ortopedista. Había una mujer con las dos manos escayoladas de manera que solo le sobresalían las puntas de los dedos dándole instrucciones a un adolescente, probablemente su hijo, que le estaba ayudando a rellenar un formulario de admisión. Un hombre en silla de ruedas sin lesiones visibles también estaba rellenando unos papeles. Un fornido obrero de la construcción que estaba sentado en una silla flanqueada por dos bolsas de Gristedes llenas de recibos y papeleo les miró y dijo:

—Nada, colegas, no está.

La recepcionista era una mujer muy amable que llevaba un traje clásico pero que tenía un anzuelo en el labio.

—Caballeros, ¿han sido agraviados sin razón?

Ochoa se dio la vuelta para no reírse.

—Búscate la rima —le dijo a Raley en voz baja.

Raley mantuvo la compostura y le dijo que querían ver al señor Strong. La recepcionista dijo que no estaba en la oficina, que estaba rodando otra serie de anuncios y que no regresaría hasta el día siguiente. Raley sacó a relucir su placa y consiguió la dirección del estudio.

A los Roach no les sorprendió mucho que Ronnie Strong (el señor D.) no estuviera aquel día en el despacho. En el mundo de la abogacía se mofaban de Ronnie Strong y decían que podía ser que hubiera sido capaz de pasar las pruebas de la carrera de Derecho, pero que lo que no era capaz de dejar pasar era una cámara de televisión.

Las instalaciones de producción que estaba usando no eran más que un almacén de ladrillo lleno de grafitis que albergaba un centro de distribución de productos importados de China, situado en Brooklyn. Estaba a medio camino entre el antiguo Arsenal Naval y el puente Williamsburg. Aquello no era precisamente Hollywood, pero Ronnie Strong tampoco era precisamente un abogado.

Raley y Ochoa no encontraron a nadie que les impidiera el paso, así que entraron y punto. La recepción estaba vacía y olía a café y a humo de tabaco que se había fundido con el papel de pared de temática tahitiana manchado de humedad. Raley gritó «¿Hola?», pero como nadie respondió siguieron por el pequeño pasillo el sonido atronador del mismo soniquete que la brigada había recitado aquella misma mañana. «Si lo agravian sin razón, llame a Ronnie Strong. Si lo agravian sin razón, llame a Ronnie Strong. Si lo agravian sin razón, llame a Ronnie Strong».

La puerta del escenario estaba abierta de par en par. Estaba claro que no eran puntillosos con la estética del sonido. Cuando los detectives entraron, ambos dieron rápidamente un paso atrás. El estudio era tan pequeño que les dio miedo invadir la zona de rodaje.

En el set, que era un barco de motor alquilado puesto sobre un tráiler, había dos modelos pechugonas con unos exiguos bikinis adornadas con una serie de complementos como si hubieran tenido algún accidente. Una de ellas llevaba el brazo en cabestrillo y la otra unas muletas pero sin escayola. Podía ser que lo hicieran para ahorrar, aunque era más probable que fuera para que se le vieran las piernas.

—Una vez más —dijo un hombre que llevaba una camisa hawaiana y mascaba un puro apagado.

—Apuesto a que ese es el dueño. Va a juego con la pared —le susurró Raley a Ochoa.

—El mundo no es justo, compañero —dijo el otro.

—¿Por qué lo dices esta vez?

—Nikki Heat va a un estudio de televisión y la espera un vestíbulo recubierto de mármol y cristal y un camerino con canapés fríos y calientes a discreción. Y mira nosotros.

—¿Sabes qué creo, detective Ochoa? Que nos agravian sin razón.

—Y acción —gritó el director y, por si quedaba alguna duda, exclamó—: Adelante.

Las dos actrices se agacharon hacia una caja de cebos y se irguieron con las manos llenas de dinero. Parecía que a nadie le preocupaba que la del brazo en cabestrillo pudiera usar sin problemas la extremidad. A ella le tocaba sonreír y decir: «La justicia no es un accidente», a lo que la otra respondía levantando su botín y gritando: «Si lo agravian sin razón, llame a Ronnie Strong».

Entonces el propio Ronnie Strong, que parecía una especie de uva pasa con tupé, aparecía por la escotilla que había entre las dos y decía: «¿Alguien me ha llamado?». Las chicas lo abrazaban plantándole un beso cada una en la mejilla mientras se oía el soniquete de: «Si lo agravian sin razón, llame a Ronnie Strong. Si lo agravian sin razón, llame a Ronnie Strong. Si lo agravian sin razón, llame a Ronnie Strong».

—Corten —dijo el director. Y para cubrirse las espaldas, añadió—: Paren.

No fue necesario que los Roach captaran la atención del abogado. Ronnie Strong los había visto durante el anuncio y ambos detectives sabían que la mirada que había echado cuando estaban rodando y había dicho: «¿Alguien me ha llamado?», iba dirigida a ellos. Esas eran las pequeñas ventajas de ser policía.

Mientras las chicas se iban a cambiar para vestirse de enfermeras, Ronnie Strong les hizo una señal para que se acercaran al barco.

—¿Necesita ayuda para bajar? —preguntó Ochoa.

—No, el siguiente también es en el barco —dijo—. El guión es de enfermeras, pero ya que lo he alquilado para todo el día… Sois polis, ¿verdad, chicos?

Los Roach le enseñaron las identificaciones y el abogado se sentó en la borda para descansar, cerca de Raley. Rales no podía dejar de mirar el maquillaje naranja que rodeaba el cuello blanco de la camisa de Strong, así que intentó concentrarse en el peluquín, en el que se había formado un rizo por el sudor en la frente que estaba empezando a dejar la cinta adhesiva a la vista.

—Chicos, ¿vosotros nunca os hacéis daño trabajando? ¿No sufrís pérdida de oído por las prácticas de tiro, por ejemplo? Yo puedo ayudaros.

—Gracias de todos modos, pero hemos venido para hablar de uno de sus clientes, señor Strong —dijo Ochoa—. De Esteban Padilla.

—¿Padilla? Ah, sí, ya. ¿Qué queréis saber? Aún lo vi ayer, todavía está presentando cargos.

Ochoa intentó no establecer contacto visual con Raley, pero por el rabillo del ojo vio a su compañero darse la vuelta para disimular una risita.

—Esteban Padilla está muerto, señor Strong. Lo mataron hace varios días.

—Espero que se tratara de una muerte accidental. ¿Estaba manejando alguna máquina?

—Sé que tiene muchos clientes, señor Strong —señaló Raley.

—Y que lo digas —replicó el abogado—. Y todos reciben atención personalizada.

—Estoy seguro de ello —continuó Raley—. Pero permítanos refrescarle la memoria. Esteban Padilla era conductor de limusinas y lo despidieron en primavera. Acudió a usted porque quería demandarlos.

—Vale, vale, y presentamos una demanda por despido improcedente. —Ronnie Strong se dio unos golpecitos con el dedo índice en la sien—. Al final todo está aquí.

—¿Podría contarnos los fundamentos del caso? —preguntó Ochoa.

—Claro, dadme un segundo. Vale, ya lo tengo. Esteban Padilla. Vivía en el Harlem español, era buena gente. Se ganó la vida honradamente como chófer de limusinas durante años y las probó todas: las largas, las oficiales, las Hummer... Esos Hummer largos son increíbles, ¿verdad, colegas? En fin, ocho años de leal servicio prestado a esas ratas de alcantarilla y van y lo largan sin más ni más. Le pregunté si había algún motivo, si había hecho algo: robar, tirarse a los clientes, hacerle un corte de manga al jefe. Nada. Después de ocho años, zas, se acabó.

»Le dije que habían sido injustos con él y que los íbamos a empapelar hasta la médula, que los desplumaríamos de tal manera que se le acabarían las preocupaciones en la vida.

—¿Y qué pasó con el caso? —dijo Ochoa.

Strong se encogió de hombros.

—No siguió adelante.

—¿Qué? —se asombró Raley—. ¿Usted decidió que no había caso?

—No, yo tenía un caso. Estábamos preparados para el rock and roll. Pero de repente Padilla vino junto a mí y me dijo: «Olvídelo, Ronnie. Olvide todo ese rollo».

Los Roach se miraron entre ellos. Ochoa asintió para darle carta blanca a su compañero para que le hiciera la pregunta.

—Cuando fue a decirle que se olvidara de todo, ¿le dijo por qué? —dijo Raley.

—No.

—¿Parecía nervioso, agitado o asustado?

—No. Fue muy extraño. Nunca lo había visto tan relajado. De hecho, hasta diría que parecía contento.

\* \* \*

La visita de los Roach a la Rolling Service Limousine Company de Queens no fue ni tan entretenida ni la mitad de cordial que la que le acababan de hacer a Ronnie Strong. Sin embargo, el ambiente por ahí iba de sofisticado.

Atravesaron el enorme almacén por las dársenas de servicio y pasaron por delante de hileras de coches negros que estaban siendo pulidos y abrillantados, hasta que encontraron la oficina del jefe. Era una minúscula caja de cristal situada en una de las esquinas de la parte trasera y al lado de un baño que tenía un cartel mugriento en la puerta en el que había una flecha dibujada que se podía cambiar de «ocupado» a «no ocupado».

El jefe les hizo esperar de pie mientras atendía la queja de un cliente al que habían dejado plantado en la acera del Lincoln Center durante uno de los eventos de la Fashion Week y que quería una indemnización.

—¿Qué quiere que le diga? —replicó el jefe mirando directamente hacia los detectives y tomándose su tiempo mientras hablaba—. Eso fue hace semanas y le da por llamar ahora. Además, lo he comprobado con mi chófer y me ha dicho que usted no estaba cuando él llegó. Es su palabra contra la de él. Si hiciera caso a todos los que vienen con cuentos de este tipo, no tendría dinero para seguir con el negocio.

Diez minutos más tarde, el tirano pasivo-agresivo acabó de hablar y colgó.

—Clientes —dijo.

—Quién los necesita, ¿verdad? —comentó Raley, sin poder resistirse.

—Totalmente de acuerdo —repuso el hombrecillo sin ninguna ironía—. Son como un puto grano en el culo. ¿Qué quieren?

—Hemos venido a hacerle unas preguntas sobre un antiguo chófer suyo, Esteban Padilla. —Ochoa vio cómo se le tensaba la piel de la cara al jefe.

—Padilla ya no trabaja aquí. No tengo nada que decir.

—Lo despidieron, ¿no? —Los Roach se iban a cobrar aquellos diez minutos como mínimo.

—No puedo hablar de asuntos relacionados con el personal.

—Con ese cliente lo ha hecho —dijo Raley—, así que hágalo con nosotros. ¿Por qué lo despidieron?

—Eso es información confidencial. Además, ni siquiera me acuerdo.

—Un momento, ya me he liado. ¿El problema es que es confidencial o que no se acuerda? Quiero tenerlo claro cuando salga de aquí y vaya a la Comisión de Taxis y Limusinas a revisar su permiso de trabajo.

El jefe se quedó sentado en la silla balanceándose mientras reflexionaba.

—Esteban Padilla fue despedido por insubordinación hacia los pasajeros. Hicimos un cambio, así de simple —respondió finalmente.

—¿Después de ocho años, de repente el hombre era un problema? A mí no me encaja —dijo Ochoa—. ¿A ti te encaja, detective Raley?

—Ni lo más mínimo, compañero.

Los detectives sabían que la manera más eficaz de hacer caer a un mentiroso por su propio peso era ceñirse a los hechos. Nikki Heat decía que era la segunda parte de la regla número uno («la línea de tiempo es tu amiga»). «Si huele a chamusquina, ve a por datos concretos».

—¿Sabe, caballero? Estamos investigando un caso de homicidio y, por lo que nos acaba de decir, uno de sus clientes podría tener alguna rencilla con su chófer, la víctima asesinada. Así que no nos queda más remedio que preguntarle qué clientes fueron los que se quejaron del señor Padilla. —Raley se cruzó de brazos y esperó.

—No me acuerdo.

—Ya —dijo Raley—. Y si pensara un poco, ¿cree que se acordaría?

—No creo. Fue hace mucho.

Ochoa decidió que era el momento de obtener más datos concretos.

—Se me ocurre algo que podría servir de ayuda, y sé que usted quiere ayudar. Tendrá un archivo con los albaranes de sus servicios, ¿no? Al menos esa es su obligación. Sobre la mesa veo el de la queja de la persona que le acaba de llamar, así que sé que lo tiene. Vamos a pedirle que nos dé todos los albaranes de todos los viajes que Esteban Padilla hizo antes de ser despedido. Empezaremos con los de cuatro meses antes. ¿Cómo le suena eso comparado con una incómoda inspección de la Comisión de Taxis y Limusinas?

\* \* \*

Dos horas después, de vuelta en la comisaría, Raley, Ochoa, Heat y Rook estaban sentados en sus respectivas mesas estudiando detenidamente los albaranes de los servicios de limusina que había llevado a cabo Esteban Padilla durante los meses anteriores a su despido. Aquello era poco más interesante que la revisión que habían hecho días antes de la cinta de la máquina de escribir reutilizada de Cassidy Towne, pero era el trabajo pesado, el trabajo de oficina, el que les proporcionaba datos concretos. Aunque no supieran exactamente qué datos estaban buscando, la idea era encontrar algo o a alguien que estuviera relacionado con el caso.

Ochoa se estaba echando más café mientras movía en círculos la cabeza para relajar los músculos de los hombros contracturados cuando Raley dijo:

—Tengo uno.

—¿Qué es lo que tienes, Rales? —preguntó Heat.

—Tengo aquí el nombre de un cliente al que llevó que coincide con el de alguien con quien hemos hablado. —Raley sacó un albarán del archivo y se puso en el medio de la habitación. Los otros se reunieron a su alrededor y él levantó la hoja y la sujetó delante de él, por debajo de la barbilla, para que todos pudieran ver el nombre.

# 13

Aunque el equipo del uniforme rayado tenía el día libre, en el nuevo estadio de los Yankees un preparador y un entrenador de bateo permanecían unos metros por detrás de Toby Mills observando cómo hacía lentos giros con un bate al que le habían puesto una pesa en forma de donut en el barril. Era raro ver a Mills empuñando el palo. Era raro ver a los lanzadores de la liga americana dándole a la pelota, salvo en competiciones ocasionales interligas como la Subway Series y, por supuesto, los partidos de la World Series que se jugaban en estadios rivales. Con los Bombers a punto de conseguir otro banderín y de invadir en breve un estadio de la Liga Nacional, era el momento de que su lanzador estrella practicara un poco en la base. Mientras describía arcos lenta y suavemente, los entrenadores lo estudiaban, aunque no para valorar su habilidad. Querían ver cómo transfería el peso a las piernas después de la tendinitis que había sufrido en uno de los isquiotibiales. Lo único que les preocupaba era ver si estaba recuperado, si estaría listo.

Dos pares más de ojos observaban a Toby Mills. Heat y Rook estaban de pie en la primera fila de asientos sobre el banquillo de los Yankees.

—Para ser un lanzador tiene un *swing* de la leche —dijo Nikki sin apartar la vista del jugador.

Rook observó cómo repetía otra vez el movimiento.

—No sé cómo puedes saberlo. Si golpeara la bola todavía podría decir si es un buen golpe, pero para mí eso es como una pantomima. O como boxear con un contrincante imaginario. ¿Cómo lo puedes saber?

Ahora sí que se giró hacia él.

—Rook, ¿nunca has jugado en la Little League? —Cuando él respondió con una enorme sonrisa de tontorrón, ella le preguntó—: ¿Nunca has ido a un partido?

—Déjame vivir, ¿quieres? Fui criado por una diva de Broadway. ¿Qué le voy a hacer si he visto más veces *Malditos yanquis* que a los Yankees de verdad? ¿Eso me convierte en peor persona?

—No. Eso te convierte en escritor de novelas románticas.

—Gracias. Me alegro de que no te burles de mí, ni nada de eso.

—Si crees que lo voy a olvidar es que vives en un mundo de fantasía. En un mundo de fantasía que tiene como telón de fondo una plantación de finales de siglo en Savannah, señorita St. Clair.

—Creía que habíamos hecho un trato —dijo una voz detrás de ellos. Se dieron la vuelta y se encontraron a Jess Ripton bajando furioso los escalones hacia ellos. El mánager de Toby aún estaba como a unas diez filas de ellos, pero siguió ladrando a medida que se acercaba, hablando como si estuviera justo detrás—. ¿No habíamos quedado en que se pondrían en contacto conmigo y no le tenderían emboscadas a mi cliente?

Aunque se estaba acercando, todavía estaba lo suficientemente lejos para que Rook pudiera susurrarle en un aparte a Nikki:

—¿Ves? Por esto no voy nunca a los juegos de pelota. Por esto.

—Buenas, señor Ripton —dijo Heat quitándole un poco de hierro al asunto—. No quería molestarle para una tontería así, solo quiero hacerle un par de preguntas rápidas a Toby.

—De eso nada. —Ripton se detuvo al lado del pasamanos y los dos se dieron la vuelta para mirarlo de frente. Jadeaba un poco por el esfuerzo realizado y llevaba la chaqueta del traje doblada sobre un brazo—. Nadie puede molestarlo. Hoy es la primera vez que pisa la hierba desde la lesión.

—¿Sabe qué? —dijo Rook—. Para ser lanzador tiene un *swing* de la leche.

—Ya sé todo lo que tiene. —El Cortafuegos escupía las palabras. Extendió los brazos para impedirles simbólicamente que llegaran hasta su jugador, haciendo honor a su apodo—. Tienen que hablar conmigo para gestionar el acceso.

Nikki se puso una mano en la cadera, un gesto mordaz que tenía como objetivo echar hacia atrás la americana para que se viera la placa que llevaba en la cintura.

—Señor Ripton, ¿no habíamos acabado ya con esto? No vengo de la cadena ESPN para mendigar unas migajas. Estoy investigando un asesinato y tengo que preguntarle una cosa a Toby Mills.

—Que está intentando volver tras una lesión que ha mermado su confianza —dijo el Cortafuegos—. ¿Usted ve un buen *swing*? Le diré lo que yo veo: a un niño que podría tener que poner el pie en la goma en el partido inaugural de la World Series y que está acojonado porque le preocupa no estar al cien por cien. Y además tiene que batear. Tiene tanta presión encima que hace una hora he echado atrás una recepción promocional con Disney World. No intento ser poco cooperador, detective, pero le voy a pedir que le dé un respiro.

Rook no se pudo resistir.

—Vaya, ¿les ha dicho a Mickey y a Minnie que se relajen?

—¿Todo bien, Jess? —gritó justo entonces Toby Mills desde el círculo en el que estaba bateando.

Su mánager le dedicó una sonrisa y agitó la mano.

—Todo bien, Tobe. Creo que han apostado por el partido —dijo riéndose. Mills asintió pensativo y volvió a los *swings*. Ripton se volvió hacia Heat y borró la sonrisa de la cara—. ¿Ve lo que está pasando? ¿Por qué no me dice lo que quieren y listo?

—¿Al final ha decidido que quiere ser su abogado? —Nikki manipuló la frase intentando añadir la gravedad suficiente para poner al mánager en su sitio—. Fue usted el que dijo que era abogado. ¿Es abogado criminalista?

—La verdad es que no. Antes de crear mi propio negocio era abogado de empresa en Levine & Isaacs Public Relations. Me cansé de pagar fianzas a todos los Warren Rutland y Sistah Strife del mundo a cambio de unos honorarios de chiste.

Nikki pensó en Sistah Strife, la rapera convertida en actriz que tenía la mala costumbre de olvidarse de que había metido armas de fuego en el equipaje de mano ante la Administración de Seguridad del Transporte y que había puesto una famosa demanda por agresión sexual a un *road* mánager que se resolvió fuera del tribunal, al parecer con ocho cifras.

—Al final puede que le vaya a respetar y todo, Jess. ¿Llevó usted lo de Sistah Strife?

—Nadie llevaba a Sistah Strife. Llevabas el desbarajuste que iba dejando a su paso —dijo con un tono imperceptiblemente más suave—. Dígame cómo podemos salir de esta reunión ambos satisfechos, detective.

—Estamos investigando el asesinato de un antiguo chófer de limusinas y el nombre de Toby Mills ha salido a colación.

Fin de la tregua. Lo único que Nikki había conseguido había sido pulsar el botón para poner a cero el contador del Cortafuegos. Casi podía oír el zumbido de los servomotores mientras el escudo defensivo se levantaba de nuevo.

—Pare el carro. Primero nos viene con el cuento de Cassidy Towne, ¿y ahora con un conductor de limusinas muerto? ¿Qué está pasando aquí? ¿Forman parte de algún tipo de *vendetta* contra Toby Mills?

Heat sacudió la cabeza.

—Solo estamos siguiendo una pista.

—Pues parece acoso.

Nikki se lanzó contra el muro que la repelía.

—La víctima de asesinato había sido despedida por culpa de un altercado no especificado con un cliente. Al comprobar los archivos hemos descubierto que había llevado a Toby Mills.

—Está de broma, ¿no? ¿De verdad está intentando encontrar una conexión entre el conductor de una limusina y un famoso en Manhattan? ¿En *New York, New York*? ¿Lo hace al azar, o algo así? Y va y elige a mi chico. ¿Quién más está en su lista? ¿Va a interrogar también a Martha Stewart? ¿A Trump? ¿A A-Rod? ¿A Regis? Dicen que de vez en cuando van en limusina.

—El único que nos interesa es Toby Mills.

—Ya. —Jess Ripton asintió imperceptiblemente—. Ya entiendo. ¿Intenta darse más publicidad endosándole todos los crímenes que no puede resolver a mi chico?

No tenía sentido enfrentarse a aquel hombre. Por muchas ganas que tuviera de darle una buena contestación, decidió mantenerse en su sitio y no picar su cebo emocional. Pensó que a veces ser profesional era una mierda.

—Esto es exactamente lo que estoy haciendo: mi trabajo es encontrar a los asesinos, igual que el suyo es proteger a «su chico». Pues el caso es que, no sé cómo, el nombre de Toby Mills ha salido a relucir por estar relacionado con dos asesinatos esta semana. Eso me intriga y también debería intrigarle a usted.

Jess Ripton adoptó una actitud pensativa. Se volvió hacia el campo, donde Toby estaba tendido en la hierba mientras el entrenador le estiraba el ligamento del isquiotibial. Cuando volvió a mirar a Nikki Heat, esta dijo:

—Así es. Sea o no su chico, no viene mal mantener los ojos bien abiertos, ¿no, señor Ripton? —Le dedicó una sonrisa y dio media vuelta, dejándolo allí para que reflexionara un poco sobre ello.

\* \* \*

Cuando Heat y Rook volvieron a la 20, la detective Hinesburg se acercó a la mesa de Nikki antes de que le diera tiempo a dejar el bolso.

—Los de PAF nos han enviado la información que les pediste sobre el texano.

Le tendió un listado a Nikki y Rook se acercó para leerlo por encima de su hombro.

—¿PAF? —preguntó—. Plagas, Alimañas ¿y qué más? ¿Fieras?

—Protección de Aduanas y Fronteras —dijo Nikki mientras devoraba la lista—. Supuse que si nuestro amigo común Rance Eugene Wolf salía del país para hacer trabajos de seguridad en Europa, su vuelta a Estados Unidos estaría registrada. Eso siempre que entrara legalmente y utilizara su pasaporte.

—Después del 11-S sería raro, ¿no? —preguntó Rook.

—No tanto —dijo Nikki—. La gente encuentra formas de entrar. Pero este cerdito volvió a casa. El pasado 22 de febrero se montó en un Virgin para volar de Londres al JFK. Y te puedes ahorrar el chiste, Rook, ya me estoy arrepintiendo de lo que he dicho.

—Yo no he dicho nada.

—No, pero te has aclarado un poco la garganta como sueles hacer antes de decirlo, así que he preferido adelantarme en beneficio de todos. —Le devolvió la hoja a Hinesburg—. Gracias, Sharon. Tengo otro trabajo para ti: empieza a hacerme una lista de los clientes de Tex antes de que se fuera a Europa.

La otra detective le quitó la tapa a un bolígrafo con los dientes y tomó algunas notas en la parte de atrás de la lista de Aduanas.

—¿Te refieres al nombre de la empresa de seguridad para la que trabajaba? Ya lo tenemos, es Hard Line Security de Las Vegas, ¿no?

—Sí, pero quiero que te pongas en contacto con ellos. Hazte amiga de alguien y descubre cuáles fueron sus clientes específicos. El informe del Centro Nacional de Análisis de Delitos Violentos decía que se llevaba bien con los clientes, quiero saber quiénes eran. Y si trabajaba por cuenta propia, todo lo que puedas conseguir.

—¿Tengo que buscar algo en especial? —preguntó Hinesburg.

—Sí, apúntalo. —Esperó a que tuviera el boli preparado y dijo—: Algo útil.

—De acuerdo. —Hinesburg sonrió y se fue a llamar a Nevada.

Nikki cogió un rotulador chirriante y escribió la fecha de regreso del texano en la línea de tiempo que tenía en la pizarra blanca. Cuando hubo acabado, dio un paso atrás para echar un vistazo al *collage* compuesto por las fotos de las víctimas, fechas, horas y acontecimientos importantes que se arremolinaban alrededor de los tres homicidios. Rook también lo miró pero mantuvo la distancia. La conocía y, después de haberla acompañado durante la investigación del asesinato de Matthew Starr, había aprendido que Nikki estaba llevando a cabo un importante ritual que formaba parte del proceso: observar todos los elementos inconexos en silencio para ver si la conexión ya estaba ahí, en la pizarra, esperando a ser descubierta. Recordó la cita que había utilizado en su artículo *La ola de delitos se topa con la ola de calor:* «Basta una pista poco sólida para desenmarañar un caso, pero también basta una pista diminuta para hacer encajar las piezas». Mientras observaba a Nikki desde atrás, se quedó sin palabras. Mientras Rook estaba disfrutando de la vista, ella se dio la vuelta, casi como si supiera qué estaba haciendo. Pillado in fraganti, notó cómo se ruborizaba y se volvió a quedar sin palabras. Lo único que le vino a la cabeza fue: «Escritores».

\* \* \*

El teléfono de la mesa de Nikki sonó y, cuando respondió, era un Jess Ripton mucho más amable y agradable que el que se había enfrentado a ella unas horas antes en el estadio.

—Soy Jess Ripton, ¿cómo está?

—Un poco liada —dijo Heat—. Ya sabe, entre lo de luchar contra el crimen y buscar la próxima oportunidad para hacerme publicidad…

—Eso fue un golpe bajo y le pido disculpas por ello, de verdad. Además, piénselo, considerando cómo me gano la vida, ¿me iba a parecer mal que se publicitara?

—No, supongo que no —contestó ella y se quedó callada. Tenía curiosidad por saber qué finalidad tenía aquel acercamiento. Los tipos como Ripton no hacían las cosas porque sí.

—En fin, el caso es que quería decirle que he hablado con Toby sobre el conductor de limusinas del que usted quería obtener información. —Nikki sacudió la cabeza pensando que vaya con la mentalidad de los manipuladores de su calaña. Después de tantos años trabajando sobre el terreno en las calles más ricas del Upper West Side, había visto aquello en numerosas ocasiones: se trataba de miembros de séquitos y protectores que creían que hablar en nombre de un entrevistado eliminaba la necesidad de que ella les hiciera las preguntas personalmente.

—Quería que supiera que Tobe no recuerda haber tenido ninguna bronca con ningún chófer. Y yo le creo.

—Caramba —dijo ella—, entonces, ¿qué más quiero?

—Vale, vale, ya lo sé. Va a querer hablar personalmente con él de todos modos y, como le dije ayer, fijaremos una cita. Pero estoy intentando cooperar. Y no es fácil, por si no se ha dado cuenta.

—Por ahora va bien —dijo con displicencia. No tenía sentido aceptar el cortafuegos del Cortafuegos.

—Estoy intentando conseguirle lo que quiere y, al mismo tiempo, un poco de aire para mi chico, para que pueda estar a la altura de las circunstancias en su vuelta al montículo.

—No, soy yo la que lo consigo. Pero tiene razón, Jess, sigo queriendo hablar con él en persona.

—Por supuesto, y si pudiera esperar un día o dos le estaría muy agradecido —dijo.

—¿Y qué ganaría yo con eso? ¿Salir en la portada de *Time*? ¿Que me hicieran personaje del año?

—He conseguido cosas parecidas para personas menos válidas. —Hizo una pausa y luego, con un tono de voz casi humano, continuó—: Oiga, llevo dándole vueltas desde lo último que me dijo en el estadio, lo de mantener los ojos abiertos con respecto a Toby. —Aquel era otro campo en el que la experiencia le había enseñado a la detective a utilizar el silencio. Esperó a que siguiera, y lo hizo—. No tengo por qué preocuparme por él. Cuando me dijo que no había tenido problemas con ningún chófer, ni pestañeé. Los chóferes, los camareros, el servicio de su casa, todos lo adoran. Debería acompañarlo alguna vez. Los trata bien, da muy buenas propinas, les hace regalos. Toby Mills no es lo que yo consideraría un chico problemático.

—¿Y lo de la patada a la puerta de Cassidy Towne cómo encaja con su buen chico?

—Oiga, ya hemos hablado de eso. Perdió los papeles, era como el león protegiendo a sus cachorros. De hecho, por eso la llamo.

Ahí estaba, nunca fallaba. Las llamadas telefónicas conciliadoras eran como las galletas Oreo: nunca venían sin el relleno de nata.

—Quiere que le pregunte cómo va lo del acosador.

La pregunta, por no mencionar la excusa barata para la llamada, la molestó, aunque en realidad Nikki lo entendía. Tal vez el niño de Broken Arrow (Oklahoma) fuera millonario, pero Toby Mills era un padre de familia acosada.

—He asignado a un detective al caso, y estamos colaborando con dos comisarías más para encontrarlo. Dígale a su cliente que cuando sepamos algo se lo comunicaremos.

—Muchas gracias —dijo él. Y, una vez entregado el mensaje, se despidió con premura.

\* \* \*

Rook estaba de pie en la cabina dos de observación de interrogatorios con dos vasos en la mano. Uno de ellos humeaba y el otro le estaba humedeciendo los dedos con la condensación del frío mientras miraba a través del cristal mágico a Raley y Ochoa, que habían requisado la minimesa de conferencias para esparcir todos sus papeles. Posó el vaso frío para poder abrir la puerta y se aseguró de lucir una sonrisa en la cara cuando entró para unirse a ellos.

—Hola, Roach.

Ninguno de los dos detectives levantó la vista de los listados de llamadas telefónicas que había desparramados ante ellos. Ni siquiera le respondieron.

—Mira a quién dejan merodear a su antojo por el edificio sin niñera —le dijo Raley a su compañero.

Ochoa miró al visitante.

—Sin correa ni nada, qué poca vergüenza.

—Le han enseñado a hacer sus necesidades en una hoja de periódico —continuó Raley.

—Muy bueno lo del periódico —replicó Ochoa riéndose—. Realmente ingenioso.

Raley levantó la vista de su trabajo y el otro poli miró hacia el otro lado de la mesa.

—¿Ingenioso?

—Venga ya, Rales, es escritor. «A hacer sus necesidades en una hoja de periódico».

Rook se rió. La risa sonó un poco forzada, porque lo era.

—Pero bueno, ¿esta es la sala dos de interrogatorios o acabo de colarme en el Club de la Comedia?

Los Roach volvieron a hundir las narices en los listados.

—¿Puedo ayudarte, Rook? —preguntó Ochoa.

—He oído que le estabais dando duro al papeleo así que os he traído un refrigerio —dijo mientras ponía un vaso al lado de cada uno—. Un café con crema de avellana para ti, y para el detective Raley un poco de té dulce. —Advirtió que Raley miraba de reojo a Ochoa. Era una mirada desdeñosa y rezongona, como la sensación que le habían transmitido desde que había vuelto. Cuando los dos murmuraron un «gracias, tío» ausente y siguieron leyendo, él estuvo a punto de irse. Pero en lugar de ello, se sentó.

—¿Queréis que os eche una mano? Puedo relevar a alguno.

Raley se rió.

—Eh, el escritor dice que quiere relevarnos*, eso también es ingenioso.

Ochoa le dedicó una mirada inexpresiva.

---

* En el original se utiliza la palabra «spell», que también significa «deletrear». (N. de la T.)

—No lo pillo.

—Déjalo, no me hagas caso. —Raley se giró de lado en la silla, nervioso.

Ochoa disfrutó al sacar de quicio a su compañero y le dio un sorbo al café, que aún estaba demasiado caliente para que se pudiera beber. Dejó el vaso y se frotó los ojos con las bases de las manos. Escudriñar listas de llamadas telefónicas era una de las típicas tareas pesadas del día a día de un detective.

Pero Esteban Padilla había tenido más teléfonos y había hecho más llamadas de lo que esperaban para tratarse del conductor de un furgón de reparto de frutas y verduras y aquella tarea, después de haberse pasado tanto tiempo rebuscando entre los albaranes de las limusinas, les estaba dejando la cabeza como un bombo. Por eso se habían trasladado a la sala de interrogatorios. No solo por el tamaño de la mesa, sino por el silencio. Y ahora, allí estaba Rook.

—Vale. ¿No piensas decirnos de qué va esto? Todo este rollo de servirnos, de «¿cómo va todo, Roach?», de ofrecerte a echarnos una mano.

—Está bien —repuso Rook. Esperó hasta que Raley le hizo caso—. Digamos que es una especie de rama de olivo. —Como ninguno de los detectives respondieron, continuó—. Todos sabemos que ha habido tensión de fondo desde el momento en que os vi en la cocina de Cassidy Towne. ¿Me equivoco?

Ochoa volvió a coger la taza.

—Oye, nosotros nos limitamos a hacer nuestro trabajo, tío. Mientras eso funcione, a mí el resto me da igual. —Probó el café y le dio un largo trago.

—Venga ya, aquí pasa algo y me gustaría que acláraramos las cosas. No soy idiota, sé que la culpa de todo la tiene mi artículo. El problema es que no os di el protagonismo suficiente, ¿no? —Ninguno de los dos abrió la boca. Entonces pensó en la sala en la que estaban y en lo irónico que era estar allí interrogando a dos detectives e intentando hacerles hablar, así que aprovechó aquella baza—. No pienso moverme de aquí hasta que me lo digáis.

Los detectives cruzaron una mirada, pero fue Ochoa el que volvió a hablar.

—Vale, pues sí, ya que lo preguntas. Aunque el problema no es tanto el protagonismo como el hecho de que somos un equipo. Tú nos has visto trabajar. No se trata de que nuestros nombres salgan más ni de convertirnos en héroes, no es eso lo que queremos. El problema es no habernos tratado como un equipo, eso es todo.

Rook asintió.

—Ya me parecía. No fue intencionado, os lo aseguro, y si lo tuviera que repetir lo escribiría de forma diferente. Lo siento, chicos.

Ochoa miró fijamente a Rook.

—Para mí eso es suficiente. —Le tendió la mano y, después de estrechársela, se giró hacia su compañero—. ¿Rales?

El otro detective no parecía tan convencido, pero dijo «guay» y le estrechó también la mano al escritor.

—Bien —dijo Rook—. Mi oferta sigue en pie. ¿Cómo puedo echaros una mano con esto?

Ochoa le hizo una seña con la mano para que acercara la silla.

—Lo que estamos haciendo es revisar los listados de las llamadas telefónicas de Padilla para localizar cualquier llamada que no fuera para sus amigos, familia, jefe y esas cosas.

—Estáis intentando encontrar algo fuera de lo normal.

—Sí. O algo normal que nos diga algo. —Ochoa le tendió un listado de llamadas a Rook junto a una hoja de color rosa en la que tenían apuntados los teléfonos de los amigos, la familia y el trabajo—. Si ves algún número que no esté en la hoja rosa, márcala con el subrayador, ¿vale?

—Vale. —En cuanto Rook empezó a revisar la primera línea de llamadas, sintió los ojos de Raley clavados en él y levantó la vista.

—Tengo que decirte una cosa, Rook. Hay algo más que me corroe y si no lo suelto voy a reventar.

Rook vio reflejada en su cara la gravedad del asunto y bajó la hoja.

—Claro, suéltalo, hay que echarlo todo fuera. ¿Qué es lo que quieres decirme?

—Es por lo del té dulce —contestó Raley.

—Explícate, ¿no te gusta el té? —preguntó Rook confuso.

—No se trata del maldito té, sino del mote «Té Dulce». Lo pusiste en el artículo y ahora todo el mundo me llama así.

—No me había enterado —comentó Ochoa.

—¿Por qué te ibas a enterar? Tú no eres yo.

—Te vuelvo a pedir disculpas —dijo Rook—. ¿Mejor?

Raley se encogió de hombros.

—Sí, ahora que lo he soltado, sí.

—¿Quién te llama así? —insistió su compañero.

Raley se movió inquieto.

—Mucha gente. El sargento de recepción, un poli de Registros. No importa cuántos sean, no me gusta y punto.

—¿Puedo decirte algo como amigo y compañero para ayudarte a superarlo? Supéralo. —Y un segundo después de haber vuelto al trabajo, Ochoa lo remató con un «Té Dulce».

Analizaron las listas de llamadas en silencio. Unos minutos después, en el segundo listado, Rook le pidió a Ochoa el subrayador.

—¿Tienes uno?

—Sí. —Le cogió el rotulador a Ochoa y al usarlo se dio cuenta de lo que acababa de encontrar—. Joder.

—¿Qué? —dijeron los Roach.

Rook subrayó el número de teléfono y sujetó la hoja en el aire.

—¿Veis este número? Es el de Cassidy Towne.

\* \* \*

Media hora después, la detective Heat observaba de pie la colección de listas de llamadas telefónicas que los Roach le habían dejado una a continuación de otra, por orden cronológico, sobre la mesa de la oficina.

—¿Qué tenemos aquí?

—La verdad es que tenemos un par de cosas —dijo Raley—. En primer lugar, tenemos la conexión que estábamos buscando entre Esteban Padilla y Cassidy Towne. Y no se trata solo de una llamada, sino de una serie de llamadas regulares.

Ochoa recogió el testigo y señaló una serie de números subrayados en las primeras páginas, las que estaban a la izquierda de la mesa.

—Las primeras llamadas son estas. La estuvo llamando una o dos veces por semana durante el invierno y la primavera. Encaja con las fechas en las que estuvo trabajando en la limusina, claro indicio de que Padilla era una de sus fuentes.

—¿Sabéis qué creo? —dijo Rook—. Apuesto a que podéis comprobar las fechas de esas llamadas, contrastarlas con a quién había llevado Padilla esa noche y relacionarlas con el dinero de la factura del día siguiente. Eso suponiendo que hubiera algún dato de interés periodístico.

—¿De interés periodístico? —dijo Heat.

—Vale, de interés sensacionalista.

Ella asintió.

—Ya te había entendido. Sigue.

—Aquí se vuelve aún más interesante —continuó Raley—. Las llamadas se interrumpen de repente aquí —dijo señalando el listado de mayo—. Adivina con qué coincide.

—Con el mes en que despidieron a Padilla de la empresa de limusinas —contestó ella.

—Correcto. Luego hay una serie de llamadas justo después de eso, de las que por ahora solo podemos intentar adivinar el motivo, y luego nada durante casi un mes.

—Y luego comienzan de nuevo aquí. —Ochoa apareció a la derecha de Nikki y usó la tapa del subrayador amarillo para señalar dónde se reanudaban las llamadas—. De repente la llama un montón de veces a mediados de junio. Hace cuatro meses.

—¿Sabemos si entonces estaba trabajando para otra empresa de limusinas? —preguntó Heat.

—Lo hemos comprobado —dijo Raley—. Empezó a conducir el furgón de frutas y verduras a finales de mayo, poco después de que lo echaran de lo de las limusinas, así que dudo que continuara informándola de los cotilleos.

—O al menos de ninguno nuevo. —Rook se inclinó más allá de Nikki y extendió los dedos para abarcar el intervalo entre las llamadas—. Mi suposición es que esta interrupción de las llamadas tuvo lugar cuando el señor Padilla dejó de pasarle información diaria a la señorita Towne. Y la reanudación de las llamadas en junio tiene que ver con la investigación para el maldito libro que estaba escribiendo, fuera el que fuera. Dependería de por dónde fuera con el manuscrito. Como escritor, yo diría que encajaría en el tiempo.

Nikki escudriñó el patrón que habían subrayado, que era una línea de tiempo en toda regla, y luego volvió a mirar a los detectives y a Rook.

—Gran trabajo. Esto es muy importante. No solo tenemos la conexión entre Padilla y Towne, sino que si Rook tiene razón sobre lo que significa el patrón podría sugerir por qué la mataron. Si ella fue asesinada por lo que estaba escribiendo, a él pueden haberlo matado por ser su soplón.

—¿Como a Derek Snow? —preguntó Rook.

—Por una vez no es una teoría tan descabellada, señor Rook. Aunque seguirá siendo una teoría hasta que logremos establecer un nexo de unión similar a este. Roach, os pondréis con las listas de llamadas de nuestro recepcionista mañana a primera hora de la mañana.

Mientras los Roach abandonaban la oficina diáfana, oyó a Raley decir en voz baja:

—Necesito dormir un poco, pero cada vez que cierro los ojos veo listas de llamadas.

—Yo también, Té Dulce —dijo Ochoa.

Nikki se estaba poniendo la chaqueta de cuero marrón cuando Rook entró en el ropero cerrando el bolso de mensajero.

—¿Os habéis dado besitos para reconciliaros? —preguntó ella.

—¿Cómo lo sabes? ¿Teníamos cara de sexo pos reconciliación?

—¿Quieres que vomite? —dijo ella—. En realidad os pillé a través del cristal de la cabina de observación.

—Era una conversación privada.

—Es curioso, eso es lo que piensan los chicos malos cuando están en esa sala. Todo el mundo se olvida de que aquel es un espejo de doble cara. —Hizo un rápido movimiento de cejas mirando hacia él, a lo Groucho—. Pero lo de tenderles la mano así estuvo muy bien por tu parte.

—Gracias. Oye, estaba pensando... Me encantaría canjear el vale de anoche.

—Vaya, lo siento, esta noche no puedo, he quedado. Petar me ha llamado.

Su estómago cogió el ascensor exprés hasta el sótano, pero mantuvo la sonrisa y el aire informal como si no pasara nada.

—¿Ah, sí? ¿Nos tomamos una copa después, entonces?

—El problema es que no sé cuándo va a ser después. Vamos a quedar en su pausa para la cena. ¿Quién sabe? Tal vez acabo yendo de nuevo al programa. Nunca he visto cómo se rueda una de esas cosas. —Consultó el reloj—. Me voy corriendo, voy a llegar tarde. Nos vemos por la mañana—. Se aseguró de que la sala de la brigada estaba vacía y le dio un beso en la mejilla. Él empezó a extender los brazos hacia ella, pero se lo pensó mejor por aquello de que estaban en la comisaría y todo eso.

Aunque cuando la vio salir por la puerta deseó haberla rodeado con los brazos. Con lo irresistible que era, tal vez hubiera conseguido que cancelara la cena.

* * *

Los Roach llegaron temprano a la mañana siguiente y se encontraron a Rook acampado en la mesa de reuniones.

—Me estaba preguntando quién había encendido las luces —dijo Raley—. Rook, ¿no te fuiste a casa anoche?

—Sí. Pero he pensado que debería venir temprano para aprovechar el día.

—Que no te parezca mal, pero tienes mala cara. Es como si hubieras estado haciendo paracaidismo sin gafas.

—Gracias. —Rook no tenía un espejo para mirarse, pero se lo podía imaginar—. La verdad es que no paro, cuando salgo de aquí todavía me pongo con mi trabajo nocturno sobre el teclado.

—Vaya, debe de ser muy duro —dijo Ochoa empáticamente y la pareja se alejó por la oficina para acceder a sus ordenadores.

Aunque el comentario que había hecho Ochoa era de compasión, solo consiguió que Rook se sintiera culpable. Culpable, en primer lugar, por haberse atrevido a decirle a un detective de homicidios de Nueva York lo dura que podía ser la vida en su cómodo *loft* de Tribeca, escribiendo. Y en segundo lugar, porque no había estado escribiendo, aunque es verdad que lo había intentado. Tenía que pasar a limpio las notas de dos jornadas enteras para ponerse al día con el artículo sobre Cassidy Towne, pero no lo hizo.

El problema era Nikki. No podía quitarse de la cabeza a Nikki cenando con su antiguo novio de la universidad. Sabía que era una locura que estuviera tan cabreado. Lo que admiraba de ella era su autosuficiencia, su independencia. Pero no le gustaba cuando era tan independiente de él. Y menos con un antiguo novio. Sobre las once de la noche, incapaz de concentrarse en su trabajo o siquiera de ver las noticias, había empezado a preguntarse si así era como empezaban los acosadores. Y luego empezó a pensar que quizá su próximo artículo fuera una investigación sobre estos. Pero entonces le asaltó la duda de que si acompañabas a un acosador, ¿estabas acosando al acosador?

Todo se volvió muy extraño.

Entonces fue cuando llamó por teléfono. Había un escritor cómico que había conocido en un programa nocturno de entrevistas en Los Ángeles que llevaba dedicándose a aquello toda la vida y que seguramente conocía a Petar Matic.

—¿No te encanta el nombre, Rook? Parece el nombre de un producto que un experto en circuncisiones vendería en un publirreportaje. —Era llamar a un escritor cómico y te salían con una ocurrencia. Pero fue lo único de la conversación que a Rook le hizo reír.

Los escritores cómicos, sobre todo los de los programas nocturnos de entrevistas, eran un pequeño círculo de una mezcla de entre amigos y enemigos, y el colega de Rook de Los Ángeles conocía a uno de los escritores de guiones cómicos de *Later On* que había hecho servicios comunitarios hacía unos años.

—Un momento —dijo Rook—. ¿Por qué iba a hacer servicios comunitarios un escritor cómico?

—Ni idea. ¿Por hacer un chiste sobre Monica Lewinsky después de 2005? Quién sabe.

Así que mientras el escritor cómico de *Later On* estaba haciendo los servicios comunitarios en el zoo del Bronx —por conducir bajo los efectos del alcohol, como acabó por reconocer el amigo de Rook—, en el grupo que estaba con él ocupándose de la limpieza de las jaulas y de la basura estaba ese brillante tipo croata que rodaba documentales sobre naturaleza. Rook le preguntó si Petar también estaba allí por conducir bajo los efectos del alcohol.

—No, eso es lo paradójico del caso. El tío rodaba documentales, ¿y sabes por qué lo pillaron? —El amigo de Rook hizo una pausa para un redoble de tambor—. Por meter en el país de contrabando especies en peligro de extinción procedentes de Tailandia. Estuvo seis de los dieciocho meses en la cárcel, lo sacaron por buen comportamiento y le asignaron servicios sociales. ¡En el zoo!

—Otra paradoja —dijo Rook.

Hicieron buenas migas y, al final de la temporada que pasaron en el zoo, el escritor cómico le consiguió un trabajillo a Petar como asistente de producción en *Later On*.

—No era mucho mejor que rastrillar el recinto del elefante —dijo la voz de Los Ángeles—, pero para empezar no estaba mal y lo hizo bien. Fue ascendiendo bastante rápido hasta llegar a productor de segmento. Mi amigo dice que, cuando a Petar se le mete algo entre ceja y ceja, no hay quien lo pare.

Eso fue lo que hizo que Rook fuera incapaz de dormir. Le preocupaba la tenacidad característica de Petar Matic y eso se sumaba a la duda de si debería informar a Nikki de la condena de su ex por contrabando. Pero ¿y si él se lo había contado? Eso podría empeorar las cosas muchísimo más. Hizo una lista de las posibles consecuencias. Podría perjudicar la relación en perfecto estado que ella tenía con un viejo amigo, y Rook acabaría sintiéndose mal por ello. Más o menos. O podría generar sin querer más interés hacia Petar. Nikki tenía su lado díscolo, y podía ser que el rollo del chico malo le pusiera aún más. Y, finalmente, ¿en qué posición lo dejaba a él el hecho de hacer averiguaciones sobre sus antiguos novios? Lo haría parecer inseguro, necesitado y amenazado. Estaba claro que no quería dar esa impresión. Así que cuando la vio entrar sonriendo por la puerta del otro extremo de la oficina diáfana, supo exactamente qué debía hacer. Fingir que estaba ocupado y que no sabía nada.

—Míralo a él, fresco como una lechuga y... —Se le quedó mirando—. Con barba.

—Esta mañana no me he afeitado. Para ahorrar tiempo después de una larga noche de investigación. —Esperó a que colgara la chaqueta, y añadió—: ¿Y tú?

—Pues la verdad es que me siento muy bien, gracias. —Se dio la vuelta para gritar hacia el otro extremo de la sala—: ¿Roach? ¿Tenéis ya las listas de llamadas de Derek Snow?

—Las hemos pedido —dijo Raley—, deben de estar al llegar.

—Volved a llamar. Y mantenme informada. —Metió el bolso en el cajón del archivador—. Rook, estás en las nubes.

—¿Eh? Ah, solo me estaba preguntando... —La frase se quedó allí colgada, suspendida entre ellos. Lo que quería era preguntarle qué tal la noche. Qué había hecho. Adónde había ido. Qué había hecho. Cómo había terminado. Qué había hecho. Tenía tantas preguntas. Pero la única que le hizo fue—: ¿Puedo hacer algo para ayudar esta mañana?

Antes de que Nikki pudiera responder, su teléfono sonó sobre la mesa.

—Homicidios, detective Heat.

Antes de que Nikki oyera la voz, escuchó el sonido inconfundible de las ruedas de un metro chirriando hasta detenerse.

—¿Está ahí? —Reconoció la voz de Mitchell Perkins. Pero la voz del editor de Cassidy Towne no sonaba tan tranquila y prepotente como el día anterior en su despacho. Estaba nervioso y tenso.

—Maldito móvil. ¿Hola?

—Estoy aquí, señor Perkins, ¿ha pasado algo?

—Mi mujer me acaba de llamar, estoy camino del trabajo. Ha pillado a alguien intentando entrar en casa.

—¿Cuál es la dirección? —Chascó los dedos para atraer la atención de los Roach. Raley se metió en su extensión, copió la dirección que Perkins les dio de la zona alta de la ciudad, en Riverside Drive, y llamó a Centralita mientras Heat seguía hablando con el editor—. Ahora mismo estamos enviando un coche.

Lo oyó jadear y percibió el cambio de acústica que revelaba que había salido del metro y que estaba en la calle.

—Ya casi he llegado. Dense prisa, por favor, dense prisa.

\* \* \*

Darse prisa en Manhattan no era tan fácil, ni siquiera con las luces y la sirena de la policía, pero el tráfico a esa hora se dirigía principalmente a la parte baja de la ciudad, por lo que la detective Heat hizo un buen tiempo subiendo Broadway hasta la calle 96 Oeste. En la frecuencia de la radio Nikki oyó que tres coches patrulla estaban ya en el piso de Perkins, así que apagó la sirena y redujo un poco la velocidad después de cruzar West End. Miró calle arriba y le señaló algo a Rook con la barbilla.

—¿Qué es eso?

Un poco más adelante, a media manzana, había dos personas arrodilladas sobre la acera enfrente de la entrada de un aparcamiento. Un tercer individuo, empleado del aparcamiento a juzgar por su indumentaria, vio la luz intermitente y agitó los brazos para hacer que se detuviera. Nikki llamó a una ambulancia antes incluso de ver el cuerpo tirado sobre la acera.

—¿Perkins? —dijo Rook.

—Eso creo. —Heat aparcó para proteger el escenario de los coches que se acercaban y dejó la luz de la sirena encendida. Cuando salió vio que había un coche patrulla justo detrás de ella. Le pidió a uno de los agentes que dirigiera el tráfico y al otro que retuviera a los testigos en el escenario. La detective se apresuró a ir hacia la víctima, que estaba boca abajo en el camino del aparcamiento delante del Audi TT que lo había atropellado. En efecto, era Mitchell Perkins.

Comprobó sus constantes vitales. El corazón aún le latía y respiraba, aunque ambas cosas con debilidad.

—Señor Perkins, ¿me oye? —Nikki acercó una oreja a su cara, que estaba de lado sobre el pavimento, pero no obtuvo respuesta. Ni siquiera un gemido. Mientras la sirena de la ambulancia se aproximaba a sus espaldas, dijo:

—Soy la detective Heat. La ambulancia está aquí. Le cuidaremos bien. —Y añadió, solo por si estaba semiconsciente—: La policía está con su esposa, así que no se preocupe.

Mientras los servicios de urgencia se ponían manos a la obra, Heat empezó a reconstruir los hechos gracias al trío de ciudadanos que habían presenciado lo ocurrido. Uno de ellos era un ama de casa que había pasado por allí por casualidad después del incidente y cuya información no era de mucha ayuda. Sin embargo, el conductor del Audi dijo que estaba saliendo del garaje para irse de viaje a Boston cuando atropelló a Perkins. Nikki supuso que el editor venía tan apurado del metro y tan preocupado por su esposa que no había prestado atención, pero se mantuvo fiel al sistema que le habían enseñado de no crear una historia hasta que tuviera todos los detalles, y nunca comentar a los testigos sus suposiciones, sino dejarlos hablar.

Así que eso fue lo que hizo. Y consiguió una historia de las buenas. El empleado del aparcamiento dijo que Perkins no iba corriendo por la acera la primera vez que lo había visto. Se estaba peleando con alguien, con un atracador que intentaba robarle el maletín. El empleado se había metido en la garita para llamar a emergencias y precisamente entonces el TT había subido por la rampa desde el sótano. El conductor dijo que había salido justo cuando el atracador había conseguido arrebatarle el maletín. Perkins estaba tirando con tal fuerza que cuando había perdido el punto de apoyo se había precipitado de espaldas contra el morro del coche. El conductor dijo que había pisado el freno, pero que había sido imposible evitar la colisión.

Los Roach aparecieron en el lugar de los hechos y Heat les pidió que hablaran con los testigos por separado para conseguir declaraciones más detalladas y mejores descripciones del atracador. Como solía suceder con los delitos violentos, los testigos estaban distraídos o impresionados por la imagen borrosa de la acción y no se habían quedado con la descripción del agresor.

—Ya había mandado a uno de los agentes comunicar la orden de busca y captura de una persona caucásica, de estatura media, con gafas de sol, una sudadera de capucha de color azul marino o negro y vaqueros, aunque son datos bastante generales. A ver si podéis conseguir algo más e intentad llevarlos a comisaría para que echen un vistazo a algunas fotos. Quiero asegurarme de que la del texano y la de alguno más de nuestros jugadores están entre ellas. Y ya que estamos, apúntate que hay que llamar también al dibujante de los retratos robot. —Miró alrededor en busca de Rook y lo descubrió agachado en el bordillo sobre el contenido desperdigado del maletín del editor.

—No, no he tocado nada —dijo mientras ella se acercaba enfundándose unos guantes—. Soy incorregible, pero se me puede instruir. ¿Cómo está?

Nikki se giró y vio cómo metían a Perkins en la parte trasera de la ambulancia.

—Sigue inconsciente, lo cual no es nada bueno. Pero aún respira y han conseguido estabilizarle el pulso, así que ya veremos. —Se arrodilló a su lado y dijo—: ¿Algo útil por aquí?

—Un maletín hecho polvo y casi vacío. —Se trataba de un maletín rígido y pasado de moda que parecía una almeja abierta, dentro del cual había tarjetas de visita desperdigadas y artículos de escritorio como clips negros y post-it. Una grabadora digital de mano estaba tirada a medio metro de distancia, al lado de una barrita de muesli—. Aunque he de decir que admiro su gusto en lo que a estilográficas se refiere —dijo señalando una Montblanc Hemingway de color teja y negro de edición limitada que estaba acurrucada en la esquina en la que la acera se encontraba con la calzada—. Hoy en día eso vale más de tres mil dólares, lo que en cierto modo echa por tierra la teoría del atracador.

Nikki tuvo la tentación de coincidir con él, pero alejó la tentación de sacar conclusiones de momento. Así no era como se resolvían los casos.

—A menos que el atracador no fuera escritor barra coleccionista de plumas.

Entonces Rook la sorprendió al agarrarla por la muñeca.

—Ven conmigo, rápido.

Casi vaciló, pero lo acompañó mientras le hacía cruzar la calle agarrándola suavemente por el antebrazo. Aun así, no paró de preguntarle qué estaba haciendo.

—Rápido, antes de que salga volando. —Señaló una solitaria hoja de papel blanco que flotaba en el aire por la calle 96 abajo, hacia el parque de Riverside.

Nikki extendió la mano para cogerla, pero el viento se la llevó y tuvo que echar otra carrera para adelantarla. Cuando aterrizó sobre el pavimento a sus pies, se inclinó y la inmovilizó dejando caer la palma de la mano sobre ella.

—Te tengo.

—Muy bien. Lo habría hecho yo mismo, pero tú eres la que lleva los guantes —dijo Rook—. Y la voz cantante.

Con la mano libre, Heat agarró con cuidado la esquina de la hoja y le dio la vuelta para leerla. Frustrado por su cara de póquer, Rook se impacientó.

—¿Qué? —dijo—. ¿Qué es?

Nikki no respondió. En lugar de ello, le dio la vuelta a la página para que la pudiera leer él mismo.

*Drogado, vivo o muerto*
*La verdadera historia de la muerte de Reed Wakefield*
por
**Cassidy Towne**

# Capítulo
## 14

Mitchell Perkins, editor ejecutivo de libros de no ficción de Epimetheus Books, abrió los ojos en su habitación del cuarto piso del hospital St. Luke's-Roosevelt y descubrió a Nikki Heat y a Jameson Rook sentados en sendas sillas a los pies de la cama. La detective se levantó y se puso de pie a su lado.

—¿Cómo se encuentra, señor Perkins? ¿Quiere que llame a la enfermera, o algo?

Él cerró los ojos un segundo y negó con la cabeza.

—Tengo sed. —Ella cogió con una cuchara un trozo de hielo del vaso que había sobre la bandeja de ruedas y vio cómo lo saboreaba—. Gracias por ayudar a mi mujer. Antes de esta pequeña siesta me dijo que la policía había llegado en un abrir y cerrar de ojos.

—Todo ha salido bien, señor Perkins. Aunque puede que usted no se sienta ahora mismo como si hubiera sido así. —Le acercó otra cuchara de plástico llena de hielo sin que se lo pidiera—. ¿Vio a la persona que le hizo esto?

Él negó con la cabeza y se sintió dolorido.

—Fuera quien fuera me atacó por la espalda. Normalmente es un barrio tranquilo.

—Aún estamos poniendo todo en orden, pero no creo que haya sido un atraco aleatorio. —Nikki dejó el vaso sobre la mesa—. Si lo relacionamos con el intento de asalto a su piso, llegamos a la conclusión de que podría tratarse de la misma persona. —Perkins asintió como si él también hubiera estado reflexionando sobre esa posibilidad—. No podemos estar seguros cien por cien, porque su mujer no vio al ladrón. Dijo que alguien había forzado una ventana y que la alarma había saltado. Fuera quien fuera, escapó. Si tuviera que apostar, diría que se fue por la calle 96.

—Por suerte para mí —añadió Perkins.

Heat levantó una ceja con aire escéptico.

—El que ha tenido suerte ha sido el agresor. El otro factor que hay que tener en cuenta aquí es que usted aún conserva el maletín y el reloj.

—Se agarró al maletín.

—Porque probablemente era lo que quería. —Nikki levantó el vaso con hielo. Él negó con la cabeza e hizo un gesto de dolor—. Alguien ha estado a punto de echarle el guante al manuscrito de Cassidy Towne, señor Perkins. —Heat no había sido capaz hasta el momento de poner a prueba la Primera Enmienda pidiendo una orden de registro para examinar los archivos del editor, y se empleó a fondo en intentar borrar la frustración de su voz—. Ya sabe, ese que usted dijo que no tenía.

—Yo no dije que no lo tuviera.

Oyó cómo Rook se burlaba a sus espaldas y tuvo la certeza de que estaba pensando lo mismo que ella: que Perkins debía de sentirse mejor, porque estaba analizando de nuevo sus palabras. Ya fuera con un traje o con un pijama de hospital con la espalda abierta, seguía lanzando cortinas de humo y ella tenía que buscar la forma de atravesarlas.

—No, usted no dijo que no lo tuviera, pero fingió que no lo tenía. ¿No se le ha ocurrido pensar que tal vez este no sea el momento apropiado para desmenuzar palabras?

El editor no respondió. Recostó la cabeza sobre la almidonada almohada.

—Sabemos qué había en el maletín. Encontramos la primera página. Y sabemos que el resto del manuscrito ya no está. —Dejó que asimilara aquello y decidió hacer un movimiento—. Sea quien sea el que haya hecho esto todavía está ahí fuera. Hasta ahora solo tenemos de él unas descripciones que no nos van a llevar a ningún lado, así que necesitamos algún posible móvil. —No le gustaba nada presionar a un tipo con una conmoción, una pierna rota y tres costillas fisuradas, pero eso no significaba que no fuera capaz de hacerlo. Nikki le dio la vuelta a la carta de arriba del mazo—. ¿Quiere ayudarnos o quiere darle la oportunidad a esa persona de volver a intentar hacer algo mientras usted no esté? Su mujer podría no tener tanta suerte.

No se lo tuvo que pensar demasiado.

—Llamaré a la oficina y les pediré que les envíen por mensajero una copia del manuscrito inmediatamente.

—Enviaremos nosotros a alguien a recogerlo, si le parece bien.

—Como quieran. ¿Sabe? Lo llevaba conmigo porque estuve a punto de llevárselo de camino al trabajo. A puntito. —La frente del editor se oscureció un segundo—. Nos podríamos haber ahorrado todo esto, si... —Dejó que el reconocimiento se apagara y luego se movió incómodo, intentando incorporarse un poco más para poder mirarla—. Tiene que creer lo que le voy a decir, aunque entendería su escepticismo dada nuestra... historia transaccional. Pero es la pura verdad.

—Adelante.

—No tengo el último capítulo. De verdad, no lo tengo. El material que tengo está incompleto. Solo habla de la historia de la vida de Reed Wakefield y de los meses anteriores a su muerte. Cassidy estaba retrasando el último capítulo. Decía que era en el que se revelaba la identidad de las personas responsables de su muerte.

—Un momento, dijeron que había sido una sobredosis accidental. Creía que Reed Wakefield se había muerto solo.

Perkins negó con la cabeza.

—No según Cassidy Towne.

Por supuesto, nada de eso cuadraba ni con los hallazgos oficiales del juez de instrucción ni con la información que Nikki había conseguido en sus recientes visitas al Dragonfly House por medio de los entrevistados, incluidos ambos gerentes, de Derek Snow y de la camarera de piso que había encontrado el cadáver. Todo indicaba que se trataba de un consumidor de drogas que se había pasado con la dosis y había muerto tranquilo y solo mientras dormía, y que no había recibido visitas la noche anterior ni la mañana del día en que lo habían descubierto.

—Señor Perkins, ¿le dijo Cassidy Towne a qué se refería cuando habló de «las personas responsables»? —preguntó Heat.

—No.

—Porque de ser verdad podría referirse a muchas cosas. Como a la persona que le vendía las drogas o la que le facilitaba frascos de medicamentos.

—O a que no estaba solo y la fiesta en su habitación se les fue de las manos —dijo Rook—. Aunque eso implicaría que nadie habría llamado a la policía, que nadie habría llamado a una ambulancia, y que simplemente se habrían ido dejándolo allí. Eso sería algo que merecería la pena ocultar.

—Y Derek Snow trabajaba en ese hotel. ¿Era parte de los encubridores, o un testigo desafortunado? —dijo Heat.

—¿O estaba en la fiesta? —especuló Rook.

—Por desgracia, puede que nunca lo sepamos —dijo el editor—. Ella nunca escribió el capítulo final.

—¿Podría ser porque no tenía todos los datos? —preguntó la detective.

—No —dijo Rook—. Conociendo a Cassidy Towne, sabía el valor de lo que tenía y se lo estaba guardando para exigir un rescate.

—Exacto —dijo Perkins—. Lo había guardado todo en secreto en un sensacional capítulo que, según ella, lo revelaba todo. Y cuando me entregó solo parte del manuscrito, dijo que quería renegociar las condiciones del trato. No creerían lo que pedía, esa mujer estaba intentando matarnos.

—Qué irónico —dijo Rook. Nikki le dirigió una mirada reprobadora, y él se encogió de hombros—. Venga ya, tú estabas pensando lo mismo.

\* \* \*

Minutos después, en la oficina, Nikki Heat separó a los Roach. Visto que Esteban Padilla también había sido asesinado por quienquiera que hubiera matado a Cassidy Towne y Derek Snow, le encargó a Ochoa la tarea de ir a la empresa de limusinas de Padilla para buscar un albarán a nombre de Reed Wakefiled de la noche de su muerte o anterior. A Raley le asignó examinar la cinta de la cámara de videovigilancia del asalto a Mitchell Perkins. Rook colgó el teléfono y se unió a ellos en medio de la habitación.

—Acabo de hablar con la asistente de Perkins en Epimetheus Books. Han pasado a PDF el manuscrito y nos lo van a enviar por correo electrónico. Llegará antes que las copias físicas, así que nos podemos poner a ello inmediatamente.

Nikki dirigió su atención a la pizarra del asesinato y al listado de nombres que ella misma había escrito en letras mayúsculas.

—Si lo que Perkins dice es verdad y el último capítulo está aún por ahí en algún sitio, entonces habrá alguien aún buscándolo. —Se giró hacia ellos para que pudieran ver el temor dibujado en su cara, y añadió—: Y no parará hasta que lo consiga.

—El tío de los libros ha tenido suerte. ¿Cómo le va? —preguntó Raley.

—Está dolorido, pero saldrá de esta —respondió Heat—. Creo que la causa de buena parte de su dolor es que se ha dado cuenta de que podía haber evitado todo esto si nos hubiera facilitado el manuscrito cuando se lo pedí.

\* \* \*

Era hora de reunirse con Soleil Gray en un entorno más oficial. Pero la ex novia de Reed Wakefield respondió con la misma moneda al aparecer en la sala uno de interrogatorios con su abogada criminalista, una de las más agresivas, triunfadoras y, por consiguiente, caras de la ciudad. La detective Heat conocía a Helen Miksit de la época en la que se alegraba de estar en la misma sala que ella. Había sido una estricta fiscal que coleccionaba sentencias de culpabilidad como cabelleras y hacía que los policías sintieran ganas de enviarle flores. Pero hacía seis años, Miksit había dejado la Oficina del Fiscal del Distrito y había cambiado de bando con fines lucrativos. Su vestuario había cambiado, pero su conducta no. La Bulldog, como la llamaban, dio el primer paso antes de que Heat y Rook se hubieran sentado siquiera en la mesa enfrente de ella.

—Esto solo son patrañas y lo sabe.

—Me alegro de volver a verla, Helen. —Nikki se sentó en la silla sin inmutarse.

—Me temo que en este caso las cortesías han quedado atrás. Mi clienta me ha informado de que la está importunando constantemente y yo le he aconsejado que no abra la boca. —A su lado, Soleil Gray estaba concentrada en mordisquear un pellejo que tenía en el nudillo. Separó la mano de la boca y asintió ligeramente para indicar que estaba en sintonía con ella, pero lo que Nikki veía no era precisamente un muro de piedra, sino a alguien más vulnerable que desafiante. De esa parte se ocupaba la señora del traje—. Que quede claro que solo estamos en esta reunión porque no nos queda otro remedio, así que ¿por qué no nos ahorra las molestias y reconoce que esto no vale para nada para que podamos acabar de una vez?

Nikki le dedicó una sonrisa a la fiscal.

—Gracias, abogada. He sido diligente, lo admito. Recuerda cómo son las cosas ahí fuera, ¿no? Matan a gente, la policía tiene que hacer preguntas, una lata.

—Ha ido dos veces a su lugar de trabajo y ha interrumpido el curso del mismo por una caza de brujas. Por su culpa, no pudo actuar en un programa nocturno de entrevistas y ahora, también gracias a usted, no se puede concentrar en preparar el lanzamiento de un nuevo vídeo musical que tendrá lugar mañana. ¿Se trata de desesperación o es que está actuando para su próximo artículo? —dijo Miksit señalando a Rook con una inclinación de cabeza.

—No se preocupe, no habrá segunda parte —dijo él—. Sigo acompañándola porque adoro a la gente maravillosa que se conoce en las comisarías.

Nikki intervino antes de que aquello fuera a más.

—Volví a visitar a Soleil porque quería que me dijera la verdad después de la sarta de mentiras que me contó la primera vez. Su cliente está relacionada con dos víctimas de homicidio y…

—Eso no quiere decir nada. «Relacionada» —escupió Miksit—. Venga ya, detective.

Nikki estaba acostumbrada al estilo hostil de aquella mujer pero lo había vivido sentada a su lado en una sala de un tribunal como aliada, no al otro lado de la mesa en el otro bando. Heat tuvo que luchar para que aquella siguiera siendo su reunión y lo hizo continuando por su camino a pesar de los empujones que la hacían retroceder.

—Además, nos acabamos de enterar de que una de las dos víctimas, Cassidy Towne, estaba escribiendo un libro sobre la muerte del novio de la señorita Gray.

—Por favor, ¿para eso nos hace venir?

Soleil se aclaró la garganta y tragó saliva. Helen Miksit le puso una mano tranquilizadora sobre el antebrazo con aire teatral.

—¿Es realmente necesario? Ese tema todavía es una herida abierta para ella.

Nikki le habló con calma.

—Soleil, estamos casi seguros de que Cassidy Towne fue asesinada para evitar la publicación del libro que estaba escribiendo sobre las circunstancias que rodearon la muerte de Reed Wakefield. —Hizo una pausa para elegir cuidadosamente las palabras, ya que no tenía claro si la cantante era una conspiradora o una víctima—. Si está involucrada o sabe algo sobre ello, ahora es el momento de hablar. Basta de esconderse.

—Como he dicho al principio, el hecho de que haya conseguido celebrar esta reunión no significa que mi cliente vaya a aportar a ella más que su presencia.

Nikki se inclinó hacia Soleil.

—¿Es eso cierto? ¿No hay nada que quiera decir al respecto? —La cantante reflexionó y parecía que iba a hablar, pero al final miró a su abogada, negó con la cabeza y siguió mordiendo el diminuto pellejo que tenía en el nudillo.

—Ya lo ve, detective Heat. Doy por hecho que hemos acabado, ¿cierto?

Heat miró por última vez a Soleil con la esperanza de acercar posiciones, pero ella evitó la mirada de Nikki.

—Hemos acabado. Por ahora.

—¿Por ahora? Está muy equivocada, esto acaba aquí. Si quiere ser la protagonista de *Page Six*, va a tener que acosar a otro para lograrlo. —Miksit se puso de pie—. ¿Puedo hacerle una advertencia? Tal vez un día se dé cuenta de que, cuando la maquinaria de las relaciones públicas cambia de dirección, no siempre es tan amable.

Heat dejó que se fueran y, mientras observaba cómo se alejaban por el vestíbulo, tuvo aún más certeza de que Soleil estaba involucrada en aquello. Aunque aún no tenía muy claro cómo.

\* \* \*

Nikki volvió a la oficina, donde Rook estaba ya en el ordenador leyendo las primeras páginas del libro de Cassidy en PDF que había llegado durante el interrogatorio. Se encontró a la detective Hinesburg sentada en su silla, usando su mesa y escribiendo en su bloc de notas con uno de los bolígrafos de su bote.

—Tú como en tu casa, Sharon. —Nikki aún estaba tensa por la reunión con Soleil y la Bulldog, y desahogarse un poco con Hinesburg le produjo cierto alivio. Ya se sentiría culpable más tarde.

—Eh, qué casualidad —dijo la detective, indiferente—. Te estaba dejando una nota. He descubierto en el informe policial que Elizabeth Essex había contratado a alguien para seguir al infiel de su ex marido, a un tío de Staten Island con el que solía trabajar su abogado. No es nuestro texano.

La noticia no la sorprendió, pero al menos aquella pista acababa allí.

—¿Y el resto de clientes de Rance Wolf? ¿Sabemos algo?

—He hablado con el director de Hard Line Security en Las Vegas. Está cooperando y me está haciendo una lista tanto de clientes de empresas como de particulares. Además le he preguntado sobre los trabajos que hacía el texano como autónomo. Dijo que se mantenían al corriente de los trabajos que sus empleados hacían por su cuenta porque la política de la empresa es que los agentes se comprometan a evitar conflictos de intereses. También me los va a pasar. Te avisaré en cuanto me llegue todo.

Su iniciativa y la forma en que cuidaba los detalles era la razón por la que Hinesburg era tan buena policía. Y lo que hacía olvidar a Nikki sus pequeñas diferencias.

—Buen trabajo. Y, Sharon, perdona si he sido un poco borde.

—¿Cuándo? —preguntó la detective Hinesburg y, con las mismas, se fue a su mesa.

Ochoa llamó desde Rolling Service Limousine. Nikki oyó de fondo el ruido de una llave neumática y se imaginó una limusina a la que le estaban cambiando una rueda.

—Aquí hay algo raro. ¿Estás preparada para oírlo?

—¿Un albarán de Reed Wakefield con una nota de suicidio? —dijo Nikki.

—No hay ningún albarán de Reed Wakefield. De hecho, no hay ningún albarán de la noche en que murió Wakefield. Ya le he pedido a Raley que compruebe los que tenemos nosotros, pero tampoco están con ellos. Como empezamos con la investigación antes de que se supiera lo de Reed Wakefield, suponemos que simplemente era el día libre de Padilla. ¿Pero que no haya ningún resguardo de esa noche de nadie de la empresa? Es como si todos los conductores se hubieran tomado la noche libre y no hubieran hecho ni una reserva. ¿Ves adónde quiero llegar? —Nikki procesó lo que significaba la falta de albaranes. Su gravedad. Lo que implicaba. La llave neumática volvió a zumbar—. ¿Sigues ahí?

—¿Y en qué plan están, Oach? ¿Cómo lo justifican?

—El jefe se limita a mirarme con cara de tonto y a decir: «¿Y a mí qué me cuenta?». Tendremos que contar con la suerte para demostrar algo, estos tíos son realmente escurridizos.

—Ya —reconoció ella—. Pondrán como excusa que se los han robado o que alguno de los conductores lo hizo. Puede que hasta digan que fue Padilla por despecho. —Y añadió—: Solo para estar segura, esa noche Padilla trabajó, ¿no?

—Eso sí que lo han confirmado. Fue justo antes de que lo echaran.

—Entonces, ¿qué ha pasado? ¿Han arrancado esas hojas del libro?

—No. En realidad las han cortado.

\* \* \*

Una hora después, Nikki salía de la oficina del capitán Montrose después de informarle de los avances que habían hecho para que él pudiera dar media vuelta y hacer lo mismo con sus superiores de la Jefatura Superior de Policía. Confiaba en la detective Heat y le dijo que estaba cubriendo todos los frentes que él mismo cubriría. Las reuniones informativas extra tenían como finalidad satisfacer la presión mediática de la Jefatura Superior. Consciente de que se avecinaba su valoración con vistas a una promoción, el capitán había convertido en su principal afición sonreír y llamarlos por teléfono para mantenerlos informados casi de hora en hora.

Raley había montado el chiringuito en su mesa con las copias digitales de los vídeos de las cámaras de vigilancia del aparcamiento en el que Perkins había sido asaltado esa misma mañana y de las de las tiendas y viviendas de la calle 96 que tenían cámaras.

—Me queda una larga noche por delante pero, con un poco de suerte, tal vez una de estas nos facilite una bonita foto del agresor. —Se puso a descargar uno de los vídeos con código de tiempo y preguntó—: Entonces, ¿no crees que haya sido el texano?

—En este caso no se puede descartar nada, Rales —respondió Nikki—. Pero yo misma le rompí la clavícula a Wolf y lo herí en el hombro y, aunque Perkins no es Superman, para asaltarlo como lo hicieron hace falta tener fuerza. Yo apostaría en contra del herido andante.

Se dirigió hacia la mesa que Rook había ocupado en el extremo de la oficina opuesto a donde estaba la suya para ver cómo iba lo del manuscrito de Cassidy Towne. Percibió algo extraño en él en cuanto abrió la boca, sin embargo no le dio importancia al creer que se trataba más de celos adolescentes por su cita con Petar—. ¿Has sacado algo en limpio?

—Llevo la cuarta parte —dijo—. Como nos advirtió Mitchell Perkins, trata sobre todo de la vida de Reed Wakefield. Ha puesto la mesa pero aún no ha lanzado ninguna bomba. Sin embargo, no le vendría mal tener un editor. —Aquella extraña mirada volvió a atravesarle la cara.

—¿Qué?

—Tienes una copia en formato digital sobre la mesa. Bueno, más bien dentro, te la he metido en el archivador.

—Rook, o me dices qué te pasa o te juro que, aunque no exista el zoo del calabozo, montaré uno exclusivamente para ti.

Después de pensárselo un momento, abrió el bolso de mensajero y sacó un periódico. Era la edición vespertina del *New York Ledger*, doblada por la columna de *Buzz Rush*. Los editores habían llegado a la conclusión de que el valor de marca de la columna no había hecho más que aumentar desde el asesinato de Cassidy Towne, así que la habían mantenido pero con colaboradores invitados antes de elegir a alguien fijo. El *Buzz* de ese día estaba escrito por alguien anónimo que había firmado con el sobrenombre de «El Mordaz».

Nikki se ruborizó al ver de qué trataba.

## LAS ANSIAS DE HEAT

La chica de moda del Departamento de Policía de Nueva York, Nikki Heat, y su pretendiente-amante-novio Jameson Rook trabajan codo con codo en un nuevo caso. Esta vez intentan resolver el asesinato de la decana fundadora de la presente columna, Cassidy Towne. Al parecer, su breve cata de la fama ha despertado en ella más ansias de protagonismo y ahora Heat se dedica a actuar con los personajes y en los lugares que están en el candelero, particularmente empeñada en hundir a la cantante Soleil Gray. La detective Hot sigue a la antigua líder de Shades allá donde va, locales de ensayo incluidos. Hasta se presentó en una actuación que la señorita Gray iba a realizar en *Later On* y cuyo ensayo interrumpió para enseñarle fotos de víctimas de apuñalamientos. Soleil no estaba ensayando ningún número de *Sweeney Todd*, así que ¿a qué vino eso? ¿Quizá cierta detective se está preparando para protagonizar su siguiente artículo, señor DeMille?

Heat levantó la vista del periódico.

—Nikki, lo siento mucho —dijo Rook. Ella dejó caer la cabeza y se imaginó un montón de furgonetas descargando al lado de la acera montones de ejemplares del *Ledger* por toda la ciudad. Las copias apiladas sobre las mesas de los vestíbulos de los edificios o tiradas sobre los felpudos. Al capitán Montrose recibiendo una llamada de Jefatura. También recordó su reunión de hacía unas horas con Soleil Gray y Helen Miksit, y las palabras de la abogada al despedirse sobre cómo la maquinaria de las relaciones públicas se podía volver en contra de uno. Nikki estaba segura de que aquello era una advertencia de la Bulldog—. ¿Estás bien? —preguntó Rook. En la dulzura de su tono Nikki captó toda la empatía que sentía por lo que se arremolinaba dentro de ella, una vorágine de remordimiento y rabia que incluía páginas arrugadas de *First Press* y del *New York Ledger*.

—Quiero que me devuelvan mis quince minutos —dijo, y le tendió el periódico.

\* \* \*

Jameson Rook llamó a un servicio de transporte privado para volver a casa. Nikki quería pasar la noche tranquila y él había respetado su deseo sin rechistar y solo con una pequeña punzada de paranoia por si quedaba con Petar. Después de informar a Montrose de lo del *Ledger*, ambos cogieron una copia del manuscrito de Cassidy Towne para leerlo en casa y Rook prometió no llamarla a menos que encontrara algo relacionado con el caso. Ella le dijo que mejor le mandara un correo electrónico y él percibió la necesidad que tenía de encontrar un oasis de soledad en su vida. Probablemente empezaría con unas burbujas de lavanda en aquella bañera de hierro forjado con patas que tenía.

Cuando el coche negro lo dejó en Tribeca, navegó entre los montones de basura y se acercó al portal de su casa con una bolsa de comida china para llevar entre los dientes mientras buscaba las llaves. Le pareció oír unos pasos al lado de las escaleras. No había vehículos en la calle. Al final de la manzana, Rook vio cómo las luces traseras del coche que lo había llevado desaparecían al doblar la esquina. Mientras pensaba en el manuscrito que llevaba en el bolso y consideraba si sería mejor resistirse o salir corriendo, vio que algo se movía entre las sombras de las escaleras de la entrada. Entonces se giró con los puños en alto y se encontró con la hija de Cassidy Towne.

—¿Lo he asustado? —preguntó Holly Flanders.

—*Mo.* —Se quitó la bolsa de la boca y dijo—: No.

—Llevo un par de horas esperando.

Él echó un vistazo alrededor. El instinto le decía que tuviera cuidado y que se asegurara de que no iba a sorprenderle con ningún acompañante.

—He venido sola —aclaró ella.

—¿Cómo sabes dónde vivo?

—La semana pasada, después de verlo en casa de mi madre un par de veces, cogí una llave de la cerradura nueva del taller de JJ y volví a entrar para averiguar quién era. Encontré su nombre y su dirección en los recibos del servicio de mensajería.

—Gran iniciativa y, al mismo tiempo, escalofriante.

—Tengo que hablar con usted —dijo Holly.

Puso una silla en la ele de la encimera de la cocina para que no tuvieran que estar uno al lado del otro. Quería verle la cara mientras hablaban.

—China Fun —anunció mientras abría la bolsa—. Siempre pido de más, así que come.

Al principio no habló demasiado porque se dedicó a comer. Holly Flanders era delgada pero tenía las ojeras y la complexión de alguien que no era esclavo de la pirámide alimenticia. Cuando acabó lo que tenía en el plato, le sirvió un poco más de arroz frito con cerdo.

—Ya vale, gracias —dijo ella levantando una mano.

—Acábalo —insistió Rook—. Hay un montón de niños muriéndose de hambre en Beverly Hills. Porque quieren, claro. —Cuando terminó lo que quedaba le preguntó—: ¿De qué querías hablarme? Por cierto, esa es una de mis grandes cualidades como periodista: hacer la pregunta no obvia.

—Ya. —Se rió amablemente y asintió—. Me dio la sensación de que podía hacer esto porque se portó bien conmigo cuando me trincaron el otro día. Y por lo que me dijo de lo de no tener padre.

—Vale —dijo él. Hizo una pausa preguntándose adónde le llevaría aquello.

—Sé que va a escribir un artículo sobre mi madre, y... —Holly se detuvo y él pudo ver el brillo de sus ojos, que se habían humedecido—. Y supongo que todo el mundo le estará diciendo lo mala que era. Pues yo estoy aquí para decirle que lo era con ganas. —Rook se imaginó a Holly de pie al lado de la cama de su madre mientras dormía, apuntándole con un arma y a un milímetro de apretar el gatillo y pegarle un tiro—. Pero también he venido a decirle, ya que va a escribir su historia, que no la haga parecer un monstruo. —Los labios de Holly temblaron cobrando vida propia y una lágrima le rodó por la mejilla. Rook le tendió un pañuelo y ella se secó los carrillos y se sonó—. Estoy muy enfadada con ella, puede que más ahora que se ha ido porque no puedo resolver toda esta mierda con ella. En parte fue por eso por lo que no la maté, aún teníamos cosas pendientes, ¿sabe?

Rook no lo sabía, así que se limitó a asentir y escuchar.

Ella le dio un trago a la cerveza y, cuando estuvo lo suficientemente repuesta como para continuar, dijo:

—Es verdad que tenía muchas cosas malas, pero en medio de todo eso hay algo diferente. Hace unos ocho años, mi madre se puso en contacto conmigo. Consiguió seguirme la pista hasta mi hogar adoptivo y mi familia le dio permiso para llevarme a cenar. Fuimos a una hamburguesería Jackson Hole de mi barrio que me gustaba y fue todo muy extraño. Le pidió a la camarera que nos hiciera una foto como si fuera mi fiesta de cumpleaños, o algo así, y no comió nada. Simplemente se quedó allí sentada y se puso a contarme todo el rollo de lo duro que había sido enterarse de que estaba embarazada, que al principio pensaba quedarse conmigo y por eso no había abortado, pero que luego había cambiado de opinión durante el primer mes porque aquello no encajaría en su vida. Dijo «aquello», como si yo fuera una cosa. En fin, el caso es que siguió soltándome el rollo de por qué lo había hecho y luego me dijo que había estado pensando mucho en el tema y que se sentía fatal, recuerdo que dijo que aquello era como una agonía, y me preguntó si me gustaría hablar de volver a estar juntas.

—¿En plan...?

—Pues sí. Como si pudiera aparecer de repente, cambiar de opinión después de haberme abandonado y todavía esperara que me fuera con ella en su puñetero Acura para ser felices y comer perdices para siempre.

Rook se quedó oportunamente en silencio unos instantes, antes de continuar.

—¿Y qué le dijiste? —preguntó.

—Le tiré el vaso de agua helada a la cara y me fui. —Parte de Holly Flanders se mostró orgullosa y desafiante. Rook pensó cuántas veces les habría contado aquella historia a sus amigos o a sus colegas a lo largo de los años, deleitándose con su heroico acto de repudio materno. Un acto irónico por la forma en que equilibraba la balanza. Pero también pudo ver la otra cara de Holly Flanders, la que la había llevado hasta el portal de su casa y la había hecho esperar en la oscuridad. La de la mujer que sentía el peso de los sentimientos que anidan incómodamente en cualquier alma con conciencia que tiene que soportar la herida incurable de rechazar a otra persona. Con agua helada, ni más ni menos.

—Holly, ¿cuántos años tenías entonces?

—No estoy aquí para descargar mi culpa. He venido porque ya que ha descubierto que me dio en adopción, no quería que creyera que ahí se había acabado todo para ella. Ahora que soy mayor, echo la vista atrás y me doy cuenta de que al menos no se lavó las manos y siguió con su vida. —Se bebió la cerveza de un trago y posó el vaso lentamente—. Ya es suficiente tener que cargar con esto el resto de mi vida, no quería empeorarlo dejando que escribiera su historia sin saber que no me había abandonado y punto.

En la puerta, cuando se iba, se puso de puntillas para darle un beso a Rook. Iba dirigido a la boca, pero él giró la cara y puso la mejilla.

—¿Es por lo que hago? —preguntó ella—. ¿Porque a veces me vendo?

—Es porque, en cierto modo, estoy con otra persona —dijo, y sonrió—. Bueno, estoy en ello.

Ella le dio el número del móvil por si quería hablar del artículo y se fue. Rook volvió a la cocina para recoger los platos y, cuando levantó el suyo, vio debajo una foto en color de diez por quince con aspecto de haber estado mucho tiempo doblada. En ella salían Cassidy Towne y su hija adolescente en una mesa de Jackson Hole. Mientras Cassidy sonreía, Holly permanecía impasible. Pero Rook no podía apartar la vista del vaso de agua helada.

\* \* \*

A la mañana siguiente, Heat y Rook se sentaron en la mesa de ella para comparar las notas que cada uno había tomado del manuscrito de Cassidy Towne. Antes de nada, sin embargo, él le preguntó si alguien le había hecho algún comentario sarcástico por lo de *Buzz Rush*.

—Aún no, pero el día acaba de empezar.

—Sabes perfectamente que la Bulldog está detrás de esto —dijo él.

—No sé quién será El Mordaz, pero dudo que sea ella. Aun así, estoy segura de que la abogada de Soleil ha aprovechado sus contactos para enviarme un mensaje.

A continuación la puso al corriente de la visita de Holly Flanders.

—Qué bonito, Rook. Eso refuerza la fe que sigo teniendo en la humanidad —dijo Nikki.

—Me alegro, porque he estado a punto de no contártelo —replicó él.

—¿Por qué?

—Me daba miedo que te pareciera raro que viniera una chica a mi casa por la noche cuando se suponía que iba a estar solo, leyendo.

—Qué mono, haber pensado que me importaría.
—Nikki se dio la vuelta para ir a buscar el manuscrito y lo dejó intentando descifrar aquella frase.

Heat usaba clips y Rook notas adhesivas, pero ambos habían marcado solo unos cuantos pasajes del libro relacionados con el caso. Y ninguno de ellos señalaba directamente a alguien como sospechoso del asesinato de la colaboradora sensacionalista. Además, no había ningún indicio concreto de nada indecoroso relacionado con la muerte de Reed, lo cual era importante. Se trataba de un hábil entramado a base de preguntas maliciosas e insinuaciones de un desenlace en forma de noticia bomba creado por Cassidy Towne.

Los pasajes que habían marcado eran los mismos. En la mayoría de ellos nombraba a Soleil Gray y hablaba de episodios de alcohol y drogas de su noviazgo. También contaba anécdotas del a veces taciturno Reed Wakefield en el set de rodaje, el cual, tras su ruptura amorosa, se había sumergido de lleno en el papel del hijo bastardo de Ben Franklin. Muchos opinaban que la pasión con la que se había metido en el personaje para escapar de su propia vida le haría merecedor de un Oscar, aunque fuera póstumo.

La mayor parte del libro estaba compuesta por material que todo el mundo conocía sobre Wakefield, pero aportaba cierta información privilegiada que solo Cassidy podía haber obtenido. Lo cierto era que no le ahorraba al actor ninguna tacha. Una de las historias más mordaces, aunque de dudosa importancia, era la atribuida a un antiguo actor secundario que había participado en tres de sus películas. El ex actor secundario y ahora ex amigo había dicho que Reed creía que él había convencido al director de *Sand Maidens*, una película épica de romanos con efectos especiales por ordenador, para que volviera a montar las escenas de la batalla y pusiera más primeros planos de él que de Reed, tras lo cual Wakefield no solo lo había tachado como amigo, sino que se había vengado. A la oficina de la mujer del actor secundario habían llegado una serie de fotos explícitas tomadas con un móvil en las que se veía al actor secundario con la mano debajo de la falda de una de las explosivas extras en la fiesta de fin de rodaje. Detrás de una de las fotos había un mensaje escrito que decía: «No te preocupes, no es amor, sino una localización».

Tanto Heat como Rook habían marcado aquello para comentarlo y ambos estuvieron de acuerdo en que, aunque el sensiblero actor secundario había acabado divorciado, aquello no era ningún motivo para matar a Cassidy Towne porque había sido él el que le había contado la historia.

La mayor parte del manuscrito era una crónica de las anécdotas de la fugaz vida llena de fiestas, alcohol y drogas (legales e ilegales) de un actor sensible. La conclusión a la que Heat y Rook llegaron por separado después de leerlo fue que, si el desaparecido capítulo final cumplía las expectativas, el libro sería un superventas, pero que desde luego en las páginas que habían leído no había nada que pareciera lo suficientemente explosivo como para que mereciera la pena asesinar a la autora para encubrirlo.

Aunque era cierto que, en el penúltimo capítulo, que era hasta donde llegaba la parte del manuscrito que ellos tenían, Reed Wakefield aún estaba vivo.

\* \* \*

El detective Raley, que solía quejarse de que lo hubieran encasillado en el puesto de analista de cintas de videovigilancia de la brigada, aquella mañana selló su destino.

Mientras Nikki y Rook seguían a Ochoa, que les había pedido que lo acompañaran a la mesa de Raley, ella intuyó por la expresión de este, que estaba en el otro extremo de la oficina, que tenía congelada en la pantalla justo la imagen que necesitaban.

—¿Qué has encontrado, Rales? —preguntó mientras formaban un semicírculo alrededor de la mesa.

—Era el último vídeo que tenía para visionar y lo he conseguido, detective. En los del aparcamiento solo se veían las piernas y los pies del agresor que, al parecer, salió corriendo en dirección este después del ataque. Por eso pedí los vídeos de esa manzana y de la siguiente. Este es de una pequeña tienda de electrónica que está en la esquina de la 96 con Broadway y se le ve pasando por la acera. El contador de tiempo indica que fue seis minutos después de la agresión. El sujeto encaja con la descripción y además lleva un taco de papeles como los del manuscrito.

—¿Me dejas echar un vistazo? —preguntó Heat.

—Por supuesto. —Raley se levantó de la silla volcando a su paso uno de los tres vasos vacíos de café que tenía sobre la mesa. Nikki la rodeó para ver la imagen congelada que había en el monitor. Rook se unió a ella.

En el fotograma se veía al agresor mirando directamente a la cámara, probablemente como reacción al haberse visto en directo en la pantalla de la televisión LED que había en el escaparate de la tienda. A pesar de la sudadera oscura con capucha y las gafas de aviador, no cabía duda de quién era. Además, incluso en la imagen granulada de escasa calidad y en blanco y negro del vídeo de la cámara de vigilancia, se podía ver al agresor con las manos en la masa transportando media resma de hojas manuscritas a doble espacio.

—A eso se le llama dejar las cosas claras, Raley. —El detective no dijo nada. Se limitó a sonreír a través de unos ojos enrojecidos—. Te concederé el placer de pedir la orden judicial. ¿Ochoa?

—¿Preparo el Roachmóvil?

—No estaría mal —dijo ella. Y cuando ambos se fueron a cumplir con sus tareas, se giró hacia Rook, incapaz de contener una sonrisa—. Lista para protagonizar su artículo, señor DeMille.

Capítulo
# 15

La detective Heat sabía que ese día Soleil Gray estaba rodando un nuevo vídeo, porque su abogada lo había mencionado la tarde anterior cuando había acusado a Heat de acosar a su clienta en su lugar de trabajo. Pues ya podía ir añadiendo otro a la lista. Nikki buscó el número de Allie, de Rad Dog Records, entre las notas de sus entrevistas y se enteró de dónde estaban rodando el vídeo. La asistente de la discográfica le dijo que no era en un estudio sino en una localización real y le dio a Heat todos los detalles, incluido dónde aparcar.

Quince minutos más tarde, después de un breve paseo en coche hacia el sur por la Duodécima Avenida, Heat y Rook se detuvieron ante una puerta de reja metálica y entraron dejando fuera a media docena de *paparazzi* al acecho, algunos de ellos apoyados en sus motos. Nikki le enseñó la placa al guardia de seguridad y entraron en el aparcamiento del *USS Intrepid*, en el muelle 86. Por el camino, Rook le había preguntado a Heat si no le daba miedo que Allie llamara a Soleil para avisarla de que iban a ir.

—Me sorprendería. Le advertí de que no lo hiciera y le dije que esto era una detención por un delito grave. Le dejé claro que si alguien avisaba a Soleil, podría ser acusado de cómplice. Allie dijo que no me preocupara, que ella tenía una comida que duraría bastante y que iba a dejar el móvil en la oficina apagado. Me dio la sensación de que hasta había cancelado el contrato del móvil.

Heat encabezaba la caravana seguida por el Roachmóvil y por un furgón con una docena de policías por si había que controlar a la multitud. Nikki había aprendido con anterioridad, cuando trabajaba en la unidad de crimen organizado, que pocas detenciones eran rutinarias y que siempre merecía la pena dedicar unos instantes a visualizar con calma en lo que te ibas a meter en lugar de reunir una cuadrilla y salir corriendo. Cabía la remota posibilidad de que hubiera algunos fans de Soleil merodeando por el lugar y lo último que quería era intentar meter a una ganadora de dos discos de platino y nominada a los Grammy esposada en el asiento trasero del Crown Vic mientras repelía a un enjambre de fervientes discípulos.

Aparcaron todos con el morro hacia fuera, listos para salir volando. Cuando abandonaron los vehículos, todos y cada uno de ellos, incluida Nikki, hicieron lo mismo: inclinar la cabeza bien hacia atrás para levantar la vista hacia el portaaviones jubilado que se erguía imponente sobre ellos.

—Hace que te sientas pequeño —dijo Raley.

Ochoa, levantando aún la vista hacia el museo flotante, preguntó:

—¿Cuánto medirá de alto esta cosa?

—Más o menos seis pisos —contestó Rook—. Eso desde el muelle. Desde el agua, añádele otro piso o dos.

—¿Qué es esto, una visita guiada o una detención? —dijo Heat.

Desfilaron ante el campamento base temporal que habían acordonado para poner allí los coches del equipo, los vestuarios portátiles y la comida. Uno de los empleados del servicio de *catering* estaba asando pollos partidos por la mitad en una parrilla enorme y el aire otoñal estaba lleno de una mezcla de humos de generadores y gases de la parrilla. Al final de la pasarela principal los recibió una joven vestida con camiseta y pantalones militares, cuya identificación plastificada decía que era asistente de dirección. Cuando Heat se identificó y le preguntó dónde era el rodaje, la asistente señaló hacia arriba, a la cubierta de despegue.

—Les diré que van para allá —dijo mientras levantaba el *walkie-talkie*.

—No —dijo Heat. Hizo que uno de los policías se quedara allí por si acaso y para vigilar la salida.

Heat y Rook subieron en el ascensor y salieron en la cubierta de aterrizaje, donde escucharon el *playback* de *Navy Brat* que la brisa traía desde la popa de la cubierta plana. Ambos se dirigieron hacia el lugar del que venía la música y mientras rodeaban un Blackbird A-12, un avión espía de la época de la guerra fría que estaba allí aparcado junto con otros treinta aparatos, aproximadamente, se encontraron detrás del pequeño ejército que formaba el equipo de rodaje del vídeo y su artillería de accesorios, iluminación, kilómetros de cable y tres cámaras de alta definición: una en un pedestal, una Steadicam sujeta con un arnés a un musculitos con aptitudes para el ballet y una grúa para rodar planos picados.

Llegaron en medio de una toma y Soleil Gray estaba bailando los pasos que Heat y Rook le habían visto ensayar una vez en Chelsea y otra en *Later On*. Con su maillot blanco de lentejuelas, hizo la voltereta lateral en medio del set de rodaje, entre un F-14 Tomcat y un helicóptero Chickasaw, solo que aquella vez fue diferente. Su actuación tenía la intensidad de un espectáculo, una frescura y una emoción que se había estado guardando para las cámaras, y lo ejecutaba con desenfreno mientras el operador de la Steadicam caminaba hacia atrás para mantenerse a su lado mientras enlazaba una serie de volteretas a todo lo ancho de la cubierta antes de hacer un aterrizaje perfecto sobre los brazos de los bailarines vestidos de marineros que la estaban esperando.

—Pronostico un fantástico concurso de talentos en la cárcel de Taconic —le susurró Rook a Nikki.

El director, que lo había estado viendo todo a media pantalla en un monitor con visera, gritó «corten», miró a los operadores de las cámaras y, cuando estos asintieron, dio orden de rehacer la escena.

Cuando los focos se apagaron y los de producción empezaron a llevarse partes del set al siguiente punto, Heat intervino. Seguida de Rook, se dirigió con rapidez hacia la silla de lona del director donde, a pesar de los diez grados del frío aire, Soleil Gray se secaba el sudor de la cara. Cuando estaban a tres metros de ella, un armario empotrado con la cabeza afeitada que llevaba puesta una cazadora amarilla de seguridad les cortó el paso.

—Lo siento, amigos, esto es un set privado. Las visitas se reanudan mañana.

No fue maleducado, simplemente actuó como alguien que estaba llevando a cabo el trabajo que se podía leer en la espalda de la chaqueta que llevaba puesta.

Nikki le respondió en voz baja, le enseñó la placa y sonrió.

—Se trata de un asunto oficial de la policía.

Pero la cantante, atenta a todo lo que sucedía en el set (o tal vez esperando que algo así sucediera), bajó la toalla que tenía en la cara y se quedó mirando a Nikki con los ojos como platos. La maquilladora se acercó para reparar los daños causados por la toalla, pero Soleil la apartó de un manotazo sin dejar de mirar a los visitantes mientras se levantaba de la silla.

Heat apartó al hombre de seguridad y, mientras se acercaba a ella, empezó a decir:

—Soleil Gray, Departamento de Policía de Nueva York. Tengo una orden de arresto por su...

Pero entonces Soleil dio media vuelta y echó a correr. Un poco más atrás de donde ella estaba, en el lado del barco que estaba pegado al puerto, había una pequeña tienda que hacía las veces de vestuario para los extras y, más allá, un pasillo que conducía a un tramo de escaleras metálicas. Raley y Ochoa, que estaban a medio camino, dieron la vuelta por detrás de la tienda seguidos de tres agentes uniformados. Soleil giró para ir en sentido contrario hacia la escotilla por la que Heat y Rook habían salido a la cubierta, pero otra pareja de policías estaban apostados en esa puerta. Rook se interpuso en su camino y ella volvió a girar bruscamente. Distraída por su movimiento, no se dio cuenta de que Nikki estaba a medio paso. Heat arremetió contra ella, pero Soleil oyó sus pisadas y la esquivó. El impulso de Heat la hizo caer contra un perchero lleno de ropa, y en el instante que le llevó recobrar el equilibrio su sospechosa ya había salido disparada para cruzar aquella cubierta que casi tenía el ancho de un campo de fútbol para dirigirse hacia el lado de estribor del portaaviones. El equipo de rodaje de Soleil, la gente de producción, los electricistas, los bailarines y el director miraban anonadados entre apáticos e incrédulos.

Heat puso en práctica sus entrenamientos y empuñó la pistola. Entre el equipo se escuchó un grito ahogado, lo suficientemente agudo y aterrorizado para que Soleil adivinara lo que acababa de suceder a sus espaldas. Fue bajando la velocidad hasta detenerse en el borde de la cubierta de aterrizaje y se giró para ver cómo Heat se acercaba a ella apuntándole con la pistola en alto. Y entonces, sin pensárselo dos veces, Soleil Gray dio la vuelta y saltó.

Entre el clamor que se produjo detrás de ella por parte de los testigos petrificados, Nikki fue corriendo hasta el extremo de la borda por el que la mujer había saltado, intentando recordar cuál de los seis pisos estaba inmediatamente debajo de aquel lugar. ¿El aparcamiento? ¿El muelle? ¿El Hudson? Durante aquellos fugaces segundos también se preguntó si era posible que alguien sobreviviera a una caída desde aquella altura, aunque fuera al agua.

Pero cuando llegó al extremo y miró hacia abajo, Nikki vio algo completamente inesperado: Soleil Gray se estaba doblando para salir rodando de una red de seguridad que había colgada de la cubierta de abajo.

—¡Soleil, deténgase! —gritó y volvió a apuntarla. Pero todo era puro teatro, obviamente Heat no iba a abrir fuego en aquellas circunstancias, y la cantante se aprovechó de ello. Nikki volvió a enfundar la pistola casi al mismo tiempo que vio a dos hombres, coordinadores de montaje, como luego sabría, corriendo hacia la sospechosa y llevándosela fuera de la vista en la cubierta de abajo, ajenos a lo que había pasado arriba y, sin querer, ayudándola a escapar.

Heat valoró las opciones que tenía y pensó en todos los lugares que había para esconderse en un barco construido para transportar a más de 2.500 marineros, eso sin contar con los laberintos que había bajo las cubiertas. Luego pensó en lo lento que sería bajar tanto por el ascensor como por las escaleras.

—Roach —dijo—, llamad abajo y decidles que acordonen la salida.

Entonces la detective Heat enfundó la Sig y saltó.

\* \* \*

La pareja de coordinadores de montaje la ayudaron a salir de la red pero luego intentaron retenerla.

—¿Qué hacen? Soy policía.

—Nos dijo que era una fan loca que intentaba matarla —dijo uno de ellos.

—¿Por dónde se ha ido?

Evaluaron a Nikki y señalaron hacia una escotilla. Nikki corrió hacia ella y abrió la puerta con cuidado por si Soleil la estaba esperando al otro lado, pero no fue así. Ante Nikki se extendía un largo pasillo y se lanzó a recorrerlo a la carrera. Terminaba en te y Nikki se detuvo un instante allí para pensar, si fuera Soleil, qué dirección habría elegido en su desesperación por escapar. El instinto la hizo girar a la izquierda para salir disparada hacia un torrente de luz del día que parecía venir del lado del barco que estaba pegado al muelle.

Heat llegó hasta una escotilla que estaba abierta, de ahí la luz del sol. Se detuvo lo suficiente como para poder sacar la cabeza por la abertura y volver a meterla, una vez más alerta ante cualquier emboscada. Cuando salió por la escotilla vio una escalera metálica, probablemente la parte de abajo de la misma por la que Soleil había intentado huir desde arriba antes de que los Roach se interpusieran. Saltó sobre el pasamanos y bajó al siguiente piso, donde las escaleras acababan en una pequeña cubierta cerca de popa. Se trataba de un balcón semicircular que colgaba sobre el muelle y sobre uno de los cobertizos que albergaban la instalación eléctrica del portaaviones o que servían de almacenes.

Se dio la vuelta al oír pasos en las escaleras sobre ella.

—¿Rook?

—Sí que eres rápida. ¿Cómo lo haces? Yo aún estoy mareado por el salto.

Pero Nikki ya no le estaba prestando atención. Había vislumbrado un destello de lentejuelas blancas bajo el sol allá abajo, en el muelle. Heat calculó el salto de poco más de un metro que la cantante había tenido que dar para cruzar desde la verja hasta el tejado del cobertizo auxiliar e hizo lo propio sin problema alguno. Mientras atravesaba corriendo el tejado plano del cobertizo hasta unas escaleras de caracol metálicas que llevaban al aparcamiento, oyó a Rook siguiéndola de cerca.

El policía que habían dejado abajo había cerrado solo la pasarela sin anticiparse a la osada huida por el tejado que Soleil había protagonizado. Así que, sin nadie que la retuviera, la cantante dobló la esquina del fondo del aparcamiento y se dirigió corriendo hacia la salida de la Duodécima Avenida. A unos cincuenta metros de ella y ganando terreno, la detective Heat le gritó al guardia de seguridad que la detuviera, pero estaba tan programado para proteger a la cantante que, en lugar de ello, miró a su alrededor buscando a alguna agresora a la que detener en lugar de a la propia Soleil.

Heat cruzó la puerta.

El juramento de la estrella del pop pronto se transformó en gratitud cuando vio a los *paparazzi* que mataban el tiempo al otro lado de la verja, tres de ellos con moto. Le estaban haciendo fotos mientras corría hacia ellos. Soleil llamó a uno de ellos por el nombre.

—¡Chuck, necesito que me lleves, rápido!

Chuck salía ya a todo trapo por la Vigésima con Soleil aferrada a su espalda cuando Nikki llegó allí. Los otros dos *paparazzi* que tenían moto estaban empezando a subirse a ella para seguirlos, pero Heat les enseñó la placa y señaló al piloto de la moto más rápida.

—Tú: abajo. Necesito la moto para un asunto oficial de la policía. —El *paparazzo* vaciló pensando si le compensaba más la multa o las fotos, pero pronto sintió la mano de Heat agarrándole la chaqueta—. Fuera.

Heat se lanzó a la persecución y el otro *paparazzo* se disponía a seguirla cuando Rook llegó agitando los brazos y le cerró el paso. Él pisó el freno.

—¿Rook? —dijo el fotógrafo.

—¿Leonard?

Heat tuvo que emplearse a fondo para no perder de vista a Soleil y al *paparazzo* que la llevaba. Este era temerario e imprudente, se ensartaba entre los coches y zigzagueaba cambiándose de carril sin importarle los errores que estaba a punto de cometer constantemente. Como policía de Manhattan, Nikki había visto cómo los fotógrafos cazafamosos habían empezado a cazar cada vez más en manada, a menudo en moto, y la imagen que siempre le venía a la mente era la persecución de Diana en aquel túnel de París. Ahora era ella la que perseguía a uno de ellos y había decidido poner a prueba más su habilidad que su temeridad para no matarse ella ni matar a ningún transeúnte.

Pero todavía era capaz de seguirles el ritmo, si no de adelantarles. Era evidente que Soleil no se dirigía a ningún lugar en concreto, aquello se trataba solo de una pura maniobra evasiva, de deshacerse del perseguidor. El rumbo que estaban siguiendo se basaba en callejear por Midtown West. Hubo un momento, cuando se dirigían hacia el este por la 50, en que Soleil debía de estar cansada del juego porque Nikki la vio mirar hacia atrás y, al ver que seguía detrás de ellos, le gritó algo al *paparazzo* al oído.

En la siguiente esquina, el *paparazzo*, que tenía la exclusiva de sus sueños, hizo amago de girar a la derecha pero, en vez de ello, cambió de sentido, no solo circulando en dirección contraria en una calle de un solo sentido, sino dirigiéndose de frente hacia Nikki. Heat los esquivó apartándose bruscamente hacia la derecha, lo que hizo que derrapara hacia un lado y estuviera a punto de caerse en medio del tráfico. Pero redujo la velocidad para enderezar la moto después de derrapar e hizo ella también un cambio de sentido, aunque a punto estuvo de empotrarse contra un camión de FedEx que estaba aparcado al hacer el giro de ciento ochenta grados.

Ahora ella también iba en dirección contraria y al ver el semáforo tocó el claxon. Por suerte el único vehículo cercano era una moto conducida por otro de los *paparazzi* que seguía la persecución y que, como comprobó incrédula, llevaba a Jameson Rook de paquete.

Cuando llegaron al final de la manzana, el conductor de Soleil giró a la derecha y se abrió para acelerar hacia el norte por la Undécima Avenida. Nikki los siguió, aunque perdió algo de tiempo al reducir la velocidad en los semáforos en rojo para pasar con cuidado en lugar de saltárselos a la torera como había hecho la moto que iba en cabeza. En ese momento Heat deseó tener la radio con ella para pedir que les cerraran el paso o que los interceptaran. Pero no la tenía, así que siguió concentrada y acelerando cuando era posible.

Poco después de que la Undécima Avenida se convirtiera en la avenida West End, Soleil volvió a echar un vistazo hacia atrás que hizo que Nikki intuyera que iban a hacer otra maniobra. Se produjo en la calle 72. El conductor atravesó el cruce en diagonal, lo que hizo que casi los atropellara un autobús, y luego pisó a fondo el acelerador para dirigirse hacia la rampa de acceso de la Henry Hudson. Heat los siguió con precaución por el cruce y tuvo que frenar en seco por culpa de una anciana con un andador que se había puesto a cruzar por el paso de peatones a contraluz y a la que Nikki casi convierte en un adorno del capó. Esperó hasta que la anciana terminó de cruzar y volvió a ponerse en marcha a toda prisa, pero se detuvo en Riverside Drive y soltó un juramento.

Los había perdido.

Heat estuvo a punto de meterse en la Hudson en dirección norte, pero algo la detuvo. El tráfico era muy denso y la circulación muy lenta. Incluso con la ventaja de ir en una moto para ir metiéndose por el medio, aquella no era la ruta de escape que ella elegiría. Entonces oyó un petardeo y se giró hacia el lugar del que venía el sonido. Detrás de la estatua de Eleanor Roosevelt de la esquina opuesta vio salir zumbando una estela blanca por el paso de peatones del parque que había a lo largo del río. Nikki esperó a que pasara un todoterreno y trazó una diagonal a través del cruce, subió por la rampa para discapacitados hasta la acera y los siguió por Riverside Park. Al pasar por el parque para perros del barrio, algunos de los dueños de las mascotas le gritaron. Uno de ellos amenazó con llamar a la policía y esperó que lo hiciera. Vio moverse algo en el retrovisor y supo sin necesidad de mirar que Rook la seguía.

Nikki redujo la velocidad en el paseo adoquinado que había a lo largo del río hacia el norte. Aunque estaban en plena tarde de un día frío, había un montón de corredores, ciclistas y gente paseando a perros que salían de la nada. Pensó que mientras pudiera ver la moto que iba delante, sería mejor esperar el momento oportuno y entrar en acción río arriba, donde era más difícil acceder a las zonas verdes.

La oportunidad surgió después de pasar el Boat Basin y antes de llegar a la planta de tratamiento de aguas residuales de Harlem que había sido reconvertida en un parque estatal. El tramo de paseo que había entre los dos puntos de referencia discurría paralelo a unas vías del tren que habían sido cercadas y que, por consiguiente, constituían una barrera para el acceso peatonal. Nikki pisó a fondo el acelerador. La moto que iba delante aprovechó también la pista libre, pero la de Nikki era más rápida e iba ganando terreno. Soleil, que de lejos parecía una aparición de lentejuelas blancas, seguía mirando hacia atrás y haciéndole gestos a su piloto para que fuera más rápido, pero él no debía de poder.

Justo antes del parque estatal, el paseo giraba bruscamente a la derecha alejándose del río. Era una curva diseñada para peatones, no para motos a toda velocidad. Nikki conocía el terreno porque los fines de semana salía a correr por esa zona del Hudson y redujo la velocidad antes de llegar a la curva. Cuando la rebasó, Heat vio la moto volcada. El *paparazzo* estaba sacando la pierna que le había quedado debajo y le sangraba el antebrazo que se había raspado contra el suelo. Soleil Gray estaba allí cerca e intentaba escapar, cojeando.

El chófer de Rook también cogió la curva cerrada demasiado rápido y Nikki tuvo que mover la moto para que no chocaran con ella. El otro motorista pasó a toda velocidad a su lado y tuvo que luchar para no perder el equilibrio cuando se le fue la moto. Justo cuando parecía que se iban a caer, se las arregló para enderezarla y para detenerse sin irse al suelo.

—Ocúpate de este —dijo Nikki—, está herido. —Y se fue en la moto campo a través detrás de Soleil, que intentaba saltar la verja que separaba el paseo de las vías del tren.

La West Side Line era históricamente el canal de entrada de mercancías a Manhattan. Las vías emergían de un túnel en la calle 122 y discurrían a lo largo de la orilla del río Hudson desde Nueva York a Albany. Hacía diecinueve años la línea había sido tomada por Amtrak para establecer un servicio de pasajeros hacia el norte de la ciudad que salía de Penn y, mientras la detective Heat se bajaba de la moto, el débil ruido sordo de una locomotora reveló que uno de aquellos largos trenes de pasajeros se estaba acercando. Soleil saltó desde lo alto de la reja y atravesó la vía para intentar alcanzar el otro lado de los raíles antes de que Nikki llegara y ganar así tiempo para escaparse mientras el Empire Service pasaba cortándole el paso a la policía. Pero la locomotora había sido más rápida y Soleil estaba atrapada contra la pared por el largo y pesado tren mientras Nikki empezaba también a trepar por la reja.

—Hasta aquí hemos llegado, Soleil —gritó sobre el crujido del metal y el chirrido de las ruedas de acero que pasaban detrás de su sospechosa—. Aléjese de las vías, túmbese boca abajo y ponga las manos detrás de la cabeza.

—Como se acerque, salto.

Nikki saltó de lo alto de la reja aterrizando sobre ambos pies y Soleil se acercó más a la vía y se inclinó hacia el tren como si fuera a tirarse bajo las ruedas en movimiento.

—Le juro que lo hago.

Heat se detuvo. Estaba a diez metros de ella. Aunque fuera una superficie plana, la grava hacía difícil caminar y la cantante era rápida. Nikki no podía esperar recorrer aquella distancia e impedir que se tirara bajo una rueda.

—Vamos, Soleil, aléjese de ahí.

—Tiene razón, hasta aquí hemos llegado. —Se giró y bajó la vista hacia las vías de metal herrumbroso, cubiertas de polvo y carbonilla en los lados pero relucientes como una hoja nueva de aluminio templado en la parte superior, por donde las ruedas pasaban rotando y la fricción se llevaba toda la mugre. Cuando Soleil levantó la vista Nikki estaba unos metros más cerca, pero cuando esta exclamó «¡quieta!», se detuvo.

—Pues quédese ahí, Soleil. Tómese su tiempo, esperaré. —Nikki vio en ella todos los indicios que no le gustaban. La postura de la mujer era de desaliento. Tenía el cuerpo encorvado, lo que la hacía parecer pequeña y ajena al teatral vestuario que llevaba puesto. En el rostro de la cantante ya no había ni un ápice de arrogancia y la dureza había desaparecido. Le temblaban los labios y Nikki vio cómo afloraban unas manchas rojas bajo su maquillaje de escenario. Y seguía mirando con la cabeza gacha aquellas ruedas que giraban a dos metros de ella—. ¿Me oye? —gritó Nikki sobre el ruido. Sabía que sí, pero intentaba hacer que se centrase.

—No creo que pueda hacerlo —dijo Soleil en un tono de voz apenas audible.

—Pues no lo haga.

—Me refiero a seguir así.

—Lo superará. —Ambas sabían que tenía que arrestarla, pero la detective estaba intentando que tuviera una visión a largo plazo, que viera más allá del aquí y ahora.

—¿Qué le pasó al tipo de ayer por la mañana?

—Está bien. Saldrá mañana del hospital. —Heat se había echado a adivinar, pero se dijo a sí misma que aquel era un momento para pensar en positivo. Recordó la sala uno de interrogatorios en la que habían estado el día anterior y el corte que Soleil tenía en el nudillo, aquel que no dejaba de mordisquear. Al principio había dado por sentado que se lo había hecho ensayando, después de ver lo físicas que eran las rutinas. Pero el dios de la retrospección le había hecho una visita y ahora tenía claro que aquello era una herida de guerra de la agresora.

—Tenía que conseguirlo. No me lo daba, así que tuve que...

—Se pondrá bien. Vamos, salga de ahí.

—Aún tengo pesadillas con eso. —Soleil, metida en su propia conversación, ignoró a Nikki—. Puede que consiga enfrentarme a la cárcel, pero no a las pesadillas por lo que le pasó a Reed. Ojalá pudiera revivir aquella noche. Fue todo tan estúpido. ¿Cómo pude ser tan estúpida? Y ahora se ha ido para siempre —gritó.

Mientras Soleil rompía a llorar, Heat no sabía si hacer que continuara para que le contara la historia de lo que le había sucedido a Wakefield, si cumplir con su obligación de leerle sus derechos por si aquello se convertía en una confesión y podía usarlo en los tribunales, o si hacer caso de su necesidad como persona de no dejar a Soleil en un lugar tan oscuro como para quitarse la vida.

—Soleil, podemos hablar de eso más tarde. Vamos, venga, le echaré una mano, ¿de acuerdo?

—No merezco vivir. ¿Me oye? —El termómetro de su estado de ánimo cambió de sombrío a enfadado. El tono cortante con el que Nikki estaba acostumbrada a que le hablara se volvió contra ella misma—. No merezco estar aquí, no después de lo de Reed. No después de lo que le hice, después de pelearme con él y acabar con nuestra relación. Fue todo culpa mía. Yo anulé la boda. Le hice muchísimo daño. —La rabia dio paso a más sollozos.

Nikki bajó la vista hacia las vías deseando ver el final del tren, pero la hilera de vagones de pasajeros se extendía hacia el sur hasta donde le alcanzaba la vista. Aún no había cogido velocidad y aquel ritmo lento hacía que a Heat le pareciera infinito.

—Y después lo de aquella noche. No se imagina el peso de la culpa que tengo que soportar sobre mis hombros por lo de aquella noche.

Nikki dio por hecho que se refería a la noche de la muerte de Reed, pero de nuevo no quería poner a Soleil al borde del abismo haciéndole ninguna pregunta en un momento de tal vulnerabilidad, así que dijo:

—Ya no tendrá que cargar con eso sola nunca más. ¿Entendido?

Soleil lo sopesó y Nikki tuvo la esperanza de que finalmente hiciera caso a algo de lo que le estaba diciendo. Entonces ambas se giraron al oír un ruido. Las motos del Departamento de Policía de Nueva York se acercaban lentamente por el paseo con las luces encendidas pero sin sirenas. Nikki se giró hacia el otro lado en el momento en que el todoterreno del Departamento de Parques, que venía de la otra dirección, pasaba al lado de Rook. Heat percibió un cambio en Soleil.

—¡Diles que no se entrometan! —le gritó a Rook.

Rook se acercó a la ventanilla del conductor para hablar con el policía de Parques, al que Nikki vio coger el micrófono. Segundos más tarde, las motos del Departamento de Policía de Nueva York debían haber recibido sus órdenes, porque se detuvieron y se quedaron allí al lado sin hacer nada mientras el ronroneo de sus motores se mezclaba con los chirridos y los gemidos del pesado tren.

—No puedo enfrentarme a todo eso —gimió Soleil—. Es demasiado.

Nikki avistó finalmente el final del tren a unos cien metros de distancia y empezó a planear el ataque.

—Me siento… vacía. No logro borrar el dolor.

Cincuenta metros.

—Yo la acompañaré en esto, Soleil. —Solo tres vagones más—. ¿Me dejará ayudarla? —Nikki extendió los brazos con la esperanza de que le llegara el significado de aquel gesto aun a pesar de los metros de separación que había entre ellas y de la piedra desmenuzada que había al lado de la vía. Soleil se irguió y volvió a parecer de nuevo una bailarina. Levantó la cara hacia el sol cerrando los ojos un momento y, a continuación, la bajó para mirar directamente a Nikki, sonriéndole por primera vez. Y luego se lanzó bajo el último vagón.

Capítulo

16

El Departamento de Policía de Nueva York acordonó la zona del escenario del suicidio de Soleil Gray para mantener a los medios de comunicación y a los fans alejados a fin de que el forense, la policía científica y la brigada de la Jefatura Superior de Policía, que investigaba rutinariamente cualquier muerte en la que estuviera involucrado un agente, pudieran hacer su trabajo en privado y sin distracciones. También estaban presentes los miembros de otros equipos de investigación, como los de Parques y Áreas Recreativas y algunos representantes de la compañía ferroviaria y de su empresa aseguradora, pero tendrían que esperar cada uno su turno. Para mantener la dignidad de la fallecida y dar privacidad a los técnicos habían instalado una hilera de pantallas de vinilo a ambos lados de la vía del tren por donde estaban esparcidos la mayoría de los restos de la cantante. Habían cortado el tráfico en la Vigésima Avenida entre las calles 138 y 135 Este, pero había fotógrafos de la prensa, *paparazzi* y unidades móviles de televisión en puntos elevados desde donde podían ver algo, tanto en el parque estatal de Riverbank como al otro lado de las vías, en Riverside Drive. La Jefatura Médico Forense levantó una carpa para ocultar el escenario del suicidio de la media docena de helicópteros de los servicios informativos que sobrevolaban el lugar.

El capitán Montrose fue a ver a la detective Heat. Esta esperaba sola en uno de los furgones de personal de la policía, todavía temblando y con un vaso de café que ya se había enfriado descansando entre las manos. Solo se había acercado para ofrecerle su colaboración a la brigada de Jefatura y le dijo que las entrevistas preliminares que les habían hecho a Rook, a los dos *paparazzi*, a los agentes de Parques y a los policías de las motos corroboraban su historia de que la mujer había saltado por voluntad propia y que Heat había hecho todo lo que había podido para solucionar la situación y evitar el suicidio.

El capitán le propuso que se tomara unos días libres para reponerse, aunque no la iban a suspender ni la iban a destinar a las oficinas. Nikki fue clara con él. Estaba muy afectada pero sabía que aquel caso aún no estaba cerrado. Su parte de policía, la que era capaz de meter en un compartimento la tragedia humana y dejar a un lado el trauma que le había causado lo que había presenciado dos horas antes, esa parte veía la muerte de Soleil objetivamente como un cabo suelto. Con ella moría información vital. Heat sabía que había resuelto la agresión del editor, pero aún había muchas preguntas que quedarían sin respuesta ahora que Soleil Gray se había ido. Además, el texano, Rance Wolf, que podría ser su cómplice y con total certeza el responsable de haber matado a tres personas, estaba aún en libertad. Y dado que el último capítulo del libro de Cassidy Towne continuaba desaparecido, tenía todo el sentido pensar que mataría de nuevo para hacerse con él. A menos que la necesidad de hacerlo hubiera muerto con Soleil Gray.

—Estoy muy afectada, capitán, pero eso tendrá que esperar. —La detective Heat tiró el café por la puerta abierta sobre la gravilla—. Así que, si eso es todo, tengo que volver al trabajo.

* * *

Ya otra vez en la comisaría, Heat y Rook tuvieron un momento para estar a solas por primera vez desde lo sucedido. Aunque un coche patrulla los había llevado de vuelta juntos a la 20, ella se había subido en silencio en el asiento del copiloto y él se había sentado detrás y se había pasado la mayor parte del camino intentando quitarse de la cabeza la imagen de lo que había ocurrido. No solo la espeluznante muerte de Soleil Gray, sino la angustia que había observado en Nikki. Ambos habían recibido su ración de tragedia humana en sus respectivos trabajos, pero ya fuera en Chechenia o en Chelsea, nada te preparaba para ser testigo del instante en que un cuerpo se quedaba sin vida. Cuando entraron en el vestíbulo, de camino a la oficina, él la cogió del codo para que se detuviera.

—Sé que te estás haciendo la valiente y ambos sabemos por qué, pero quiero que sepas que estoy aquí, ¿vale? —dijo.

A Nikki le entraron ganas de permitirse apretarle fugazmente la mano en aquel preciso instante, pero en el trabajo no debía. Además sabía que no sería inteligente abrirle la puerta a su vulnerabilidad en aquel momento, así que ya estaba bien de sensiblerías. Asintió y dijo:

—Aclaremos esto. —Y empujó la puerta para entrar en la sala de su brigada.

\* \* \*

La detective Heat se mantuvo activa y no dio pie a que nadie le preguntara cómo se encontraba. En lugar de eso no paró de hacer cosas. Nikki sabía que en algún momento tendría que enfrentarse a lo que había vivido, pero aún no. Y se recordó que, por cierto, no había sido ella sino Soleil Gray la que se había llevado la peor parte.

La detective Hinesburg, siempre tan sensible y empática, se giró desde la pantalla del ordenador para preguntarle si quería ver las fotos que había en Internet del escenario de la muerte de Soleil en la edición digital del *Ledger*. No quiso. Por suerte, las fotos del lugar que habían sacado los dos *paparazzi* aún no habían salido a la luz. Todavía estaban siendo revisadas por los investigadores como pruebas confirmatorias de la secuencia de sucesos. Sin duda alguna, la foto del momento de la muerte saldría a subasta y sería comprada por alguna página web sensacionalista británica o alemana por una cantidad de seis cifras. La gente sacudiría la cabeza indignada y luego se metería para ver si era necesario estar registrado para verlas.

Heat clavó la vista en el nombre de Soleil en la pizarra mientras oía el quejumbroso eco de su voz antes de morir, lamentándose por lo que había sucedido «aquella noche». Llamó a Ochoa al móvil y lo pilló volviendo a la comisaría.

—Estoy analizando de nuevo todos los cabos sueltos que tenemos —le dijo—, y no se me va de la cabeza lo de los albaranes de la limusina que faltan de la noche de la muerte de Wakefield.

—Estoy contigo —repuso Ochoa—. Aunque es como lo del último capítulo, mientras siga desaparecido, solo podemos hacer conjeturas.

—Dile a Raley que dé media vuelta con el Roachmóvil. Quiero que volváis al Harlem español. Hablad de nuevo con la familia y con los compañeros de trabajo. Puede que si preguntáis más específicamente por Reed Wakefield salga algo. Comprobad si Padilla estaba de servicio aquella noche y si contó algo de lo que había visto u oído, incluso a los otros conductores.

Ochoa hizo una pausa y Nikki temió que fuera a darle algún tipo de condolencia por lo de su experiencia al lado de las vías. Pero en lugar de eso, suspiró y dijo:

—Lo haremos, pero que sepas que mi compañero y yo hemos tenido un día de perros. ¿Tú no, verdad?

En fin. Estaba claro que podía sentirse a sus anchas para ponerse sentimental.

\* \* \*

Aún no eran las seis cuando Rook se colgó la cinta del bolso de mensajero sobre el hombro.

—¿Te vas temprano? —dijo Nikki.

—Mi editor de *First Press* me ha enviado un mensaje. Ahora que lo de Soleil ha dado el salto a la prensa internacional, quieren que les pase el archivo mañana para poder hacer una edición de última hora.

—Entonces, ¿vas a acabar el artículo?

Él se rió.

—Claro que no, voy a empezarlo.

—Creía que eso ya lo habías hecho.

—Shh. —Miró alrededor con aire conspirador y bajó la voz hasta que se convirtió en un susurro—. Mi editor también. —Y añadió—: Llámame más tarde, si quieres puedes pasarte a tomar una cerveza, o algo.

—Tiene usted una dura noche por delante, caballero. Estará ocupado con su helicóptero de juguete y esas cosas. Además, cuanto antes esté la nueva edición en los quioscos, antes retirarán la mía, así que no pienso entretenerte. —Ya se estaba yendo, cuando ella añadió—: Oye, Rook. —Él se detuvo—. Quería decirte lo tonto que has sido al seguirme hoy. Primero en el portaaviones y luego con aquel *paparazzo* en la moto. Así que, en primer lugar, nunca vuelvas a hacer una de esas proezas. Y en segundo, gracias por cubrirme las espaldas.

—Lo siento y de nada —respondió. Y dio media vuelta y se fue.

\* \* \*

Los Roach esperaron antes de salir del coche. Habían estado patrullando la manzana en busca de un sitio para aparcar y, al pasar por delante de la antigua casa de Esteban Padilla, habían visto a su primo delante del portal.

—¿Sabes qué te digo? —dijo Ochoa a su compañero—. Que ese tío es un aguafiestas. Vamos a esperar hasta que se haya ido y luego vemos si está el niño en casa. Empezaremos por él.

Veinte minutos después, el primo aguafiestas de Esteban Padilla abrió la puerta de casa, entró y gritó: «Pablo, ya he vuelto. ¿Estás listo para salir?». Luego se quedó parado un momento al volver a ver a los detectives en su sala con el sobrino adolescente de Esteban.

—¿Te vas de viaje, Víctor? —preguntó Ochoa.

Víctor le dirigió a Pablo una mirada de «¿qué coño pasa aquí?» y el niño apartó la vista.

—Esas maletas sí que molan, tío. De buena calidad y nuevecitas. Son unas Tumi verdaderas, ¿no? No esas mierdas fusiladas.

—Bueno, nos vamos de vacaciones. Necesitamos relajarnos después de lo del funeral y todo eso —dijo el primo, aunque no sonó muy convincente. Ni siquiera para Raley, que no hablaba su idioma.

—Es un montón de equipaje para ir de vacaciones. ¿Cuánto tiempo vais a estar fuera? —Cuando el primo se quedó allí plantado con las llaves de la puerta en una mano y una bolsa de CVS en la otra, Ochoa se levantó de la silla y caminó por delante de la hilera de maletas—. Veamos, aquí hay dos de tamaño gigante, una bolsa para trajes (supongo que para la ropa nueva que vimos colgada el otro día en la puerta), otra grande, tres del tamaño de equipaje de mano... Tío, te vas a arruinar con el exceso de equipaje. Y con las propinas. Vas a tener que pagarle una pasta al maletero para que te ayude con todo esto. Te va a salir muy caro, hermano. Pero supongo que puedes permitírtelo, ¿no?

Víctor no dijo nada. Se limitó a mirar a un punto perdido en el aire entre él y Ochoa.

—Bueno, seguro que puedes pagarlo sin pestañear. Propinas, tasas por exceso de equipaje... Apuesto que hasta le podrías alquilar una limusina al antiguo jefe de tu primo para ir al aeropuerto y ni lo notarías. Al menos aquí —dijo el detective señalando una pequeña bolsa de deporte con la puntera del zapato. La piel de la frente de Víctor se tensó y bajó lentamente la mirada hacia la bolsa. La cremallera de la parte superior estaba abierta de par en par y se veían los fajos de billetes.

—Te dije que la cerraras —le increpó Víctor al niño.

Ochoa tuvo la tentación de preguntarle si se refería a la boca o a la bolsa, pero no quería enfriar la conversación. Tenían mucho de qué hablar.

\* \* \*

De vuelta en la comisaría, Heat recibió una llamada de Raley que le contó lo de la bolsa llena de dinero y le dijo que iban a llevar a Víctor y a Pablo para interrogarlos. Ella estuvo de acuerdo en que, dado que la bolsa estaba abierta y a la vista, probablemente no era necesario tener una orden de registro para ver su contenido, pero que consultaría al fiscal del distrito por si algunos de los cargos dependían de ello.

—¿Cuánto dinero había?

—Noventa y un mil. —Raley hizo una pausa antes de añadir—: En billetes de veinte.

—Un número interesante.

—Sí, y hemos investigado y el primo está limpio. Nada de arrestos por drogas, nada de juego ni pertenencia a ninguna banda. Esa calderilla debe de ser una especie de soborno del que faltan unos nueve mil, que yo creo que se ha gastado en los billetes de avión, en ropa y en maletas.

—Cien de los grandes ya no dan para tanto como antes, ¿verdad, Rales?

—Como si yo lo supiera —dijo riéndose.

Heat colgó y, al darse la vuelta, se encontró a Sharon Hinesburg merodeando por su mesa.

—Tenemos un cliente en camino.

—¿Quién es? —Nikki se imaginó que sería demasiado esperar que fuera el texano y tenía razón.

—Morris Granville, el acosador de Toby Mills. Lo han pillado en Chinatown intentando coger un bus Fung Wah a Boston. Nos lo traen en treinta minutos. Y si no, nos sale gratis. —Hinesburg le pasó el archivo de Granville.

—¿Y por qué lo traen aquí y no a la comisaría 19 o a Central Park? —preguntó Heat—. Central Park ha reclamado que pertenece a su territorio, nosotros solo estamos colaborando.

—Ya, pero los policías que lo detuvieron dijeron que el tío quería hablar contigo específicamente. Dice que te vio en el *Buzz Rush* de ayer y que quiere comentarte algo.

—¿Que ha dicho qué?

La detective Hinesburg negó con la cabeza.

—Tal vez sea un intento desesperado de negociar. —Y entonces ahogó una risilla—. No, ya lo tengo. A lo mejor, como ahora eres tan famosa, quiere acosarte a ti.

—Me parto —dijo Nikki sombríamente.

—Gracias —repuso Hinesburg haciendo como siempre caso omiso, y se marchó.

Nikki se preguntó si debería llamar al mánager de Toby Mills, Jess Ripton, para informarle. Ripton había cooperado facilitándole fotos y detalles de Granville, pero la petición específica del acosador de verla era lo suficientemente inusual para hacer que Heat decidiera averiguar de qué se trataba antes de añadir la salvaje distracción del Cortafuegos a la mezcla. Y para ser sincera, tenía que admitir que estaba enfadada con el mánager por ser tan tocapelotas siempre que se encontraban. Pensar en hacerle esperar una hora le produjo una innegable satisfacción pasivo agresiva de la que no estaba orgullosa, pero podría superarlo. Los policías también eran humanos.

Mientras repasaba el expediente de Morris Granville a fin de prepararse para la entrevista, sonó el teléfono. Era Petar.

—Me he enterado de que eras tú la que estabas hoy con Soleil Gray y quería saber cómo estabas.

—Aguantando —dijo. La repetición mental de la cantante lanzándose bajo el tren se proyectó de nuevo en la odiosa cámara lenta reservada a los traumas. Nikki intentó apagarla antes de que llegara la parte de la sangre en el maillot blanco, pero no fue capaz. Entonces se dio cuenta de que Petar le estaba preguntando algo.

—Lo siento, no te he oído. ¿Qué has dicho?

—Te estaba preguntando si te apetecía quedar en mi hora de la cena.

—Petar, no creo que sea la noche más apropiada.

—No debería haber llamado —dijo él.

—No, si eres muy amable, gracias. Lo que pasa es que estoy en otro mundo, ya te puedes imaginar.

—Entonces vale. Te conozco demasiado como para insistir.

—Chico listo.

—Si fuera tan listo, habría aprendido hace años. De todos modos, siento que hayas tenido que pasar por lo de hoy, Nikki. Estoy seguro de que hiciste todo lo que estaba en tu mano.

—Sí. Pero ella estaba decidida a hacerlo. Soleil tenía algo con lo que no podía vivir y encontró la manera de acabar con el dolor.

—¿Te dijo qué era?

—Por desgracia no. —Heat tenía por norma no comentar nada de los casos con personas ajenas a la brigada, así que cambió de tercio—. Lo único que sé es que no estaba en mi mano hacer nada.

El hecho de verbalizarlo hizo que se sintiera un poco mejor, aunque sabía que, si de verdad lo creyera, dejaría de volver a ver las imágenes y de buscar lo que podía haber hecho de forma diferente.

—Nikki —dijo él—, sé que ahora no es el momento, pero quiero volver a verte. —El peso de aquella idea y la complicación que suponía hacía que estuviera fuera de cuestión siquiera considerarlo, sobre todo después del día que había tenido.

—Petar, oye…

—Mal momento, lo siento. ¿Lo ves? He insistido de todos modos. ¿Cuándo aprenderé? —Hizo una pausa—. ¿Y un café mañana, o algo?

La detective Hinesburg apareció en el umbral de la puerta y le hizo un gesto con la cabeza para que fuera. Nikki cogió el expediente de Granville.

—Mañana… Sí, puede que mañana sí.

—Te llamaré por la mañana. Mientras tanto, por favor, si necesitas hablar, ya sabes dónde estoy.

—Gracias, te lo agradezco. —Después de colgar se quedó mirando fijamente el teléfono con una sensación rara tanto por la llamada como por la insistencia, pero puso la mente en blanco y se dirigió rápidamente a la sala de interrogatorios.

\* \* \*

En el pasillo se encontró a Raley fuera de la sala uno de interrogatorios.

—¿Cómo va lo de los ganadores de lotería de East Harlem?

—Ochoa está dentro con ellos. Aún no tenemos nada. —Levantó un paquete de galletas de crema de cacahuete y una botella de una asquerosa bebida energética azul de la máquina expendedora—. El niño tiene hambre, así que he venido a buscarle la cena.

—Estaré en la sala dos con el acosador de Toby Mills, pero avisadme si conseguís algo.

Nikki se quedó unos instantes en la cabina de observación para analizar a Morris Granville a través del cristal antes de entrar. Según su expediente tenía cuarenta y un años, pero en persona no aparentaba pasar de la veintena. A pesar de las entradas y de las incipientes canas de sus gruesos rizos castaños, tenía mirada de niño. Era regordete, bajito, pálido y tenía una postura encorvada que hacía que el cuello desapareciera en su doble barbilla. Estaba solo y se miraba a sí mismo en el espejo del fondo de la sala pero de lado, nunca de frente. Era como si quisiera comprobar que seguía allí cuando volvía a mirar.

Granville se irguió cuando Heat entró en la sala y se sentó. Sus ojos, que estaban permanentemente entornados como si se estuviera riendo todo el rato, se abrieron como platos y se clavaron en ella de una manera que a Nikki le resultó incómoda. No era tanto una mirada lasciva como embobada, llena de admiración e intimidad.

—Soy la detective Heat. —Dejó caer el expediente y un boli sobre la mesa y se sentó—. ¿Quería contarme algo?

Él la miró un rato más y dijo:

—Me encantó el artículo de la revista sobre usted.

—Señor Granville...

—Eso suena demasiado serio, llámeme Morris. ¿Puedo llamarla Nikki?

—No.

—He guardado un ejemplar. ¿Hay alguna posibilidad de que me lo firme?

—Ninguna. —Vio cómo bajaba la cabeza y empezaba a mover la boca de forma imperceptible a la vez que sus cejas subían y bajaban rápidamente como si estuviera teniendo una especie de conversación interna. Mientras hablaba consigo mismo, ella dijo—: Si ha leído el artículo sabrá que soy una persona muy ocupada. ¿Quiere decirme lo que me tenía que decir, o llamo al furgón para que lo podamos llevar a Riker's a tiempo para el rancho?

—No, por favor.

—Entonces cuénteme.

—Quería hablar con usted porque ayer leí en el *Buzz Rush* que estaba siguiendo a Soleil Gray.

El comentario del acosador hizo que Nikki viera el artículo del *Ledger* desde un punto de vista totalmente diferente. Pensó en El Mordaz y entendió la aversión que sentían los famosos hacia la prensa sensacionalista. Pero volvió a Granville y se preguntó de qué iba. ¿Era aquella una de las desconsideradas bromas de Hinesburg? Heat sabía que los acosadores no solían limitarse a una sola persona, pero en su expediente ponía que su «rasgo característico» era que se centraba en un solo famoso: Toby Mills. De hecho, ese era el origen de todas las demandas. Y de las citaciones por allanamiento y de las alteraciones del orden público. Al menos oficialmente, no tenía un patrón obsesivo con los famosos en general, ni con Soleil Gray ni, con un poco de suerte, con las policías de portada.

—¿Qué interés tiene en Soleil Gray?

—Era una gran cantante, ha sido una gran pérdida.

—¿Y eso es todo? Gracias por su visita, señor Granville.

Nikki recogió sus cosas para irse, y él dijo:

—No, no es todo. —Ella se detuvo, pero lo miró desde arriba arqueando una ceja, insinuando que era mejor que lo soltara de una vez. Él parpadeó y levantó las manos de la mesa, dejando cinco dedos de sudor marcados sobre la superficie—. La vi una vez. En persona.

La cara de orgullo que puso al reconocer aquello que él consideraba importante la hizo reflexionar sobre el perfil psicológico de los acosadores y sobre cómo se definían a ellos mismos en función de la proximidad con un extraño. En casos extremos, normalmente de esquizofrenia, incluso creían que la estrella se comunicaba exclusivamente con ellos por medio de mensajes encriptados en sus canciones o en sus entrevistas en programas de televisión. Estaban obsesionados con ellas hasta el punto de llegar a límites insospechados con tal de adquirir relevancia en sus vidas. Algunos incluso acababan matando al objeto de su encaprichamiento.

—Continúe —dijo. Algo en su apremio le decía que era inútil que perdiera el tiempo—. ¿Así que la vio? Como mucha otra gente.

—La vi una noche delante de una discoteca. Bueno, en realidad era ya de madrugada. Era tan tarde que yo era el único que estaba allí.

—¿Dónde?

—En el Club Thermal, en el Meat Packing District. Soleil estaba borrachísima. Gritaba mucho, movía los brazos sin parar y estaba teniendo una bronca monumental en la acera, donde la cola de las limusinas, ¿sabe dónde le digo?

Cuando oyó la palabra «limusinas», Heat dejó los expedientes encima de la mesa, delante de ella, y asintió.

—Sí, conozco el sitio. Dígame lo que vio. —Se dio cuenta de lo irónico que era que, por primera vez en su atribulada vida, Granville fuera importante y que fuera precisamente ella la que alimentara esa necesidad básica suya.

—Como le he dicho, hablaba muy alto y estaba muy acalorada, no hacía más que chillar. Cuando vi con quién se estaba peleando pensé que si conseguía acercarme lo suficiente con el móvil, aquella foto sería portada de *People* o de *Us*. O al menos del *Ledger*.

—¿Y por qué no se pudo acercar más? ¿Había seguridad?

—No. Hacía mucho que habían cerrado y ellos eran los únicos que estaban también en la acera. No quería acercarme demasiado porque no quería que me vieran.

Nikki estaba absorta. Suponiendo que aquello no fueran delirios de grandeza o afán de protagonismo, lo cierto era que sonaba creíble dentro de su locura. Deseaba que estuviera diciendo la verdad.

—¿Con quién estaba discutiendo? ¿Por qué era un bombazo?

—Porque se estaba peleando con Reed Wakefield la misma noche de su muerte.

Capítulo

17

J ameson Rook levantó la vista del portátil desde el otro lado del despacho para mirar con nostalgia el helicóptero que estaba en el alféizar de la ventana. El Walkera Airwolf naranja había sobrevivido al violento desvalijamiento de la habitación por parte del texano y ahora estaba llamando a gritos al escritor para que se tomara un descanso y fuera a jugar con él. A él tampoco le vendría mal un descanso. Tras varias horas redactando el borrador, notaba el cuerpo de aluminio del MacBook Pro caliente al tocarlo, lo que daba fe de su loable ética de trabajo. Le recordó la agradable forma en que el fuselaje del helicóptero se calentaba después de haber estado volando por el *loft*.

«Y no me dejes caer en la tentación», dijo mientras volvía a centrarse en el teclado. Como periodista que dependía en gran medida de sus observaciones personales, al que le gustaba mancharse los zapatos y arañarse las piernas ya fuera por echar el cuerpo a tierra en busca de refugio entre los escombros de un edificio de Grozni durante un ataque aéreo ruso, por seguir a Bono por hospitales rurales senegaleses con el cantante Baaba Maal o por una clase de polo en el condado de Westchester impartida por algún joven miembro de alguna familia real de visita, Rook sabía que las historias nacían de las experiencias, no de Internet. Tenía una memoria encomiable y un sistema de toma de notas que lo devolvía al momento en cuestión cada vez que quitaba la deshilachada cinta negra que hacía las veces de marcador de su Moleskine para abrirlo por una página rayada llena de citas de las que se había acordado y de detalles que había observado.

Escribía los artículos con rapidez de principio a fin poniendo lo primero que se le venía a la cabeza. Iba dejando huecos y reservaba el trabajo de pulido para más tarde, cuando los recorría de nuevo de cabo a rabo numerosas veces siempre de forma continua, sin dar marcha atrás, para lograr que fluyesen. Escribía como si fuera el lector. Además era la forma de evitar que su escritura se volviera demasiado afectada, es decir, que acabara estando más a su servicio que al del tema en cuestión. Rook era periodista pero se esforzaba por ser contador de historias y por dejar que los acontecimientos hablaran por sí mismos, por ello se quitaba de en medio lo máximo posible.

Recordó la voz de Cassidy Towne y, a través de él, la periodista volvió a cobrar vida en Times New Roman con toda su viveza, su malicia, sus carcajadas, su honestidad, sus ansias de venganza y su honradez. Mientras Rook hacía una crónica de los días y las noches que había pasado junto a ella, lo que emergió fue una mujer para la que todo en la vida, desde hacerse con el mejor corte de Nova a conseguir una exclusiva con un ama sadomasoquista que había sometido a un congresista, era una mera transacción. Su misión en el mundo no era ser un simple cuerpo conductor, sino la fuente de energía.

Cuando ya casi estaba acabando el primer borrador, Rook empezó a sentir cierto desasosiego. Era el malestar que le producía saber los pocos datos que tenía sobre el acto fundamental de su vida. Por supuesto, podía rellenar los huecos que quedaban por el medio, había un montón de anécdotas que podía usar, pero el artículo concluía antes de llegar al verdadero final de la historia. El contador de palabras estaba inflamado, tenía suficiente para un artículo de dos entregas (nota mental: llamar al agente) pero el artículo como un todo, aunque encajaba perfectamente, parecía un redoble sin el golpe de platillos.

Como el libro de Cassidy Towne.

Cogió el control remoto del helicóptero, pero los remordimientos le hicieron dejarlo al lado del ordenador y coger el manuscrito inconcluso. Se cambió de la mesa al sillón que había al lado de la pequeña chimenea llena de velas y se puso a hojear de nuevo el texto preguntándose qué se le había pasado. ¿Qué apoteosis final estaba preparando?

El contador de historias que había en él creía que sería un engaño hacer un perfil en exclusiva que finalizara con un evidente final abierto. Las preguntas, aunque interesantes, no le satisfacían y tampoco satisfarían al lector, al que él tanto respetaba.

Entonces decidió hacer las cosas a la vieja usanza. Sacó un bloc de notas Circa nuevo, cogió una pluma que aún tenía algo de tinta y empezó a improvisar. *¿Qué quiero?* Encontrar el final de mi artículo. *No, eso no es lo que quieres. ¿Entonces qué es? Ya lo sabes. ¿Sí? Sí, lo sabes pero aún no lo has llamado por su nombre...*

Siempre que Rook hacía eso, pensaba que si alguien encontraba aquellas incoherencias entre su basura creería que estaba loco. En realidad era una técnica que había tomado prestada de un personaje de ficción de una de las novelas de Stephen King, un escritor que cuando necesitaba resolver una trama se interrogaba a sí mismo en un papel. Lo que en la novela parecía un buen sistema fue puesto en práctica por Rook una vez y comprobó que le ponía tan eficazmente en contacto con su subconsciente que acabó usándolo cada vez que necesitaba pensar y se encontraba en terreno pantanoso. Era como tener un socio escritor que no se llevaba ningún porcentaje.

*Te estás marcando el objetivo equivocado.* Sé cuál es mi objetivo, escribir el nombre de su asesino en el maldito artículo. Y el de Esteban Padilla. Y el de Derek Snow. *Conoces al asesino, es el texano.* Técnicamente, sí. *Es cierto, pero quieres saber quién lo ha contratado. ¿So-*

leil Gray? *Tal vez. Pero ahora que también está muerta, quién sabe.* A menos que... *¿A menos que qué?* A menos que encuentre el último capítulo. *Enhorabuena, acabas de definir tu objetivo. ¿Sí? Presta atención: no busques en tus notas pistas sobre el asesino ni sobre quién lo contrató. Busca pistas para descubrir qué hizo Cassidy con el último capítulo. ¿Y si aún no lo había escrito? Entonces estás jodido. Gracias. De nada.*

Como solía ocurrir, su pequeño ejercicio basado en el trastorno de doble personalidad le hizo caer en la cuenta de algo básico y obvio que había pasado por alto, porque se había convertido en algo demasiado familiar. Había estado buscando un «quién» y lo que necesitaba era un «qué»: el capítulo prófugo. De nuevo delante del portátil, Rook abrió el documento de Word de las notas que había transcrito de su Moleskine. Avanzó por el texto de la pantalla leyéndolo por encima para ver si encontraba algo que le llamara la atención. Mientras revisaba las notas, casi podía oír la voz de Nikki preguntándole una y otra vez desde que se habían reconciliado: «¿Qué características has observado en esa mujer?».

Los aspectos cualitativos, como su necesidad de control y el hecho de ejercer compulsivamente el poder, eran rasgos de su carácter que, si bien no debían ser ignorados, tampoco llevaban a ningún sitio en concreto. Así que, ¿qué más sabía de ella?

Cassidy se acostaba con muchos hombres. Se paró a pensar si podía imaginarse a alguno en el que confiara lo suficiente como para depositar en sus manos el capítulo crucial, pero no le vino ninguno a la mente. Sus vecinos eran fuente de quejas y enemistades, así que de confianza cero. El portero del edificio era un personaje divertido que hacía bien su trabajo, pero había sido bendecido con tal pinta de ladronzuelo que Rook no se la imaginaba dándole el capítulo a JJ. También podía excluir a Holly. El cambio de actitud de la hija tras la muerte de su madre no parecía haber sido recíproco durante sus últimas semanas de vida. Eso era todo lo que sabía sobre Cassidy Towne y sus relaciones. Solo servían para hacer transacciones.

Rook dejó de avanzar por el texto para centrarse en una de las notas, en uno de los pequeños detalles de su personalidad que tenía intención de incluir pero que se le había olvidado. La placa de porcelana que había al lado de la puerta de doble hoja de su despacho y que retrataba a la perfección su punto de vista sobre las relaciones. «Si la vida te decepciona, siempre te quedará el jardín».

Rook avanzó más lentamente por el texto para leer con más detenimiento. Había entrado en una sección de notas de cierta longitud porque hacían referencia a su pasión por la jardinería. Si no ejercía un efecto redentor, al menos sí resultaba iluminador. Se topó con un tema que había intentado utilizar y que había descartado por considerarlo demasiado sarcástico después de que Nikki fuera a ver la autopsia tardía de Cassidy y Lauren le mostrara la suciedad que la colaboradora sensacionalista tenía bajo las uñas. Había escrito: «Cassidy Towne murió como vivió, con las manos sucias». Por mucho que le gustara la frase, su osadía rompía su norma de intrusión por parte del autor.

Pero aun así, más como hecho que como dicho, le hizo pararse a pensar.

Siguió leyendo las notas que había tomado sobre las numerosas ocasiones en las que la había visto entrar y salir por la puerta de doble hoja al jardín que tenía en el pequeño patio trasero amurallado. Cuando Cassidy colgaba después de hablar con su editor, Rook la seguía hasta allí y esperaba pacientemente mientras cortaba las flores marchitas de alguna de sus plantas o comprobaba la humedad de la tierra con los dedos. Le había dicho que aquel diminuto anexo era la única razón por la que había elegido aquel lugar para vivir. Una noche, cuando llegó para acompañarla a la fiesta de un estreno de Broadway, lo recibió con un vestido de cóctel, una cartera en una mano y una pala de jardinero en la otra.

Entonces volvió a detenerse, esta vez en una cita que pensaba poner en el artículo, tal vez hasta en negrita, porque vinculaba elegantemente su vocación con su devoción. Era algo que Cassidy recomendaba cuando te traías algo gordo entre manos: «Mantener la boca cerrada, los ojos bien abiertos y los secretos enterrados».

Rook se recostó en la silla y se quedó mirando la cita. Luego sacudió la cabeza para descartar aquella idea.

Estaba a punto de seguir adelante cuando recordó otra cita que había oído hacía poco en boca de la detective Nikki Heat. «Seguimos las pistas que tenemos, no las que nos gustaría tener».

Miró el reloj y sacó el móvil para llamar a Nikki, pero luego vaciló porque si lo que estaba a punto de hacer era una tontería no quería arrastrarla con él. Sobre todo después del día que había tenido. Pensó en descartar totalmente la idea que estaba incubando, pero entonces se le ocurrió otra cosa. Fue a por el bloc de notas y pasó las hojas hacia atrás hasta que encontró el número que buscaba.

\* \* \*

—Me pilla de milagro —dijo JJ—. Estaba a punto de irme al cine.

—Soy un tío afortunado. —Rook se acercó un paso más a la puerta principal de la casa de Cassidy Towne, con la esperanza de que el portero se diera por aludido y le ahorrara la charla. Y si por si aquel gesto fuera demasiado sutil, decidió eliminar la ambigüedad—. Si me abre la puerta, yo podré ir a lo mío y usted podrá irse a ver el espectáculo.

—¿Ha visto alguna película últimamente?

—Unas cuantas.

—¿Sabe lo que me fastidia? —preguntó JJ sin hacer ningún movimiento hacia el mosquetón del que llevaba colgadas todas las llaves—. Que pagas una pasta para entrar, ¿sí o no?, y te sientas allí a ver una película para que la gente se ponga a hablar. Hablan sin parar y se lo cargan todo.

—Tiene razón —dijo Rook—. ¿Qué va a ver?

—*Jackass* en 3D. Son una panda de tarados divertidísimos. Y es en 3D, así que va a ser para partirse de risa cuando los tíos empiecen a romperse el culo contra postes de la luz y esas cosas.

Finalmente, un billete de veinte dólares consiguió calmar las ansias de socialización del portero y hacerle abrir la puerta. JJ le dijo cómo echar el cerrojo y se fue al cine. Una vez dentro, Rook cerró la puerta tras él y encendió las luces para abrirse paso entre el desorden del apartamento de Cassidy Towne, que seguía prácticamente en el mismo estado desastroso en que lo había visto la última vez.

Se quedó de pie en el despacho el tiempo suficiente como para echar otro vistazo por si había alguna pista que ahora le dijera algo pero que hubiera permanecido muda la mañana del asesinato. Al no encontrar nada, fue hacia el interruptor que había al lado de la placa de porcelana y, cuando lo pulsó, el pequeño patio que había al otro lado de las puertas de doble hoja se inundó de una suave luz.

Con una linterna y una de las palas de jardinero de Cassidy, Rook inspeccionó las plantas que había en las hileras de parterres que emergían del suelo enladrillado del claustro. En el paisaje controlado que había creado, los colores de las flores de otoño que lo rodeaban se habían transformado en diferentes tonalidades de gris oscuro. Rook encendió la linterna para iluminar las sombras, enfocando a su alrededor lentamente y pasando el haz de luz de forma metódica por cada uno de los tiestos. Ni tenía muy claro qué estaba buscando, ni tenía intención de convertir el jardín en una excavación arqueológica así que, empleando otro *heatismo*, decidió buscar un calcetín desparejado. No sabía cómo se llamaban la mayoría de las plantas que estaba mirando, solo unas cuantas como la salvia rosa y el áster de Nueva York. Una variedad que en una ocasión Cassidy le había señalado era la Liatris, también conocida como estrella ardiente cuando adquiría el último de sus brillantes colores de verano. Ahora sus flores se habían transformado en semillas y su color se había apagado hasta convertirse en marrón óxido.

Cuando llevaba un cuarto de hora buscando, Rook iluminó con la linterna unos crisantemos. Bajo el haz de luz, las flores tenían ricos colores otoñales, aunque en cierto modo parecían demasiado ordinarias para lo que Cassidy había plantado alrededor de ellas, como si fueran un calcetín desparejado. Se acercó más y se dio cuenta de que además, a diferencia de las otras flores y plantas, aquella estaba enterrada en el suelo pero con la maceta. La desenterró, le dio unos golpecitos al tiesto para que se soltara la tierra compacta y las raíces, y volcó el contenido sobre los ladrillos del patio. Era un macetero lo suficientemente grande como para albergar un capítulo del manuscrito enroscado, pero dentro no había nada parecido. Concienzudamente, Rook volvió a la cavidad que había dejado la maceta y removió el fondo con la punta de la parte metálica de la pala en busca de un taco de papel enterrado, pero no encontró nada que se le pareciera. Sin embargo, golpeó algo que sintió a través del mango de madera como una pequeña piedra, algo que no encajaba con el suelo limpio y harinoso de Cassidy.

Enfocó el agujero con la linterna y captó el reflejo de una bolsa de plástico para sándwiches. Rook extendió el brazo, la sacó y la puso delante del haz de luz. Dentro había una llave.

Después de pasarse diez minutos recorriendo todas las habitaciones y roperos y de rebuscar en todos los armarios del apartamento de Cassidy Towne, no encontró ninguna cerradura en la que encajara la llave. Rook se sentó a la mesa de la cocina y la analizó. Era una llave pequeña, no de las que entraban en las cerraduras de las puertas, sino de las que eran más apropiadas para candados o taquillas. Era bastante nueva, tenía un extremo dentado y un número en relieve: el 417.

Cogió el iPhone, llamó a Nikki al móvil y le salió el contestador.

—Hola, soy Rook. Tengo que preguntarte una cosa, llámame en cuanto puedas —dijo.

Luego probó suerte con el número de la comisaría. Contestó el sargento que estaba en recepción.

—La detective Heat está ocupada en un interrogatorio y ha desviado su teléfono. ¿Quiere dejar un mensaje en el buzón de voz?

Rook le dijo que sí y le dejó un mensaje similar al otro.

Cassidy iba al gimnasio, pero él había visto la bolsa que usaba y se había fijado en el candado de combinación de color rosa chillón que llevaba sujeto en el asa, así que esa opción se podía descartar. Podía pertenecer a alguna taquilla pública, a la de una estación de autobuses, por ejemplo. Rook pensó en cuántas estaciones de bus y de tren con taquillas había en Nueva York. También era posible que encajara con alguno de los armaritos de las oficinas del *New York Ledger,* aunque de todos modos no pensaba presentarse allí aquella noche en plan: «Hola, Jameson Rook. Tengo una llave. ¿Podría...?».

Pero entonces se dio cuenta de que había visto una llave como aquella antes. En 2005 Rook había estado destinado dos meses en Nueva Orleans después del Katrina y había vivido en una caravana de alquiler. Como se movía tanto por la zona, había alquilado un buzón en una oficina de UPS y le habían dado una llave como aquella. Perfecto, pensó. Ahora lo único que tenía que hacer era recorrer todas las estafetas de Nueva York y probar suerte.

Rook dio unos golpecitos con la llave sobre la mesa de la cocina e intentó recordar si había visto a Cassidy en una estafeta o en sus alrededores. No se le ocurrió ninguna y no estaba seguro de si había alguna en el vecindario. Entonces se acordó de su hija, Holly. Holly Flanders había dicho que había descubierto dónde vivía Rook mirando las facturas del servicio de mensajería que su madre usaba para enviar el material. Pero no recordaba el nombre de la empresa y no había manera de encontrar aquella aguja en el pajar del despacho de Cassidy Towne.

Después de cerrar la puerta, Rook caminó hacia Columbus para coger un taxi a Tribeca y ver si aún conservaba alguno de los sobres de los envíos que había recibido de Cassidy. Cuando el taxi pasó por la 55 Oeste, de pronto le vino a la cabeza que la oficina estaba por la zona de Hell's Kitchen. Buscó en Google los servicios de mensajería que había por allí con el móvil y cinco minutos después el taxi lo estaba dejando en la puerta de Efficient Mail and Messenger de la Décima Avenida, un escaparate apretujado entre un restaurante etíope y una pequeña tienda de ultramarinos con comida caliente para llevar y pizzas por porciones. La montaña de basura había engullido la acera que había delante y, bajo el deslucido toldo de Efficient, parpadeaban algunas de las letras del cartel de neón que había en la ventana, en el que ponía: «Cobro de cheques - fotocopias - fax». Un poco venido a menos, pensó mientras entraba, pero si la llave encajaba se convertiría en un paraíso.

El lugar olía a biblioteca vieja y a desinfectante de pino. Un hombre bajito con turbante estaba sentado en un taburete alto detrás de un mostrador.

—¿Querer hacer fotocopias? —Antes de que Rook pudiera decirle que no, el hombre se dirigió rápidamente en un idioma extranjero a una mujer que estaba usando la única fotocopiadora que había. Ella le respondió enfadada—. Ser cinco minutos.

—Gracias —dijo Rook sin ganas de involucrarse ni de dar explicaciones. Fue hasta la pared que estaba llena de hileras de buzones de latón desde la altura de sus rodillas hasta la altura de las cejas, le echó un vistazo y localizó el 417.

—¿Alquilar buzón? Precio especial mes.

—Ya tengo. —Rook levantó la llave y la metió. Entró limpiamente, pero la cerradura no se movió. Le dio un poco más fuerte mientras recordaba que los dientes de la llave parecían recién hechos y que tal vez necesitaban un poco de persuasión. Nada. Miró y se dio cuenta de que, cuando el dependiente lo había distraído, había metido la llave en el 416.

Los dientes de la llave se engancharon a la cerradura del buzón 417 y este se abrió. Se agachó sobre una rodilla para mirar dentro y el corazón le dio un vuelco.

Dos minutos más tarde, mientras se dirigía otra vez en taxi a Tribeca, intentó hablar de nuevo con Nikki. Seguía en la sala de interrogatorios. Esa vez Rook no dejó ningún mensaje. Se repantingó entre el asiento y la puerta trasera del taxi y sacó del sobre el taco de páginas escritas a máquina a doble espacio. Estaban curvadas porque había tenido que meterlas medio enrolladas para que cupieran en el buzón, así que las alisó sobre el muslo y puso el montoncito sujeto con un clip a la luz de la ventana para volver a leer el título del capítulo.

## CAPÍTULO VEINTE
## EL HUNDIMIENTO

## Capítulo
# 18

Nikki Heat era experta en manos. En una sala de interrogatorios, cualquier característica física que pudiera observar sobre la persona que estaba al otro lado de la mesa era tan importante como lo que esta decía, o lo que se callaba. La expresión de la cara, por supuesto, era clave. También lo eran la postura, el comportamiento (inquieto, nervioso, tranquilo, ausente y esas cosas), la higiene y el atuendo. Pero las manos le contaban muchas cosas. Las manos de Soleil Gray eran delgadas y fuertes por los rigores de los atléticos bailes que hacía en el escenario. Lo suficientemente fuertes, al parecer, como para someter a Mitchell Perkins con tal fuerza que la gente había dado por hecho que el agresor era un hombre. Uno de los indicios que Nikki había interpretado erróneamente cuando la cantante estaba sentada en la mesa con su abogada el día anterior era el corte que tenía en el nudillo. La detective había dado por sentado que se lo había hecho en la sala de ensayos, no en el asalto callejero.

Ahora el autorreproche estaba intentando colarse a hurtadillas en el ánimo de Heat, acosándola con la virulenta idea de que, si hubiera observado aquella mano con la mente más abierta para averiguar las causas, podría haber visto venir la tragedia. Le dijo a aquella idea que esperara sentada, que ya hablarían más tarde.

Las manos de Morris Granville eran suaves y pálidas, como si las metiera cada día en agua con lejía. Además, se mordía las uñas, aunque no lo estaba haciendo delante de ella. Estas, cortas y gruesas en la punta de cada dedo, estaban rodeadas de cúpulas hinchadas de piel irritada y, en las cutículas en las que no tenía postillas, tenía heridas abiertas. Reflexionó sobre aquellas manos y sobre su estilo de vida solitario y decidió dejar allí el pronóstico.

Él tenía también la mente en Soleil Gray y Nikki tuvo claro que lo que había llevado a Morris Granville hasta ella había sido, ni más ni menos, su odiado momento de fama. Había solicitado ver a la detective Heat por la conexión pública que esta tenía con la cantante fallecida y poder así compartir su especial nexo de unión: la noche que había visto a Soleil discutiendo en la acera, delante de una discoteca, con su ex prometido, Reed Wakefield.

—¿Está seguro de que fue la noche en que Reed Wakefield murió? —preguntó Heat. Ya había hablado de eso con él y le había hecho la misma pregunta de diferentes formas durante la última media hora para ver si le hacía meter la pata. Morris Granville era un auténtico acosador de famosos, por lo que toda precaución era poca. Su testimonio podía facilitarles una importante pieza que les faltaba del puzle, pero Heat no quería lanzarse a por el caramelo en un momento de debilidad cegada por las ilusiones. Nikki había llevado a cabo todas las comprobaciones extraoficiales posibles: le había preguntado el día que había sido y él había respondido que el 14 de mayo, el día de la semana y había dicho que un viernes, el tiempo que hacía y le había comentado que llovIznaba de vez en cuando y que llevaba paraguas, si había personal de seguridad y él había replicado que ya le había dicho que allí no había nadie más. Le dijo que por supuesto comprobaría todos aquellos datos, además de otros detalles que le había dado, y que solo entonces lo creería. Se dio cuenta de que parecía complacerle el hecho de que estuviera apuntando sus respuestas, pero también se mantuvo escéptica con eso. Heat sabía que podía estar haciendo aquello guiado por el afán de protagonismo que dominaba también el resto de su vida.

Había otra pregunta que quería hacerle a Morris Granville que para ella era obvia, pero aun así decidió hacérsela para obtener los datos que no había querido dar por sentados desde un principio, en caso de que decidiera dejar de hablar.

—¿Qué pasó con la pelea?

—Duró mucho.

—¿Bajo la lluvia?

—No parecía importarles.

—¿Se volvió violenta?

—No, solo discutían.

—¿Y qué decían?

—No los oí. Recuerde que le dije que no me quería acercar demasiado.

Heat tachó mentalmente una de las pruebas de coherencia.

—¿No oyó nada?

—Oí que hablaban de la ruptura. Ella le dijo que solo se preocupaba de sí mismo y de llegar lejos y él, que era una zorra egoísta y cosas así.

—¿Lo amenazó?

—¿Soleil? En absoluto.

Heat volvió a tomar nota mental de que parecía que Granville había asumido el papel de defensor de Soleil. Empezó a preguntarse si el comportamiento del acosador no tendría como objetivo formar parte de su legado, fuera como fuera. Archivó la idea como posibilidad pero mantuvo la mente abierta. ¿Wakefield la amenazó?

—Desde luego yo no lo oí. Él también estaba fuera de control, se pasó todo el rato agarrado a una farola para no caerse hasta que pararon.

—¿Cómo acabó la cosa?

—Se pusieron a llorar y se abrazaron.

—¿Y después?

—Se besaron.

—¿Fue un beso de despedida?

—Fue un beso romántico.

—¿Y después de besarse?

—Se fueron juntos.

Nikki dio un par de golpecitos con el boli en el bloc de espiral. Estaba llegando a la parte que quería escuchar y tenía que asegurarse de hacerle la pregunta de manera que él no intentara complacerla. Decidió ser bastante general.

—¿Cómo se fueron?

—De la mano.

Tenía que ser más específica.

—Me refiero a si se fueron andando, si cogieron un taxi, o qué.

—Entraron en una de las limusinas. Había una esperando allí mismo.

Heat se concentró en intentar aparentar indiferencia aunque podía oír cómo se le aceleraba el pulso.

—¿Qué limusina era, Morris? ¿Era en la que había llegado Soleil o la de Reed Wakefield?

—La de ninguno de los dos, ellos llegaron en taxi.

Intentó no adelantarse a sí misma aunque la tentación era enorme. Se dijo que debía mantener la pizarra en blanco, limitarse a escuchar, no pronosticar nada y hacer preguntas sencillas.

—¿Simplemente estaba allí y la cogieron?

—No.

—¿Se metieron en la limusina de otra persona?

—Claro que no. Él los invitó y entraron con él.

Heat fingió examinar las notas para restarle gravedad a la siguiente pregunta, que era la que llevaba un rato deseando hacer. Quería que sonara despreocupada para que él no se pusiera a la defensiva.

—¿Quién los invitó a subirse?

\* \* \*

Pablo le dio el último trago a la bebida energética de color azul eléctrico y dejó la botella vacía sobre la mesa de la sala de interrogatorios. Por la edad que tenía, los Roach no iban a interrogar al niño pero lo habían hecho pasar para que se tomara allí dentro el tentempié como estrategia para que Víctor, el primo de Esteban Padilla, creyera que sí lo harían. Raley dejó al adolescente con un agente de Juveniles que se lo llevó a ver la tele a la zona exterior y regresó a la sala uno de interrogatorios.

Comprobó por la manera en que Víctor lo miró cuando se sentó enfrente de él en la mesa que él y su compañero habían estado muy acertados con la estrategia que habían planeado. Utilizarían la preocupación de Víctor por el niño para presionarlo.

—Más feliz que una perdiz —anunció Raley.

—Bueno —dijo Ochoa en español, como continuó el resto de la conversación—. Víctor, no entiendo por qué no quieres hablar conmigo, tío.

Fuera de su barrio y de su casa, Víctor Padilla ya no parecía tan seguro de sí mismo. Pronunció unas palabras, pero sonaron como si estuviera perdiendo fuelle.

—Ya sabe cómo funciona. Ni nos chivamos ni acusamos a nadie.

—Qué noble seguir un código que protege a los macarras mientras el tío que se cargó a cuchilladas a tu primo sigue libre. Te he calado, hermano, tú no formas parte de ese mundo. ¿O es que eres una especie de advenedizo?

Víctor sacudió la cabeza.

—No. Esa no es mi vida.

—Pues no finjas que lo es.

—El código es el código.

—Y una mierda, es todo fachada.

El hombre desvió la vista de Ochoa para mirar a Raley antes de volver a centrarse en el primero.

—Sabía que dirían eso.

El detective dejó estar el comentario y cuando el aire estuvo suficientemente limpio de insinuaciones, hizo un gesto con la cabeza hacia la bolsa de viaje Tumi llena de dinero que había sobre la mesa.

—Es una pena que Pablo no se lo pueda quedar mientras tú estás fuera.

La silla de invitados arañó el linóleo mientras Víctor se echaba hacia atrás un centímetro y se erguía. Sus ojos perdieron su fría ausencia.

—¿Por qué me iba a ir a ningún lado? No he hecho nada —dijo.

—Hermano, eres un simple jornalero sentado encima de al menos cien de los grandes en billetes verdes. ¿Crees que te vas a ir de rositas?

—Ya le he dicho que yo no he hecho nada.

—Lo único que puedo decir es que será mejor que me expliques de dónde ha salido esto. —Esperó a ver si se decidía mientras el músculo de la mandíbula de Víctor se contraía dibujando un nudo—. Voy a ser sincero. Puedo pedirle al fiscal del distrito que haga que el problema desaparezca, si colaboras. —Ochoa dejó que lo asimilara y añadió—: A menos que prefieras decirle al niño que te vas pero que oye, al menos fuiste leal al código.

Y cuando Víctor Padilla dejó caer la cabeza, hasta el detective Raley se dio cuenta de que lo tenían.

\* \* \*

Veinte minutos después, Raley y Ochoa se levantaron cuando la detective Heat entró en la oficina.

—Lo conseguimos —dijeron al unísono sin querer.

—Enhorabuena a los dos, buen trabajo —les felicitó al ver la emoción reflejada en sus caras—. Yo también he marcado un tanto. De hecho, estoy pidiendo una orden de detención.

—¿Para quién? —preguntó Raley.

—Vosotros primero. —Se sentó sobre la mesa para mirar hacia ellos—. Mientras espero la orden de detención, ¿por qué no me contáis una historia?

Mientras Raley acercaba rodando dos sillas de oficina para ellos, Ochoa sacó el bloc para consultarlo mientras hablaba.

—Como suponíamos, Víctor dice que su primo Esteban se estaba ganando un dinero extra vendiendo información sobre los famosos a los que llevaba a Cassidy Towne.

—Resulta bastante irónico considerando que tienen montado el chiringuito alrededor de un código de silencio.

—El caso es que hacía de espía a cambio de la calderilla que le pagaban si los soplos eran lo suficientemente buenos como para aparecer en su columna. Veinte de aquí, cincuenta de allá, supongo que todo va sumando. La cosa iba muy bien hasta que una noche del pasado mayo tuvo algún problema en uno de sus trayectos.

—Reed Wakefield —dijo Nikki.

—Eso lo sabemos, pero aquí es donde llegamos al punto en que Víctor jura por Dios que su primo no le contó lo que había sucedido aquella noche. Solo le dijo que era un mal rollo y que cuanto menos supiera, mejor.

—Esteban estaba intentando proteger a su primo —dijo Heat.

—Eso dice él —añadió Raley.

Ochoa pasó a la siguiente página.

—Así que lo que sucedió exactamente sigue siendo un misterio.

Heat sabía que podía rellenar parte de ese hueco en blanco, pero antes quería escuchar toda la historia, así que no interrumpió.

—Al día siguiente echaron a su primo Esteban de la empresa de limusinas con la excusa barata de alguna mierda sobre conflictos de personalidad con sus clientes. Él pierde los papeles, suelta una sarta de barbaridades en la oficina y se tiene que poner a transportar lechugas y cebollas por ahí en lugar de a estrellas y reinas del baile del instituto. Decidió demandarlos...

—... por agraviarlo sin razón —agregó Raley, citando el anuncio de Ronnie Strong.

—Pero cambió de opinión, porque cuando nuestra colaboradora sensacionalista escuchó lo que había sucedido aquella noche y que, obviamente, tenía algo que ver con Reed Wakefield, le dio un montón de dinero para que retirara la demanda y no atrajera la atención sobre el tema. Probablemente no quería que hubiera una fuga antes de que tuviera el libro terminado.

—¿Cassidy Towne le dio cien de los grandes? —interrumpió Nikki.

—Más bien cinco —dijo Raley—. Ahora vamos a lo del soborno en condiciones.

—Esteban quería más, así que decidió jugar a dos bandas. Llamó al protagonista de lo que le había contado a Cassidy Towne y le dijo que haría público lo que había visto aquella noche a menos que le pagara una cantidad que le permitiera vivir bien. O no tan bien, al final.

Raley tomó el relevo.

—Padilla consiguió cien de los grandes y que lo mataran al día siguiente. El primo Víctor se quedó planchado pero cogió el dinero con la intención de usarlo para irse a algún lugar donde el que hubiera hecho aquello no lo encontrara.

—Y eso es todo —concluyó Ochoa—. Tenemos parte de la historia, pero aún no sabemos el nombre de la persona a la que intentaba extorsionar Padilla.

Levantaron la vista hacia Nikki, que estaba sentada en la mesa sonriendo con picardía.

—Pero tú sí, ¿no? —dijo Raley.

\* \* \*

En el auditorio del prestigioso Instituto Stuyvesant de Battery Park City, la figura de los Yankees Toby Mills posaba con un enorme cheque de atrezo por valor de un millón de dólares, su regalo personal para el programa deportivo de la escuela pública. El lugar estaba a rebosar de estudiantes, profesorado y, por supuesto, prensa, todos ellos en pie aplaudiendo. También de pie, aunque sin aplaudir, estaba la detective Nikki Heat mirando desde detrás de la cortina a un lado del escenario, viendo cómo el lanzador estrechaba sonriendo la mano del director deportivo, flanqueado por el equipo de baloncesto de Stuy, que iba uniformado para la ocasión. Mills sonreía ampliamente, impasible antes los cegadores flashes que lo machacaban, girándose pacientemente hacia la izquierda y luego hacia la derecha, perfectamente conocedor de la coreografía de la operación fotográfica.

Nikki sintió que Rook no pudiera estar allí. Dado que la escuela estaba solo a unas manzanas de su *loft*, había pensado que si se daba prisa se podía encontrar con ella allí para cerrar el círculo del artículo. Había intentado responder a su llamada por el camino, pero el teléfono sonó hasta que saltó el buzón de voz. Lo conocía demasiado bien como para dejarle un mensaje con contenido sensiblero, así que dijo:

—Voy a ser clara: ¿así que tú puedes molestarme a mí cuando estoy trabajando, pero al revés no? Espero que vaya bien lo de la escritura. Ha sucedido algo, llámame en cuanto oigas esto. —Le iba a fastidiar perdérselo, pero le dejaría que la interrogara, un pensamiento que hizo que Nikki sonriera por primera vez en aquel largo día.

En uno de sus giros, los ojos de Toby vieron a Heat y, al advertir su presencia, su sonrisa perdió parte del brillo. Aquello hizo que Nikki se planteara si había hecho lo correcto yendo a verlo a aquel sitio, sobre todo tras la experiencia que había tenido en el *Intrepid*. Pero él no hizo ningún movimiento para huir. De hecho, cuando terminó de estrecharle la mano a la mascota del equipo, que iba ataviada con un atuendo del siglo xv a lo Peter Stuyvesant, Mills dio las buenas noches haciendo un gesto con la mano y cruzó apresuradamente el escenario hacia ella.

—¿Han pillado a mi acosador?

—Sí. Vamos a un sitio donde podamos hablar —dijo Heat sin vacilar y sin mentir.

Nikki había conseguido que le dejaran usar una sala cercana y escoltó a Toby Mills hasta un aula de informática donde le señaló una silla. Él se dio cuenta de la presencia de Raley y de otros dos policías uniformados que estaban esperando de camino y puso una mirada de extrañeza cuando uno de los policías entró con ellos mientras el otro cerraba la puerta y se quedaba fuera tapando con el cuerpo la pequeña ventanita.

—¿Qué pasa? —preguntó.

Nikki respondió con otra pregunta.

—¿No está Ripton? Creía que no se perdería un acto como este.

—Ya. Iba a venir pero llamó para decir que tenía un acto de presentación con un patrocinador y que empezáramos sin él.

—¿Le ha dicho dónde estaba? —preguntó la detective. Heat ya sabía que el Cortafuegos no estaba ni en la oficina ni en casa.

Mills levantó la vista hacia el reloj de pared del aula.

—Nueve menos diez. Probablemente se esté tomando el segundo Martini asqueroso en el Bouley.

Sin que nadie le dijera nada, el detective Raley fue hacia la puerta. Dio un par de golpecitos suaves antes de abrirla y el policía que estaba en el pasillo se hizo a un lado para dejarle pasar.

A Toby no le pasó desapercibida la marcha del policía de paisano.

—Esto me está empezando a parecer un poco raro, detective.

Aquel era precisamente el efecto que quería ejercer sobre el lanzador. Se sentía contrariada porque Ripton hubiera roto las formas y no estuviera allí, aunque, por otra parte, aquello le daba la oportunidad de presionar a Mills sin que su mánager se entrometiera.

—Ya va siendo hora, Toby.

Él se quedó perplejo.

—¿Hora? ¿Hora de qué?

—De que charlemos sobre Soleil Gray. —Nikki hizo una pausa y cuando vio que volvía a parpadear, continuó—. Y sobre Reed Wakefield. —Se tomó de nuevo su tiempo y al verlo tragar saliva, añadió—: Y de usted.

Aunque de verdad lo intentó con todas sus fuerzas, por muy sofisticados que fueran los círculos en los que un atleta multimillonario de Gotham se moviera, Toby Mills seguía siendo en el fondo el niño de Broken Arrow, Oklahoma, y su educación lo delató como un pobre mentiroso.

—¿Qué pasa con Soleil Gray y... Reed? ¿Qué tienen que ver con esto? Creía que íbamos a hablar de ese loco que nos sigue a mi familia y a mí.

—Se llama Morris Granville, Toby.

—Eso ya lo sé, pero yo siempre lo he llamado «el loco». ¿Lo han pillado o no? Dijo que lo tenían.

—Así es. —Vio que quería que continuara, así que no lo hizo. En aquel momento Toby Mills no era ninguna estrella, era un sospechoso al que estaba interrogando, y era ella y no él la que llevaba la batuta—. Cuénteme cómo conoció a Soleil Gray y Reed Wakefield.

Clavó los ojos en la puerta en la que esperaba el policía y luego volvió a mirarla. Después bajó la vista para examinar sus zapatos y buscar en ellos una respuesta para darle ahora que no tenía el guión del Cortafuegos.

—Soleil y Reed, Toby. Cuéntenos.

—¿Qué quiere que le cuente? Me he enterado de lo que ha pasado hoy. Joder... He leído en el periódico que la estaba acosando. ¿También la estaba siguiendo hoy? —le espetó en un intento desesperado.

Heat no solo no mordió el anzuelo, sino que hizo caso omiso del comentario.

—Le repito la pregunta: ¿Dónde conoció a Soleil y a Reed?

Encogió los hombros como un niño.

—Por ahí. Esto es Nueva York. Vas a fiestas, te encuentras a gente, la saludas y todo eso.

—¿Solo los conocía de eso, Toby? ¿De saludarlos? ¿De verdad?

Volvió a mirar hacia la puerta y frunció los labios varias veces, como ella le había visto hacer una vez en la televisión cuando ya iba por el noveno hombre con bases llenas y el número uno del equipo se acercaba sin *outs*. Iba a necesitar otro tipo de habilidades para salir de aquel lío y Toby no estaba seguro de tenerlas, podía olerlo. Así que una vez mermada su confianza, dijo:

—Vamos a dar una vuelta. ¿Me haría el favor de poner las manos detrás de la espalda?

—¿Lo dice en serio? —La miró, pero fue él el que parpadeó—. Los veía por ahí en las fiestas, como ya le he dicho. Además Reed jugó en el partido benéfico de *softball* que organicé por las víctimas del tornado de Oklahoma en verano de 2009. Y Soleil también, ahora que lo pienso.

—¿Y eso es todo?

—Bueno, todo, todo, no. Quedábamos de vez en cuando. No quería contárselo porque me da vergüenza. Ahora todo ha quedado atrás, pero cuando llegué a Nueva York me despendolé un poco. Era difícil no hacerlo. A veces me iba de fiesta con ellos.

Heat recordó que Rook había dicho que Cassidy Towne solía hablar de las noches locas de Mills en *Buzz Rush*.

—¿Entonces dice que fue hace mucho tiempo?

—Sí señora, en el jurásico. —Lo dijo de forma rápida y fluida, como si hubiera pasado los bancos de arena peligrosos y volviera a aguas tranquilas.

—Antes del partido benéfico de hace dos veranos.

—Sí, hace mucho.

—¿Y después de aquello no los volvió a ver?

Él empezó a sacudir la cabeza teatralmente, aunque fingía estar pensando.

—No, la verdad es que no los volví a ver. Rompieron.

Nikki aprovechó la oportunidad.

—En realidad creo que habían vuelto la noche que Reed murió.

Mills mantuvo la cara de póquer, pero no pudo mantener la sangre en ella y palideció un poco.

—¿Sí?

—Me sorprende que no lo supiera, Toby, teniendo en cuenta que estaba con ellos esa noche.

—¿Con ellos? ¡De eso nada! —El grito hizo que el policía de la puerta se enderezara y se le quedara mirando. Bajó la voz—. Yo no estuve con ellos esa noche. Créame, detective, no se me habría olvidado.

—Tengo un testigo presencial que no dice lo mismo.

—¿Quién?

—Morris Granville.

—Venga ya, esto es absurdo. ¿Se va a fiar de un psicópata antes que de mí?

—Cuando lo cogimos me habló del Club Thermal y me dijo que había visto allí a Soleil y a Reed. —Heat se inclinó hacia él en la silla—. Por supuesto, en el fondo yo sabía que la única razón que podía haber llevado a Morris Granville aquella noche a la acera del Club Thermal era que usted estuviera allí.

—Menuda sarta de tonterías. El tío ese está mintiendo para hacer negocio, o algo. Está mintiendo. Ese loco puede decir lo que sea, pero si no lo demuestra olvídelo. —Toby se recostó en la silla y cruzó los brazos, intentando insinuar que por su parte eso era todo.

Heat deslizó la silla hacia el ordenador que tenía al lado e insertó un *pen drive*.

—¿Qué hace? —preguntó él.

Cuando el *pen* se abrió, hizo doble clic en un archivo.

—He sacado esto del móvil de Morris Granville —dijo mientras se cargaba.

La imagen se descargó. Era una foto de aficionado con la calidad de la cámara de un móvil, pero reflejaba perfectamente la historia. En ella se veía la calle mojada delante del Club Thermal. Reed Wakefield y Soleil Gray estaban entrando en una larga limusina. Esteban Padilla, vestido con traje negro y corbata roja, sujetaba un paraguas sobre la puerta abierta. Y, dentro de la limusina, un risueño Toby Mills le tendía una mano a Soleil para ayudarla a entrar. En la otra mano tenía un porro.

—Cassidy Towne. Derek Snow... —dijo Heat mientras Mills se quedaba sin fuerzas y las manos le empezaban a temblar. Él bajó la cabeza y Nikki dio unos toquecitos en el monitor. Cuando volvió a mirar hacia la imagen, ella añadió—: Y piense una cosa, Toby. Todos los que están ahí están muertos, menos usted. Quiero que me diga qué pasa con esta foto.

Y entonces el fenómeno empezó a llorar.

\* \* \*

Toby Mills había llegado aquella noche al Instituto Stuyvesant en el asiento trasero de un Escalade negro con un

cheque de un millón de dólares y salió de allí en el asiento trasero de un coche patrulla y esposado. Por ahora, lo
detenían por cargos menores pero suficientes para
echarle el guante: mentir a un policía, no haber informado de una muerte, conspiración para obstruir la labor de
la justicia y soborno. Por la confesión que había hecho
después de venirse abajo y ponerse a llorar, la detective
Heat aún no tenía claro si era culpable de los cargos más
jugosos. Eso dependería del jurado y del fiscal del distrito. Y lo más importante, de que ella encontrara la forma
de relacionar al lanzador con el texano.

La foto que el acosador había hecho con el móvil
sería una prueba de peso. En cierto modo, Nikki estaba
en deuda con cualquiera que fuera la tara que había llevado a Morris Granville a hacer la foto y guardarla desde
mayo. Cuando le preguntó por qué no la había enseñado
antes o había intentado sacar provecho de ella, había dicho que quería proteger a su ídolo, Toby Mills. Por supuesto, aquello hizo que Heat le preguntara por qué se
la enseñaba ahora a la policía a lo que, obviamente,
Granville respondió que porque lo habían detenido.
Luego el acosador había sonreído y le había preguntado
si, en caso de haber juicio, Toby estaría allí cuando él
testificara. Heat reflexionó sobre la mentalidad del acosador y sobre la de aquellos que amaban tanto a sus víctimas que cuando no podían estar cerca de ellas, las destruían. Algunos las mataban y, al parecer, otros hacían
que las arrestaran. Lo que fuera con tal de cobrar impor

tancia en una relación no correspondida. Era peor el remedio que la enfermedad.

En la versión de Toby Mills de lo que había pasado después de lo del Club Thermal, los tres pasaron el rato vagando en coche por Manhattan con un único objetivo: continuar la fiesta. Reed y Soleil le llevaban ventaja y a Toby, que no tenía que lanzar hasta el lunes en casa contra los Red Sox, ese viernes le apetecía quemar la noche después de un viaje por carretera para perder en Detroit. Se reía de las pruebas de dopaje aleatorias de la Liga Profesional de Béisbol. Mills y muchos otros jugadores guardaban o compraban orina para que los miembros de la comisión no interfirieran en su tiempo libre. Mills llevaba con él una pequeña bolsa de deporte llena de drogas de uso recreativo y era un anfitrión generoso. Le dijo a Heat que habían aparcado un momento en el South Street Seaport, mirando hacia East River, pero Reed y Soleil habían empezado a tomarse en serio lo del polvo de reconciliación y, como de todos modos estaban cansados de andar por ahí en coche, habían vuelto a la habitación que Reed tenía en el Dragonfly House para seguir allí la fiesta. Toby, que en circunstancias normales habría sido el aguantavelas, en aquel caso era el que las tenía, así que era más que bien recibido. Confesó que, en cierto modo, le ponía Soleil, así que incluso le dijo a Nikki que había pensado: «Qué demonios, ¿quién sabe cómo se presentará la noche?».

Pues eso, ¿cómo se había presentado?

Le dijo a Nikki que lo que había pasado en el Dragonfly había sido un accidente. En la *suite* habían jugado a decir títulos de películas famosas sustituyendo las palabras clave por «pene» —*Me gustan los penes, ET el extra pene, GI Joe: el alzamiento del pene*— mientras Toby vaciaba la farmacia portátil sobre la mesita de centro. Heat le pidió detalles y él habló de marihuana, cocaína y algo de *popper* de nitrito de amilo. Reed tenía un poco de heroína que a Toby no le interesaba y un puñado de Ambien que decía que tomaba para dormir. También dijo que era increíble para practicar sexo, y él y Soleil se tragaron varios con vodka directamente de una botella que tenían metida dentro de una cubitera del servicio de habitaciones.

Cuando Soleil y Reed se fueron a la cama, Toby dijo que había puesto música para no oírlos follar y que se había quedado viendo la ESPN sin sonido.

Cuando oyó gritar a Soleil, al principio pensó que se trataba de un orgasmo, pero Mills dijo que había entrado corriendo en la sala desnuda, fuera de sí y gritando: «¡No respira, haz algo, creo que está muerto!».

Toby la acompañó al cuarto y encendió la luz. Reed tenía la cara gris y un poco de espuma en la comisura de los labios. Toby dijo que los dos se habían puesto a llamarlo por su nombre y a sacudirlo, pero que no habían obtenido respuesta. Finalmente Toby le miró el pulso en la muñeca y, al no notar nada, los dos se asustaron mucho.

Toby había pulsado el número de marcación rápida de Jess Ripton y lo había sacado de la cama. Su representante le había dicho que se tranquilizara, que no hiciera nada y que se quedara en la habitación. Le dijo que apagara la música, que no tocara nada más y que esperara allí. Cuando Toby le preguntó si llamaban a una ambulancia Jess le dijo que ni se le ocurriera llamar a nadie y que ni se planteara salir de la habitación. Luego se corrigió y le dijo que llamara al chófer de la limusina para decirle que estuviera delante del hotel listo para irse cuando él lo estuviera, pero que no le dijera por qué y que intentara no parecer preocupado. Jess le dijo a Toby que acudiría lo más rápido posible, que lo llamaría cuando estuviera en camino y que no le abriera la puerta a nadie.

Pero cuando Toby acabó de hablar con Jess y fue a decirle a Soleil lo que le había dicho, ella estaba colgando el teléfono fijo que había en el baño. Dos minutos después, Derek Snow apareció en la puerta. Toby le dijo que no lo dejara entrar, pero Soleil no le hizo caso y alegó que el recepcionista les ayudaría, que eran amigos. Según los datos de Nikki, Soleil le había pegado un tiro en una pierna solo unos meses antes y le había pagado una generosa suma de dinero. Muchas relaciones se basaban en menos.

Derek quería llamar a emergencias, pero Toby insistió y empezó a pensar que tendría que hacer algo con el recepcionista, pero Soleil hizo un aparte con Derek y le prometió un montón de dinero para que fingiera que allí no había pasado nada. Derek le preguntó qué podía hacer, Toby le dijo que se relajara y que esperara a que su hombre de confianza llegara.

Resultó que Derek era cooperador y, mientras Soleil acababa de vestirse, cosa nada fácil teniendo en cuenta todo lo que había ingerido, Snow ayudó a Toby a volver a meter las drogas en la bolsa de deporte. Veinte minutos después, sonó el móvil de Toby. Jess Ripton estaba en camino. Cuando entró en la habitación, le dijo que todo iba a salir bien.

Jess no esperaba encontrarse allí a Derek, pero se lo tomó como algo que tenía que asumir y lo utilizó para que sacara de allí a Toby y a Soleil por la escalera. Cuando se iban, Jess le dijo a Derek que tocara solo él los pomos de las puertas y que volviera después de haberlos dejado en la limusina.

Toby concluyó su confesión contándole que, cuando salieron del Dragonfly, Soleil aún estaba muy asustada y no había querido irse con él. La última vez que la había visto se alejaba corriendo en la noche y llorando.

Luego él le dijo al chófer de la limusina que lo llevara de vuelta a casa con su familia a Westchester.

\* \* \*

Heat estaba a punto de entrar en el coche en la calle Chambers, delante de la puerta principal del Instituto Stuyvesant, cuando el Roachmóvil se detuvo a su lado.

—Ni rastro de Jess Ripton —dijo Ochoa por la ventanilla del copiloto—. No está ni en Bouley, ni en Nobu ni en Craftbar. Hemos buscado en el resto de guaridas habituales y abrevaderos que Toby nos ha dicho y nada.

—¿Crees que está ayudando a Jess a escapar? —preguntó Raley.

—Todo es posible —contestó Nikki—, pero creo que lo que quiere Toby es que su Cortafuegos se deje ver cuanto antes y no que siga desaparecido en combate. De hecho, le he dejado llamar a Jess, porque he supuesto que necesitaría a su representante.

—Qué considerada, detective Heat —dijo Ochoa.

—Gracias. Aunque tenga trampa y lo haya hecho en beneficio propio. De todos modos, lo único que Toby consiguió fue que saliera el buzón de voz de Ripton. Tenemos vigilado su apartamento, pero será mejor que enviemos a alguien para que patrulle por esos sitios por la noche. Le pediré al capitán Montrose que envíe a un detective de Robos que pueda seguir haciendo la ronda por los lugares por los que Ripton suele pasar, como el garaje, el gimnasio o la oficina.

—¿Pero no crees que si Ripton está intentando escabullirse será demasiado listo como para ir a cualquiera de esos lugares?

—Es probable. Puede que haya puesto pies en polvorosa, pero de todos modos tenemos que comprobarlo —dijo Heat.

Ochoa asintió.

—Sé que alguien tiene que hacerlo, pero suena a esfuerzo inútil de algún alma cándida.

Raley se rió.

—Dáselo al detective Schlemming.

Los Roach se burlaron, sacudieron la cabeza y dijeron su apodo en voz baja: el *defective* Schlemming.

—Suena a algo relacionado con su rapidez mental —dijo Heat.

Ochoa se puso serio.

—Creo que será mejor que no elijamos a Schlemming. Solo porque se empotrara por detrás contra la limusina del alcalde mientras intentaba echar una avispa fuera del coche no hay por qué… Qué demonios, claro que sí.

—¿Sabes qué? —dijo Raley—. Cuando pienso en todos esos cadáveres, me resulta difícil imaginar que Toby Mills sea de esa clase de tíos que contratan a un asesino a sueldo. Y eso que soy de los Mets.

—Venga ya, socio, a estas alturas deberías saber que nunca se sabe. Entre el contrato con los Yankees y todos sus patrocinadores, Toby Mills tiene millones de razones para ocultar este enredo.

—O Ripton —respondió Raley—. También se juega mucho. No solo porque él fue el que limpió el hotel de Reed aquella noche, sino porque la imagen de Toby es la que le da de comer. ¿No le parece, detective? —Se inclinó sobre el volante para esquivar a Ochoa y mirar a Heat por la ventanilla. Estaba entretenida dándole al botón para moverse hacia abajo por la pantalla del móvil.

—¿Detective Heat?

—Un momento, estoy leyendo un correo que Hinesburg me ha reenviado de Hard Line Security. Nos han enviado la lista de los antiguos clientes del texano como autónomo. —Siguió revisándola y se detuvo.

—¿Qué has encontrado? —preguntaron los Roach.

—Una de sus clientas fue Sistah Strife.

—¿Y eso quiere decir algo? —preguntó Raley.

—Claro que sí. Quiere decir que Rance Eugene Wolf y Jess Ripton trabajaban juntos para Sistah Strife.

Mientras Raley y Ochoa se iban, Heat llamó para que alertaran a todas las unidades de que elevaran el nivel de búsqueda de Jess Ripton por su relación con un asesino profesional. Agotada y abatida por el terrible día que había tenido, se metió en el Crown Victoria y sintió que su cuerpo se empezaba a fundir en el asiento del piloto por culpa del agotamiento. Aún cansada como estaba, sintió pena por Rook que, por su diligencia periodística, se había perdido la detención de Toby. Intentó llamarlo de nuevo al móvil para ponerlo al corriente.

\* \* \*

El iPhone que estaba sobre la mesa de Rook sonó con el tono de Nikki Heat, la banda sonora de *Dos sabuesos despistados*. El escritor lo miró sentado en la silla mien-

tras continuaba repitiendo aquel siniestro «dun da dundún, dun da dundún». «La Heat», el nombre con que
había guardado su número, parpadeaba en la pantalla.

Pero Rook no respondió. Cuando finalmente dejó
de sonar, lo invadió una especie de melancolía mientras
su imagen se esfumaba y la pantalla se quedaba vacía.
Luego se revolvió incómodo contra la cinta americana
que le ataba las muñecas a los reposabrazos.

## Capítulo
# 19

Hace falta ser listillo para poner algo así en el teléfono —dijo el texano con su característico acento.

—Si no le gusta, suélteme y lo cambio —replicó Rook.

Jess Ripton se dio la vuelta desde la estantería que estaba registrando.

—¿Puedes hacerlo callar?

—Si quiere lo puedo amordazar, Jess.

—¿Y cómo nos va a decir dónde está?

—Sí, señor —dijo el texano—. Pero si cambia de opinión, solo tiene que decírmelo.

Jess Ripton y Rance Eugene Wolf continuaron poniendo patas arriba el *loft* de Rook, esta vez en busca del último capítulo del manuscrito de Cassidy Towne. Al fondo de la habitación, el Cortafuegos estaba de rodillas buscando en un mueble empotrado en el que había DVD y hasta algunas cintas VHS del jurásico que Rook ya no tenía dónde reproducir. Ripton las tiró todas del armario al suelo. Cuando lo hubo vaciado, se volvió hacia Wolf.

—¿Estás completamente seguro de que lo viste con él?

—Sí, señor. Salió del taxi y entró con el sobre de papel manila que sacó del buzón de correos.

—¿Me ha estado siguiendo? —preguntó Rook—. ¿Desde cuándo?

Wolf sonrió.

—Desde hace el suficiente tiempo, supongo. No es difícil, sobre todo si no sospechas que te siguen. —Rodeó la mesa para ir a la parte de atrás, moviéndose sin dejar entrever ningún tipo de molestia, lo que Rook atribuyó a calmantes fortísimos, a un elevado umbral de tolerancia al dolor, o a ambas cosas. Llevaba unos tejanos nuevos que se ajustaban a su delgado armazón y una camisa de estilo vaquero con botones de nácar. Wolf llevaba como accesorios un cuchillo con protector de nudillos envainado y sujeto al cinturón y un cabestrillo que parecía sacado de una tienda de material médico. Además vio una pistola del calibre 25 que llevaba enfundada en la rabadilla cuando se dio la vuelta para barrer de un manotazo todo lo que Rook tenía sobre la mesa menos el ordenador con el brazo sano. Todos los objetos que él y Nikki habían vuelto a poner en su sitio con tanto esfuerzo: el bote de los lápices, las fotos enmarcadas, la grapadora, el dispensador de celo, el control remoto del helicóptero y hasta el móvil cayeron a sus pies sobre la alfombra.

Entonces el texano giró el portátil hacia él y se inclinó para leer el borrador del artículo de Rook sobre Cassidy Towne.

—¿Dónde está el sobre, Rook? —dijo Ripton levantándose del suelo.

—Era de Publishers Clearing House, no creo que le intere… —El texano le dio un bofetón del revés en la boca lo suficientemente fuerte como para provocarle un traumatismo cervical. Aturdido, Rook cerró con fuerza los ojos unas cuantas veces y vio pequeños puntos de luz. Notó el sabor de su propia sangre y le llegó un aroma a Old Spice. Mientras salía de la bruma, lo que más le molestó a Rook no era solo que lo hubiera pillado por sorpresa, sino la rápida descarga de violencia. Pero lo peor de todo fue que Wolf siguió leyendo la pantalla del ordenador como si nada hubiera sucedido.

Durante un rato, Rook se quedó allí sentado, en silencio, mientras Jess Ripton continuaba destrozando su despacho y el texano leía su artículo a un brazo de distancia. Cuando Wolf acabó, le dijo a Ripton:

—Aquí no dice nada de lo del último capítulo.

—¿Nada de qué? —dijo Rook. El texano cerró de golpe la tapa del ordenador y él se estremeció.

—Sabe perfectamente de qué —dijo Ripton. Le echó un vistazo al revoltijo que había en el suelo y se agachó para recoger el manuscrito inacabado de Cassidy Towne que el editor le había proporcionado—. De lo que pone en la parte que falta de esto. —Lo lanzó sobre la mesa como si no sirviera para nada y la gruesa goma que lo sujetaba se rompió haciendo que las páginas se esparcieran.

—Nunca lo he visto. Cassidy se lo estaba ocultando a su editor.

—Ya lo sabemos —dijo Wolf con indiferencia—. Ella misma nos lo dijo hace un par de noches.

Rook no tuvo que hacer mucho esfuerzo para imaginar las horrendas circunstancias de dicha confesión. Visualizó a la mujer sujeta con cinta americana a una silla mientras la torturaban. Y no habían conseguido que les contara nada más antes de matarla. Pensó lo consecuente que había sido ese último acto con el resto de su vida, el juego de poder de asegurarles que había algo de valor que ellos querían y luego negárselo y llevarse el secreto de su paradero a la tumba.

Ripton le hizo un gesto con la cabeza a Wolf. El texano salió de la habitación y volvió con un antiguo maletín de médico de cuero negro. Estaba desgastado y tenía una uve repujada. A Rook le vino a la cabeza el informe del FBI sobre Wolf en el que ponía que su padre había sido veterinario. Y que al hijo le gustaba torturar animales.

—Ya le he dicho que yo no lo tengo.

Jess Ripton lo miró entrecerrando los ojos, como si estuviera eligiendo entre dos camisas.

—Claro que lo tiene.

Wolf dejó el maletín sobre la mesa.

—¿Un poco de ayuda? —No podía desabrochar la hebilla con una sola mano, así que Ripton le ayudó—. Gracias.

—Acaban de leer mi artículo. Si tuviera esa información, sea cual sea, la habría incluido, ¿no? ¿Cómo demuestran esa omisión?

—Le diré cómo, señor Rook. —Ripton se llevó el dedo índice a los labios mientras elegía las palabras apropiadas y luego continuó—. De hecho, puedo demostrar que lo tiene con omisiones. Con una sola, de hecho. ¿Preparado?

Rook no respondió. Se limitó a echarle un vistazo rápido al texano, que estaba colocando en una ordenada hilera el instrumental odontológico sobre la mesa.

—La omisión es la siguiente: desde que mi socio y yo llegamos, no nos ha hecho ni una vez una pregunta muy simple. —El Cortafuegos hizo una pausa para darle emoción—. No ha preguntado ni una vez qué estaba haciendo yo aquí. —Rook sintió una especie de quemazón en las entrañas mientras el representante continuaba hablando—. Ni siquiera ha dicho: «Vaya, Jess Ripton, sabía que este vaquero estaba metido en el ajo, pero ¿usted? Usted es el hombre de confianza de Toby Mills. ¿Qué diablos tiene que ver Toby Mills con todo esto?». ¿Tengo o no tengo razón? El hecho de que no haya preguntado eso es lo que yo llamo una prueba por omisión.

Rook pensó con rapidez para intentar maquillarla.

—¿Así que se trata de eso? Pues bien, es muy sencillo. Hablamos con usted un par de veces durante la investigación del caso, así que por supuesto que no me sorprendió.

—No insulte mi inteligencia, Rook. Cuando usted y su nena policía fueron a hablar con Toby, estaban dando palos de ciego. Era solo uno más de la lista. Y desde luego nunca han tenido nada que relacione a Wolf con Toby, ni por lo tanto conmigo. —Esperó a ver si Rook decía algo, pero no abrió la boca—. Así que el hecho de que no haya preguntado indica que sabe perfectamente por qué estoy aquí y qué pasó aquella noche con Toby y Reed Wakefield. Y yo quiero saber dónde está el capítulo que se lo ha contado.

—Ya le he dicho que yo no lo tengo.

—Se cree muy listo, ¿eh? —dijo Jess—. Cree que lo único que hará que siga vivo es que si lo matamos no nos podrá decir dónde está ese capítulo. Pero la cuestión es que en un par de minutos mi amigo va a conseguir que nos lo diga de todos modos. Y mientras lo hace va a desear estar muerto. —Se volvió hacia Wolf—. Tú a lo tuyo, yo voy a mirar en el dormitorio. —Fue hasta el umbral de la puerta y se detuvo—. No es nada personal, Rook. Usted ha tomado su decisión y yo no tengo ninguna necesidad de ver esto.

Cuando se hubo marchado, Rook luchó contra las ataduras retorciéndose en la silla.

—No le va a servir de nada, amigo —dijo el texano mientras levantaba una de las piezas del instrumental odontológico.

Rook notó que algo se rompía al lado de uno de sus tobillos. Presionó con más fuerza y logró liberar una de las piernas de la cinta americana. Puso rápidamente el pie en el suelo bajo la mesa y se movió intentando empujar la silla contra Wolf. Pero el hombre fue rápido y le inmovilizó el cuello con el brazo izquierdo en una llave de tornillo entre la mandíbula y la axila. Wolf aún tenía la herramienta dental en la mano izquierda y, lentamente, intentando mantenerla firmemente sujeta a pesar de las patadas y la resistencia de Rook, empezó a girar la muñeca hacia dentro, hacia la cabeza de Rook. En cuanto Rook notó el primer roce de algo afilado en la parte exterior del conducto auditivo, probó otra táctica. En lugar de empujar hacia atrás contra el agresor, cambió rápidamente y lanzó el torso hacia delante con una fuerza desesperada.

La pieza de instrumental dental salió disparada por el vade y, al menos momentáneamente, el movimiento de Rook funcionó. La inercia hizo que Wolf se precipitara sobre la esquina de la mesa y aterrizara sobre el hombro derecho, que era el que tenía lesionado, gritando de dolor mientras se agarraba con fuerza la clavícula.

El hombre se sentó en el suelo, resollando como un perro en agosto. Rook intentó salir de entre la mesa y la pared, pero las ruedas de la silla se habían quedado atascadas con todo lo que había tirado por el suelo. Había empezado a patear más fuerte en un vano intento de pasar por encima de una perforadora de tres agujeros y el control remoto cuando el texano se levantó para examinar el cerco de sangre del tamaño de una moneda de veinticinco centavos que de pronto tenía en el hombro de la camisa. Dejó de mirar la herida reabierta para posar la mirada sobre Rook y murmuró un juramento.

A continuación apretó el puño tan fuerte que la piel de los nudillos se le puso blanca y echó el brazo hacia atrás para golpearle.

—Alto ahí, Wolf. —Nikki Heat estaba en el umbral de la puerta, apuntando con la Sig Sauer al texano.

—Nikki, cuidado, Jess Ripton está... —dijo Rook.

—Aquí —terminó él extendiendo el brazo desde el pasillo para ponerle el cañón de su Glock sobre la sien—. Tire el arma, detective.

Heat no tenía alternativa. Con un pistola apuntándole a la cabeza, no tenía más opción que obedecer. Había un sillón entre ella y la chimenea, y la lanzó sobre el cojín con la esperanza de mantenerla cerca.

Cuando vio que Rook no respondía a la segunda llamada, sus sospechas aumentaron y no podía sacárselo de la cabeza. Él nunca había dejado de contestar a ninguna de sus llamadas y a Nikki le preocupaba que hubiera algún problema. Así que dejó a un lado lo de aparecer sin avisar y decidió que eso era exactamente lo que iba a hacer. Si era inoportuno, que lo fuera. Nikki decidió que prefería enfrentarse a eso que a que se le pusieran los pelos de punta cada vez que llamaran a su puerta si sus preocupaciones eran fundadas.

Heat llamó al timbre del portero desde abajo, le pidió la llave y subió por las escaleras en vez de en ascensor para evitar el ruido que este hacía cada vez que se paraba en el piso de Rook. Cuando llegó arriba, pegó la oreja a la puerta y oyó la escaramuza al fondo del *loft*. En circunstancias normales habría seguido el procedimiento y se habría tomado su tiempo para pedir refuerzos antes de entrar, pero Nikki estaba ya demasiado preocupada por Rook y parecía que el tiempo apremiaba, así que usó la llave para entrar.

Y ahora allí estaba Heat por segunda vez en una semana en casa de Rook, en situación de crisis y buscando una oportunidad para darle la vuelta a la tortilla. Cuando vio que el texano se llevaba la mano a la rabadilla y sacaba una Beretta del calibre 25, empezó a recitar su mantra: «Evaluar. Improvisar. Adaptarse. Vencer».

—Entre en el despacho —dijo Ripton. Le dio un pequeño empujón con la Glock para alejarla del sillón. Heat se dio cuenta de que era el suave empujón de un aficionado. Para lo único que se le ocurrió utilizar aquella conclusión fue para decidir que, si se le presentaba la oportunidad, sería Wolf el que encajaría la primera bala.

—He traído refuerzos, no conseguirán escapar.

—No me diga. —Como ahora Wolf le apuntaba con la pistola, Ripton caminó hacia el umbral—. ¡Podéis entrar todos! —gritó en el pasillo que daba a la puerta de la entrada. Luego puso la mano al lado de la oreja como para escuchar—. Vaya.

A Nikki le dio un vuelco el corazón cuando Ripton se acercó al sillón y cogió la Sig. Observó cómo el representante se la guardaba en la cinturilla del pantalón y luego se volvió hacia Rook.

—¿Estás bien? —Él tenía la vista clavada en el trozo de suelo que había bajo la mesa y se movía inquieto—. ¿Rook?

—Lo siento, estoy pegado. Perdona que no me levante.

—¿Sabe, Jess? Puede que sea el momento de tomar una decisión —dijo Wolf.

Antes de que Ripton pudiera responder, Nikki intentó entretenerlo.

—Hemos arrestado a Toby Mills, ¿lo sabía?

—No. —La examinó un momento—. ¿Por qué?

—Ya lo sabe.

—Dígamelo usted.

Ahora le tocaba a ella examinarlo. ¿Por qué quería Ripton que ella respondiera antes? Aquello le recordó a las partidas de póquer en las que había estado cuando tocaba saber quién iba a ser el primero en enseñar la mano. Traducción: él quería que ella le dijera lo que sabía porque se preguntaba hasta dónde llegaban sus conocimientos. Así que Nikki le dijo lo mínimo posible para que la conversación continuara y así ganar tiempo.

—Su cliente ha sido detenido por la confesión que hizo sobre lo que sucedió la noche en que Reed Wakefield murió de sobredosis en el Dragonfly.

—Qué interesante —dijo el Cortafuegos.

—¿Interesante? ¿Eso es lo único que tiene que decir después de lo que ha hecho? ¿Que le parece interesante? Tarde o temprano se descubrirá que Toby ocultó la historia mandando matar a los que estaban al corriente de ella y todos ustedes van a tener que asumir las consecuencias.

El tocapelotas que había dentro de Jess Ripton salió a escena.

—No tiene ni idea de lo que está diciendo.

—¿Ah, no? Tengo su confesión diciendo que él y Soleil Gray estaban presentes cuando Wakefield murió de sobredosis. Su cliente le proporcionó las drogas. Usted sacó a Toby a hurtadillas de allí. Y mi apuesta es que, cuando el dinero para comprar el silencio no fue suficiente para controlar la situación, Toby Mills consiguió que matara al recepcionista y al chófer de la limusina, porque estaban pasándole información a Cassidy Towne. A quien también consiguió que mataran. Esa es mi conclusión.

—Nunca lo relacionarán por una simple razón —dijo Ripton—. Toby Mills no tiene nada que ver con esos asesinatos. Ni siquiera sabe que yo estoy involucrado en todo eso.

—Eso suena a confesión —replicó Heat.

Él se encogió de hombros como si tuviera la certeza de que, dijera lo que dijera, nunca saldría del despacho de Rook.

—Es verdad, Toby no tiene ni idea. Ni siquiera sabe nada aún del libro de Cassidy Towne. Ni de los soplos y el espionaje del conductor de la limusina y el recepcionista. Lo único que Toby sabe es que tiene que guardar un secretillo indecente sobre una fiesta que se les fue de las manos.

—Venga ya, Ripton, no creo que este sea el momento más adecuado para ejercer de asesor de imagen. No después de haber matado a tres personas solo para salvaguardar los preciosos contratos de patrocinio de su cliente.

—¿Listo, Jess? —Wolf se estaba impacientando.

—No es por eso por lo que los mató —soltó Rook. Bajó fugazmente la vista hacia los pies y volvió a mirar a Nikki—. No mataron a esas personas para proteger la imagen de Toby Mills. Los mataron para encubrir el hecho de que la muerte de Reed Wakefield no fue accidental, sino un asesinato.

Heat se quedó perpleja. No tenía ni idea de que a Rook se le dieran tan bien los faroles. Pero entonces se dio cuenta de que su expresión revelaba que aquello no era ningún farol. Se giró para comprobar la reacción de Jess Ripton y Rance Wolf. Ninguno de ellos mostraba su desacuerdo con lo que había dicho.

—Así que sí tiene el último capítulo —dijo Ripton antes de dar un paso hacia la mesa—. Si no, no sabría lo del asesinato.

Rook se encogió de hombros.

—Lo he leído.

—¿Asesinato? ¿Cómo que asesinato? —dijo Nikki—. En su confesión Toby dice que fue una sobredosis accidental.

—Porque Toby sigue creyendo que lo fue —respondió Rook—. Toby y Soleil no lo sabían, pero Reed Wakefield aún estaba vivo cuando salieron de aquella habitación de hotel. —Rook le dio más énfasis a lo que había dicho mirando a Ripton—. ¿No es así, Jess? Usted y el texano lo mataron más tarde.

—¿Dónde está? —Ripton miró bajo la mesa donde Rook había estado revolviendo y, al no encontrar el capítulo, dijo—: Me va a decir dónde lo ha escondido.

—Primero déjenla marchar —dijo Rook.

—No pienso irme.

—Y que lo diga. —Ripton se volvió para examinar de nuevo aquel desbarajuste.

—Nikki, estaba intentando ayudarte.

—Por última vez, Rook, ¿dónde está?

—Vale —contestó Rook—. Dentro de los pantalones.

Por un breve instante se hizo el silencio en la habitación. Rook hizo un gesto con la cabeza hacia el regazo y asintió.

—Compruébalo —dijo Ripton.

Cuando Wolf se giró y dejó de apuntar a Nikki, Rook presionó con la punta del zapato el control remoto que tenía a sus pies. En el alféizar de la ventana, detrás del texano, el helicóptero CB180 naranja volvió a la vida con un zumbido. En cuanto la hélice principal empezó a girar, la de la cola empezó a zumbar traqueteando contra el cristal de la ventana, lo que hizo que la habitación se inundara de una crispante vibración. Wolf giró en redondo, le disparó al helicóptero y el cristal de la ventana se hizo añicos. Jess Ripton, que se había quedado helado por la sorpresa, levantó las manos en posición de defensa. Heat se lanzó contra él y se empotró contra su costado. Le agarró el antebrazo y se lo levantó mientras, al mismo tiempo, deslizaba ambas manos hacia abajo más allá de la muñeca para coger el arma.

El texano se volvió a girar para apuntarle de nuevo, sin darle tiempo a Nikki a arrancarle del puño la Glock al mánager. Heat aplastó ambas manos alrededor de las de Ripton, apuntó lo mejor que pudo y disparó con el dedo de él. Falló el tiro y le dio al cabestrillo. El texano gimió y disparó.

Nikki empezó a desequilibrarse hacia atrás, pero se agarró con más fuerza a la mano de Jess Ripton y disparó otros cuatro tiros apuntando al bolsillo delantero izquierdo de la camisa vaquera de Rance Eugene Wolf antes de desplomarse.

# Capítulo
## 20

Casi dos horas más tarde, sentado solo al lado del mostrador que separaba la cocina del enorme salón, Jameson Rook miraba fijamente las dos hileras de burbujas que se elevaban en líneas perfectamente paralelas desde el culo de su pinta de Fat Tire. Era la segunda que se tomaba e iba camino de la tercera. De todos modos, no iba a escribir ya mucho más. Eran más de las doce de la noche y las luces estroboscópicas de los forenses y de la policía científica aún brillaban al final del pasillo.

Al otro lado del *loft*, en el cuarto de lectura que había construido el año anterior, un acogedor lugar con muebles suaves y luz como de club social rodeado de estanterías que le daban por el hombro, podía oír las duras voces del equipo de investigación de disparos de la Jefatura de Policía. Rook ya se había pasado media hora con ellos dándoles su versión del tiroteo: cuando estaba claro que estaban a punto de dispararles, Rook había puesto en práctica una maniobra de distracción que le había dado la oportunidad a la detective Heat de hacerse con el control del arma de Ripton y de dispararle una vez a Wolf y cuando el texano disparó el tiro que en lugar de darle a ella mató a Ripton, pudo volver a disparar y abatirlo. Rook cometió el error de pensar que les parecería genial que hubiera conseguido distraerlos con un helicóptero teledirigido cuyo control remoto de 2,4 GHz había activado con el pie. Pero aquellos eran tíos serios que estaban haciendo su trabajo, así que tendría que buscar en otro lado las palmaditas en la espalda.

Nikki había ido a verlos por segunda vez y, aunque desde donde estaba sentado no conseguía distinguir las palabras, por el tono de las voces intuía que la reunión estaba adquiriendo una cadencia que dejaba entrever el fin.

Cuando la brigada finalmente se fue, Nikki rechazó la cerveza que Rook le ofrecía pero se sentó con él. Raley y Ochoa salieron del despacho quitándose los guantes de pruebas y le preguntaron por la resolución.

—Aún no hay ninguna disposición ni la habrá esta noche. Pero leyendo entre líneas la poca información que dan los tíos de Jefatura, parece que esto va a acabar bien. Solo necesitan veinticuatro horas porque, como es mi segundo incidente del día, tienen que demostrar que no hay vicio oculto.

—Deberían darte un cheque regalo —dijo Rook, pero retiró lo dicho antes de que nadie pudiera decir nada—. Vaya, qué falta de delicadeza, lo siento, lo siento. Ha debido de ser la cerveza.

—¿Y del resto del día quién tiene la culpa? —replicó Raley.

Pero Rook no lo estaba escuchando, porque se estaba fijando en Nikki. Estaba buscando su cara, que le decía que tenía la cabeza en otro sitio.

—¿Nikki?

Ella volvió al presente.

—Lo has hecho muy bien ahí dentro —la felicitó.

—Ya, bueno, teniendo en cuenta cuál era el resultado alternativo, estoy bastante contenta.

—Oye, no te ralles por lo de… —dijo Ochoa.

No hizo falta más para que todos supieran que se refería al hecho de que hubiera matado a Rance Wolf, que —delincuente o no— ahora perdería el apodo y para ella nunca más volvería a ser el texano. A diferencia de lo que salía en las películas de Hollywood sobre aquel trabajo, a los policías les afectaba profundamente acabar con una vida, aunque se tratara de la vida de un asesino a sueldo frío y calculador, y su muerte estuviera totalmente justificada. Nikki era fuerte, pero sabía que se pasaría un tiempo dándole vueltas a las pérdidas de aquel día. Heat seguiría el consejo, no porque fuera débil, sino porque sabía que sería eficaz. También sabía que lo superaría. Heat respondió a la advertencia de Ochoa asintiendo una sola vez con la cabeza y eso les bastó a todos.

—Eh, tío, ¿es verdad que te metiste el capítulo que buscaban en los pantalones? —dijo Raley.

—Real como la vida misma —respondió Rook asintiendo con orgullo.

—Eso responde a la pregunta de por qué nos han hecho ponernos esto para cogerlo —dijo Ochoa haciendo oscilar en el aire los guantes de látex.

Pero nadie se rió. Una norma no escrita sobre el decoro pertinente en una situación como la que estaba teniendo lugar al fondo del pasillo se lo impidió. Aunque sí disfrutaron del mordaz comentario de Ochoa inclinando la cabeza en silencio y sonriendo.

Rook les contó que, al acabar de leer el capítulo, había ido a la cocina para coger el móvil y llamar a Nikki. Lo acababa de levantar de la encimera cuando había oído que el ascensor se paraba con un crujido. Rook no esperaba ninguna visita así que, cuando empezaron a hurgar con un pincho en la cerradura, volvió corriendo al despacho con la intención de escapar por la salida de incendios pero la ventana no se abría y se quedó atrapado en aquel cuarto. A sabiendas de que había muchas posibilidades de que se tratara de Wolf, que venía en busca del capítulo, no se le ocurrió otro sitio donde esconderlo que en los pantalones.

—Increíble —dijo Ochoa sacudiendo la cabeza.

—Lo sé —replicó Rook—. Me sorprende que hubiera suficiente espacio. —Cuando los otros gruñeron, añadió—: ¿Qué? Es un capítulo largo.

A aquellas alturas, todos menos Nikki habían leído las páginas decisivas de Cassidy, así que Rook le contó a grandes rasgos la historia. Al menos le quedó claro por qué Jess Ripton y Rance Eugene Wolf tenían tanto empeño en echarle el guante. El capítulo final era la prueba irrefutable de que el cliente de Ripton, Toby Mills, y Soleil Gray habían participado en una noche de libertinaje que había culminado con la aparente sobredosis de Reed Wakefield y de que eran culpables de evadir cobardemente las responsabilidades. El hecho de que unos personajes famosos se hubieran pasado la noche consumiendo drogas y hubieran huido sin llamar siquiera a emergencias para que le prestaran la ayuda médica básica a su acompañante ya era impactante y sensacionalista *per se*. De hecho, con aquello Cassidy tenía más que suficiente para garantizar un superventas y generar unas devastadoras ramificaciones legales y financieras que hundirían a todos los implicados. Pero la escritora sensacionalista cogió ese escándalo y lo llevó al siguiente nivel. Y ese nivel era el asesinato.

La clave era el recepcionista. Popular entre los huéspedes del hotel no solo por sus servicios sino también por su discreción, Derek Snow era como una especie de representante por méritos propios. Jess Ripton sabía la historia del tiroteo con Soleil Gray, así que supuso que Derek sería de los que cogían el dinero y mantenían la boca cerrada. Por eso, cuando Snow volvió a la habitación del hotel después de haber bajado a la calle a Toby y a Soleil, Jess Ripton creyó, no sin motivo, que por una suma de dinero considerable Derek

Snow haría como si lo de aquella noche nunca hubiera pasado. Y efectivamente, Snow aceptó las condiciones y le aseguró al Cortafuegos que no tenía por qué preocuparse por él.

Cuando el flaco vestido de vaquero llegó para ayudar con la limpieza, Ripton reforzó la exigencia de silencio haciendo que el texano lo amenazara abiertamente con encontrar su escondite y matarlo si abría la boca.

Las cosas se pusieron más peliagudas cuando el texano abrió el maletín negro que llevaba y sacó un estetoscopio. Derek estaba en la salita limpiando los pomos de las puertas y los interruptores con unos paños especiales que le habían dado cuando oyó decir al vaquero: «Mierda, Jess, este tío aún está vivo».

El recepcionista dijo que había estado a punto de salir corriendo de la habitación para llamar a emergencias, pero que la estremecedora amenaza del texano lo había asustado y por eso no lo había hecho. Derek Snow siguió limpiando las huellas pero se acercó más a la puerta de la habitación. Echó un vistazo dentro pero estuvieron a punto de descubrirlo, así que se retiró para que no lo pudieran ver pero de manera que él viera su reflejo en el espejo del tocador de la habitación.

Dijo que hablaban en voz baja pero que estaba seguro de haberle oído decir a Ripton al otro hombre que hiciera algo con él. El texano le había preguntado si estaba seguro y Ripton le dijo que no quería a Wakefield delirando en una sala de urgencias y contándole a la policía o a los médicos lo que había pasado y con quién estaba. «Cárgate a ese cabrón».

Al oír aquello el otro tío sacó unos frasquitos de plástico y unas ampollas del maletín. Después de introducirle a Wakefield a la fuerza unas pastillas en la garganta, le suministró por vía nasal una gran cantidad de alguna sustancia en espray. A continuación el texano volvió a sacar el estetoscopio y se quedó escuchando un buen rato. Derek temía que lo pillaran, así que se fue al otro extremo de la sala, cogió un paño nuevo y fingió estar ocupado. Allí dentro estuvieron en silencio mucho tiempo, hasta que oyó movimiento y Ripton preguntó: «¿Ya?». El otro hombre le respondió: «Puede clavarle un tenedor, está fiambre». Cuando volvieron a la sala, el recepcionista fingió que no se había enterado de nada y continuó limpiando. Lo único que dijo Ripton fue: «Buen trabajo. Dale otra vez al mando de la tele y lárgate».

Lo que hizo que Derek Snow le contara todo a Cassidy Towne fue su sentimiento de culpa. Aunque él tampoco era ningún angelito, había aceptado su dinero igual que había aceptado el de Ripton. Pero compartir con la colaboradora sensacionalista los detalles de lo que en realidad había pasado, que era el asesinato de Reed Wakefield, se convirtió para Derek en una especie de acto de contrición. Dijo que tenía miedo del texano, que había dicho que lo mataría, pero que tenía más miedo de vivir toda la vida con la carga de su propia implicación.

Snow también le dijo a Cassidy lo difícil y doloroso que le resultaba no contarle la verdad a Soleil Gray, que había empezado a llamarlo constantemente llorando por la culpa que sentía al responsabilizarse de la sobredosis de su ex prometido. Veía cómo se iba hundiendo cada vez más en el abismo.

Le dijo a Cassidy que, cuando ella tuviera toda la información necesaria para el libro, tal vez se pusiera en contacto con Soleil para contarle la verdad. Towne le pidió que esperara y él le dijo que así lo haría. Pero no para siempre, ya que el dolor de Soleil no hacía más que añadir más peso a su propia culpa.

—¿Crees que fue por eso por lo que Derek llamó a Soleil aquella noche cuando recibió la llamada en el Brooklyn Diner?

—Estaba pensando lo mismo —dijo Heat—. Fue la misma noche en que asesinaron a Cassidy Towne. Seguro que Derek vio a Rance Wolf husmeando en su busca e intentó contarle la verdad a Soleil antes de que fuera demasiado tarde.

—Y probablemente lo fue —apuntó Ochoa.

—Qué triste —comentó Nikki—. Soleil no solo no llegó a oír nunca la verdad de boca de Derek Snow, sino que, como al manuscrito que robó le faltaba el último capítulo, todo lo que leyó era una censura de su comportamiento, lo cual alimentaba su culpa.

Rook asintió.

—Lo suyo fue una tragedia por partida doble, ya que se murió sin saber que ella no había sido la responsable de la muerte de Reed.

Ochoa miró a su compañero.

—¿Qué te ronda por la cabeza?

—¿Por qué lo dices? —dijo Raley.

—Venga ya, te conozco, eres casi como mi mujer.

—¿Lo dices porque yo tampoco duermo contigo?

—Qué gracioso. Lo que quiero decir es que te conozco de sobras. ¿Qué pasa?

—Es por lo de Soleil Gray. Si Jess Ripton fue el que lo organizó todo, me refiero a los asesinatos, ya fuera por su bien o por el de Toby, ¿qué pinta ella en todo esto? Además de estar paranoica y sentirse culpable por lo de la noche de la sobredosis, quiero decir —explicó Raley.

—Sabiendo lo que sabemos ahora, no creo que estuviera en absoluto compinchada con Ripton, con Wolf o con Toby. Al menos no en relación con los asesinatos.

—Pero agredió a Perkins para conseguir el manuscrito —dijo Raley—. ¿Crees que fue una coincidencia?

—No, no fue una coincidencia, fue un hecho simultáneo, que es diferente.

Rook le dio otro trago a la cerveza.

—Bueno, ¿entonces qué fue lo que provocó que se le ocurriera hacer eso de repente?

—Tengo una ligera idea —dijo Nikki. Se levantó del taburete de la barra y se estiró—. Mañana os diré si tengo razón, después de hablar con una persona por la mañana.

* * *

A la mañana siguiente, Nikki Heat notó algo diferente mientras caminaba desde la comisaría por la 82 Oeste. En la distancia oyó un grave zumbido que llevaba más de una semana sin oír. A medida que se iba acercando a Amsterdam, un pequeño esputo de humo diésel se elevó en el aire y aquel zumbido se convirtió en un breve rugido que cesó para dar paso al bufido y al chirrido que dejaron escapar los frenos neumáticos de un camión de la basura al detenerse. De él saltaron dos basureros y atacaron la montaña de desperdicios que se habían acumulado por causa de la huelga. Primero un coche y luego otro arrancaron detrás del camión de la basura mientras este marchaba al ralentí, obstruyendo temporalmente la calle mientras los hombres lanzaban bolsas de plástico negras y verdes en el cargador trasero. Nikki sonrió al pasar al lado de un conductor que maldecía por la ventanilla bajada de su coche inmóvil y gritaba: «¡Venga!». Ahora que la huelga de recogida de basuras se había acabado, los neoyorquinos tenían que buscar otras razones para enfadarse.

Eran las ocho y cinco. El café Lalo acababa de abrir y Petar, que había sido el primero en llegar, la estaba esperando en la esquina del fondo, de espaldas a la pared de ladrillo, bajo una de las grandes láminas que reproducían obras de arte europeas. Cuando llegó, le dio un abrazo.

—Me alegro de poder hacer esto —dijo él.

—Ya, yo también. —Se sentó enfrente de él, al otro lado de la mesa de mármol blanco.

—¿Aquí te parece bien? —preguntó él—. Me han dejado elegir, pero no quería ponerme cerca de la ventana. La huelga de recogida de basura ha acabado y los gases de los motores diésel han vuelto. Vaya mierda.

—Sí, los gases de los desperdicios eran mucho mejores.

—*Touché*. Siempre me olvido de que tú siempre ves el vaso medio lleno, Nikki.

—Al menos la mitad del tiempo lo está.

Cuando vino la camarera, Nikki le dijo que solo quería un café con leche, que no iba a comer nada. Petar cerró la carta y pidió lo mismo.

—¿No tienes hambre?

—Tengo que volver pronto al trabajo.

Entre ceja y ceja se le formó un nudo de decepción que no expresó verbalmente. En lugar de eso, siguió a lo suyo con tesón.

—¿Sabes que aquí rodaron *Tienes un e-mail?*

De pronto, a Nikki le vino a la cabeza *Tienes un pene* y una sonrisa espontánea le iluminó la cara.

—¿Qué? —dijo Petar.

—Nada. Creo que aún estoy un poco atontada por todo lo de ayer.

—Qué cabeza la mía, no te he preguntado qué tal.

—La verdad es que no es fácil, pero bueno.

Aunque no le había contado nada sobre la terrible experiencia que había vivido la noche anterior en el *loft* de Rook, él abordó el tema directamente.

—Esta mañana hablan en todas partes de Toby Mills, Jess Ripton y ese otro tío. ¿Has tenido algo que ver?

Los cafés con leche llegaron y Nikki esperó a que la camarera se fuera antes de responder.

—Petar, creo que lo nuestro no funcionaría.

Él dejó la cucharilla y la miró confuso.

—¿Es porque te presiono? ¿Te estoy volviendo a presionar demasiado?

Estaba decidida a tener aquella conversación aunque no era nada fácil, así que ignoró el café.

—No es por eso. Aunque la verdad es que tienes una voluntad inquebrantable.

—¿Es por el escritor? ¿Tienes algo con Jameson Rook?

Él le dio la entradilla y ella la aprovechó.

—No, no funcionaría porque no estoy segura de poder confiar en ti.

—¿Qué? Nikki...

—Deja que te ayude. He estado intentando imaginar cómo se le ocurrió a Soleil Gray ir a por el editor de Cassidy Towne. —Petar cambió de postura inmediatamente. Pudo oír un pequeño crujido del estrés que transmitió a la silla de la cafetería. Cuando se hubo acomodado, ella continuó—. Todo ocurrió justo después de que Soleil fuera a tu programa, que fue la misma noche que me hablaste del libro de Cassidy.

—Eres mi amiga, claro que te hablé de él.

—Pero no me lo contaste todo. No me dijiste quién era el protagonista del escándalo sobre el que estaba escribiendo Cassidy, aunque lo sabías, ¿verdad? Lo sabías porque no fue el editor quien te lo contó, sino tu mentora. Fue la propia Cassidy Towne quien te lo dijo, ¿me equivoco? —Él apartó la vista—. Y tú se lo contaste a Soleil Gray. Eso fue lo que le hizo ir a por el editor para conseguir el manuscrito. ¿Cómo si no se iba a enterar? Corrígeme si me equivoco.

Estaban llegando más clientes, así que él se inclinó hacia delante sobre la mesa para poder bajar la voz, que sonó temblorosa y ronca.

—Después de lo que le pasó a Cassidy, creí que debía contárselo a Soleil. Para prevenirla.

—Es posible. Aunque también le estabas dorando la píldora a la estrella. Estoy segura de que no sabías lo que iba a hacer, pero no pudiste resistirte a utilizar el banco de favores. Así es como funciona, ¿no? Luego me diste a mí un poco de coba y lo de que le había enseñado fotos de la autopsia a Soleil acabó publicado en *Later On.* —Hizo una pausa—. Por favor, dime que no eres El Mordaz.

—¿Yo? No.

—Pero lo conoces.

—Lo conozco, sí.

Heat se aseguró de que le prestara toda su atención antes de decir:

—Petar, no sé qué te ha pasado, tal vez has sido así siempre y por eso rompimos.

—Solo intento salir adelante, Nikki, no soy mala persona.

Nikki volvió a quedarse mirándole, y replicó:

—Yo no digo que lo seas, sino que tienes una moral un tanto relajada.

Heat dejó el dinero de su café sobre la mesa y se fue.

Mientras salía por la puerta recordó la última vez que se había despedido de Petar, diez años atrás. Había sido una noche de invierno en una cafetería del West Village mientras una canción de Bob Dylan sonaba por unos altavoces que había sujetos a las vigas del techo. Aquella canción le volvió a venir a la mente y se hizo eco de sus sentimientos, como había sucedido entonces. *No le des más vueltas, has hecho bien.*

Aún empapada de la inocente melancolía de Dylan hacia las relaciones, Nikki se detuvo en el escalón de arriba de la entrada de Lalo para abrocharse la chaqueta de piel marrón antes de dar el corto paseo hasta el trabajo. Entonces vio a su amiga Lauren Parry saliendo de un taxi delante de una cafetería que había más arriba e iba a llamarla cuando vio al detective Ochoa salir detrás de ella del taxi y apresurarse para abrirle la puerta de entrada. Con una floritura exagerada, agitó el brazo haciendo un gesto a Lauren para que entrara y la pareja entró riéndose para disfrutar de su cita de desayuno. O tal vez, pensó Nikki, para el *brunch* del día después. Al verlos se olvidó de Dylan momentáneamente. Respiró el fresco aire otoñal y pensó que podía ser que por una vez en mucho tiempo las cosas fueran mejor que bien a secas, o al menos lo deseó.

* * *

Ya en la acera, Heat se detuvo de nuevo al recordar que allí había sido exactamente donde había visto el coyote días atrás. Nikki observó la calle mientras proyectaba mentalmente la sucesión de diapositivas.

Y entonces lo vio.

El coyote no estaba donde la última vez sino más allá, olisqueando la acera en la esquina de Broadway, donde acababan de recoger la basura. Vio cómo bajaba la cabeza hacia un trozo de pavimento y lo lamía. Continuó observándolo en silencio, aunque por una parte le apetecía llamarlo o silbarle para ver cómo reaccionaba. O para establecer la conexión.

Mientras se lo pensaba, el animal levantó la cabeza y la miró a los ojos.

Ambos se quedaron allí mirándose a una manzana de distancia. Su estrecha cabeza estaba demasiado lejos como para apreciar cualquier detalle, pero en su pelaje enmarañado y grueso Heat pudo leer la historia de la semana que había pasado, perseguido por helicópteros y cámaras. Levantó un poco más la cabeza para mirarla fijamente y, en aquel momento, ella se sintió desnuda ante sus ojos. Luego dobló las orejas hacia atrás y aquel gesto hizo que Heat sintiera algo que solo se podría describir como el hermanamiento entre dos seres que habían sobrevivido a una semana fuera de su elemento.

Levantó una mano vacilante para saludarlo. Mientras la subía, un coche pasó por la calle por delante del animal y lo ocultó por un segundo.

Cuando el coche pasó, el coyote había desaparecido.

Nikki bajó la mano e inició el camino de vuelta a la comisaría. En la esquina con Amsterdam, mientras esperaba para cruzar, miró hacia atrás solo para cerciorarse, pero seguía sin estar allí. Entendió por qué. Ambos sabían que tenían que ponerse a cubierto.

\* \* \*

Aquella noche, Nikki entró en su apartamento, donde Rook la esperaba sentado en la mesa del comedor con todo el trabajo esparcido.

—¿Cómo va el artículo?

—¿Cómo? ¿Ni «cariño, ya estoy en casa», ni nada?

—Ni lo sueñes —dijo ella mientras se acercaba y se ponía detrás de la silla para rodearle el cuello con los brazos.

—Sabía que si venía aquí no conseguiría trabajar —dijo antes de girar la cara hacia la suya para besarla.

Ella se fue a la cocina y, mientras sacaba dos cervezas de la nevera, le gritó:

—Siempre puedes volver a tu *loft* y buscar la inspiración escribiendo en el verdadero escenario de un crimen.

—No, gracias. Volveré mañana, cuando hayan retirado el material peligroso. —Le arrebató una de las botellas y brindaron—. Un doble asesinato va a causar estragos en el valor de reventa de mi casa. Me pregunto si tendré que contarlo.

—Como si fueras a venderla alguna vez —dijo ella.

—Oye, siento lo de Petar.

Ella acabó de beber un trago de cerveza y se encogió de hombros.

—Son cosas que pasan. Por desgracia, pero pasan —comentó, como siempre, viendo el vaso medio lleno—. Esperaba que pudiéramos ser amigos.

—Ya, yo también.

—Mentiroso.

A Rook le vino a la cabeza lo que había descubierto sobre la agresión de Petar y lo del tiempo que había pasado en la cárcel, pero se limitó a mirarla y sonreír.

—No sé, parecía un buen tío.

—Te va a crecer la nariz —dijo ella camino de la sala.

—Eh, ¿adónde vas? Estaba a punto de atacar.

Ella se sentó en el sofá y contestó:

—Atácale al teclado. Ponga esas teclas en movimiento, señor Rook. Quiero a todas las Nikki Heat fuera de los quioscos ya.

—¿No te sientes abandonada? —dijo después de teclear un poco.

—No, tú sigue, yo estoy leyendo.

—¿Está bien?

—Bueno, no está mal, supongo. Se titula *Su eterno caballero*. —Rook ya se había puesto de pie e iba hacia ella antes de que pudiera añadir—: De Victoria St. Clair.

—¿Cómo que «no está mal»? Eso es ficción de calidad escrita por un profesional.

Se sentó a su lado y ella abrió el libro por una página al azar y recitó: «Aplacó la sed que tenía de él en el santuario de aquellos largos brazos y de los anchos hombros que la rodearon en el sofá».

—No es tan terrible —dijo tras dejar el libro sobre el regazo.

—Lo puedo mejorar en el siguiente —rebatió Rook—, solo necesito un poco de inspiración.

—¿Ah, sí?

—Sí.

Heat dejó el libro en el suelo y lo atrajo hacia ella mientras se recostaba en el sofá. Rook la besó, ella se elevó hacia él y se saborearon apasionadamente y con intensidad. Cuando él empezó a recorrerla con las manos, Nikki le dirigió una mirada ardiente y le dijo:

—Adelante, arráncame el corsé.

# Agradecimientos

Como escritor, no hay nada que me dé más miedo que tener que enfrentarme a una página en blanco, excepto tal vez el miedo a que me disparen. Durante este último año me he enfrentado a ambas experiencias aunque, por suerte, no he tenido que hacer frente a ninguna de las dos situaciones solo. Cuando las balas vuelan, ya sea literal o metafóricamente, resulta agradable tener amigos leales que te cubran las espaldas.

Antes de nada, me gustaría dar las gracias a los miembros de la comisaría 12 del Departamento de Policía de Nueva York por permitirme entrar en su mundo. Muchos de los detalles de este libro son el resultado directo de la observación de lo mejorcito de Nueva York en acción. Quiero agradecer especialmente a los detectives Kate Beckett, Javier Esposito, Kevin Ryan y al capitán Roy Montgomery no solo que me hayan soportado, sino que me hayan incluido en su familia profesional.

Por otra parte, quiero expresar mi agradecimiento a la doctora Lanie Parish y a su equipo del Instituto de Medicina Forense por su infinita paciencia ante mis interminables y sin duda en ocasiones estúpidas preguntas del tipo: «Si está muerto, ¿por qué sigue moviéndose?».

También estoy en deuda con mis socios del tercer piso de Clune. Vosotros, chicos, nunca dejáis de sorprenderme con vuestra imaginación y perspicacia. No sería ni la mitad de escritor que soy sin vuestra ayuda. De hecho, sería la mitad de lo que soy, lo que me haría demasiado bajito para subir a las atracciones de Disneylandia. Por eso, os dedico mi gratitud.

A Terri E. Miller, mi compañero de conspiraciones, y a Nathan, Stana, Seamus, Jon, Ruben, Molly, Susan y Tamala: vuestra incesante profesionalidad hace que cada día sea un regalo.

Gracias a Richard Johnson, el columnista de *Page Six* para *The New York Post* por compartir tan generosamente conmigo su tiempo y experiencia durante mi trabajo de documentación. Le doy las gracias por haber hecho posible que abordara correctamente el tema de la prensa rosa y por su amabilidad.

Muchísimas gracias a mis amigos de Black Pawn Publishing, sobre todo a Gina Cowell, por estar encima de mí en las fases finales del proceso de creación. Me quito el sombrero ante mi editora, Gretchen Young, por su perspicacia y paciencia, ante Elizabeth Sabo Morick y el equipo de Hyperion por su apoyo, y ante Melissa Harling-Walendy de ABC por guiarme en el camino.

Gracias a mi agente de ICM, Sloan Harris, a quien le ha tocado encajar más de una bala por mí y que también ha disparado unas cuantas, me atrevería a decir.

Mi más profundo agradecimiento para mi encantadora y cariñosa hija, Alexis. Eres mi mayor alegría y la fuente de gran parte de mi fuerza. Gracias también a mi madre, Martha Rodgers, por haberme dado el tipo de infancia intensa que inevitablemente se convierte en caldo de cultivo de novelistas.

Este libro no sería lo que es sin dos amigos muy queridos. Andrew Marlowe me ha guiado con brújula y linterna y me ha ayudado a esquivar acantilados y zanjas. Valoro su inspiración tanto como su amistad. No sé cómo, pero hasta se las arregló para lanzar confeti y serpentinas al final de aquella primera reunión sobre la trama. Y Tom ha estado constantemente al pie del cañón para ayudarme a enfrentarme al miedo a la página en blanco e inspirar mi pluma para conseguir lo que sea que tengan de mágico estas páginas.

A la excepcional Jennifer Allen solo puedo decirle que ha sido maravilloso compartir con ella este viaje.

Y finalmente quiero dedicaros a vosotros, los fans, mi más especial agradecimiento. Vuestra confianza y vuestro criterio aportan calidez a cada una de estas páginas.

R. C.
Los Hamptons, julio de 2010

Este libro
se terminó de imprimir
en los talleres gráficos de
Dédalo Offset, S. L. (Pinto, Madrid)
en el mes de enero de 2011

# Suma de Letras es un sello editorial del Grupo Santillana

**Argentina**
Avda. Leandro N. Alem, 720
C 1001 AAP Buenos Aires
Tel. (54 114) 119 50 00
Fax (54 114) 912 74 40

**Bolivia**
Calacoto, calle 13, 8078
La Paz
Tel. (591 2) 279 22 78
Fax (591 2) 277 10 56

**Chile**
Dr. Aníbal Ariztía, 1444
Providencia
Santiago de Chile
Tel. (56 2) 384 30 00
Fax (56 2) 384 30 60

**Colombia**
Calle 80, 10-23
Bogotá
Tel. (57 1) 635 12 00
Fax (57 1) 236 93 82

**Costa Rica**
La Uruca
Del Edificio de Aviación Civil 200 m al Oeste
San José de Costa Rica
Tel. (506) 22 20 42 42 y 25 20 05 05
Fax (506) 22 20 13 20

**Ecuador**
Avda. Eloy Alfaro, 33-3470 y Avda. 6 de
Diciembre
Quito
Tel. (593 2) 244 66 56 y 244 21 54
Fax (593 2) 244 87 91

**El Salvador**
Siemens, 51
Zona Industrial Santa Elena
Antiguo Cuscatlan - La Libertad
Tel. (503) 2 505 89 y 2 289 89 20
Fax (503) 2 278 60 66

**España**
Torrelaguna, 60
28043 Madrid
Tel. (34 91) 744 90 60
Fax (34 91) 744 92 24

**Estados Unidos**
2023 N.W 84th Avenue
Doral, FL 33122
Tel. (1 305) 591 95 22 y 591 22 32
Fax (1 305) 591 74 73

**Guatemala**
7ª Avda. 11-11
Zona 9
Guatemala C.A.
Tel. (502) 24 29 43 00
Fax (502) 24 29 43 43

**Honduras**
Colonia Tepeyac Contigua a Banco Cuscatlan
Boulevard Juan Pablo, frente al Templo
Adventista 7º Día, Casa 1626
Tegucigalpa
Tel. (504) 239 98 84

**México**
Avda. Universidad, 767
Colonia del Valle
03100 México D.F.
Tel. (52 5) 554 20 75 30
Fax (52 5) 556 01 10 67

**Panamá**
Vía Transísmica, Urb. Industrial Orillac,
Calle Segunda, local 9
Ciudad de Panamá
Tel. (507) 261 29 95

**Paraguay**
Avda. Venezuela, 276,
entre Mariscal López y España
Asunción
Tel./fax (595 21) 213 294 y 214 983

**Perú**
Avda. Primavera, 2160
Surco
Lima 33
Tel. (51 1) 313 40 00
Fax. (51 1) 313 40 01

**Puerto Rico**
Avda. Roosevelt, 1506
Guaynabo 00968
Puerto Rico
Tel. (1 787) 781 98 00
Fax (1 787) 782 61 49

**República Dominicana**
Juan Sánchez Ramírez, 9
Gazcue
Santo Domingo R.D.
Tel. (1809) 682 13 82 y 221 08 70
Fax (1809) 689 10 22

**Uruguay**
Juan Manuel Blanes, 1132
11200 Montevideo
Tel. (598 2) 402 73 42 y 402 72 71
Fax (598 2) 401 51 86

**Venezuela**
Avda. Rómulo Gallegos
Edificio Zulia, 1º - Sector Monte Cristo
Boleita Norte
Caracas
Tel. (58 212) 235 30 33
Fax (58 212) 239 10 51